Krimi, Schauerroman, Roadmovie, Märchen, moderner Überwachungsthriller: Die schottische Meistererzählerin Denise Mina greift tief in die Schatzkiste populärer Narrative, lässt es funkeln und blitzen. Aus traditionsreichen Zutaten, Fantasie und scharf geschliffenem Realismus kreiert sie einen wilden Ritt durch die historische und aktuelle Literaturküche, lässt Porzellan gegen Stahl scheppern, kombiniert Petits Fours mit dampfendem Haggis und Fastfood, tischt ein süffiges *Menu Surprise* auf.

Typisch Mina, wie dabei hinter Kleinem stets das Große durchscheint, hinter dem Privaten das Gesellschaftliche: Privilegien, Dünkel, Vorurteile, Imponiergehabe, alltägliche Gewalt, Siegerrecht. Die oft sarkastische, hyperpräzise Beobachterin erfasst mit knappen Chiffres, wie und wo wir alle wider besseres Wissen Spiele mitspielen, Kompromisse eingehen, den Blick abwenden auch von dem, was uns angeht. Aber Mina belehrt uns nie, sie erzählt »nur« eine Geschichte. Eine bei aller Rasanz escheresk angelegte Geschichte, die aus vielen ineinandergreifenden Storys besteht, jede davon aufgeladen mit Wahrheiten über unsere Welt.

Für mich ist das Erzählen die wahre Heldin dieses Romans. Das Erzählen wird bedroht, entführt, missbraucht, verunglimpft, glorifiziert, vereinnahmt, totgesagt, neu erfunden, angeprangert, rehabilitiert. Das Erzählen wechselt die Gestalt, die Ebene, entzieht sich und taucht wieder auf. Das Erzählen überlebt – und triumphiert.

Else Laudan

Denise Mina hat bisher 17 Romane geschrieben und zahllose Preise kassiert, was ihr den ironischen schottischen Ehrentitel »Queen of Tartan Noir« eintrug. Als junge Frau jobbte sie in Bars, einer Fleischfabrik, als Köchin und Krankenpflegehelferin, studierte dann Jura an der Uni Glasgow und begann Kriminalliteratur zu schreiben. 2014 nahm man sie in die *Hall of Fame* der Krimiautor:innen auf. Außer Romanen verfasst sie Storys, Stücke, Podcasts, Graphic Novels und macht TV- und Radiosendungen. 2022 überraschte sie alle mit einer Fortsetzung von *Klare Sache* (deutsch 2023 als *Fester Glaube*). Denise Mina lebt in Glasgow.

DENISE MINA

KLARE SACHE

Deutsch von Zoë Beck

Ariadne 1278
Argument Verlag

Ariadne
Herausgegeben von Else Laudan

Titel der englischen Originalausgabe: Conviction

Das Motto auf Seite 5 stammt aus: Steven Pinker: *Gewalt. Eine neue Geschichte der Menschheit.* FISCHER E-Books, Kindle-Positionen 2819–2821.

Deutsche Taschenbucherstausgabe

Glashüttenstraße 28, 20357 Hamburg
Telefon 040/4018000 – Fax 040/40180020
www.argument.de
Lektorat: Else Laudan
Umschlag: Martin Grundmann
Coverfoto: »The Wreck of the Yacht Gunilda« by BlackHorse (ShipwreckPorn)
Satz: Iris Konopik
Druck und Bindung: CPI books GmbH, Leck
Gedruckt auf säure- und chlorfreiem Papier
ISBN 978-3-86754-278-4
Erste Auflage 2024

[Ein Dogma] besagt, Gewalt werde durch einen Mangel an Moral- und Gerechtigkeitsgefühl verursacht. Im Gegenteil: Sehr oft ist ein übertriebenes Moral- und Gerechtigkeitsgefühl die Ursache, oder zumindest wird es vom Täter so wahrgenommen.

Steven Pinker

Gewalt. Eine neue Geschichte der Menschheit

Prolog

Sagt einfach die Wahrheit. Das habe ich auch meinen Kindern eingetrichtert. Wie lächerlich, Kindern so etwas beizubringen. Niemand will sie hören. Es muss einen Grund dafür geben, die Wahrheit zu sagen. Ich habe vor einiger Zeit damit aufgehört, und ich muss sagen, es war großartig. Die beste Entscheidung meines Lebens. Immer wieder lügen, sich einen Namen ausdenken, eine Vorgeschichte, eigene Vorlieben und Abneigungen, einfach ein Lügenmärchen stricken. Das ist so viel vernünftiger. Aber ich verrate Ihnen die Wahrheit, hier in diesem Buch. Dafür gibt es einen sehr guten Grund.

Ich habe mein Leben ruiniert, indem ich die Wahrheit sagte. Ich war noch sehr jung. Meine Mutter war gerade gestorben. Abends versammelten sich Männer in meinem Garten und schleuderten wüste Beschimpfungen gegen mein Haus, weil ich nicht lügen wollte. Alle verbreiteten sich darüber, was mit mir nicht stimmte, was Leuten wie mir fehlte. Jemand nagelte eine Katze an meine Haustür. Ein Mann brach bei mir ein und versuchte mich zu töten, damit ich endlich den Mund hielt.

Also hielt ich den Mund und lief weg. Ich änderte meinen Namen. Ich wurde verschlossen und vorsichtig und schottete diesen Teil meines Lebens ab. Ich sprach nie wieder darüber. Wenn die Rede auf etwas kam, das diese Geschichte auch nur am Rande berührte – Hausbrände, Gretchen Teigler, Fußball –, ging ich aufs Klo oder wechselte das Thema. Ich hatte nicht das Gefühl zu lügen, ich war einfach nicht mehr Sophie Bukaran. Ich war Anna McDonald, und das alles hatte nichts mit mir zu tun. Ich fühlte mich sicher.

Wenn man müde ist und jung und verängstigt und einen die ganze Welt hasst, dann ist es ein Luxus, den Mund zu halten.

Aber jetzt erzähle ich diese Geschichte wieder. Warum schreibe ich ein ganzes Buch darüber, das Sie dann lesen können? Was hat sich geändert? Ich würde es nicht machen, wenn an jenem Morgen nicht mein Leben implodiert wäre. Ich bin keine Heldin. Ich bin keine vor Zivilcourage strotzende Whistleblowerin, die sich lieber bis ins Grab verfolgen als mundtot machen lässt. Ich sage aus einem ganz anderen Grund die Wahrheit. Er ist weniger löblich, aber vielleicht ein bisschen nachvollziehbarer. Und: Es ist die Wahrheit.

1

Der Tag, an dem mir mein Leben um die Ohren flog, fing gut an.

Es war früh an einem Novembermorgen, und ich wachte ohne Wecker auf. Das gefiel mir. Es war ein Zugeständnis an unsere Paartherapie: Ich störte Hamish nicht morgens um sechs mit meinem Wecker, und er spielte nicht den ganzen Abend auf seinem Handy Candy Crush und ignorierte die Kinder.

Ich freute mich auf meinen Tag. Auf meinem Handy erwartete mich ein neuer True-Crime-Podcast, über den ich schon viel Gutes gehört hatte. Ich wollte mir den ersten Teil anhören und in die Geschichte hineinschnuppern, bevor ich die Kinder für die Schule weckte, und mir dann später das Ganze gönnen, während ich mich durch die öden Pflichten des Tages ackerte. Ein guter Podcast kann so ziemlich alles zum glorreichen Mehrere-Welten-Erlebnis aufwerten. Ich habe mal einer assyrischen Invasion getrotzt, während ich Sachen aus der Reinigung holte. Ich erlebte, wie einem bestialischen Mörder Gerechtigkeit widerfuhr, während ich Unterhosen kaufte.

Ich lag im Bett und genoss die Vorfreude, während ich zusah, wie das Licht von der Straße über die Zimmerdecke kroch, und darauf lauschte, wie die Heizung ansprang und diese vornehme alte Dame von einem Haus ächzte und die Knochen knacken ließ. Ich stand auf, zog Pullover und Hausschuhe an und stahl mich aus dem Schlafzimmer.

Ich liebte es, vor allen anderen aufzustehen, wenn es im Haus ruhig war und ich lesen oder in einer stillstehenden Welt einen

Podcast hören konnte. Ich wusste, wo alle waren. Ich wusste, sie waren in Sicherheit. Ich konnte mich entspannen.

Hamish störte sich daran. Er fand es gruselig. Warum brauchte ich diese Zeit für mich allein, in der ich durchs Haus schlich? Warum musste ich so viel allein sein?

Die Paartherapeutin nannte das Vertrauensprobleme.

Ich versuchte, Hamish zu beruhigen. *Ich habe nicht vor, dich zu ermorden oder so etwas.* Aber das war offenbar nicht gerade beruhigend. Eigentlich könnte das für Hamish sogar recht feindselig klingen, Anna, wenn man es mal aus seiner Sicht betrachtet. *Wirklich*? (Ich ließ es feindselig klingen.) Klingt das *tatsächlich* feindselig? Dann sprachen wir eine Weile darüber. Es war ein dämlicher Vorgang. Beide waren wir feindselig und traurig. Unsere Beziehung befand sich längst im Todeskampf.

Ich schlich auf Zehenspitzen über den Flur, mied die am lautesten knarrenden Dielen und sah nach den beiden Mädchen. Sie schliefen tief und fest in ihren Bettchen, die Schuluniformen lagen auf den Stühlen bereit, Socken steckten in den Schuhen, Krawatten unter den Krägen. Ich wünschte, ich hätte etwas länger verweilt. Ich sollte sie nie mehr so unschuldig zu Gesicht bekommen.

Ich ging zurück in den Flur. Ein Geländer aus Eichenholz schlängelte sich sanft vom obersten Stockwerk bis nach ganz unten. Es war so geschnitzt, dass es sich in die gewölbte Hand fügte, in der Berührung rau, und es folgte den Windungen der Treppe wie eine große, lange Schlange aus gelbem Marzipan. Es führte hinab in eine prachtvolle Diele mit Marmorsäulen, die die Haustür flankierten, und einem Bodenmosaik, das das Wappen von Hamishs Vorfahren zeigte. Das Haus war 1869 von Hamishs Urgroßvater gekauft worden. Er kaufte es neu von Greek Thomson, dem Architekten.

Hamish war sehr stolz auf seinen familiären Hintergrund. Er wusste *gar nichts* über meinen. Das muss ich betonen. Ich sage es nicht nur, um ihn zu schützen, jetzt, da alles herausgekommen ist. Er war ein langjähriges Mitglied der Anwaltskammer und hoffte darauf, wie seine Vorfahren ein Richteramt zu bekommen. Er hätte das nicht aufs Spiel gesetzt, nur um mit mir zusammen zu sein.

Als ich ihn kennenlernte, war ich Anna, die neue Aushilfe aus Irgendwo-bei-Aberdeen. Ich suchte mir Hamish sehr sorgfältig aus. Ich liebte ihn wirklich, das muss ich sagen, und ich tu es noch immer, manchmal. Aber ich suchte mir bewusst einen älteren Mann mit Geld und Status. Einen pomphaften Mann voller Fakten und Meinungen. Er war das perfekte Versteck.

Hamish war in diesem Haus geboren und hatte nie woanders gelebt. Seine Familie war seit zweihundert Jahren im oder für das schottische Gerichtswesen tätig. Er verreiste nicht gern ins Ausland. Er las nur schottische Autoren. Das erschien mir sehr seltsam. Ich glaube, ich fand es ein wenig exotisch.

An jenem Morgen war es kalt im Flur. Ich ging in die weiß schimmernde, nach deutschem Design gefertigte Küche und kochte eine Kanne starken Kaffee. Ich nahm mein Handy. Der True-Crime-Podcast hieß *Der Tod und die Dana*. In der Beschreibung stand: »Eine versunkene Jacht, an Bord eine ermordete Familie, ein bis heute ungelöstes Rätsel …«

Oh ja: gewichtiger Tonfall, Geheimnisse, Morde, dieser Podcast hatte alles. Und der Fall hatte sich ereignet, als meine Töchter noch klein waren, in der Zeit der kleinen Strickpullis und der Warterei vor der Schule, schweigendes Herumstehen in der zeitlosen Phalanx von Müttern, fern von der großen weiten Welt. Ich wusste nichts über diesen Mordfall.

Ich goss mir einen großen Kaffee ein, setzte mich hin, legte mein Handy vor mich auf den Küchentisch und klickte auf Start. Ich erwartete eine fesselnde Story, bei der es ums Ganze ging.

Ich hatte keine Ahnung, dass ich Leon Parker wiedertreffen würde.

2

Episode 1: Der Tod und die Dana

Hi.

Mein Name ist Trina Keany, Redakteurin hier beim Miso-Network. Herzlich willkommen zum Podcast Der Tod und die Dana.

Laut der französischen Polizei ist dieser mysteriöse und verstörende Fall abgeschlossen. Sie haben ihn aufgeklärt. Amila Fabricase wurde wegen Mordes an drei Mitgliedern derselben Familie verurteilt. Aber Amila Fabricase kann es nicht getan haben: Die Morde konnten nur von jemandem an Bord begangen werden, und etliche Zeugen, Überwachungskameras und Passkontrollen belegen, dass Amila zur Tatzeit in einem Flugzeug nach Lyon saß.

An dem fraglichen Abend aß eine wohlhabende Familie – ein Vater und seine beiden Kinder – an Bord ihrer angedockten Privatjacht, der Dana, *zu Abend. Die Crew war auf Drängen des Vaters an Land geschickt worden, und die Familie blieb unter sich.*

Während Amila sich in der Luft befand, verließ das Schiff in der Dunkelheit den Hafen. Segel wurden nicht gesetzt. Funk und Navigationslichter blieben ausgeschaltet. Trotzdem navigierte die Dana *durch die heiklen Sandbänke der bretonischen Meerenge, änderte den Kurs um zweiunddreißig Grad und fuhr auf den Atlantik hinaus. Nach einigen Meilen auf offener See kam es zu einer Explosion im Rumpf, und das Schiff sank. Alle drei an Bord befindlichen Personen kamen ums Leben.*

Wie also konnte das geschehen? Warum waren die Behörden so wild entschlossen, etwas zu glauben, das nachweislich nicht stimmte? Und warum wurde nie Einspruch gegen die Verurteilung eingelegt?

Noch bevor sie unterging, hatte die Dana *bereits den Ruf, auf ihr laste ein Fluch. Abergläubische Kommentatoren sahen in ihrem Untergang den Beweis dafür. Einen Monat später schienen bizarre Unterwasseraufnahmen des Wracks die Spukgeschichten über rachsüchtige Geister an Bord zu bestätigen.*

Trina Keanys Südlondoner Akzent war weich, ihr Timbre tief, die Betonung melodisch. Ich legte die Beine auf dem Stuhl neben mir hoch und nippte von dem köstlichen Kaffee.

Aber fangen wir ganz von vorn an und setzen erst einmal den Rahmen.

Die Île de Ré ist ein schicker Ferienort vor der französischen Westküste. Sie hat eine skurrile Vorgeschichte. Die lange, flache Insel ist im Grunde eine Sandbank zwischen La Rochelle und dem Golf von Biskaya. In der Vergangenheit war die Insel meist vom Festland abgeschnitten und sehr arm. Die Wirtschaft hing an der Salzernte und Gefangenentransporten. Von Saint-Martin, der Hauptstadt der Insel, wurden französische Gefangene in die Strafkolonien von Neukaledonien und Guayana gebracht. Dreyfus fuhr von Saint-Martin aus zur Teufelsinsel. Der Autor von Papillon, *Henri Charrière, verließ die Insel 1931 in einem Gefangenenschiff.*

Weil sie arm und abgeschnitten war, blieb die Insel unerschlossen. Sie behielt ihre alten kopfsteingepflasterten Straßen, die hübschen sonnengebleichten Häuschen mit den Terrakottadächern und den pastellgrün oder blau gestrichenen Türen und Fensterläden. Hohe, rosafarbene Malven explodieren im Sommer auf den Bürgersteigen. Die Insel gehört zum UNESCO-Welt-

erbe. Aber die Bevölkerung ist heute sehr wohlhabend, und das liegt an der Brücke.

In den späten 1980ern wurde mit großem finanziellem Aufwand eine lange Straßenbrücke gebaut, um die Insel mit La Rochelle zu verbinden. Französische Urlauber entdeckten nach und nach das unverdorbene Eiland. Es wurde zu einem moderaten Ferienort, unaufdringlich und vergleichsweise bescheiden. Das Klima ist angenehm, so sonnig wie der Süden Frankreichs, aber durch die Atlantikbrise, die die Hitze abmildert, kühler. Die Insel ist flach. Überall gibt es Fahrradwege.

Während der nächsten zwei Jahrzehnte verlangte es mehr und mehr Menschen nach einfachem Leben in idyllischer Umgebung. Kinostars, Musiker, ehemalige Präsidenten und Industrielle zogen dorthin. Es begann ein erbitterter Wettbewerb um Immobilien. Selbst schlichte Häuser wurden erst teuer, dann unerschwinglich. Die Hütten armer Fischer stehen leer, nur gelegentlich bewohnt von Luxustouristen, die am Jachthafen im Stadtzentrum anlegen. Die Läden verkaufen kein Pferdefleisch mehr und auch keine Haushaltswaren, sie verkaufen Gucci und Chanel. Die Insel atmet Reichtum.

Manche Einheimischen haben sich gewehrt. Es wurden Ferienhäuser niedergebrannt. Zugezogene berichteten von Schikane und massiven Vorurteilen. Eine Familie aus Neuseeland behauptet, man habe sie von der Insel gejagt. Aber meistens ist es friedlich.

Als die Dana an jenem Tag in Saint-Martin anlegte, weilten dort viele Hobbysegler, die sie erkannten und bewunderten. Sie war ein wunderschönes Schiff.

Die Dana war keine Privatjacht von der Sorte, an die wir heute spontan denken: Sie hatte keine Plasmabildschirme oder Hubschrauberlandeplätze, keine vier Stockwerke mit weißen Sofas und Minibars. Sie war ein Segelschiff, ein Schoner. Schoner sind berüchtigt. In früheren Zeiten liebten Piraten und Kaperer

Schoner wegen ihrer Schnelligkeit. Sie haben hohe Segel und einen gewölbten Bug, der tief im Wasser liegt wie der Pistolengurt eines schmalhüftigen Cowboys.

Die Dana *war also schön, und sie war berühmt. Nachdem sie das Prädikat »die Jacht mit dem größten Fluch auf See« erhalten hatte, wurde in den 1970ern ein Spielfilm über sie gedreht, ganz in der Tradition von* Amityville Horror. *Wie dieser und andere Horrorstreifen aus jener Zeit wirkt* Der Fluch der Dana *heute auf uns knarzig, war aber damals sehr erfolgreich, wie auch das Buch, auf dem er beruhte. Die Verrufenheit des Schiffs begleitete es fortan und sorgte für neugierigen Rummel, wo es auch anlegte.*

An jenem Nachmittag legte die Jacht in Saint-Martin an, wurde an Bug und Heck vertäut, und ein Landesteg wurde ausgefahren.

Man sah ein ungleiches Paar sich dem Schiff nähern. Die junge Frau war schlank, gebräunt, blond und wirkte sehr italienisch. Sie trug ein ärmelloses, knöchellanges Kleid von Missoni und Sandalen. Ihr Begleiter war ein schlaksiger Teenager in ausgebeulten kurzen Hosen, Skateschuhen und einem übergroßen T-Shirt. Ein Augenzeuge dachte sogar, der Junge wäre ein Horrorfan, der das Glück hatte, unerwartet über die Dana *zu stolpern, weil auf seinem T-Shirt ein Motiv des Kult-Horrorfilms* Drag Me to Hell *prangte. Der Zeuge erinnerte sich, noch gedacht zu haben, der Junge müsse hocherfreut darüber sein, das berühmte Schiff zu sehen. Er war überrascht, als ein Mann mit demselben Haar und demselben Gesicht, ganz offensichtlich der Vater, dem Jungen von der Jacht aus zuwinkte. Er fragte sich: Hatte der Vater die Jacht gekauft, um dem Jungen eine Freude zu machen, oder trug der Junge das T-Shirt, um den Vater zu erfreuen? Das blieb ihm im Kopf.*

Ich war ganz entspannt, hatte die Füße nun auf den Tisch gelegt und trank so starken Kaffee, dass ich etwas ins Schwitzen kam. Meine Gedanken schweiften ab zu dem Tag, der vor mir lag, aber dann sagte Keany:

Tatsächlich handelte es sich bei den ungleichen jungen Leuten um Geschwister, die ihren Vater Leon Parker besuchten, den neuen Besitzer der Jacht.

Erschrocken setzte ich mich auf. Ich musste mich verhört haben. Ich war noch nicht ganz wach, es war früh am Morgen. Mein verschlafener Verstand musste mir einen Streich gespielt haben, so dass ich Leons Namen zu hören glaubte. Ich hatte jahrelang nicht mehr an ihn gedacht und war verblüfft, dass mir sein Name jetzt begegnete.

Er hatte seine beiden Kinder nach Saint-Martin auf die Dana *eingeladen. Sie wollten den einundzwanzigsten Geburtstag der älteren Tochter Violetta feiern. Die Kinder kannten sich kaum. Sie lebten in unterschiedlichen Ländern und hatten unterschiedliche Mütter. Leon hatte vor kurzem wieder geheiratet und versuchte nun, aus den Scherben seiner Vergangenheit eine Familie zu schmieden, was möglicherweise auf Drängen seiner neuen Frau geschah. Es war eine deutliche Abweichung von seinem bisherigen Verhalten.*

Er gedachte ihnen an Bord seiner Jacht ein Festmahl auszurichten und seiner Tochter zur Volljährigkeit ein traumhaft schönes antikes Diamantcollier zu schenken.

Ich saß kerzengerade in der kalten morgendlichen Küche und wollte es immer noch nicht wahrhaben, bestimmt hatte ich den Namen falsch verstanden, aber zugleich schlug mein Herz immer schneller. Es war, als wüsste mein Blut schon, dass er es war, bevor mein Verstand es fassen konnte.

Als der Landesteg befestigt war, stürmte eine junge Frau vom Schiff. Sie hatte eine Reisetasche dabei, hielt eine Hand über ihr rechtes Auge, und der Kapitän brüllte etwas hinter ihr her.

Das war Amila Fabricase, die Schiffsköchin.

Amila verließ das Schiff schnell und mit einem lauten Klong Klong Klong auf dem Metallsteg. Der Lärm zog die Blicke mehrerer Zeugen auf sich. Sie drängte sich durch die Menge, rannte quer durch den Ort und blieb nur stehen, um einen Kellner in einem Café zu fragen, wo sie ein Taxi zum Flughafen bekommen könnte. Als er sie später beschrieb, sagte er, sie habe sich die Hand über ein Auge gehalten, ihr Gesicht sei aschfahl gewesen, sie habe gezittert, Tränen seien über die verdeckte Gesichtshälfte gelaufen und vom Kinn getropft. Der Kellner brachte sie dazu, sich hinzusetzen, und rief ihr ein Taxi. Sie schien große Schmerzen zu haben, er dachte, ihr Auge sei verletzt, und fragte sie, ob er es sich einmal ansehen solle, aber das wollte sie nicht. Er half ihr ins Taxi, das sie zum Flughafen bringen sollte, und sie bedankte sich bei ihm.

Der Kapitän der Dana *schäumte vor Wut. Die Familie hatte sich zu einem Festmahl versammelt, aber die Köchin war fort. Er rief bei der Agentur an, die Amila vermittelt hatte, und forderte Ersatz an, aber es war Hochsaison, und niemand stand zur Verfügung. Er hinterließ zornige Nachrichten auf Amilas Handy und bestand darauf, dass sie ihren Lohn zurückzahlte: Alle Crewmitglieder waren zu Beginn der Reise bar bezahlt worden. Das ist eine sehr unübliche Verfahrensweise, und es ließ den Kapitän schlecht dastehen. Amila hatte ihr gesamtes Geld mitgenommen. Sie rief ihn nicht zurück.*

Die beiden jungen Leute sahen Amila aufbrechen, sahen den Kapitän schimpfen, aber dann kam ihr Vater über den Landesteg. Sie umarmten sich und machten sich zu dritt auf zu einem Spaziergang, während der Kapitän vor Wut schäumte und das Abendessen organisierte.

Sie schlenderten durch den Ort und tranken in einer Kaffeebar Bier und Fanta. Die Barbesitzerin erinnerte sich, dass Leon rauchte und viel redete und dass sie alle gemeinsam lachten, aber auch angespannt wirkten.

Auf der Dana *suchte der Kapitän noch nach einer Lösung für das Festmahl. Les Copains, ein Restaurant im Ort mit Michelin-Stern, fand sich bereit, eine Bouillabaisse zu liefern sowie Brot, Charcuterie als Vorspeise, Käseplatte und Salat. Bouillabaisse ist eine Fischsuppe. Wie bei vielen ländlichen Gerichten handelte es sich ursprünglich um eine einfache Speise, jetzt allerdings muss sich strengstens an das Rezept gehalten werden. Der Fischeintopf, der die Grundlage bildet, ist mit frisch gekochten Miesmuscheln, Langusten und Knoblauchbrot zu garnieren, was alles erst unmittelbar vor dem Servieren hinzugefügt gehört. Das wurde später noch wichtig für die Rekonstruktion des Ablaufs der Ereignisse. Das Restaurant wollte einen Souschef an Bord lassen, um die Bouillabaisse tadellos anzurichten, aber der Kapitän lehnte das ab. Leon Parker wollte die Jacht an diesem Abend für sich. Keinem Souschef war es erlaubt zu bleiben. Leon wollte, dass sie allein waren.*

Les Copains schämte sich entsetzlich wegen der unsachgemäß servierten Bouillabaisse, deshalb verging eine Woche, ehe man zugab, dass man schon vor dem Kredenzen der Suppe gegangen war.

Das Abendessen wurde vom Les Copains auf die Dana *geliefert und in der Kombüse vorbereitet, die zum Auftragen bereite Bouillabaisse in einem Warmhaltetopf, die Garnierung auf einem Extrateller daneben. Der Käse war auf einer Platte angerichtet, ebenso die Charcuterie. Die Crew deckte den Tisch in dem luxuriösen Speiseraum unter Deck. Leon hatte noch keine Gelegenheit gehabt, ihn zu benutzen, und war ganz erpicht darauf, ihn zur Geltung zu bringen. Eine Magnumflasche Champagner lag an Deck auf Eis, wie von Leon angewiesen. Die Crew wartete auf die Rückkehr der Familie.*

Als sie sahen, wie die Parkers am Kai entlang auf das Schiff zukamen, stellten sich Kapitän und Crew in einer Reihe auf, um sie willkommen zu heißen. Leon ging als Letzter an Bord. Er gab dem Kapitän ein paar hundert Euro und wies ihn an, die Crew in eine Bar mitzunehmen und sich ein wichtiges Fußballspiel anzusehen, Frankreich gegen Deutschland im Europacup-Halbfinale. Sie sollten nicht vor elf zurückkommen.

Der Kapitän tat, was man ihm sagte. Er ging mit seinen Leuten in eine nahegelegene Bar, und sie sahen sich das gesamte Spiel an. Frankreich gewann und kam ins Finale, Deutschland schied aus. Die französische Crew hatte einen prima Abend. Sie gingen noch eine Pizza essen, bevor sie sich um zehn nach elf wieder am Hafenkai einfanden.

Aber die Dana *war weg. Kein Mitglied der Familie Parker wurde je wieder lebend gesehen.*

Es gab keinerlei Funkverkehr von Bord aus, aber Gäste eines nahegelegenen Dachrestaurants beobachteten Folgendes: Sonnenuntergang war gegen halb zehn. Man sah eine Person an Bord, möglicherweise Violetta, aber es war dunkel. Der Motor der Dana *wurde angeworfen, und das Schiff fuhr hinaus auf die offene See.*

Als die Marsstenge am Dachrestaurant vorbeiglitt, etwa siebzig Meter entfernt, klatschten die Zuschauer spontan Beifall. Aber die Gäste mit Segelerfahrung merkten, dass etwas nicht stimmte.

Die Navigationslichter auf dem Schiff waren aus.

Diese Lichter müssen ständig eingeschaltet sein, wenn ein Schiff in Bewegung ist: ein Licht am Hauptmast, eins vorn und eins hinten, und farbige Lichter an den Seiten – rot an Backbord, grün an Steuerbord, damit die anderen Boote wissen, in welche Richtung das Schiff fährt.

Zwei der Gäste waren so beunruhigt, dass sie die Küstenwache anriefen, um zu melden, dass etwas mit der Dana *nicht in Ordnung war. Jemand hatte ohne Positionslichter abgelegt. Es war von einem inkompetenten Segler auszugehen, der entweder keine Erfahrung hatte oder die Vorschriften nicht kannte. Die Küstenwache versuchte, Kontakt mit der Jacht aufzunehmen, aber der Seefunk war ausgeschaltet.*

Die Dana *fuhr direkt auf den Atlantik hinaus und querte dabei eine große Schifffahrtsstraße. Ohne Funk ist das gefährlich, weil moderne Containerschiffe riesig sind und blind fahren. Sie müssen sich auf Funkkontakt verlassen, um kleinere Schiffe zu warnen.*

Wundersamerweise kreuzte die Dana *die Schifffahrtsstraße, ohne dass etwas passierte, aber jetzt meldete die Küstenwache sie über Funk als Sicherheitsrisiko.*

Das weckte die Aufmerksamkeit anderer Schiffe.

Ein Containerschiff in der Nähe stellte ein Crewmitglied ab, um die Dana *im Auge zu behalten, bis die Küstenwache eintraf. Sehr viel später, nachdem Amila bereits wegen Mordes verurteilt worden war, interviewte man dieses Crewmitglied für eine Dokumentation. Er beschrieb, was er gesehen hatte.*

Der Klang veränderte sich, wurde qualitativ besser und hatte das trockene Ambiente eines Studios. Der Mann sprach perfekt Englisch mit starkem niederländischem Akzent.

»Ja, wir haben sie mehrfach angefunkt, aber es kam keine Antwort. Ich sollte auf der Brücke bleiben und Wache halten, bis die Küstenwache kam. Es war eine klare Nacht, ich hatte ein Fernglas. Ich konnte die Umrisse sehen, wir näherten uns, aber da war niemand an Bord. Also, na gut. Das war schon eine merkwürdige … ähm … Situation. Die Lichter waren aus, sogar am Masttopp, aber der Motor lief weiter. Ich konnte die Abgase sehen, und das Schiff fuhr geradeaus. Vielleicht ein Stromausfall? Ich weiß es nicht. Aber während ich noch hinsah, ist diese Jacht auf einmal gesunken wie ein Stein.

Ich sah zu, wie sie einfach so unterging. Sie krängte nicht. Es ging alles sehr schnell, das Meer schwappte über das Deck, dann eine kleine Rauchwolke, als der Motor unter Wasser sank, die See verschluckte die Marsstenge, dann war das Wasser wieder ruhig. Sie ging einfach unter, und weg war sie.

Es war verrückt. Wir lachten alle. Wir wussten ja nicht, dass da eine Familie an Bord war. Wir dachten, da hat jemand die Jacht versenkt, um Versicherung zu kassieren, und er hat es richtig schlecht gemacht, so dass es rauskommen würde. Sie können sich nicht vorstellen, wie teuer diese Schiffe sind, selbst wenn sie nur im Hafen liegen. Das dachten wir in dem Moment. Weil, na ja, was sollte denn sonst dahinterstecken?«

Ja genau, was sonst?

Amila Fabricase wurde angeklagt und verurteilt, das Schiff versenkt zu haben. Die Polizei fand Hinweise darauf, dass sie mit Sprengstoff zu tun gehabt hatte, und behauptete, sie hätte welchen im Maschinenraum der Dana *platziert, bevor sie von Bord gegangen war. Die Frage, die bei der Ermittlung anscheinend nie gestellt wurde, lautet: Wer steuerte das Schiff aufs Meer hinaus? Das muss jemand an Bord getan haben.*

Mal angenommen, Leon Parker hätte ein bisschen was getrunken und beschlossen, nach dem Abendessen rauszusegeln. Mal angenommen, er hätte vergessen, die Lichter und den Funk einzuschalten – selbst dann hätten die Gäste im Dachrestaurant ihn fröhlich lossegeln sehen. Aber so war es nicht. Ein Zeuge im Hafen sah eine einsame Gestalt, sagte jedoch, sie bewegte sich geduckt, verstohlen, als wollte sie sich verstecken. Es geschah heimlich.

Amila wurde aufgespürt, durchsucht und vernommen, dann wurde gegen sie ermittelt.

Die wohlhabende Familie sah man sich kaum an.

Die Polizei richtete ihr Augenmerk nicht auf Leon, der die Kinder eingeladen und die Crew weggeschickt hatte, nachdem er sie in bar bezahlt hatte. Leon, der sowohl ablegen als auch das Schiff steuern konnte. Leon, der den Kapitän angewiesen hatte, das Abendessen im Speiseraum zu arrangieren, unter Deck, an einem warmen Juliabend, wenn ein Essen auf Deck doch so naheliegend gewesen wäre. Niemand prüfte, ob Leon Parker seine Familie umgebracht hatte. Die Polizei konzentrierte sich ausschließlich auf Amila.

Leon hatte erst vor kurzem in eine sehr mächtige Familie eingeheiratet. Sie sind bekanntermaßen medienscheu und haben gute Beziehungen. Ist es möglich, dass die Polizei angewiesen wurde, Leon nicht ins Visier zu nehmen? Ist es möglich, dass man den Behörden mit Nachdruck nahegelegt hat, die Polizei möge sich auf jemand anderen konzentrieren?

Ich tippte auf Pause. Ich wusste, es ging um meinen Leon. Meinen Freund Leon.

Mein Herz schlug bis zum Hals. Ich nahm mein Handy und öffnete die Homepage des Podcasts.

3

Das Hintergrundbild zeigte die *Dana*, die in den Seilen im Trockendock hing. Es war durch eine Fisheye-Linse verzerrt, und der rot-weiße Bug bäumte sich auf wie ein großer, freundlicher Hund, der die Kamera beschnüffelt. Der Himmel dahinter war klar und blau, ein Côte d'Azur-Winterhimmel, und das lackierte Holzdeck blinkte in der Sonne.

Seitlich am Rand des Bildes gab es Dateien, jede beschriftet mit der Episode, auf die sie sich bezog. »Ep1«. »Ep2«. Sie waren gestaltet wie Papierstapel, die auf einem Schreibtisch abgelegt sind und auf die man von oben hinabsieht. Aber es war kein Schreibtisch, es war ein Foto einer Jacht.

Ich tippte auf »Ep1«, und eine ganze Reihe Fotos trennte sich auf und glitt über den Bildschirm.

Da war er: Leon Parker.

Ein grinsender, zahnlückiger, älterer Leon.

Seine Arme ruhten auf den Schultern zweier schlanker Jugendlicher, einem schlaksigen blonden Jungen im zu großen T-Shirt und einer schönen jungen Frau in einem gold-grün gestreiften Kleid. Sie grinste und trug ein klobiges Diamantcollier. Sie berührte es mit dem Mittelfinger, als wollte sie der Kamera den Stinkefinger zeigen. Alle drei prosteten mit Champagnerschalen in die Kamera.

Leon Parker war tot. Verdammt, das machte mich traurig. Ich hatte ihn jahrelang nicht mehr gesehen, aber manche Menschen sind einfach ein Verlust für die Welt. Leon Parker war einer davon.

Er war in den letzten zehn Jahren nicht sehr gealtert. Er war eins achtzig groß, massiv gebaut, ging um die Taille herum auseinander, sah aber immer noch gut aus für einen Mann Ende fünfzig. Seine Haare waren etwas grauer, immer noch recht lang und lockig, von der salzigen Seeluft zerzaust. Weißes Brusthaar kräuselte sich aus dem breiten Kragen seines offenen Hemds, in hartem Kontrast zu seiner wettergebräunten Haut. Er grinste, neben dem Schneidezahn fehlte ein Zahn. Er sah glücklich aus.

Mein Blick wanderte von dem blauen Himmelhintergrund, seinen Kindern und dem Diamantcollier zu der dünnen Zigarette, die zwischen Leons Fingern brannte. Leon drehte selbst. Ich wusste aus Erfahrung, dass er es einhändig konnte.

Auf dem Bild hatte er die Arme um seine Kinder gelegt, hielt aber die Zigarette zur Seite, als wollte er nicht, dass der Qualm ihnen zu nahe kam. Fast konnte ich seinen billigen Tabak riechen, warm wie Bratensoße, konnte ihn in sich hineinlachen hören, wenn er mit einer Geschichte fertig war, die er bestimmt schon hundert Mal erzählt hatte.

Ich wollte es mir nicht weiter anhören, aber ich musste wissen, was mit ihm geschehen war. Ich drückte auf Play.

Leon Parker war ein ganz besonderer Typ. Das konnte niemand leugnen. Was für Fehler er auch haben mochte – er wusste, wie man es sich gut gehen ließ. Geboren in einer Arbeiterfamilie im Londoner East End, arbeitete er als Wertpapierhändler in der City, wurde dann Geschäftsmann. Er riskierte viel, er machte Vermögen und verlor sie.

Nach seinem Tod grub man dieses kleine Interview mit ihm auf London Tonight *aus. Aufgenommen wurde es auf der Straße am Schwarzen Mittwoch 1992, als in London die Märkte zusammenbrachen.*

Das Geräusch von Bussen, die durch eine belebte Londoner Straße poltern. Ein Interviewer mit gepflegter Aussprache rief über den Lärm hinweg:

»*Entschuldigen Sie, Sir, haben Sie heute Geld verloren?*«

»*Alles futsch.*« Leons Stimme war rau und heiser. »*Ich hab den ganzen Scheiß verloren.*«

»*Dann ist das ein schlimmer Tag für Sie?*« Der Interviewer klang düster.

»*Ach, na ja …*« Leons Stimme wurde unvermittelt heller. »*Mal verliert man, mal gewinnt man, was?*«

Dann stieß er sein anzügliches Lachen aus, eine herrliche Mischung aus Verzweiflung und Freude am Spiel. Der Interviewer stimmte in sein Lachen ein. Ich merkte, wie ich ebenfalls lächelte.

Oh Gott, Leons Lachen. So dunkel und wild, man hätte darin einen Sack voller Kätzchen ertränken können.

Es katapultierte mich zurück zu einem Sommer in den schottischen Highlands, weit die Westküste hinauf, weiter als Inverness, jenseits der Black Isle, rauf nach Dornoch, wo die Berge alt und rund und hoch sind, wo kaum mehr Züge fahren, wo das Wetter überraschend mild und das Land vernarbt ist von verlassenen Bauernhöfen, die wieder mit den Feldern verschmelzen.

Zurück nach Skibo Castle.

4

Skibo Castle ist ein exklusives Feriendomizil nur für Clubmitglieder in der Nähe von Dingwall.

Als Andrew Carnegie es 1897 kaufte, war das Schloss verfallen. Er war Schotte, im Alter von zehn nach Amerika ausgewandert und hatte dort ein Vermögen gemacht. Zu der Zeit war er der reichste Mann der Welt. Carnegie ließ Skibo als edwardianisches Schloss wiederaufbauen, um es als Sommerresidenz zu nutzen. Es liegt auf einem achtundzwanzigtausend Morgen großen Stück Land und bietet jeden Luxus: Fliegenfischen und Rotwildjagd, Segeln und Kajakfahren, Reiten, exzellentes Essen und wunderschöne Zimmer. Es hat ein Spa, in dem Kuren verkauft werden, die nichts bringen, für Wehwehchen, die man nicht hat. Madonna hat hier ihren Hochzeitsempfang gehalten.

Wenn man von der Zufahrt kommt, sieht es relativ groß aus, aber das täuscht. Es wurde auf einen steilen Hügel gebaut. Es ist nicht einfach groß, es ist riesig, und es wurde so entworfen, dass die Funktionsräume unter der Erde sind. Dadurch sind die Haupträume frei von Haushaltsgeräten und erwecken den Eindruck eines Hauses mit zwanzig Schlafzimmern, aber ohne Besenschrank.

Dieser Teil der Highlands ist mit Schlössern verseucht. Der Besitzer von Harrods hat eins. Bob Dylan hat eins. Die Queen Mother hat hier gewohnt. Den Dukes of Sutherland gehört Dunrobin Castle, das für die Öffentlichkeit zugänglich ist. Dort gibt es eine recht hübsche Teestube und ein Museum, in dem mit keinem Wort die Vertreibung der Pachtbauern erwähnt wird, die von ihrem Land verjagt wurden, um die profitable Schafzucht einzuführen, und auch nicht die Wirtschaftsflüchtlinge, die es in der Folge gab. Aber es gibt dort eine Büste von Garibaldi aus Carraramarmor. Der Duke traf ihn nur für ein paar Tage, aber Garibaldi war zu der Zeit sehr berühmt. Die Büste war im 19. Jahrhundert das, was heute ein signiertes Hendrix-Poster ist.

Es ist ein seltsamer, abwegiger Ort für seltsame, abwegige Menschen, meist Zugezogene, die so tun, als wären sie Schotten. Die gesamte Gegend ist mit Erfundenem überschwemmt. Ich liebte es dort.

Leon Parker kam mit seiner holländischen Freundin nach Skibo. Sie war Clubmitglied, aber weder jagte noch segelte noch schwamm oder ritt sie. Sie trug hohe Absätze, die das Eichenparkett zerkratzten, und verbrachte ihre Zeit im Spa, nippte Gesundheitstees und war mit dem Service unzufrieden. Sie war klein und dunkelhaarig und sehr schön.

Leon und ich trafen uns eines Abends, als es dunkel wurde, bei einem der Müllhäuschen: Ich hatte meine Rauchpause, er wollte spazieren gehen. Er bat mich um eine Zigarette, weil er seinen Tabak im Zimmer gelassen hatte. Ich konnte ihm schlecht sagen, er solle sich verpissen. Ich hatte bereits Ärger mit dem Manager.

Da standen wir an diesem ruhigen Abend und rauchten. Ich fühlte mich etwas unwohl, mit ihm allein zu sein. Ich stellte mich so hin, dass ich ins Küchenfenster sehen konnte, um mich zu vergewissern, dass immer jemand in Rufweite war. Nicht, dass Leon etwas Bedrohliches gehabt hätte, nur traute ich damals niemandem.

Wir sprachen über das Rauchverbot und wie sehr es unser Rauchverhalten beherrschte. Er erzählte mir, wie er einmal auf einem Langstreckenflug so sehr verzweifelte, dass er Tabak aß und ihm anschließend stundenlang schlecht war. Wir lachten darüber.

Er schien dieses Lachen dringend zu brauchen.

Ich weiß nicht mehr, wie wir darauf kamen, aber er erzählte mir eine wunderschöne Geschichte von einem Bettler, den er vor seinem Hotel in Paris gesehen hatte. Der schmutzstarrende Mann setzte sich auf den Bürgersteig, zog ein sauberes Tischtuch aus der Tasche und legte es vor sich. Dann holte er aus anderen Taschen ein Messer, eine Gabel, einen Löffel und eine Serviette, deckte den Platz vor sich ein und stellte ein Schild hin, auf dem »Danke« stand. Dann steckte er sich die Serviette in den Kragen und wartete. Während Leon zusah, wurde dem Mann von einem der umliegenden Restaurants ein Essen serviert. Am nächsten Tag kam der Mann wieder, deckte den Platz vor sich ein und bekam wieder ein Essen, diesmal von einem anderen Restaurant. Leon war vier Tage lang dort, und der Mann blieb nie ohne Mittagessen. »Paris!«, sagte er am Ende, als wäre das von Bedeutung.

Aber die Geschichte gefiel mir, also antwortete ich: »Ja, Paris!«

Dann verstummten wir und rauchten und sahen zu, wie die Sonne unterging. Es war beeindruckend. Sonnenuntergänge in jenem Sommer bestanden aus grellpinkfarbenen Himmeln, die gegen marineblaue Nacht kämpften.

Der erste Abend brachte dieses Lachen.

Aber am zweiten Abend tauchte Leon wieder bei den Mülltonnen auf. Ich fürchtete schon, dass er sich falsche Hoffnungen machte. Wir plauderten steif über den Tag, und er drehte mir Zigaretten, um sich für den vorangegangenen Abend zu revanchieren. Tabak mit Johannisbeer-Vanille-Aroma.

Angestellte durften Gästen nicht sagen, dass sie sich verziehen sollten, und sie durften ihnen auch kein Tablett auf den Kopf knallen, wie ich erst kürzlich zu meinem Leidwesen erfahren hatte. Damals hatte ich ein ziemliches Temperament.

Ich wollte diesen Job behalten. Es war ein guter Job, gut bezahlt, bequeme Unterkunft, sicher und ab vom Schuss. Ich hatte dort einen engen Freund, Adam Ross. Die Clubmitglieder kamen aus aller Welt, und die meisten waren ziemlich nett. Wenn sie es nicht waren, sprach Albert, der Manager, mit ihnen. Der Mann brachte es fertig, in einem Fünf-Meilen-Radius Schamgefühle auszulösen. Dienstleistung ist ein Machtspiel, sagte Albert gern, und Formvorschriften sind unsere einzige Waffe. Immer schön professionelle Distanz halten. Aber da stand ich nun und rauchte neben den Mülltonnen mit einem Gast Zigaretten. Das war nicht richtig.

Leon bemerkte mein Unbehagen und sprach mich direkt darauf an. War es mir nicht recht, dass er hier draußen mit mir rauchte?

Es wirkte wie eine Fangfrage. Wenn ich sagte, dass ich eigentlich nichts dagegen hatte, würde er dann übergriffig werden? Am besten war es, mit einer Gegenfrage zu antworten, also sagte ich: »Warum kommen Sie zum Rauchen hier raus an die Mülltonnen? Ich würde mich in die Raucherlounge setzen, wenn ich dürfte.«

»Na ja«, er lächelte schüchtern, »diese junge Dame, mit der ich hier bin, meine Freundin, ich meine, ich mag sie und alles, aber man kann mit ihr nicht entspannt plaudern, wissen Sie, was ich meine?«

Ich hielt sie für eine griesgrämige Ziege, aber ich sagte: »Ja, ich kenne auch solche Leute …«

»Wenn ich ihr eine Geschichte erzähle wie die von dem Bettler in Paris, dann schaut sie irritiert und sagt so was wie: Warum hat er sich den Platz eingedeckt? Wo hatte er als Bettler das Besteck her? Sie kann mit Geschichten nichts anfangen.«

Ich sagte, vielleicht käme sie eben nicht aus einer Familie, in der man sich Geschichten erzählt.

»Ja. Sie kapiert's nicht.« Er wirkte besorgt und zog heftig an seiner Zigarette. »Sie sagt: ›Immer erzählst du solche Geschichten, Le-on. Zu allem und jedem hast du eine *kleine* Geschichte auf Lager.‹« Er ließ es abfällig klingen, machte ihren Akzent nach, aber er hielt den Blick abgewandt, er versuchte nicht, mich zum Mitmachen zu bringen, und dann murmelte er: »Sie kapiert's nicht …« Er wirkte ein bisschen traurig.

Ich sagte, dass eine der Geschichten in *Tausendundeiner Nacht* ausdrücklich von dem Drang handelt, eine Geschichte zu erzählen. Es ist ein Urverlangen, Geschichten zu erzählen. Es geht dabei weniger um den Zuhörer, sondern um den Erzähler. In manchen Kulturen wird es als Geisteskrankheit angesehen, wenn man nicht seine Geschichte erzählt.

»*Tausendundeine Nacht*«, er lächelte. »Ist das *Ali Baba*? Aus der Weihnachtspantomime?«

Ich war entsetzt. Ich legte los und ereiferte mich über *Tausendundeine Nacht*, was für ein kollektiver Schatz das war, wie durch die diversen Schachtelgeschichten eine ganze Welt erwuchs: Schichten aus gleichzeitig gelebten Leben, die sich verknüpften und überschnitten. Und wie das von Genre zu Genre sprang, die Geschichten komisch und gewalttätig und romantisch und tragisch, wie das Leben, sagte ich, das ist wie das wirkliche Leben. Die Erzählung wurde geschaffen, bevor Geschichten auf eine Gestalt festgelegt waren, bevor die Formen erstarrten. Ich sagte, wie dumm und beschränkt an der westlichen Kultur es war, dass sich immer alles nur um eine Person drehen sollte. Ich klang wichtigtuerisch. Ich klang wie meine Mutter, die Literaturprofessorin am Institut für orientalische und afrikanische Studien an der University of London gewesen war. Ich trug es vor, um ihn zu beeindrucken, weil er sehr gut aussah, und ich glaube, ich wollte ihn wissen lassen, dass ich nicht bloß ein Zimmermädchen war.

Leon nickte und lauschte und lächelte und fand das interessant. Er sagte, er kenne eine Frau, die alles daransetzte, ihre Geschichte *nicht* zu erzählen, weil ihre Familiengeschichte so ein dunkles Geheimnis war. Superverschwiegen, superreich.

Medienscheu. Rückblickend war es bloß ein unbeholfener Anknüpfungsversuch, aber ich wusste schon, von wem er sprach, noch bevor er »Nazis« sagte. Damals war ich ständig extrem auf der Hut.

»Sie heißt Gretchen Teigler«, sagte er. »Ist sie hier Mitglied?«

»Nein.« Das hatte ich als Erstes überprüft, als ich dort ankam. Ich wäre nicht in Skibo geblieben, wenn sie Mitglied wäre. Ihretwegen war ich auf der Flucht. Gretchen Teigler hatte versucht, mich umbringen zu lassen.

Leon wirkte überrascht, neigte den Kopf zu mir und fragte: »Woher wissen Sie das so genau?«

»Ach, Mr. McKay hält uns da immer auf dem neuesten Stand.« Es war eine ziemlich dumme Antwort, als ob Albert mit seinen Angestellten eine Liste der Leute durchgehen würde, die nicht Mitglied waren.

Ich sah, wie Leon lächelte und auf meinen Mund sah. Mit einem Mal wurde mir bewusst, dass mein Akzent verrutscht war. Es lag daran, dass er Londoner war – ich hatte seine Aussprache übernommen, ohne es zu merken. Dabei war ich doch ein Zimmermädchen aus Aberdeen.

Erschrocken murmelte ich etwas von wegen ich sollte ohnehin eigentlich gar nicht mit Gästen reden. Vielleicht wäre es besser, wenn er einfach wieder reinging.

Leon ließ eine Pause verstreichen, dann sagte er: »Nee.« Und beließ es dabei.

Er bohrte nicht nach, woher ich Gretchen Teigler kannte, aber vielleicht wusste er auch längst, wer ich war. Ich habe eine Narbe über der Augenbraue, die recht markant ist. Man kann mich leicht erkennen, wenn man Bescheid weiß, und Leon kam aus London. Er musste den Skandal mitbekommen haben. Der war kaum zu verpassen gewesen.

Jedenfalls verdrehte Leon die Augen, wechselte das Thema und sprach wieder übers Rauchen. Ich glaubte schon, er wäre ganz im Hier und Jetzt, bei mir, seiner neuen Bekanntschaft, um zu rauchen und Geschichten zu erzählen. Dann kam er noch einmal darauf zurück und sagte: »Ach, scheiß auf die Nazis.«

Darüber mussten wir beide lachen. Und dann lachten wir, weil wir beide so lachen mussten, über eine scheinbare Lappalie, aber wir verstanden uns zutiefst, und das war etwas Flüchtiges, und Lachen war eine Möglichkeit, es zu verlängern. Aber dann war es vorbei. Wir wischten uns die Augen, und er seufzte, und ich sagte: »Hey, Leon, hab ich Ihnen von den Jungs erzählt, die mit ihrem Maultier in einem Salzsee schwimmen?«

Und er machte ein gieriges Gesicht und knurrte: »Ah!«, was hieß, ich sollte ihm die Geschichte erzählen. Ich tat es. Sie war gut. Dann erzählte er mir eine. Sie war herrlich. Ich weiß nicht mehr, worum es darin ging, nur dass sie klein und rund war und sich am Ende fein zusammenfügte.

Unsere Geschichten waren keine verkappten Lebensläufe. Wir erzählten sie uns nicht, um zu prahlen oder unseren Platz in der sozialen Rangordnung abzustecken. Es ging nicht um solchen Scheiß. Es waren Geschichten zur Unterhaltung, erzählt um ihrer Gestalt willen, um ihrer selbst willen, um der Liebe zum Erzählen willen. Es ging dabei einzig um die Geschichten und die Gestalt der Geschichten. Runde, spiralförmige, perfekte Bögen, ein Abheben im rechten Winkel mit vierfachem Aufschlag bei der Landung, und eine von seinen, daran erinnere ich mich lebhaft, war eine absurde Fingerfalle. Was immer danach geschah, als wer er sich auch herausstellte, zu diesem Zeitpunkt war die Sache zwischen mir und Leon echt.

Ich vertraute ihm ein kleines bisschen. Als am nächsten Tag niemand kam, um mich zu töten, vertraute ich ihm ein bisschen mehr. Im Laufe des Tages musste ich zum Manager, Mr. McKay, und er sagte nichts von Gretchen Teigler, da wusste ich, dass Leon meinen Ausrutscher nicht erwähnt hatte. Vielleicht fand er es unwichtig.

Am nächsten Abend bei den Mülltonnen erzählte er mir von seiner Tochter. Wenn Männer über Töchter reden, ist das oft ein verschlüsselter Hinweis darauf, dass sie nicht vorhaben, handgreiflich zu werden. Mütter sind ein anderer Code. Müttergeschichten können so oder so ausgehen. Leon hatte sich von der Mutter des Mädchens getrennt und seine Tochter im Stich gelassen. Die Kleine wuchs unter schrecklichen Bedingungen auf, ihre Mutter war drogenabhängig, und die Sozialisation des Mädchens verlief wüst. Das fand er erst später heraus, es war eine hässliche Scheidung gewesen, und er war so mit sich selbst beschäftigt, dass er gar nicht daran dachte, sich nach ihr zu erkundigen. Er war Ende dreißig, als sie geboren wurde, er hatte keine Ahnung, wie es war, Vater zu sein. Jetzt unterstützte er die beiden finanziell, aber seine Tochter war stinkwütend auf ihn. Er fand, dass sie jedes Recht dazu hatte.

Es war ehrlich, eindeutig wahr, und er fühlte sich mies dabei. Ich hatte das Gefühl, dass er sich eine Blöße gab. Er fragte mich, ob ich Familie hätte, und aus irgendeinem Grund sagte ich ihm die Wahrheit. Meine Mutter war an Brustkrebs gestorben, als ich siebzehn war. Sie hatte mir alles bedeutet. Mein Vater hatte sich umgebracht, als ich klein war. Ich erinnerte mich nicht an ihn. Leon schüttelte den Kopf und sagte, das sei fürchterlich. Er meinte es nicht wertend, nur, dass es furchtbar für mich sein musste. Er sagte, mein Vater hätte abwarten sollen, und dass so etwas vorbeiging, normalerweise. Dann nahm er einen tiefen Zug von seiner Zigarette, verbrannte einen Zentimeter Asche. Es schien mir, als hätte er ebenfalls schon mal Selbstmord in Betracht gezogen und es sich wieder aus dem Kopf geschlagen. Ich mochte ihn dadurch noch lieber. Ich habe meinem Vater nie verziehen, was er getan hat. Selbstmord ist virulent. Er kann durch ganze Familien wüten, so wie Tuberkulose früher ganze Straßenzüge niedermähte. Er brachte uns den Erreger ins Haus. Besonders zum Ende hin, als sie schrecklich krank war, quälte sich meine Mutter wegen dem, was er getan hatte. An manchen Tagen fühlt sich mein eigenes Lebendigsein wie eine Trotzreaktion an, wie ein riesiges »Fick dich« an meinen feigen Vater.

Dann ging Leon wieder rein.

Er blieb eine Woche. Er kam jeden Abend raus, und wir rauchten und erzählten uns Geschichten, aber auch still zu sein machte ihm nichts aus, und er ließ mir immer Zeit, noch eine allein zu rauchen.

An seinem letzten Abend kam er zu den Mülltonnen und hatte zwei Gläser mit fünfzehn Jahre altem Springbank dabei. Er sagte, es sei der beste Malt Whisky, den es gab.

Ich bedankte mich, und wir tranken und betrachteten den knallpinken Sonnenuntergang, wie er den Kampf über den Müllhäuschen verlor. Es war ein guter Malt.

Leon sagte, Trottel wären immer auf den teuren Whisky aus, aber dieser sei der beste. Er erzählte mir eine lange Geschichte über einen Millionär, der achttausend für eine Einheit eines hundert Jahre alten Malt Whiskys bezahlt und dann ein Bild der Flasche gepostet hatte. Experten reagierten darauf und erklärten ihm, dass diese Destillerie erst seit dreißig Jahren existierte. Sie prüften ihn, und der Whisky erwies sich als billiger Blend, die Flasche war gefälscht. Leon gefiel diese Geschichte ungemein. Ich weiß gar nicht genau, warum es ihm so viel Freude machte, sie zu erzählen. Am Ende lachte er überrascht los, und sein Gelächter klang voll und herzhaft. Es kam tief aus seinem Bauch, und er öffnete den Mund ganz weit und ließ es in bellenden Stößen heraus. Und dann sagte er: »Es gab Zeiten, da hätte ich das auch bezahlt. Aber man kann sich das Besondere nicht kaufen. Es hat mich einen Haufen Kohle gekostet, das rauszufinden.«

Ich hätte ihn fast gefragt, was zur Hölle er dann auf Skibo Castle suchte, aber das hätte er vielleicht nicht so lustig gefunden, und ich mochte ihn, also ließ ich es bleiben. Hatte er eigenes Geld oder bloß eine reiche Freundin? Das kam nie richtig raus. Und dann war meine Pause vorüber, der Whisky alle, und wir hatten unsere Zigaretten aufgeraucht.

Er wandte sich mir zu, was sich seltsam anfühlte, weil wir normalerweise den Blick auf die Aussicht gerichtet hielten, aber er wandte sich mir zu und sah mich an und sagte: »Sie sind zu gut für diesen Job, Anna. Versprechen Sie mir, dass Sie hier nicht hängenbleiben.«

Meine Kündigungsfrist lief bereits. Man hatte mich gebeten zu gehen, wegen des Vorfalls mit dem Tablett und ein paar anderer Dinge, bei denen ich rückblickend verwundert bin, dass man sie mir bis dahin hatte durchgehen lassen. Aber Leon wusste davon nichts, und ich mochte ihn, also ließ ich ihm die Genugtuung.

»Okay, versprochen«, sagte ich. »Und Sie sollten zusehen, dass Sie von dieser elendigen Holländerin wegkommen. Suchen Sie sich jemanden, der Sie mag.«

Er grinste, und mir fiel die Lücke neben seinem Schneidezahn auf. »Mag sie mich denn nicht?«

»Sie mag nichts und niemanden.«

Er lachte wieder und sagte, ich solle auf mich aufpassen, und ging.

Als ich am nächsten Morgen meine Schicht antrat, war Leon fort. Er war mitten in der Nacht gefahren, ohne seine holländische Freundin. Sie stand höchst wütend an der Rezeption und schikanierte das Personal wegen der Spa-Rechnung und verlangte nach einer Limousine, die sie zum Flughafen bringen sollte. Ich wurde raufgeschickt, um für sie zu packen. Ich muss zu meiner Schande gestehen, dass ich in ihre Crème de la Mer spuckte. Ich war damals wirklich eine kleine Giftspritze.

Da saß ich in meiner blitzblanken deutschen Küche, meine Mädchen und Hamish schliefen oben, der Kaffeebecher in meiner Hand wurde kalt, ich starrte auf das Foto meines Freundes Leon und weinte. Es nahm mich sehr mit, dass er tot war.

Trauer ist wie eine Narbe. Das Gewebe ist zäh, und wenn man es erneut aufreißt, heilt es nur schlecht.

Ich dachte, ich sollte mit meiner besten Freundin Estelle reden, meine Trauer würde nachlassen, wenn ich ihr Leon beschrieb, ihr erzählte, was für ein guter Kerl er gewesen war. Dann könnte ich es hinter mir lassen. Wir waren verabredet, sie sollte mich um halb zehn zu unserem Bikram-Yoga-Kurs abholen, aber es war noch früh. Ich warf einen Blick auf die Uhr und stellte erschrocken fest, dass es bereits nach sieben war. Ich musste meine Familie wecken und meinen banalen Vorstadt-Montag angehen.

Ich hätte lieber unter dem Meeresspiegel bei den Geistern bleiben sollen.

5

Ich hörte das Klopfen an der Haustür zum ersten Mal, als ich den Mädchen ihre Lunchpakete machte. Ich warf einen Blick auf die Uhr. Fünf vor acht. Ich nahm an, dass es sich um einen verirrten Taxifahrer oder ein falsch adressiertes Päckchen handelte.

Alle anderen waren oben und machten sich fertig. Ich ging im Geiste Sportstundenpläne durch und machte Bedarfslisten: Jessica hatte heute Schwimmen, Lizzie hatte Turnen. Jess brauchte ihren Badeanzug und Shampoo, weil ihr sonst vom Chlor die Kopfhaut juckte.

Ich hörte das Klopfen erneut, hakte aber im Kopf Listen ab und wollte mich nicht stören lassen. Ich ignorierte es.

Ich nahm die Schultaschen und stellte sie in den Flur, rief zu den Mädchen nach oben, dass sie noch zehn Minuten hatten, also los jetzt, ging zur Wäschekammer, holte einen Badeanzug und ein frisches Handtuch, rollte den einen in das andere und kam wieder raus.

Als ich den Flur entlangging, blinzelte ich und sah Leon vor einem pinkfarbenen Himmel lachen. Die Erinnerung war so lebendig, dass sie mir den Atem raubte. Ich sank gegen die Wand, um Luft zu holen. Scheiße.

Ich hatte den Podcast beim Frühstück nicht erwähnt. Hamish wusste nicht, dass ich mal auf Skibo gearbeitet hatte, es gab also keinen harmlosen Anknüpfungspunkt, um von Leon zu erzählen, und abgesehen davon sprachen wir ohnehin kaum.

Ich stand noch im Flur und dachte an Leon, als ich oben in unserem Schlafzimmer Hamishs Handy klingeln hörte.

Dann hastig schlurfende Schritte, als er quer durchs Zimmer eilte, um ranzugehen.

Ich war sauer. Wenn ich ihn anrief, ließ mich Hamish auf der Mailbox landen. Manchmal rief er dann später zurück. Manchmal tat er es nicht und behauptete, gar nicht bemerkt zu haben, dass sein Telefon geklingelt hätte. Aber wenn sein Büro anrief, ging er immer sofort ran. Jetzt hoppelte er durchs Schlafzimmer, um morgens um acht einen Anruf entgegenzunehmen. Komisches Gebiet, dieses Gesellschaftsrecht. Tag und Nacht kamen Anrufe.

Ich konnte ihn eindringlich murmeln hören, seine Stimme schlängelte sich die Treppe hinunter. Dann hörte ich, wie er die Schlafzimmertür schloss, um ungestört zu sein.

Das machte mich wütend, und ich konnte es nicht begründen.

Ich stopfte die Schwimmsachen in die Tasche.

An der Haustür klopfte es wieder, diesmal mit Nachdruck. Ein dreimaliges Pochen in gleichmäßigen Abständen. Klopf. Klopf. Klopf.

Ich ging zur Tür und langte nach dem Riegel, da verdunkelte sich der Flur.

Ich drehte mich um. Hamish stand auf dem Treppenabsatz und blockierte das Licht, das durch das Fenster fiel. Mit seiner Silhouette stimmte etwas nicht. Er trug keinen Anzug mit Krawatte, sondern eine Art T-Shirt mit einem scheußlichen Kragen und widerwärtige beigefarbene Hosen mit Bügelfalten. Ich wusste nicht einmal, dass er solche Sachen überhaupt besaß.

»Was um alles in der Welt hast du da an?«

Er antwortete nicht. Er stand im Gegenlicht, so dass ich sein Gesicht nicht sehen konnte, aber dann bemerkte ich den Koffer zu seinen Füßen: einen gelben Handgepäck-Rollkoffer. Ich hatte ihn vor knapp einem Monat in den Keller geräumt, als er von seinem Juristenkongress in St. Lucia zurück war.

Klopf. Klopf. Klopf.

Jetzt wusste ich es. Gleich da draußen vor der Tür befand sich die Erklärung für seine Launen während des letzten Jahres, für meine Paranoia, für alles. Ich streckte die Hand aus und öffnete.

Mit ihr hatte ich nicht gerechnet.

Meine beste Freundin Estelle, in einem brandneuen Kleid und ziemlich viel Make-up für einen Bikram-Yoga-Kurs am Montagmorgen. Und sie hatte einen kleinen Koffer dabei.

Nein.

Falsch.

Ich befand mich in der falschen Geschichte.

Ich befand mich in einer Familiensaga über ein Sitcom-Paar und seine beiden exzentrischen Töchter. Unsere Schwierigkeiten waren gering, unsere Probleme komödiantisch. Nur befand ich mich ganz und gar nicht in dieser Geschichte. Ich befand mich in einer Liebesgeschichte, und ich war nicht mal eine der Hauptfiguren. Ich war nur das »alles«, was ihre Liebe überwinden würde.

»Mummy?« Jess galoppierte an ihrem Vater vorbei die Treppe herunter. »Kann ich noch einen Smoothie für meine Lunchbox kriegen?«

Ich wollte ihr eine Warnung zurufen, sie aus diesem Moment weg ins Davor brüllen, aber ich fühlte mich, als würde es im Flur Glas regnen, und ich wagte es nicht, den Mund zu öffnen.

6

Ich bin nicht stolz darauf, wie ich mit der Sache umging.

Es lässt sich nicht beschreiben, ohne dass ich verrückt und fürchterlich rüberkomme. Es ist beschämend. Ich würde das Ganze am liebsten überspringen, aber was als Nächstes geschieht – die Fahrt nach Skibo Castle, Demy, das mit Paris und so weiter –, ergibt nur Sinn, wenn ich erkläre, wie grausam der Morgen verlief und wie kurz davor ich war, mir einen Strick zu nehmen.

Ich werde es in kurzen Episoden wiedergeben. Ich werde sie redigieren, nicht aus Umsicht, sondern aus Eigennutz. Ich will gar niemanden täuschen, aber manches von sich kann man schlecht eingestehen. Es war ein Tod. Tod muss abgefedert werden, sonst ist er unerträglich.

Also: Hier sind die Teile, die zu erzählen ich ertragen kann, redigierte Fassung.

Die Mädchen saßen in ihren Schuluniformen am Tisch. Sieben und acht. Komische kleine Splitter aus Schwachsinn: Hamish erzählte ihnen, dass er eine neue Beziehung hatte, mit Estelle, dass Estelle einziehen und ich ausziehen würde, und zwar in eine beschissene kleine Wohnung, die er mir in der Nähe gekauft hatte. *Mummy hat das ganze viele Geld hier, um sie sich zu renovieren.* Er hielt einen Stapel Geldscheine hoch. Estelle saß nicht am Tisch, für sie war hier noch kein Platz. Sie stand daneben und wartete darauf, dass ich meinen für sie freimachte. Sie lächelte unsicher und versuchte, freundlich auf die Mädchen zu wirken, während sie meinem Gorgonenblick auswich.

Hamish erläuterte seinen Plan: Die Mädchen sollten eine Woche nicht zur Schule gehen und mit ihnen nach Portugal fahren, um Estelles Familie kennenzulernen und sich »an die neuen Gegebenheiten zu gewöhnen«. Die Mädchen misstrauten Hamish. Das verstand ich. Er ist gefühlsmäßig eher kalt und selbstherrlich, aber Estelle mochten sie schon immer.

Hamish sagte, er werde sie nicht zwingen. Es sei ihre Entscheidung. Vielleicht wollten sie hier bei mir bleiben. Alle sahen auf meine schockiert aufgerissenen, rotgeweinten Augen und die blutige, geschwollene rechte Hand. (Ich hatte auf eine Wand eingeschlagen. Das hab ich ausgelassen, weil es so übel klingt.) Oder vielleicht entschlossen sie sich ja, einen lockeren Novemberurlaub mit dem strahlenden Paar zu verbringen. Sie hatten die Wahl. Sie waren erst sieben und acht. Sie konnten sich nicht einmal selbst ihre Socken raussuchen, und sie würden sich hieran erinnern und diese Szene für den Rest ihres Lebens immer wieder im Kopf abspielen.

Mit einem Mal überkam mich das Gefühl, in einer Anekdote zu stecken, die sich die Mädchen in der Zukunft erzählten. *Er wollte, dass wir uns zwischen ihnen entscheiden, und wir waren noch so klein, es war schrecklich. Und Mum, erinnerst du dich an Mum? Mum saß einfach nur da, während Dad uns zu einer Entscheidung drängte, und sie tat nichts. Und die arme Mum, weißt du noch, Mum damals?*

Diese Mum würde ich nicht sein. Ich meine, passiv zu sein ist eins meiner Kabinettstückchen, aber so werde ich meine Mädchen nicht erziehen.

Schnitt zu: Estelle, die weinte und sich Zucker aus Haaren und Augen schüttelte. Die Dose hatte sie so heftig getroffen, dass ein roter Halbkreis auf ihrer Stirn pulsierte. Einzelne Zuckerkörnchen klebten an ihrem Lippenstift und funkelten wie

Glitter. Lizzie kicherte nervös in die darauffolgende Stille, und Jess fauchte: »Hör auf!«

Anschließend wurden Dinge gesagt, weitgehend über Estelle, die sich nicht mehr ungesagt oder ungehört machen ließen. Unterm Strich ist es das, wofür ich mich am meisten schäme, denn all diese Dinge wurden von mir gesagt. Und das hätte ich nicht tun sollen, weil meine Kinder sie bis an ihr Lebensende kennen werden. Und abgesehen davon, was immer sie getan hat, ich hatte Schlimmeres angestellt. Hamish war mit jemand anderem verheiratet, als ich schwanger wurde.

Lizzie gefiel das Zuckerwerfen und das Geschrei. Sie saß aufrecht da und riss gespannt die Augen auf. Jess ist älter und hatte weniger Freude daran. Trotzdem gefiel es ihr irgendwie, oder deute ich nur die Erinnerung um, damit ich mich besser fühle? Wahrscheinlich.

Dann führte Hamish Estelle hinaus. Ich griff nach seinem Arm, und sie wirbelte herum, Zucker flog ihr aus den Haaren. »Wage es nicht, ihn zu schlagen!«

Ich taumelte zurück. Ich habe Hamish nie geschlagen. Ich bin jähzornig, vielleicht ein bisschen furchteinflößend, aber geschlagen habe ich ihn nie. Er wirkte peinlich berührt. Keine Ahnung, was er ihr erzählt hat.

Ich drehte mich um und sah meine Mädchen am Tisch sitzen und geduldig darauf warten, dass jemand dieses Chaos in Ordnung brachte. Sie sahen mich an.

Hamish wusste nicht, wer ich war. Er wusste nicht, dass ich eine gestohlene Identität benutzte und keinen Sorgerechtsstreit führen konnte. Damit würde ich mich entlarven, und mehr als alles andere auf der Welt wollte ich verhindern, dass die Mädchen erfuhren, wer ich wirklich war. Niemals. Ich wollte sie beschützen, und dazu musste ich Frieden schließen, ganz egal, was Hamish tat.

Das tat ich nun für meine Kinder: Ich sagte ihnen, sie sollten fahren. Ich sagte ihnen, sie sollten mich verlassen. Ich sagte ihnen, ihr Dad wäre zwar ein kleines bisschen verrückt geworden, aber er hätte sich nun mal entschieden, und da gäbe es kein Zurück. Jess schrumpfte auf ihrem Stuhl zusammen. Ich drückte ihre Hand. Na komm. Das wird schon. Es ist nur eine kleine Veränderung. Wir sind doch starke Frauen, oder etwa nicht? Ich sah die beiden an. Sie starrten leer zurück. Sie waren keine Frauen. Sie waren winzig kleine Mädchen. Aber ich brachte sie dazu zu sagen, dass wir starke Frauen waren. Und ich erzählte ihnen, dass ich das alles nicht wollte. Ich wollte keine Sekunde von ihnen getrennt sein, aber manchmal musste man sich eben dem Leben anpassen, sonst würde man unglaublich viel Zeit und Energie auf den fruchtlosen Wunsch verschwenden, dass das Leben sich an einen anpasste.

Mit ruhiger Stimme sagte ich ihnen, sie sollten mit Daddy wegfahren und versuchen, sich eine schöne Zeit zu machen. Nur sieben Mal schlafen, mehr nicht. Und falls es ihnen zu viel wurde, hätte ich immer mein Handy bei mir, Jess konnte mein altes mitnehmen und mich anrufen, und dann würde ich kommen und sie holen. Ich könnte in wenigen Stunden bei ihnen sein. Ladet es einfach immer auf und ruft mich an. Ich gab ihnen das Handy, ein Ladekabel und eine Powerbank. Sie waren begeistert, ich hatte ihnen noch nie erlaubt, unbeaufsichtigt ein eigenes Telefon mit sich zu führen.

Jess sagte: »Aber du fährst doch nicht gern ins Ausland.«

Und ich sagte: »Na und, für euch nehme ich das auf mich.« Ohne einen Schimmer, wie ich mit dem Pass einer Frau reisen sollte, die vermisst gemeldet war und als mutmaßlich tot galt.

Schnitt zu: Hamish und ich allein in der Küche. Hamish starrt schockiert auf meinen Mund und wartet auf weitere Worte. Ich hatte das nicht geprobt, es war nichts, was ich die ganze Zeit im Kopf durchspielte, aber mein Mund öffnete sich, und sie fielen einfach heraus. Kalte Dinge: Ich werde dir in all deine Schuhe scheißen, wenn du gehst. Beleidigende Dinge: Du hast dieser Welt nichts zu geben, dein intellektuelles Wachstum endete in Cambridge, du hast keinen Blick für Kunst.

Letzteres machte ihn sehr wütend.

Dann sagte er seinen Text auf: Du bist eine Fantastin, du bist eine Bedrohung in meinem Haus, du bist zutiefst gestört. Ich meine, ja, er hatte schon ein paar gute Argumente. Aber dann führte er bestimmte Beispiele für meine Grobheit, meinen Egoismus, mein Dichtmachen an. Wie damals, als er sich mir anvertraute und über sein Gefühl der Unzulänglichkeit sprach und ein Buch auf meinem Schoß bemerkte und ihm klar wurde, dass ich unterm Tisch gelesen hatte. Er sagte, ich sei ein eiskaltes Miststück.

Ich hörte nicht mehr hin und betrachtete ihn bloß. Seine Augen waren verengt, seine Wangen gerötet. Ich sah zu, wie seine Lippen schnappten und Speichel flog. Ich erinnerte mich, wie ich neben ihm aufwachte und wusste, dass er mich hasste. Wie ich aus der Badewanne stieg und mich schnell anzog, obwohl meine Haut noch feucht war, nur damit er mich nicht nackt sah, weil ich mich so abgewertet fühlte. Wie er mich ansah, wenn ich aß, und ich wusste, dass er mich abstoßend fand.

Mit einem Mal konnte ich es gar nicht mehr erwarten, von ihm wegzukommen. »Ich muss aufs Klo«, sagte ich.

»Du tust es schon wieder! Du machst einfach zu, Anna.«

Er folgte mir zum Klo und warf mir vor, ich würde mich »nur verpissen, um zu lesen oder so was«, als wäre dies das Schlimmste, was man mitten in einem Streit machen kann.

Ich sah einen Stuhl im Flur stehen, und kurz erwog ich, ihn zu packen und ihm über den Kopf zu schlagen, aber ich bin eine Dame. Und außerdem hatte ich keine Lust, Estelle diesen Gefallen zu tun.

7

Ich schloss die Badezimmertür hinter mir ab. Ich fühlte mich so hoffnungslos, so überwältigt, ich musste dafür sorgen, dass der Lärm in meinem Kopf aufhörte. Das lange Wäscheseil im Keller fiel mir ein. Ich verfluchte meinen Vater. Ich schwor mir, ich würde nichts anstellen, solange die Mädchen noch im Haus waren. Es war schon längst zu viel für sie. Ich sagte mir: Du musst nur die nächste Stunde durchstehen, das ist alles, und dann kannst du darüber nachdenken. Aber für einen Moment nur musste ich einfach hier raus. Ich hockte mich auf den Badewannenrand und fummelte mir die Ohrstöpsel rein und drückte auf Play.

Hätte Leon Parker seine Familie und sich selbst umbringen können? Warum hätte er das tun sollen? Die französische Polizei ging diesen Fragen niemals nach. Aber den Dana-*Morden haften die extremen und oft unverwechselbaren Anzeichen einer Familienauslöschung an.*

Von Leuten zu hören, denen es schlechter geht als einem selbst, spendet Wärme und Trost. Mitleid ist eine hohle Tugend. Ich mag es. Es ist eigentlich eine Form der Selbstverherrlichung, man macht sich größer, indem man sich jemanden sucht, der noch unter einem steht. True-Crime-Podcasts eignen sich üblicherweise hervorragend dafür, aber manchmal muss man ziemlich lange suchen, um da unten noch jemanden zu finden. Ich hatte nicht meine Familie ermordet und mich umgebracht. Daran klammerte ich mich.

Familienauslöschung ist ein eigentümliches Verbrechen. Ein Mann, und es handelt sich fast immer um einen Mann, ermordet seine Kernfamilie und bringt sich danach um.

Der Begriff »Auslöschung« trifft es gut, denn was solche Vorfälle immer gemeinsam haben, ist die Gründlichkeit beim Morden. Es handelt sich buchstäblich um Übertötung: Erstechen, dann verbrennen. Erschießen, dann ertränken. Der Täter ist emotional aufgeladen und mordet völlig übersteigert. Oft tötet er alle und zündet dann rings um die Toten das gemeinsame Heim an.

Für mich tragen die Dana-*Morde die leidenschaftliche, über die Stränge schlagende Handschrift einer Auslöschung. Sie wirken ganz und gar nicht wie die Tat einer wütenden Arbeitnehmerin, die kein anderes Motiv hat als eine schwache Verbindung zur radikalen politischen Szene, wie die französische Polizei schlussfolgerte.*

Familienauslöschungen lassen sich in vier Kategorien unterteilen.

Typ eins ist das enttäuschte Familienmitglied. Dabei handelt es sich häufig um überambitionierte Menschen, die ihre ganze Identität daraus ziehen, was sie im Leben erreicht haben. Sie fühlen sich von der Performance ihrer Familie im Stich gelassen: Die Ehefrau wird dick, ein Kind fliegt von der Uni oder versagt beim Leistungssport. Und weil die anderen Familienmitglieder den ihnen vom Täter zugewiesenen Rollen nicht nachgekommen sind, werden sie zur Strafe ermordet.

Das klingt nicht nach Leon. Er war ein Abenteurer. Für ihn war es das Größte, Risiken einzugehen, nicht, etwas zu erreichen. Keines seiner Kinder trieb Sport, und niemand war in letzter Zeit gescheitert oder hatte einen Misserfolg gehabt. Das können wir ausschließen.

Das nächste Motiv ist Bosheit. In diesem Szenario tötet sehr oft ein Elternteil die Kinder des entfremdeten Partners. Dabei handelt es sich um ein kontrollsüchtiges Familienmitglied, das üblicherweise darauf reagiert, dass eins der Opfer den Versuch unternommen hat, sich zu befreien. Der Mörder kommuniziert seine Wut durch sich immer weiter hochschaukelnde Drohungen gegen den Fliehenden, die irgendwann aufs Töten hinauslaufen. Er stellt Ultimaten und glaubt, dass die Person, die er verletzen will, für die Tode verantwortlich ist, weil sie seine Forderungen nicht erfüllt hat.

Wieder trifft nichts davon auf Leon zu. Er hatte zwei Kinder von zwei Frauen. Er war nicht besonders kontrollsüchtig, verstand sich mit beiden recht gut und hatte gerade erst wieder geheiratet.

Der dritte Typ, der zur Familienauslöschung neigt, ist der Paranoiker. Hier leidet der Mörder unter Wahnvorstellungen und glaubt, dass er seine Familie vor einem schlimmeren Schicksal als dem Tod bewahrt. Diese Wahnvorstellungen sind üblicherweise religiöser oder psychotischer Natur. Alle sind sich einig, dass Leon während seiner Reise vollkommen klar im Kopf war. Er war weder verblendet noch religiös, hatte keine seltsamen Anwandlungen oder Weltuntergangsvisionen. Es gibt keinerlei Hinweise darauf, dass er jemals einen psychotischen Schub hatte.

Am ehesten passt hier noch das Muster der Auslöschung, bei dem die Person subjektiv den Verlust ihres sozialen Status gewärtigen muss, beispielsweise wenn sie bankrott ist oder wegen Verstoßes gegen eine gesellschaftliche Norm aus ihrer Gemeinschaft ausgeschlossen wird. Hierbei betrachtet der Mörder seine Familie als Bestandteil seiner sozialen Identität, und wenn er – ich verwende ganz bewusst die gegenderte Sprache – seinen Status einbüßt und keine Möglichkeit sieht, ihn wiederherzustellen, tötet er sie und dann sich selbst. Er wertschätzt an seiner eigenen Person nichts als seinen Status, und dessen Verlust wird als persönliche Auslöschung empfunden. Die Familie ist sein Hab und Gut, nicht eigenständiger als seine Gliedmaßen oder sein

Auto. Wenn seine Existenz endet, gibt es keinen Grund, warum ihr Dasein fortdauern sollte.

Ich saß auf dem Badewannenrand und musste denken, dass der letzte Punkt schon ein bisschen nach Leon klang. Erfolgreich zu sein bedeutete ihm wahnsinnig viel, mehr als den meisten Menschen. Er mochte Skibo und schnelle Autos und reiche, schöne Frauen, selbst wenn sie unausstehlich waren.

Allerdings hatte Leon nur sechs Monate vor dem Untergang des Schiffs in eine der reichsten Familien der Welt eingeheiratet.

War er überhaupt fähig dazu, eine Familienauslöschung durchzuführen? Üblicherweise weist die Vorgeschichte solcher Täter Geisteskrankheiten oder Selbstmordversuche auf, Kontrollverhalten in früheren Partnerschaften oder gemeldete Vorkommnisse häuslicher Gewalt. In seiner Vergangenheit findet sich wenig, was die These erhärten könnte. Leon hatte keine Selbstmordversuche in seinem Lebenslauf.

Na ja, was das anging, war ich mir nicht so sicher. Ich hatte den Eindruck, dass er zumindest darüber nachgedacht hatte.

Leon war auch nicht kontrollsüchtig, allerdings gab es gegen ihn eine Anschuldigung wegen häuslicher Gewalt.

Mit Ende dreißig heiratete er Julia, Violettas Mutter. Sie war ein italienisches Supermodel, zu ihrer Zeit sehr berühmt. Gegen Ende ihrer Ehe gab sie einem italienischen Magazin ein bizarres und ausschweifendes Interview. Sie zeigte dem Interviewer blaue Flecken auf dem Rücken und an den Armen und behauptete, Leon habe sie geschlagen. Sie ließen sich kurz darauf scheiden.

Leon hat sich zu diesen Anschuldigungen oder zu seiner Beziehung mit Julia nie geäußert. Keine seiner folgenden Partnerinnen bezichtigte ihn der Gewalttätigkeit.

Später machte Julia einen Drogenentzug und verfasste eine profitable Enthüllungsautobiografie voller anatomischer Details über die berühmten Männer, mit denen sie geschlafen hatte. Aber die Vorwürfe gegen Leon wegen häuslicher Gewalt griff sie nicht wieder auf. Sie schrieb, Leon sei die Liebe ihres Lebens gewesen, und ihre Kokainsucht habe ihn vertrieben.

Vielleicht hatte er sie gar nicht geschlagen, oder vielleicht hatte sie ihn geschlagen und er hatte sich verteidigt. Wer mal mit einer drogenabhängigen Person zusammengelebt hat, kann sich vermutlich ausmalen, wie die Lücken in dieser Geschichte zu füllen sind.

Mir gefiel die Art, wie Trina Keany das rüberbrachte. Kein Drama. Kein persönliches Offenbarungsgetue. Nur ein chiffriertes Signal an diejenigen, die solches Chaos kannten.

Armer Leon. Ich versuchte mich zu erinnern, wie er damals in Skibo über seine Tochter gesprochen hatte, aber das war Jahre her, und Hamish trommelte an die Badezimmertür. Ich drückte auf Pause und hörte seine gedämpfte Stimme.

»Anna. Bitte komm raus. Ich muss dir etwas sagen.«

Ich ritt zwischen zwei Welten: von der Autobiografie eines kokainsüchtigen Supermodels zu einem kalten Badezimmer in Glasgow.

Dann nicht mehr.

Ich hockte einfach nur auf dem Badewannenrand und wünschte, ich wäre tot. Hamish ließ mich sitzen. Er nahm meine Mädchen mit. Meine Freundin hatte mich verraten. Hier gab es keine Geheimnisse, nur ganz banales Elend.

»Anna? Bitte!«

8

Ich steckte Handy und Ohrstöpsel ein und ging wieder raus, mit den Gedanken noch bei Leons glamourösem Leben. Das, was vor der Badezimmertür auf mich wartete, war so schäbig und real.

Hamish wartete auf mich. Er wandte sich ab, und ich sah etwas – war es nur eine Handbewegung? Er hatte so anmutige Finger –, irgendeine Kleinigkeit entfachte die tief vergrabene Glut der Liebe, die ich für ihn empfand, und schlagartig war ich nicht mehr wütend. Ich liebte ihn. Ich liebte unsere kleinen Mädchen und unsere Familie. Ich wusste, dass es gescheitert war, aber ich liebte ihn. Ich liebte unsere Paarberatung und unsere Streitereien. Ich liebte meine Mädchen und die frühen Morgenstunden und die ruhigen Sonntage. Ich wusste, es war vorbei, aber ich war dazu noch nicht bereit. Ich ertrank in dem Verlust.

Ich schlug die Hände vors Gesicht und schluchzte. »Bitte, Hamish, verlass mich nicht. Bitte. Es tut mir leid, dass ich so bin. Ich liebe dich.«

Hamish drehte sich zu mir um, und er weinte auch. Er nahm mich in die Arme, und ich schluchzte an seiner Brust, und ich sagte immer wieder »Sei lieb zu mir« – woher kam das nur? Ich weiß es nicht, aber wir beide wussten, dass es vorbei war. Ich war untröstlich.

Ich flehte ihn an, die Mädchen nicht mitzunehmen. »Ich kann es nicht ertragen, ohne sie zu sein. Eine Woche ist zu lang. Das bringt mich um. Bitte bleibt hier. Ich ziehe auch aus. Aber bleib. Bleib-bleib-bleib.«

Er murmelte: »Anna, hör zu, ich muss dir was sagen …«, aber dann rief Estelle von unten, dass das Taxi draußen wartete, und Hamish machte sich von mir los.

Und dann waren wir alle unten, und ich verstreute das Geldbündel für meinen »Neuanfang« quer über den Flur. Hamishs Koffer war zertrümmert, und ich hatte am Bein eine Wunde, und Blut lief über mein Schienbein. Estelle war außer sich, weil ich etwas von dem Blut abgewischt und auf ihr neues Kleid geschnippt hatte.

Ich war von Estelle vollkommen verblüfft. Sie war lebhaft und lustig und unverbesserlich. Einmal hatte sie so unbändig gelacht, weil im Yogakurs eine gefurzt hatte, dass sie umkippte und sich das Handgelenk brach. Sie war nicht dumm. Hatte Hamish ihr erzählt, ich sei gewalttätig? *War* ich gewalttätig?

Aber sie wusste, dass er das alles hier schon mal getan hatte. Ich hatte ihr davon erzählt.

Ich war mit Jess im sechsten Monat schwanger, als mich Hamish zum ersten Mal zu sich nach Hause einlud. Komm um acht Uhr morgens zum Haus, sagte er. Wir werden damit umgehen wie Erwachsene. Wir sagen es Helen gemeinsam. Da merkte ich, dass er ein Feigling war.

Estelle wusste, dass ich zur U-Bahn-Station Hillhead fuhr, und statt auszusteigen und zum Haus zu gehen und Hamishs Ehefrau zu sagen, dass sie gegen ein jüngeres Modell ausgetauscht wurde, blieb ich in der Bahn. Ich stellte mein Handy aus und fuhr eine ganze Runde auf dem Ring, dann stieg ich in der Innenstadt aus und nahm einen Zug nach Manchester. Ich blieb eine Weile bei einer Freundin. Als ich zurückkam, war Helen weg.

Helen schrieb mir einige Jahre lang. Unfreundliche Briefe, könnte man sagen. Ich zwang mich, sie zu lesen. Sie waren garstig, aber ich erzählte Hamish nichts davon. Er hätte ihr vielleicht den Unterhalt gekürzt. Sie arbeitete nicht, und an den Briefen klebte der saure, durchdringende Geruch von Wodka.

Estelle wusste das alles, und trotzdem kam sie an wie befohlen. Befehle ausführen ist nicht jedermanns Sache. Es ist nichts für mich.

Ich starrte ihnen nach, als sie im Flughafentaxi davonfuhren. Ich stand auf der obersten Stufe vor der Haustür und weinte vor Wut und Ohnmacht, da sah ich unsere gehässige Nachbarin Pretcha vom Spaziergang mit ihrem fetten Hund Stanley zurückkommen.

Ich konnte sie jetzt nicht ertragen, ich sah doch gerade das Taxi mit allem, was ich liebte, davonfahren. Ich wollte bellend wie ein Hund hinterherrennen, die Mädchen vor ihrem netten Urlaub retten, Estelle vor ihrer neuen Beziehung bewahren, Hamish zurück in unser gemeinsames Elend zerren.

Pretcha bummelte langsam heran, wie üblich von ihrem Handy hypnotisiert. Sie ist irgendwas zwischen fünfzig und paarundsechzig und konnte mich noch nie leiden. Hinter meinem Rücken nennt sie mich »das Au-pair-Mädchen«. Durch ihr straff gebotoxtes Gesicht nahm sie das Drama in sich auf. Wir mussten alle so tun, als hätte sie nicht tonnenweise verkorkste Schönheitsoperationen hinter sich. *Sei nett zu ihnen*, sagte Hamish immer, *er leitet im Grunde das deutsche Bankwesen. Er ist unglaublich reich.*

»Hallo, Darling?«, sagte sie.

Gerade wenn du denkst, schlimmer kann es nicht werden, kommt jemand, der dich nicht leiden kann, und genießt das Spektakel.

Ich lasse das hier so abwechslungsreich klingen. Ich lasse es lächerlich und actiongeladen klingen. So war es gar nicht. Es war bloß demütigend und traurig.

Im hämischen Regen stand ich auf den Stufen, die garstige Nachbarin beobachtete mich, das Taxi mit meinem Leben darin rollte davon, und ich spürte, wie etwas in meiner Brust zerbrach. Ich wollte auf die Knie sinken und laut heulen, mir die Kleider zerreißen, mein Haupt mit Staub bedecken und Gott verfluchen. Aber das hier ist Glasgow und ich bin Anna McDonald, also drehte ich mich nur um und ging ins Haus und versteckte mich.

Das war ein Fehler.

Um ein Haar wäre ich nicht mehr lebend da rausgekommen.

9

Ich saß im Flur auf dem Boden. Stimmung sehr niedergeschlagen. Gelähmt vor Schock. Ich glaube, ich saß dort ziemlich lange, aber ich konnte die Zeit schlecht abschätzen, sie rutschte mir weg wie ein Welpe auf glitschigem Boden.

Ich hatte mich für Erhängen im Schlafzimmer entschieden, aber Sorgen machte mir, wer mich finden würde. Ich stellte mir vor, wie die Mädchen aus Portugal zurückkamen, nach oben rannten und meine Leiche fanden, eine Woche alt, aufgedunsen und verwesend. Meine Schwäche widerte mich an. Ich konnte ihnen nicht ersparen, was mein Vater an mich weitergegeben hatte, aber ich konnte es ihnen ersparen, mich zu finden.

Der Dachboden. Da konnten sie ohne Leiter nicht rauf. Der Gestank würde Hamish auffallen, und er würde nachsehen kommen und mich finden. Die Wäscheleine lag im Keller zusammengerollt auf einem Regal und wartete auf mich.

Eine Minute noch. Ich kam nicht hoch. Ich hockte da eine Stunde oder zwei.

Irgendwann spürte ich mein Handy in der Hosentasche. Ich musste etwas tun. Ich konnte mit niemandem reden. Musik hören würde ich nicht ertragen, der erstbeste Mollakkord konnte mir den Rest geben. Ich habe keinen Social-Media-Account, wie man sich denken kann. Mein Handy nutze ich ausschließlich für Hörbücher und Podcasts.

Podcasts.

Ich wusste nicht, ob ich es schaffen würde, mir diesen Podcast anzuhören. True Crime tut nur gut, solange es um Leute geht, die man nicht kennt, um Szenarien, in denen man nicht drinsteckt, aber ich wusste nicht, was ich sonst tun sollte.

Ich schaltete das Handy an und fand mich auf der Webseite *Der Tod und die Dana* wieder. Und da bemerkte ich das Video unten auf der Seite.

Es war sieben Minuten lang, keine große Verpflichtung. »Tauchgang A241-7«. Es stand dort ganz allein und schien sich auf keine der einzelnen Episoden zu beziehen. Ich klickte auf Play.

Das Display wurde schwarz. Die Erzählerin, Trina, brachte eine Triggerwarnung, die im Prinzip besagte: gar nicht erst anschauen. Nicht anschauen, wenn man zu jung ist oder zu alt oder nervös oder empfindlich. Gibt es wirklich Leute, die sich von diesen Warnungen angesprochen fühlen? Ich jedenfalls nicht, und noch mieser konnte es mir sowieso nicht gehen.

Zorniges grünes Meer füllte den Screen. Es war ohne Ton, gefilmt unter Wasser.

Ein Taucher, allein in den Tiefen, hangelte sich Hand über Hand am Seil hinab und filmte mit einer GoCam an seiner Brust. Ein Lichtstrahl von seiner Kopflampe schwenkte hin und her, im Zickzack über das Seil. Tiefwasserwellen zerrten an ihm. Seine muskulösen Arme waren angespannt in seinem Wetsuit so glatt wie Robbenfell.

Die Kamera mühte sich ab, im trüben Wasser einen Fokus zu finden, stellte vorbeischwebendes Treibgut scharf, kurz bevor es wieder aus dem Bild trieb.

Eine hässliche gelbe Industrieschrift legte sich über das wirbelnde Grün – *Gesprochen von O. Tasksson, Tauchlehrer* – und verschwand.

»Er tastet sich abwärts«, sagte Tasksson. »Seine Hände bleiben immer am Seil.« Seine Stimme war flach und farblos, mit leichtem skandinavischem Akzent. Er klang gelangweilt und beschrieb die Szene so emotionslos wie ein Mann, der im Leben schon viel gesehen hat.

»Die Sicht ist schlecht. Das Meer stürmisch. Viele Gefahren. So ist das Leben eines professionellen Tauchers. Sehr schwierig. Kein Freizeitsport. Man kriegt viele blaue Flecken von so einem Tauchgang.«

Ein an der Hauptleine befestigtes Seil schlängelte sich zu einem Metallzylinder in dunstig-grüner Ferne.

»Der Dekompressionstank hängt an, damit er ihn finden kann, wenn er wieder hochkommt. Er wird nicht mehr hochkommen.«

Ich dachte, ich hätte mich verhört. Tasksons Stimme klang so monoton, dass das Zuhören schwerfiel. Ich sah zu, wie der Taucher weiter abstieg, vorbei an einem Bündel Sauerstoffbehälter, die an der Leine befestigt waren.

»Ein gefährlicher Moment bei schwerer See«, ließ Tasksson eintönig verlauten. »Die Reservebehälter können herumschwingen und ihn bewusstlos schlagen. Hier sehen wir seine Sauerstoff- und Druckanzeigen. Die Werte sind gut. An diesem Punkt ist seine Sauerstoffsättigung in Ordnung, und er kann klar denken. Er hat es im Griff.«

Minutenlang nur Hände, die sich an der Leine herabtasteten, es war recht ermüdend, dabei zuzusehen, aber die Sicht wurde langsam besser. Immer mal wieder kommentierte Tasksson den Druck oder die Sauerstoffwerte des Tauchers. Immer tiefer stieg der Taucher ab und wurde von Tiefwasserwellen am Seil herumgeschleudert.

»Jetzt sehen wir zum ersten Mal die *Dana*.«

Die GoCam zeigte nach unten. In körnig unscharfer Ferne, wie die Erinnerung an einen Traum, saß die gewaltige Jacht auf dem Meeresboden, lehnte unsicher an einem Felsriff, aufrecht, aber mit Schlagseite. Der Hauptmast war gebrochen und lag quer über dem Deck. Der Taucher schob sich näher heran.

Im Rumpf klaffte ein Loch, klein und rund, das Holz faulte nach außen, so dass die Splitter wie weiche, verrottende Zähne aussahen, die aus einem offenen Mund fielen. Es war ekelerregend.

»Im Rumpf ist ein Loch. Von innen entstanden. Da haben wir die Antwort auf die Frage, warum sie gesunken ist. Etwas ist im Maschinenraum explodiert und hat dieses Leck geschlagen. Das Schiff muss daraufhin sehr schnell gesunken sein. Diese Entdeckung ist Sinn und Zweck dieses Tauchgangs.«

Der Taucher beugte sich etwas vor, ganz langsam, richtete die Kamera an seiner Brust genau auf den beschädigten Rumpf, um ihn scharf zu filmen. Dann setzte er seinen Abstieg am Seil fort.

»Das ist sein erster Fehler. Er hat die Position verifiziert und die Ursache für den Untergang identifiziert. Laut Tauchplan sollte er jetzt zur Dekompressionskammer zurückkehren.«

Der Taucher ging weiter runter und ließ das Seil los, sobald seine Finger das gebogene Geländer am Schiffsdeck erreichten. Er zog sich am Schiff entlang auf den hinteren Teil zu.

»Er bewegt sich ohne Seil. Er ist allein. Er sollte das nicht tun. Er begibt sich in Gefahr. Sein Sauerstoffgehalt ist gut, aber jetzt beginnt der Countdown für das Wechseln seines Behälters. Er hat noch für zwei Minuten und fünfundfünfzig Sekunden Sauerstoff.«

Der Taucher zog sich an der Reling um das Deck.

»Er ist allein. Ich würde das nicht tun. Das ist eine schlechte Entscheidung. Ein gefährliches Vorgehen.« Trotz des leiernden Tons war seine Verärgerung spürbar.

Der Taucher erreichte das Heck, drehte sich um und stand vor zwei schmalen Türen wie von einem Küchenschrank.

»Er sollte *nicht* reingehen.«

Der Taucher versuchte die Türen aufzuziehen, aber sie waren blockiert.

»Das Holz ist aufgequollen. Außerdem: Differenzdruck hält diese Türen geschlossen. Drinnen ist anders als draußen, wie das Vakuum in einem Glas Essiggurken. Das sagt uns, dass die Kabine verschlossen war, seit das Schiff gesunken ist. Niemand ist reingegangen. Niemand ist rausgekommen.«

Der Taucher hob einen Fuß, stemmte ihn gegen die Einfassung und zog mit aller Kraft. Die Türen öffneten sich, und rings um ihn wurde Wasser in die Kabine gesogen. Ein verrottendes weißes Band an der Reling flatterte hinein, dann wieder heraus, als abgestandenes Wasser aus der Kabine quoll und eine Wolke aus papierenen grauen Partikeln mit sich riss. Der Taucher hielt still, bis sich das Wasser klärte und das Grau vom Aufstrom weggespült war.

»Zwei Minuten. Das ist der nächste Fehler. Körperliche Anstrengung bei niedrigem Sauerstoffpegel setzt ihn großer Gefahr aus. Es ist eine ganze Kette falscher Entscheidungen, was diesen Mann umbringt.«

Was den Taucher umbringt? Ich setzte mich aufrecht hin. Ich wollte nicht zusehen, wie jemand starb. Mein Finger schwebte über dem Pausenzeichen. Vielleicht war es ja nur ein Scherz? Aber ich wusste, dass es keiner war. Ich machte mir nur etwas vor, weil ich sehen wollte, wie es weiterging. Ich ignorierte die zweite Warnung.

Ich schaute weiter.

10

Der Taucher packte beide Seiten des Türrahmens und stemmte sich hinab in einen engen Korridor voll dreckigen Wassers. Papierene Fragmente bedeckten das Objektiv. Als die Sicht klar wurde, erkannte ich, dass es kein Papier war, es war der verrottende Firnis der Holzwände, der sich als Schlickschicht auf dem Boden abgesetzt hatte. Jeder Schritt des Tauchers ließ einen grobkörnigen Schwall langsam bis zu seinen Knien hochwirbeln.

Er blieb stehen. Die Dunkelheit in der Kabine war massiv.

Unvermittelt ruckte die Welt zur Seite. Die Hände des Tauchers schossen zu den Wänden, suchten Halt, als die *Dana* sich nach links neigte. Sie verlagerte sich auf dem Meeresgrund und sank etwa fünfzehn Zentimeter tiefer.

»Das ist ein Warnsignal. Es bedeutet, dass der Innendruck stark genug war, um bei der Stabilisierung des Wracks ein Faktor zu sein. Das hat er geändert. Er weiß das auch. Sein Puls erhöht sich. Die gesamte Kabine könnte um ihn zusammenstürzen. Warum ist er da drin? Das ist verrückt. Er sollte verschwinden.«

Aber das tat er nicht.

Der Strahl seiner Kopflampe strich über die abblätternden Wände. Graue Fragmente von Lackfetzen trieben langsam vom Boden hoch, schwebten vor ihm, ein Chor winziger Geister, die sich zusammenfanden, um zuzusehen.

Mit beiden Händen tastete er sich den engen Korridor entlang tiefer ins Schiff hinein. Er schien genau zu wissen, wo er hinwollte. Er gelangte zu der größten Tür ganz am Ende, drehte den Türknauf, zog heftig. Die Tür klemmte.

»Er ist viel zu tief drin. Er hat noch fünfundfünfzig Sekunden. Er sollte zurück. Seine Berechnungen sind nicht auf körperliche Anstrengungen ausgelegt. Sein Sauerstoff geht zur Neige.«

Wieder stemmte der Taucher einen Fuß gegen die Wand und zerrte mit aller Kraft. Die Tür ging nicht auf. Er versuchte es nochmals.

»Fünfundvierzig Sekunden. Er sollte auf der Stelle umkehren. Er glaubt, dass da drin das Diamantcollier ist. Er trifft falsche Entscheidungen.«

Ein letztes heftiges Reißen, und die Tür sprang gewaltsam auf, warf den Taucher um.

Die Kamera brauchte einen Moment, um sich scharf zu stellen.

Es war ein holzgetäfelter Speiseraum. Der graue Siff lag zentimeterdick auf dem Boden. Drei Personen saßen am Tisch, auf den Stühlen zusammengesunken.

»Sie sind seit einem Monat da drin.«

Sie waren vier Wochen lang dort im Salzwasser und in der Dunkelheit gewesen, das hatte ihnen die Farbe aus dem Fleisch gesaugt. Das weiche Gewebe an Augen und Nasen und Fingern war verwest und hatte Augenhöhlen und Knochen hinterlassen.

Frische Spuren im grauen Schlick ließen erkennen, dass sich die Stühle bewegt hatten, als das Schiff sich verlagerte, aber es wirkte, als hätten die Leichen ihre Stühle zurückgeschoben, um aufzustehen und den Neuankömmling zu begrüßen.

»Das Schiff hat sich bewegt. Ihre Oberschenkel waren unter dem Tisch festgeklemmt, aber jetzt wurden sie bewegt. Diese Leichen sind jetzt lose.«

Leon befand sich im Schatten, mit Blick zur Tür. Ich sah sein silbernes Haar, es hing über dem, was von seinem Gesicht übrig war. Er schien auf den Tisch zu starren, sein Kopf in alarmierend spitzem Winkel zum Hals. Er blieb im Schatten, weil die Lampe des Tauchers auf das Mädchen in einem verrottenden gestreiften Kleid gerichtet war. Ich konnte sie kaum ansehen. Der Anblick, was mit ihrem Gesicht geschehen war, war schwer zu ertragen. Es gab noch eine Leiche. Der T-Shirt-Junge war mit dem Gesicht nach unten auf den Tisch gesackt.

»Dreißig Sekunden.«

Aber der Taucher war im Türrahmen erstarrt. Lampenstrahl und Kamera waren fest auf etwas im Schatten geheftet, ganz hinten im Raum.

Es war ein Junge, sieben oder acht, so alt wie Jess, der den Taucher direkt anstarrte. Dieses Gesicht war nicht verwest. Es war vollkommen intakt, und seine Haut war leuchtend weiß. Er kauerte in der Dunkelheit, versteckt in der hintersten Ecke, und starrte böse aus schwarzen Augen. Unvermittelt schoss ein langer Streifen weißes Licht aus seinem Mund.

All das geschah innerhalb weniger verwirrender Sekunden, während Wasser aus dem Korridor hereinströmte und Leons Hemdbrust füllte. Sein Kopf hob sich. Alles im Raum hob sich.

»Das passiert durch die Veränderung im Kabinendruck.«

Die Leichen erhoben sich vom Tisch, standen auf, fielen auseinander, Köpfe purzelten von Hälsen, Arme lösten sich aus Gelenken und stiegen gleichzeitig auf.

Der Taucher geriet in Panik. Die Kamera zuckte hoch zur Decke, verwischte Lichtspuren. Verzweifelt trat er den Rückzug an, seine behandschuhten Hände wischten durch einen Wirbel aus Finsternis, als er zum Korridor kam und in die schwarze Leere taumelte.

Die Kamera fokussierte auf abblätternde Wände, auf verrottende Decken, auf seine panischen Hände, die herumruderten und an die Wände schlugen. Die Bewegungen wurden langsamer, weich und vage. Dann hörten sie auf. Ein letztes Mal schwebte ein Handschuh durchs Bild, sagte der Welt Lebewohl.

Das Bild fror ein.

»Er hatte keinen Sauerstoff mehr. Er ist gestorben.«

Schockiert ließ ich das Handy fallen, und es schlitterte wie eine Ratte auf seiner dicken Gummihülle über den Flurboden. Ich starrte es an. Das Licht vom Display schien hinauf in den dämmrigen Flur wie die Kopflampe des toten Tauchers.

Ich hatte Hamish und Estelle für den Moment ganz vergessen. Ich dachte nicht an meine Mädchen. Ich hatte nicht den Weg vom Keller zum Dachboden vor Augen, Seil in der Hand. Sieben Minuten lang hatte ich nur an Schlick gedacht, an den Taucher, an einen Jungen, der sich unter dem Meer versteckte, an verrutschenden Unrat.

Ich klickte die zweite Episode an.

11

Als Estelles Ehemann schließlich an die Tür kam, war ich bereits halb wahnsinnig. Der Rest des Tages war Schmerz. Irgendwann verspürte ich den Ehrgeiz, aufzustehen und das Licht anzumachen, aber irgendwie kam es nicht dazu.

Lange saß ich neben der Haustür, ohne den Podcast zu hören. Erst hockte ich zwischen der Ottomane und der kalten Marmorsäule. Dann hievte ich mich auf die Ottomane. Ich stand unter Schock, glaube ich. Ich blieb dort endlos lange, fürchtete mich vor dem Aufstehen, falls mich meine Füße in den Keller tragen würden, manövrierte mich lebend durch den jeweils nächsten Moment, indem ich auf Antworten wartete: Wer war der Junge? Wie war er dort hingekommen? Wer hatte das Schiff gesteuert? Wohin floh Amila? Allerdings interessierte mich am meisten, wovor Amila weggelaufen war. Jede Geschichte über Frauen, die abhauen, erregt meine Aufmerksamkeit. War Amila von einem Crewmitglied angegriffen worden? Wenn ja, hatte Leon davon gewusst? Hatte er sterben müssen, weil er es wusste?

Stunden später, als sich meine Gedanken nicht mehr im Kreis drehten und es draußen langsam dunkel wurde, startete ich schließlich Episode 2 und steckte das Handy in meinen BH, den Lautsprecher auf mein Gesicht gerichtet, wodurch ich eine Klangbarriere zwischen mir und der Kellertür aufbaute.

Episode 2: 7. Juli

In dieser Episode beschäftigen wir uns näher damit, was wirklich in jener Nacht geschehen ist. Wir porträtieren die Menschen, die an Bord der Dana *gestorben sind: Leon, Violetta und Mark.*

Um Violettas Volljährigkeit zu feiern, hatte ihr Leon ein kostspieliges Geschenk besorgt, ein antikes Diamantcollier. Es hatte ihn fast eine dreiviertel Million Euro gekostet und war von bedeutender Herkunft. Leon hatte es bei einer Auktion zugunsten wohltätiger Zwecke in Málaga von Prinzessin Elana von Schweden erstanden. Aber das Collier war hässlich, eine altmodische Kette mit Gänseblümchen aus Diamanten, die um größere Diamanten gruppiert waren.

Violetta hatte klargestellt, dass sie die Kette nicht wollte.

Sie schrieb ihrem Vater eine E-Mail, dass Geld oder Unterstützung in Form einer Wohnung hilfreicher wäre. Aber Leons Vorstellung von Elternschaft brauchte die große Geste. Sie erstreckte sich nicht auf finanzielle Unterstützung oder die Suche nach einer Wohnung. Vor internationalem Publikum das teuerste Stück bei einer Wohltätigkeitsauktion zu ersteigern lag ihm wesentlich mehr.

Violetta schickte ihrem Vater Textnachrichten. Bitte entschuldigen Sie die vulgäre Sprache an dieser Stelle, aber es ist wichtig, Ihnen einen Eindruck von ihrer Beziehung zu vermitteln.

V: Ich will keinen Schmuck. Kauf nicht solchen überteuerten Scheiß.

Später am selben Tag noch mal:

V: Ich muss das Ding versichern & aufbewahren & ich kann das Drecksding nicht mal tragen. Es KOSTET mich bloß Geld.

Protziger Schmuck war nicht Violettas Stil. Ihr gefiel schlichtes Design. Sie war elegant, und Leon hätte kein unpassenderes Geschenk finden können. Er schien sie nicht besonders gut zu kennen.

Laut Telefongesellschaft hatte Leon eine Weile keinen Empfang, aber als er in Balboa andockte, antwortete er auf beide Nachrichten.

L: Gut, V. Wenn du es nicht willst, bekommt es wer anders.

V: Gut.

L: Es ist das Schönste, was du je von mir bekommen hast.

V: Es ist das Einzige.

Wieder eine lange Pause.

L: Kommst du verdammte Scheiße überhaupt nach Saint-Martin?

V: Klar, du verrücktes altes Arschloch.

Dann hagelt es Nachrichten von Leon:

L: Du undankbares Scheißgör.

L: Ich versuch dir eine scheiß Kette zu schenken, die €750 000 im Laden wert ist.

L: Verfickte Scheiße.

Violetta antwortete:

V: Leon! NIE DEN VOLLEN LADENPREIS ZAHLEN!

L: Hahahaha! Ich hab dich lieb.

L: Komm her zu mir.

L: Verkauf das Scheißding, mir egal.

Und dann, drei Stunden später:

L: Hahahaha ich muss immer noch lachen!

Diese Nachrichten geben Ihnen einen Eindruck von ihrer Beziehung. Violetta und Leon hatten einen ungezwungenen Umgang miteinander. Sie ließ sich von ihrem Vater nicht einschüchtern und scheute auch nicht davor zurück, sich über seine Unzuverlässigkeit als Elternteil zu beschweren. Leon war für Violetta kein guter Vater gewesen. Als sehr kleines Kind hatte er sie in der Obhut einer Abhängigen gelassen und war gegangen. Mit neun musste Violetta wegen Mangelernährung ins Krankenhaus. Erst in den letzten Jahren hatte Leon versucht, das wiedergutzumachen, und obwohl sie immer noch böse auf ihn war, schienen sie miteinander zurechtzukommen.

Mark war der Jüngere. Seine Mutter Daniela arbeitete in der Sozialbehörde von Southampton. Daniela und Leon hatten nie geheiratet. Sie lernten sich in einem Pub kennen und lebten fast zehn Jahre lang zusammen in Leons Haus in Sandbanks. Sandbanks ist eine kleine Landzunge an der Südküste und Heimat der teuersten Liegenschaften in ganz England. Nach Leons Tod wurde sein Haus für einundzwanzig Millionen Pfund verkauft.

Von den beiden Kindern scheint Mark am besten abzuschneiden, was die Beziehung zu seinem Vater betrifft. Er war immerhin sechs, als Leon und Daniela sich trennten, und sah seinen Vater auch danach noch regelmäßig. Leon kam zu Schulkonzerten und zahlte Unterhalt für Mark. Niemand hat etwas dazu ausgesagt, wie Violetta zu Mark stand, aber er war eindeutig das bevorzugte Kind. Er war gerade sechzehn geworden, als er starb.

Für mich ist Daniela das beste Argument dagegen, dass Leon eine Familienauslöschung begangen hat, weil das Hauptindiz für diese Art Mord Statusbesessenheit ist. Daniela aber spielt Geige in einer Folkband. Sie ist Sozialarbeiterin. Als Mark ein Kleinkind war, arbeitete sie in Teilzeit und machte ihren Masterabschluss. In ihrer Beziehung ging es nicht um Status. Das war Liebe ad hominem. Sie mochten sich, blieben lange zusammen, und als sie sich trennten, geschah es ohne Bitterkeit.

Leon hatte vor kurzem zum zweiten Mal geheiratet, eine Erbin. Er frotzelte gern, dass sie an ihrem Hochzeitstag mehr Zeit damit verbracht hatten, den Ehevertrag zu unterschreiben, als sich das Ja-Wort zu geben, was nicht nach einem Mann klingt, der Leuten unbedingt weismachen will, dass er Geld und Macht besitzt.

Leon entschied sich für Saint-Martin als Treffpunkt, weil es für seine beiden Kinder gut erreichbar war.

Violetta kam mit einem Privatjet aus Venedig, wurde von einem Fahrdienst in La Rochelle abgeholt und checkte ins einzige Fünf-Sterne-Hotel in Saint-Martin ein. Sie ging shoppen und gab über tausend Euro für ein Kleid von Missoni aus. Sie ging zurück ins Hotel, trank in ihrer Suite Kaffee, zog das neue Kleid an und traf sich mit ihrem jüngeren Bruder.

Mark Parker flog mit easyJet ab Southampton. Er kam einen Tag zu früh an, weil die Billig-Airline nur jeden zweiten Tag Flüge anbot. Er übernachtete in einer Airbnb-Unterkunft. In der Anzeige sieht sie aus wie ein Schuppen mit einem Feldbett. Violetta hatte das Hotel für zwei Nächte gebucht, Mark hatte vor, an Bord der Dana *zu schlafen, sobald sein Vater angekommen war, vermutlich um Geld zu sparen, und er hatte sein Gepäck dabei: eine Surftasche. Wahrscheinlich hatte er den Tag am Strand verbracht.*

Diese Kinder hatten einen sehr unterschiedlichen Hintergrund und kamen aus sehr unterschiedlichen Einkommensschichten. Das gibt mir Rätsel auf. Leon war reich. Warum wohnte Mark in einem Schuppen, während Violetta im Privatjet flog? Vielleicht hatte Julia erneut geheiratet oder ein Vermögen gemacht. Sie lässt sich schwer aufspüren. Zudem entsprechen Ausgaben nicht immer dem Einkommen. Womöglich war Daniela einfach bedachtsam, während Julia verschwenderisch war. Vielleicht war Mark beigebracht worden, mit kleinem Budget zu reisen.

Das ist reine Spekulation. Zurück zu dem, was sich beweisen lässt, was wir über die Bewegungen an Bord in jener Nacht wirklich wissen.

Die jungen Leute schlenderten zum Hafen, um sich mit Leon zu treffen. Er kam vom Schiff runter, und sie gingen zusammen spazieren und etwas trinken. Das Trio kam gegen 19 Uhr zum Schiff zurück. Die Crew ging von Bord. Die Parkers versammelten sich an Deck und nahmen einen Drink. Leon übergab Violetta die Kette, die sie nicht wollte, und brachte sie dazu, sie sich für ein Foto umzulegen. Mark stellte das Bild auf Instagram und schickte es seiner Mutter. Es sollte das letzte Mal sein, dass jemand von ihnen hörte.

Dann war das Deck leer. Wir können davon ausgehen, dass sie nach unten in den Speiseraum gingen, denn dort wurden sie gefunden. Ob sie dort oder woanders auf dem Schiff waren, als die Dana *aus dem Hafen fuhr, werden wir nie erfahren.*

Leon war es, der darauf bestand, dass die Familie allein auf der Dana *blieb. Kann es sein, dass Leon von Amila verlangt hat, das Schiff zu verlassen? Sie hat nicht über ihn gesprochen. Plante er, seine Kinder zu töten, oder hatte er einen harmloseren Grund dafür, dass er an jenem Abend alle von Bord schickte?*

Die Crew glaubte, es ginge um die Kette: Violetta reiste allein, wollte am nächsten Tag zurück nach Hause, und das Diamantcollier war ein extrem teures Stück für ein junges Mädchen auf Reisen. Die Crew sollte nichts von der Kette wissen. Eine Crew soll vieles nicht wissen, bekommt aber alles mit.

Die Leichen wurden im Speiseraum bei geschlossener Tür gefunden. Laut der forensischen Videoanalyse der Überbleibsel auf dem Tisch waren die Miesmuscheln, mit denen die Suppe garniert war, allesamt unangetastet in ihrer Schale. Das heißt, niemand hatte davon gegessen, das heißt, die Parkers hatten noch nicht mit der Suppe begonnen, als die Jacht sank. Waren sie bereits tot, als das Schiff den Anlegeplatz verließ? Hatte man sie betäubt?

Leon wollte den Speiseraum zur Schau stellen, aber es war ein warmer Abend. Es wäre nur natürlich gewesen, die Tür weit offen und einen Luftzug hereinzulassen, besonders, wenn man heiße Suppe essen wollte. Aber die Tür zum Speiseraum war fest geschlossen. Warum sollten sie auf einem leeren Schiff die Tür schließen?

Was, wenn Leon seine Kinder noch vor dem Essen vergiftet hat? Beide sterben, Leon nicht. Mit seinen toten Kindern im Speiseraum legt Leon ab, emotional so aufgewühlt, dass er vergisst, Navigationslichter und Funk einzuschalten, dann kehrt er zurück, schließt die Tür und verschanzt sich mit seinen Kindern, die er ermordet hat, in dem Wissen, dass sie untergehen, wenn die Explosion im Maschinenraum zündet.

Das erscheint unwahrscheinlich. Bei Familienauslöschungen deckt der Täter gewöhnlich die Leichen zu oder verbirgt sie. Es handelt sich nicht um »Produktmörder« – also Menschen, die töten, um eine Leiche zum Spielen zu haben. Sie sind auch keine »Ablaufmörder«, die töten, um sich am Akt des Mordens zu erfreuen. Sie sind »Ergebnismörder«. Sie töten, damit diese Menschen tot sind. Der Anblick der Leichen stößt sie ab. Sie bedecken sie, bedecken ihre Gesichter, wenden sich von den Leichen ab.

Das stört mich. Die geschlossene Tür ergibt nur Sinn, wenn der Mörder außerhalb des Raums ist und die Leichen nicht sehen will, was die Möglichkeit einer vierten Person an Bord aufwirft, aber darauf gibt es praktisch keinerlei Hinweise. Die Dana *wurde von allen Gästen auf der Dachterrasse gesehen, und irgendjemand hätte eine zusätzliche Person an Deck doch bemerkt. Niemand sah irgendwen außer den zwei jungen Leuten und dem Vater.*

All das sind Fragen, die die Polizei offenbar nicht gestellt hat. Leon wurde bei der Untersuchung kaum gestreift. Hat seine reiche neue Frau Gretchen Teigler dafür gesorgt?

Kochen Sie gern zu Hause, finden aber kaum Zeit dafür? Unser Service von Fast'n'Fresh bietet Ihnen …

Ich hielt an. Ich spulte zurück. Ich hörte den Namen noch einmal. Gretchen Teigler.

Ich spulte zurück. Ich spielte es nochmals ab und hörte ihn wieder. Gretchen Fucking Teigler. Ich war mir nicht sofort sicher gewesen, ob es mein Leon Parker war oder nicht, aber ich hatte keinerlei Zweifel, dass es sich um mein Gretchen handelte.

Leon hatte Gretchen Teigler geheiratet. Ich konnte nicht glauben, dass er das getan hatte. Ungerechtfertigterweise fühlte ich mich persönlich hintergangen.

Aber jetzt war mir klar, was mit der *Dana*-Ermittlung passiert war. Gretchen Teigler hatte es wieder getan. Sie wählte eine Lüge, die ihr in den Kram passte, und nutzte all ihre Macht und ihr Geld, um sie zur offiziellen Version zu machen.

Ich hatte seit Jahren nicht mehr an Gretchen gedacht. Wann immer ich über Nachrichten stolperte, die auch nur entfernt mit ihr zu tun hatten, blendete ich sie sofort aus. Ich hatte einen Deal mit mir selbst abgeschlossen: Ich konnte die Vergangenheit ruhen lassen, weil ich meine Mädchen hatte, Hamish, mein neues Leben. Nur hatte ich das alles jetzt nicht mehr.

Ich sah den Flur entlang und wusste kaum noch, wie ich nach all den Jahren hierhergelangt war. Ich stand auf, die Knie steif, die Füße eingeschlafen, und merkte, wie ich mich fast gegen meinen Willen zur Kellertür wandte.

In dem Moment hörte ich jemanden vor der Haustür. Für einen Augenblick glaubte ich schon, Gretchen Teigler heraufbeschworen zu haben.

12

»Hallo?« Es war eine Männerstimme, gedämpft von der schweren Haustür. »Bist du da, Anna? Ich kann das Radio hören.«

Zu diesem Zeitpunkt fiel es mir schwer, auch nur zu sprechen. Ich hatte das Gefühl zu erblinden. *Was soll das noch?*, dachte ich die ganze Zeit. *Was soll das alles noch?* Wenn ich deprimiert bin, kommt oft alles Dunkle, das je passiert ist, zurück und überflutet mich. Diese dünne Stimme da draußen war ein winziger Lichtstrahl, so klein wie ein Nadelstich. Als Kind dachte ich, Sterne wären Nadelstiche und ihr Licht die Helligkeit des Himmels, die durchscheint. So fühlte sich seine Stimme an. Ein flüchtiger Blick auf eine unerreichbare Lichtdimension jenseits meiner Katastrophe und Leons Tod.

»Anna? Hier ist Fin, der Mann von Estelle. Würdest du bitte die Tür aufmachen? Hier draußen ist es ziemlich kalt.«

Fin Cohen klappte den Briefschlitz auf. Er spähte herein. Ich drehte den Kopf, und wir schauten uns direkt in die Augen. Er musste sich hingekniet haben.

»Anna? Du siehst schlimm aus. Magst du die Tür öffnen?«

Ich konnte nicht sprechen.

Seine Fingerspitzen zogen sich zurück. Die harte Metallfeder am Briefschlitz schnappte mit einem gellenden Kreischen zu. Das Echo schallte durch den Flur, die Treppen hinauf, summte gegen den Steinboden, bis ich nicht mehr wusste, ob ich den Klang hörte oder erinnerte.

Einen schrecklichen Moment lang dachte ich, Fin wäre gegangen. Wenn er mich hier allein ließ, wusste ich, wohin mich meine Füße tragen würden.

Aber er ging nicht. Er öffnete wieder den Briefschlitz und sah mich an. Er verlangte nichts von mir. Er drängte mir auch nichts auf. Er war einfach da.

Nach all der Zeit Gretchen Teigler. Verheiratet mit Leon. Wie konnte es erneut geschehen? Wie oft hatte sie es schon getan? Als ich in die Augen blickte, die durch meinen Briefschlitz spähten, sah ich tausend weitere Augenpaare, die ganzen menschlichen Überbleibsel, die Gretchen hinter sich zurückließ. Und wiederum hinter ihnen all die Weichensteller, die ihr halfen, die Anwälte, die die Geheimhaltungsvereinbarungen aufsetzten, die Journalisten, die keine Fragen stellten, die Polizisten, die ihren Fingerzeigen folgten.

Ich nahm das Handy aus meinem BH und drückte auf Pause. Ich sah zur Tür, und Fin war immer noch da, sah mich immer noch an.

»BITTE GEH NICHT WEG.«

Er blinzelte. »Ich gehe nicht weg.«

»ICH KOMM GLEICH RAUS.«

»... Du musst nicht so schreien.«

»... Okay.«

Der Briefschlitz schloss sich kreischend. Ich schwenkte meinen Körper von der Kellertür weg und torkelte auf steifen Beinen die Treppe hoch.

13

Hose, Pass, Bargeld.

Ich tauschte meinen blutverschmierten Pyjama gegen Shirt und Hose, griff mir einen teuren Ledermantel, den ich für das richtige Wetter aufgespart hatte, und nahm die Schlüssel zu Hamishs Auto.

Hamish denkt, dass ich nicht fahren kann, dass ich zu große Angst habe, um es zu lernen, eine meiner vielen wahllosen Ängste. Natürlich kann ich fahren, ich konnte bloß meinen Führerschein nicht benutzen, weil er auf den Namen einer Person ausgestellt ist, die mutmaßlich tot ist, womöglich ermordet, aber das ist eine andere Geschichte.

Ich hielt den Blick auf den Boden gerichtet, ging im Dunkeln wieder runter, sammelte meine Abfindung im Flur zusammen und stopfte mir das Geld in die Taschen. Dann packte mich der Drang, kehrtzumachen und runter in den Keller zu gehen, so stark, dass ich hastig davor weglief und fast schon zur Haustür rannte. Ich riss sie auf und erschreckte nicht nur Fin, sondern auch Pretcha.

Es war eine seltsame Szene. Sie standen zusammen auf der obersten Stufe. Fin Cohen war groß, blond und viel, viel zu dünn. Seine Nase war lang, seine Haut weich. Sein Bart war gepflegt und spitz, aber sein blondes Haar üppig und unordentlich. Er trug ein maßgeschneidertes grünes Tweedjackett, Jeans mit Aufschlägen über braunen Halbschuhen und ein enges graues Hemd an seinem sehr mageren Leib. Der oberste Knopf war geschlossen, aber er hatte keine Krawatte um. Er sah aus wie ein adretter verhungernder Wikinger. Sein

Stil war steif und förmlich, sein Hemd hätte aus Pappe ausgeschnitten sein können. Er war immer bis zum Erbrechen gestylt, was mich nervte.

Pretcha presste ihr Handy an die Brust, während der in Vergessenheit geratene Hund, Fettwanst Stanley, hinter ihr die Treppe heraufwalzte. Sie lächelte Fin dümmlich an. So hatte ich sie noch nie erlebt. Sie strahlte und knickte ihre Knie ein wenig ein, als würde sie versuchen, sich kleiner zu machen.

»Oh, hi, Darling.« Sie versuchte breiter zu lächeln, aber die obere Hälfte ihres Gesichts war eingefroren. Vielleicht versuchte sie Mitgefühl auszudrücken. Oder Sarkasmus. Wer zum Teufel wusste das schon.

Fin und Pretcha sahen an mir vorbei in den Flur.

»Oh!«, rief sie, und ihre Augen weiteten sich bei dem Anblick. »Meine Güte!«

»Großer Gott«, flüsterte Fin.

Ich sah mich um. Frühstücksteller lagen zerschmettert auf dem Boden. An der Wand prangte verschmiert ein blutiger Handabdruck. Der Inhalt von Hamishs gelbem Koffer war ringsum verstreut, die Toilettenartikel kaputtgetreten. Licht, das von der Straße hereinfiel, erzeugte spiegelnde Pünktchen, es blinkte überall in der Dunkelheit. Zucker.

Ich machte die Tür hinter mir zu und schloss ab. Ich atmete tief durch.

Pretcha war die Erste, die zum Drehbuch zurücksprang.

»Oooh, Anna! Ich wusste gar nicht, dass Sie *den* Fin Cohen kennen.«

Ich wollte nicht, dass Pretcha beim Anblick von Cohen in Begeisterung ausbrach oder dass sie mir Details über diesen Morgen aus den Rippen leierte, um sie dann wie kleine Horsd'œuvres aus boshaftem Klatsch in der Nachbarschaft herumzureichen.

Das klingt, als wäre ich Pretcha gegenüber nicht fair, schließlich hatte sie kaum etwas Schlimmeres getan, als eine Strickjacke zu tragen und mich nicht zu mögen, weil ich ihr Angst einjagte, aber das dicke Ende kommt noch. Ich bin hier nicht die Böse. Sie hätte mich fast umgebracht.

»Ich kenne ihn nicht«, sagte ich und zeigte ihm die Autoschlüssel. »Ich fahr dich heim. Komm.«

Fin Cohen folgte mir die Stufen hinunter.

Es war Rushhour. Hinter einer Gebüschreihe tobte der festgefahrene Verkehr auf der Great Western Road auf Hochtouren. Scheinwerfer blendeten auf, Blinker blinkten und Motoren dröhnten. Eine Menge Lärm und Ablenkung. Deshalb bekam ich nicht mit, wie Pretchas Blitz aufleuchtete, als sie das Foto machte.

14

Es war ein schönes Auto. Das muss ich Hamish lassen. Sein intellektuelles Leben war vielleicht seit Cambridge vorbei, aber er hat Sinn für schöne Autos. Der Motor lief leise und rund, die Sitze waren tief und bequem.

Fin bebte auf dem Beifahrersitz. Nicht in den Gliedmaßen, da war kein Zittern, sondern von so tief aus der Körpermitte heraus, dass es nach winzigen Krämpfen aussah. Es war ihm peinlich, und er wollte nicht, dass ich ihn darauf ansprach, also tat ich es nicht. Ich drehte nur die Heizung hoch und fuhr aus der Parklücke.

Von der Great Western Terrace führt eine steile Zufahrt hinab zur Great Western Road. Die war von Autos und Bussen verstopft, und ich war lange nicht gefahren. Mit heftigem Geruckel fuhr ich direkt in den Berufsverkehr und knallte beinahe seitlich in ein Auto. Der Fahrer war wütend und gestikulierte eloquent in meine Richtung. Ich tat, als merkte ich es nicht, obwohl er nur anderthalb Meter von mir entfernt war.

»Wo fahren wir hin?«, fragte Fin mit schwacher Stimme.

»Na ja. Ich fahre nach Fort William. Wo soll ich dich denn absetzen? Willst du nach Hause?«

Fin antwortete nicht, aber auf der Straße war viel los, und ich war wirklich sehr lange nicht mehr gefahren, so dass es mir nicht auffiel. Die Ampel sprang um, und der Fahrer, den ich fast gerammt hatte, zeigte mir inbrünstig den Finger, als er weiterfuhr. Ich winkte entschuldigend. Ein paar Autos weiter ließ ein Mann zu, dass ich mich unbeholfen vor ihm in den

Verkehr einfädelte. Sein Gesichtsausdruck im Rückspiegel sagte mir, dass ihn meine Fahrweise schockierte. Er hielt weit Abstand von mir.

»Fin. Wo soll ich dich rauslassen?«

»Nein«, murmelte er, »ich will nur … irgendwo …«

Ich würgte den Wagen ab und musste neu starten. Viele Fahrer sahen mir jetzt zu, und es wäre untertrieben zu sagen, dass ihnen nicht imponierte, was sie sahen. Es war mir egal. Weiter vorn schob sich ein Bus in die gelbe Kennzeichnung der Haltestelle, und um die Kreuzung herum ertönte ein Hupkonzert.

Ich war hocherfreut, dass ich dem Flur entkommen war, dem Keller entronnen. Gott weiß, wozu mich die Erinnerungen an Gretchen Teigler sonst getrieben hätten. Ich war Fin dafür dankbar, fragte mich aber, warum er zu mir gekommen war. Hatte er mir etwas mitteilen wollen? Wir kannten uns nicht. Er mochte der Ehemann meiner besten Freundin sein, aber mir hatte er immer die kalte Schulter gezeigt.

»Warum bist du gekommen? Hat Hamish dich geschickt, um nach mir zu sehen?«

»Mich geschickt? *Hamish*?« Seine Stimme war sehr schwach. »Er ist … Sie sind zusammen abgehauen. Weißt du das?«

»Ich – ja. Ich weiß. Nach Porto. Mit meinen Kindern.«

Irgendwie war ich davon ausgegangen, dass Fin da mit drinhing, dass es für ihn okay war oder dass er sogar der Grund war. Ich nahm an, er hätte mit anderen Frauen Affären gehabt und, na ja, vielleicht konnte man Estelle da keinen Vorwurf machen. Ich war nicht darauf gekommen, dass es ihm genauso ging wie mir. Aber das gehört dazu, wenn man deprimiert ist. Empathieverlust. Ich kann mir nicht vorstellen, dass irgendetwas für jemand anderen schlimmer sein könnte, nicht wirklich.

Er klang entrüstet. »Ich bin nicht mit Hamish befreundet.«

Der Bus fuhr an, und wir schafften es über die Kreuzung zur nächsten Ampel. Es fühlte sich wie ein weiterer winziger Triumph an.

»Warum bist du zu mir gekommen?«

»Weiß nicht. Ich war ein bisschen, also ...« Fins Stimme war leise, sein Atem stockte. »... ich dachte, du ... ich habe mich gefragt ...«

Ich warf einen Blick auf den Beifahrersitz. Tränen tropften von seinem Bart, während er mit glasigem Blick geradeaus auf die Straße starrte. Er war ganz grau, und sein Jackett war über dem hohl nach innen gewölbten Bauch zugeknöpft.

»Fin?«

Er antwortete nicht.

»Fin?«

Nichts.

Ich konnte nicht anhalten und ihn absetzen, nicht auf diesen zwei Spuren voll übellaunigem Verkehrschaos. Er machte nicht den Eindruck, als könnte er es bis zum Gehsteig schaffen. Aber ich wollte ihn loswerden, jetzt, da wir Pretcha entkommen waren und ich ihr den Spaß verdorben hatte. Ich wollte ihn aus dem Auto haben, und ich wollte ihn nie mehr wiedersehen.

Ich konnte Fin nämlich nicht ausstehen.

Es war nichts Persönliches, auch wenn ich seine Band albern und ziemlich scheiße fand. Ich mochte ihn nicht, weil er mich die paar Male, die wir uns gesehen hatten, von oben herab behandelt hatte, und wahrscheinlich auch, weil Estelle sich oft über ihn das Maul zerrissen hatte. Außerdem machte er mir Angst. Ich hasse berühmte Männer.

Ich weiß nicht mehr, wie er berühmt wurde. Zu der Zeit kannte ich Estelle noch nicht. Es schien sehr schnell geschehen zu sein, in der Zeit, in der ich Babys bekam und ein glückliches Möbelstück war. Seine Band war jung, gerade mal späte

Teenager. Sie hatten bloß ein paar kleine Auftritte in Wohnzimmern von Fans gehabt, die bei Gewinnspielen gewonnen hatten. Ohne mehr als zwei Demos herausgebracht zu haben, waren sie mit einem Mal überall. Ich kann mich nicht erinnern, wie es dazu kam. Die Leute interessierten sich hauptsächlich für Fin Cohen. Er war groß, gestylt und sah sehr gut aus. Er war Veganer, Antikapitalist, alles, was gerade hip wurde. Man stilisierte ihn zum Anführer einer neuen Subkultur und interviewte ihn zu jedem Thema, von Sommerfarben bis Klimawandel. Er war überall, weltweiter Ruhm, ein Megastar in Südamerika und Asien. Nach weniger als zwei Jahren fraß ihn der Kapitalismus auf.

Cohen verlor sehr viel Gewicht. Die Presse folgte ihm überallhin, machte Fotos, dokumentierte den Abstieg. Er wurde erschreckend dünn und trug sehr enge Kleidung. Sein Gesicht wurde hohlwangig. Unversehens war er gezwungen, einen Opiatentzug zu machen. So weit, so im Trend.

Die Band managte sich selbst, und Estelle verglich das mit dem Versuch, eine Bahngesellschaft vom Smartphone aus zu betreiben. Eine gewaltige unerwartete Steuerforderung traf ein. In Deutschland wurde ihr gesamtes Bühnenequipment gestohlen, und sie hatten die falsche Versicherung abgeschlossen.

Dann kam das berühmte Interview. Der Schlagzeuger gab sich die Kante und einem fiesen Vlogger ein Interview. Ich selbst habe es nicht gesehen, aber offenbar quetscht der Vlogger aus dem sturzbetrunkenen Zwanzigjährigen die intimsten Geheimnisse der anderen heraus. Ihr Bassist vergriff sich sexuell an ihren minderjährigen Fans. Das stimmte, er kam später dafür ins Gefängnis. Der Gitarrist bemalte in seiner Freizeit Drachenminiaturen und wohnte noch bei Mama. Ihr Frontmann Cohen war nicht drogenabhängig, das war eine Lüge. Fin war magersüchtig. Sucht war offenbar cool, aber eine Essstörung nicht.

Die Band brach auseinander und war so schnell weg, wie sie aufgetaucht war, eine Fußnote der Musikgeschichte. Aber Berühmtheit bleibt in einer kleinen Stadt an einem kleben, und Glasgow ist klein.

Estelle war Portugiesin. Sie heiratete ihn auf dem Höhepunkt seines Ruhms, fetter Diamantring, Blitzhochzeit in Vegas. Das war, bevor er Gewicht verlor. Sie war in der schlimmen Zeit bei ihm und blieb, aber es war schwer. Sie waren pleite. Sein Verhältnis zu Essen bestimmte ihrer beider Leben. Er musste immer wieder ins Krankenhaus. Noch immer sah ich verschwommene Schnappschüsse von ihm auf den Titelseiten schadenfroher Klatschblätter, die über sein Gewicht und seinen psychischen Zustand spekulierten.

Ich sah ihn an, wie er da auf dem Beifahrersitz saß, die Oberschenkel berührten sich kaum, er war so dünn, der Sicherheitsgurt hätte genauso gut über einem leeren Sitz geschlossen sein können. Er sah aus, als würde er sterben.

»Fin? Hast du heute schon was gegessen?«

Er antwortete nicht.

»Wasser getrunken?«

»Hm.«

»Soll ich dich irgendwo absetzen?«

Er antwortete nicht.

Zu bemuttern ist ein Trost. Selbst in dem Smog aus selbstmörderischem Mitleid fand ich den Tonfall, den ich bei den Mädchen anschlug.

»Okay, Fin. Willst du mitkommen und meinen Kumpel Adam kennenlernen? Machen wir eine kleine Reise rauf nach Fort William?« Ich glaube, er nickte. Es ließ sich schwer sagen. »Ja. Wir machen einen Ausflug und schauen uns was an. Wollen wir?« Er antwortete nicht. Ich hätte auf ihn hören sollen. »Also dann, los.«

Ich fuhr, mein Leben lag in Scherben, ich musste mich um

jemanden kümmern, mein Bein schmerzte, alles war gut, abgesehen davon, dass ein kleiner Teil meines Gehirns immer noch unbeschäftigt war. Ich dachte an Hamish, und die alten, düsteren Gefühle kamen wieder hoch.

Mit diesen Gedanken allein zu sein hielt ich nicht aus.

Als wir an der nächsten Ampel hielten, nahm ich mein Handy raus und drückte auf Play.

15

Episode 3: Der Fluch

In dieser Episode werde ich kurz die Biografie der Dana *vorstellen, um zu erklären, woher die Geistergeschichte kam.*

Seeleute sind abergläubisch. Sie versuchen immer, die Zukunft vorherzusagen, indem sie nach Zeichen und Mustern in der Vergangenheit suchen. Das ist verständlich. Die See ist gefährlich und unberechenbar. Aberglaube gibt Menschen das Gefühl, Kontrolle zu haben. Von Anfang an hatte die Dana *den Ruf, Unglück zu bringen.*

Bei den Recherchen für diesen Podcast fragten wir uns schon manchmal, ob da nicht etwas dran war. Nun kannte niemand von uns die Geschichte irgendeiner anderen Privatjacht, und vielleicht waren das ja alles normale Begebenheiten im Leben außergewöhnlicher Menschen. Also gingen wir der Sache auf den Grund und stellten fest, verglichen mit anderen Jachten ihres Alters und ihrer Größe hatte die Dana *ungewöhnlich viele Eigner, die ein schreckliches Ende nahmen. War sie verflucht? Oder handelte es sich einfach um eine Luxusjacht, die mehrmals Gegenstand strittiger Eigentumsansprüche war und deshalb nur von Leuten gekauft wurde, die auch anderweitig bereit waren, Risiken einzugehen?*

Die Dana *wurde 1929 von Harold J. Webb in New York City in Auftrag gegeben.*

Webb hatte als Junge segeln gelernt, vor der Küste von Mayo in Irland. Er kam als mittelloser Vierzehnjähriger nach New York, tat sich mit Owney Moody zusammen, verdiente ein Vermögen mit der Prohibition und machte sich daran, die Totems des Reichtums zu sammeln. Er kaufte eine Villa, nahm sich eine gute katholische Ehefrau aus einer alten Bostoner Familie, kaufte Autos und Pferde und Anzüge und gab eine Jacht in Auftrag.

Die Dana *galt zu ihrer Zeit als Meisterwerk. Sie hatte zwei Generatoren, Zentralheizung und elektrische Kühlung. Aber Webb sollte es nicht mehr erleben, sie zu besitzen. Er verlor sein gesamtes Vermögen innerhalb von drei Tagen durch die Kurseinbrüche im Wall-Street-Crash. Am vierten Tag mietete er die Präsidentensuite im Biltmore Hotel. Dort setzte er sich an den Schreibtisch, drei Rundbogenfenster im Rücken, schrieb einen kurzen Abschiedsbrief und schoss sich dann in die Schläfe.*

Aber seine Hand rutschte ab.

Er benutzte eine alte Derringer Kaliber .32, eine kleine Pistole mit nierenförmigem Griff. Er lebte noch acht Monate ohne Unterkiefer, taub und bettlägerig, mit unerträglichen Schmerzen, gepflegt von seiner ihm bereits entfremdeten Ehefrau.

Es gibt ein auf Band aufgenommenes Interview mit Dana Webb aus den 1950ern, aber die Qualität ist sehr schlecht. Ich werde gleich ein kleines Stück daraus vorspielen, aber sie sagt, sie hielt ihren Ehemann am Leben, indem sie ihn mit einer Glaspipette fütterte. Sie wollte, dass er so lange wie möglich durchhielt. Das machte sie zu ihrer »Mission«. Sie waren beide katholisch, und Selbstmord ist eine Todsünde. Es war das Mindeste, was sie für ein anderes Menschenwesen tun konnte, selbst wenn er kein sonderlich nettes Menschenwesen war. Hier ist ein Stück von der Aufnahme. Entschuldigen Sie die schlechte Tonqualität.

Es knisterte, der Sound war dumpf und kratzig und Dana Webbs alternde Stimme hoch und atemlos. Ihr Bostoner Akzent klang wie eine Kennedy-Parodie.

»*Nein!*«, sagte sie als Antwort auf eine gemurmelte Frage abseits des Mikrofons. »*Nein! Mr. Webb war KEIN netter Mann.*

Er war ganz und gar ein Lump – Gott, vergib mir, dass ich schlecht von den Toten rede. Möge Gott. Seiner. SEELE. Gnädig. Sein.« Sie klang, als würde man das wohlwollende Gebet aus ihr herausprügeln.

Schließlich übernahm eine Bank die Jacht anstelle von Kreditrückzahlungen. Dann ging die Bank pleite. Der Besitzanspruch auf die Dana *blieb anfechtbar, das wusste jeder, also versauerte das schöne Schiff in einer Werft und wartete darauf, dass sich jemand an sie heranwagte.*

Die Dana *hatte eine ganze Reihe von Eignern, sieben in sechs Jahren, jeder davon versuchte Profit aus ihr zu schlagen, und alle scheiterten. Dann wurde sie von einer Pariser Familie erworben, die sie zwei glückliche Jahre lang für Familienurlaube und Vergnügungsfahrten nutzte. 1939 segelte die Jacht zum Überwintern nach Bermuda. Niemand kam sie wieder abholen. Die französische Familie verschwand während der Befreiung von Paris. 1947 wurde die* Dana *wegen der unbezahlten Liegegebühren beschlagnahmt. Dann kam sie in den Besitz der dänischen Regierung, die sie für lange Seereisen zur Reha von Drogenabhängigen einsetzte, aber das Schiff war zu teuer im Unterhalt.*

Schließlich wurde der polnische Millionär und Playboy Andris Larkos Eigner der Dana, *und damit begann die dunkelste Zeit in der Geschichte der Jacht.*

Larkos gab ein Vermögen aus, um sie zu renovieren. Er schmiss verschwenderische Partys an Bord, hängte unbezahlbare Kunstwerke in den Speiseraum, servierte Kokain aus der Bowleschüssel. Aber nur, wenn er mit seinen Freunden unter sich war. Wenn seine fünf Kinder und seine Frau zum alljährlichen Urlaub aufs Schiff kamen, wurde alles weggeräumt.

Die Vorfälle, die die Dana *berühmt machen sollten, ereigneten sich am 7. Juli 1976, zufällig am selben Tag und Monat, an dem sie vierzig Jahre später mit den Parkers an Bord unterging.*

Die Dana lag während einer lähmenden Hitzewelle im Hafen von Kreta vor Anker. Die Kabinen waren unerträglich heiß und stickig, so dass man an Deck Feldbetten aufstellte. Larkos' fünf Söhne schliefen dort neben ihren Kindermädchen. Das Deck war ein See aus weißen Laken.

Um Viertel nach drei in der Nacht erwachte eins der Kindermädchen von einem tiefen, klangvollen Vibrieren, das durch den Rumpf drang. Es war rhythmisch. Donk. Donk. Donk. Donk.

Etwas stieß offenbar seitlich gegen das Schiff. Sie schlug ihr Laken zurück und tappte hinüber an die Reling. Einer der Larkos-Jungen trieb mit dem Gesicht nach unten im Wasser. Sein Kopf wurde von den Wellen, die das Schiff umspülten, gegen den Rumpf gestoßen. Donk. Donk.

Der Junge war sieben. Es war ein schrecklicher Unfall. Seine Mutter, Angelika Larkos, war psychisch nie ganz stabil gewesen, aber danach brach sie vollends zusammen. Sie versuchte sich die Kehle durchzuschneiden und wurde in ein Sanatorium eingeliefert. Man diagnostizierte Schizophrenie und behielt sie für den Rest ihres Lebens dort.

Andris Larkos bot die Dana zum Verkauf an, aber wenig überraschend wollte niemand sie haben. Während er auf einen Käufer wartete, starben seine anderen Söhne. Die Presse nannte es den »Larkos-Fluch«. Heimsuchungen, Flüche und Mythen über Außerirdische waren in den 1970ern große Mode. Menschen sind darauf programmiert, nach Mustern zu suchen, um in zufälligen Ereignissen Sinn zu finden, und damals waren Flüche eine beliebte Erklärung. Die heutige Entsprechung wären vielleicht Verschwörungstheorien.

Objektiv gesehen gab es keine mysteriöse übernatürliche Kraft, die die Larkos-Jungs dahinraffte, da ihre Erziehung keineswegs risikoarm verlief. Andris tat sein Bestes, aber er nahm die Jungs mit an Orte, wo Kinder eher nicht sein sollten. Sie suchten Flüchtlingslager auf, sie waren während eines Choleraausbruchs *im Sudan. Sie kamen mit auf eine verrückte dreiwöchige Safari mit wildem Campieren in Tansania.*

Ein Junge starb, als er in Miami aus einem offenen Helikopter fiel und sich das Rückgrat brach. Ein anderer starb an einer Überdosis Barbiturate, die der Haushälterin verschrieben worden waren. Ein dritter Junge verschwand einfach an den Hängen des Kilimandscharo. Man fand von ihm nie mehr auch nur eine Spur.

Als nur noch ein Sohn am Leben war, verscherbelte Andris die Dana *spottbillig an ein gewisses Ehepaar, Mr. und Mrs. Clarke. Damit kam der Mythos der* Dana *erst richtig in Fahrt.*

Die Clarkes waren Schlagzeilenjäger. Bald schon waren sie in allen Zeitungen und behaupteten, auf der Dana *spuke es. Bei den Geistersichtungen handelte es sich immer um dasselbe Motiv: Mitten in der Nacht stand ein kleiner Junge mit triefnassen Haaren und Kleidern am Rand des Bugs.*

Ich hörte eigentlich bloß zu, um mehr über Gretchen Teigler zu erfahren, und so erschloss sich mir nur langsam, dass der Junge mit den wütenden schwarzen Augen im Film des Tauchers irgendwie mit diesem Teil der Geschichte zusammenhing.

Ein Mann, der den Geist sah, war ein Crewmitglied aus Malta. Er erzählte die Geschichte einem Journalisten von RTE.

Umschnitt zu einem Radiointerview. Der Akzent des Mannes war eine Kreuzung aus dem London der Blitzkrieg-Ära und Süditalien, seine Stimme klang weich.

»Es war mitten in der Nacht. Wir lagen vielleicht siebzig Meter vom Hafenbecken entfernt. Ich war allein auf Deck, und da sehe ich einen Jungen am Bug stehen, einen kleinen Jungen. Seine

Umrisse sind zu sehen, weil das Mondlicht vom Meer reflektiert wird.

Ich bleibe stehen. Ich starre den Jungen an. Ich blinzele, aber der Junge ist immer noch da. Ein Junge? Was? Ich ging zu ihm und sagte: ›Hallo?‹ Aber der Junge antwortete mir nicht. Ich fragte den Jungen: ›Ist dein Vater an Bord?‹ Der Junge sah auf. Er sah mich nicht an, blickte nur irgendwie auf. Dann spricht der Junge. Seine Stimme ist klar, aber seine Lippen bewegen sich nicht, er sagt: ›Lodo Vaty.‹ Aber … dieser Junge sah nicht wie ein Geist in einem Film aus, er ist nicht durchsichtig oder schwebt oder so was. Haha! Nein! Da ist bloß ein trauriger nasser Junge, verloren in der Nacht.

Also frage ich mich, wie kommt ein Junge nachts auf ein Schiff? Na ja, er konnte nicht heute Nacht hergekommen sein, er musste die ganze Zeit hier gewesen sein! Vielleicht hat ein Crewmitglied sein Kind mit an Bord geschmuggelt? Viele von uns sind arbeitslose Fischer. Wir werden erst am Ende der Reise bezahlt, vorab gibt es keine Bezahlung, keine Banken, kein Geld, das nach Hause geschickt werden kann. Was macht man mit den Kindern? Also, vielleicht hat jemand keine Familie, bei der er das Kind lassen kann, und bringt es mit und versteckt es an Bord, vielleicht? Ich weiß es nicht.

Jedenfalls, ich sehe, dass er ganz nah am Rand steht, er ist durcheinander, und ich weiß, ich muss ihn von dort wegbekommen.

Ich strecke meine Hand aus. Der Junge bewegt sich nicht und sieht auch nicht auf.

›Lodo‹, sage ich.« Er sang mit sanfter, lockender Stimme. »*›Lodo, mein lieber Junge, gib mir deine Hand, ja?‹ Und ich machte einen Schritt auf den Jungen zu.*

Wir sind ganz nah am Rand. Ich gucke für einen Sekundenbruchteil nach unten, um zu sehen, wo ich hintrete. Ich gucke wieder hoch und – WAS? Der Junge ist verschwunden!

Ich renne an die Kante und sehe nach. Nichts!

Ich gerate in Panik. Sehr erschrocken. Wo ist der Junge? Ich war ein junger Mann und ich wusste nicht, was ich tun sollte, also wecke ich den Rest der Crew und frage: Wer hat dieses kleine Kind mit an Bord gebracht? Einen Jungen namens Lodo Vaty?

Die Crew lachte mich aus. Ich bilde mir was ein. Vielleicht ist da ein Gasleck neben meiner Koje. Der Kapitän kommt runter und hört sich an, was passiert ist.

Ich bin Malteser. Ich spreche Maltesisch, Englisch und Italienisch. Bisschen Spanisch, etwas Türkisch. Aber ich spreche nicht Polnisch. Der Kapitän spricht Polnisch. Er sagt, ›lodowaty‹ ist Polnisch. Es ist kein Jungenname. Es heißt ›eiskalt‹.«

Eine Pause, dann ist wieder Trina Keany zu hören:

Diese Geschichte wurde zu einer modernen Sage. Sie wurde in okkultistischen Magazinen verbreitet und an Lagerfeuern erzählt. Ein Journalist mit einer Nase für Verkaufsschlager wandte sich an die Clarkes und überzeugte sie, dass er ein Buch über sie schreiben sollte.

Sie stimmten zu, ein Vertrag wurde aufgesetzt, und sie bekamen einen Verlagsdeal, aber es gab nicht genug Stoff für ein Buch. Jemand glaubte, er hätte einen Jungen gesehen, ein Junge war gestorben, es gab seltsame Geräusche und komische Gerüche. Alles schön finster, aber daraus ergab sich kein narrativer Plot. Also trafen sich die Clarkes und der Journalist eines Abends in einem Londoner Hotelzimmer, betranken sich und heckten eine anständige Geschichte aus.

In dieser neuen Version war Angelika Larkos die Mutter von sieben Jungen, nicht fünf. Wohlgemerkt, sie ist noch am Leben, als dieses Buch erscheint. Zu der Zeit bemühte sich niemand um Faktencheck. In der Nacht vor ihrer Hochzeit mit Andris hatte sie eine Séance mit ihren Schwestern abgehalten – das war pure

Erfindung von den Clarkes und ihrem Co-Autor. In der ausgedachten Séance wurde Angelika von einem alten polnischen Dämon heimgesucht, den man einen »Bies« nannte, demselben Dämon, von dem ihre kürzlich verstorbene Großmutter besessen gewesen war.

Im polnischen Volksglauben sind »Biesy« Dämonen, die ringsum Angst und Schrecken verbreiten. Sie rauben den von ihnen Besessenen ihren Willen und benutzen sie als Sklaven, bis der Verstand der besessenen Person es nicht mehr aushält, sie bricht zusammen und erholt sich nie mehr. Biesy saugen die Lebenskraft aus den Menschen in ihrer Nähe, nehmen ihre Wärme, deshalb geht mit ihrem Erscheinen immer ein plötzlicher Temperaturabfall einher. Es ist die Art von Kälte, die tief drinnen anfängt und langsam bis zur Haut vordringt. Biesy ergreifen ganz allmählich Besitz von einer Person, daher können Menschen über lange Zeiträume noch normal erscheinen, bis sie plötzlich und ohne Vorwarnung jemanden von einer Brücke stoßen, ein Haus anzünden, sich auf einen Fremden stürzen. Der vielleicht brutalste Aspekt der Besessenheit vom Bies sind die Phasen, in denen der Person bewusst ist, was für schreckliche Dinge sie getan hat.

Wie vieles im Volksglauben beruht auch dies zum Teil auf Tatsachen. In Angelikas Familie gibt es eine Vorgeschichte von Schizophrenie. Von Biesy besessen zu sein mag eine brauchbare Erklärung gewesen sein, als man noch nichts über Schizophrenie wusste.

In der Erzählung der Clarkes setzte Angelikas Besessenheit während der ersten paar Jahre ihrer Ehe vorübergehend aus. Der Dämon wartete auf die Geburt des siebten Kindes.

Als Fußnote: Die Zahlen drei und sieben spielen in allen Weltreligionen und vielen Mythen und Legenden eine wichtige Rolle. Das Bedeutsame am siebten Kind sollte darin bestehen, dass die Macht des Bies stärker wurde oder sich auf ein siebtes Kind über-

tragen ließ. Aber ehrlich gesagt war die Theologie hinter dem Fluch der Dana *nicht sonderlich ausgereift. Sie tranken viel und mussten sich beeilen, um die Deadline für die Veröffentlichung einzuhalten.*

Nach der neuen Version der Geschichte wusste Angelika, was mit ihr geschah, und versuchte ihren Mann, ihre Mutter und ihre anderen Söhne zu warnen, aber niemand glaubte ihr. Sie wurde in ein Sanatorium geschickt und konnte ihren siebten Sohn nicht beschützen. Also wurde ihr siebter Sohn in seinem siebten Jahr heimgesucht und an den Rand der Dana *gelockt und ertrank. Seitdem verweilen bösartige Biesy auf der* Dana *und benutzen den Geisterjungen als Köder für Seelen, an denen sie sich laben.*

Das Buch hatte ein gruseliges Coverdesign mit der Silhouette eines kleinen Jungen am Bug der Dana, *vom Deck aus gesehen. Es war seinerzeit so berühmt, dass es von* Saturday Night Live *parodiert wurde.*

Das Buch verkaufte sich weltweit millionenfach. Mit großem Trara erwarb eine Produktionsfirma die Filmrechte sowie die Dana *selbst, um sie zu Werbezwecken zu nutzen.*

Der Film wurde sehr erfolgreich. Der Exorzist, Das Omen *und* Amityville Horror *waren Bombenerfolge gewesen, und* Der Fluch der Dana *schien im Kielwasser der okkulten Filmwelle mitzuschwimmen. Eine Fortsetzung folgte.* Dana II. *Dann, zehn Jahre später, noch ein Low-Budget-Neustart mit* Dana: die Rache, *aber da war das Interesse geschwunden.*

Die Jacht wurde zum Verkauf angeboten. Wer sich eine private Jacht leisten konnte, wollte eine, die nicht aus miesen Horrorfilmen bekannt war, und die Dana *zog überall, wo sie anlegte, makabre Aufmerksamkeit auf sich, was sich nicht mit dem Sinn und Zweck einer Privatjacht vertrug.*

Deswegen konnte Leon Parker sie so billig und in mustergültigem Zustand erwerben. Der Ruf der Dana *färbte die gesamte nachfolgende Berichterstattung, als sie sank.*

In der nächsten Episode betrachten wir die Chronologie, mit der die Story an die Öffentlichkeit drang, und wie sie zu einer internationalen Obsession wurde.

Möchten Sie gern frische, nahrhafte Gerichte kochen, von denen Sie sich fit fühlen? Sie sind aber zu beschäftigt? Probieren Sie unseren Service von Fast'n'Fresh …

Wir ließen die Außenbezirke von Glasgow hinter uns und näherten uns den hohen dunklen Bergen um Loch Lomond. Wir hatten immer noch einen weiten Weg vor uns. Ich wollte meinen Freund Adam Ross wiedersehen. Ich wollte ihn fragen, wie es ist, zur Crew einer Jacht zu gehören. Aber vor allem wollte ich einfach jemanden sehen, den ich nicht anlügen musste.

Ich dachte, Fin wäre eingeschlafen. Das Fahren machte mich immer noch etwas nervös, und ich wagte es nicht, den Blick von der Straße zu nehmen. Er atmete flach. Er bewegte sich nicht. Ich nahm mein Handy, fand die nächste Episode und drückte auf Play.

16

Episode 4: Wie die Story Wellen schlug

Zunächst erregte der Untergang der Dana *wenig Aufmerksamkeit. Eine Randnotiz in* Le Figaro. *Ein kleiner Nachruf im* Daily Echo, *Leons Lokalzeitung in Southampton. Es war bloß ein Segelunfall, ein Missgeschick. Die Umstände waren seltsam, aber niemand vermutete Fremdeinwirkung. In Mark Parkers Posting auf Instagram hielten sie alle Champagnergläser hoch. Sie hatten getrunken. Besoffene Kids, großes Boot, nachsichtiger Vater. Segeln ist gefährlich.*

Es war die Abfolge der Ereignisse, wie sich alles entwickelte, was die Geschichte zu dem machte, was sie dann wurde.

Die Versicherungsgesellschaft erwartete hohe Forderungen von Leons Witwe und veranlasste eine Schallwellenuntersuchung des Meeresbodens. Man fand das Wrack der Dana *vierzig Meter unter dem Meeresspiegel, aufrecht gegen einen Felsen geklemmt. Tatsächlich wurde die Versicherungssumme nie eingefordert. Gretchen Teigler machte keine Ansprüche geltend. Das erscheint merkwürdig. Sie hat Angestellte für so etwas. Es gab eine Verbindlichkeit. Normal wäre es gewesen, sich die Summe ganz selbstverständlich auszahlen zu lassen.*

Wie dem auch sei, gegen Ende des Sommers, als im Meer noch gute Tauchbedingungen herrschten, schickte die Gesellschaft ein Team hin, um das Wrack zu filmen in der Hoffnung, die Ursache des Unglücks ausmachen zu können, aber etwas ging schrecklich schief. Der Taucher ließ sich zu einem Vorgehen hinreißen, das kein erfahrener Profi in Erwägung gezogen hätte. Er wich vom

Tauchplan ab, begab sich ins Innere des Wracks, dann ging ihm der Sauerstoff aus und er starb dort unten.

Der Film, den er zum Schiff an der Oberfläche live-streamte, wurde von Ermittlungsbeamten begutachtet. Er war höchst beunruhigend. Für das, was sie sahen, fand sich keine plausible Erklärung.

Ich erinnerte mich an das Gefühl, das Video im dunklen Flur zu schauen, in düsterer Stimmung, mein Blut zäh wie Sirup, die steigende Spannung des Films und das schockierende Ende, das mich zurück in die Welt katapultierte.

Trina Keany fuhr fort:

In dem Versicherungsfilm stirbt der Taucher, nachdem er die Überreste der Parker-Familie gefunden hat, die im Speiseraum um den Tisch sitzt. Durch die Veränderung des Drucks, die beim Öffnen der Tür durch den Taucher entsteht, sieht es so aus, als würden die Leichen versuchen, vom Esstisch aufzustehen.

Das Diamantcollier fehlt an Violettas Leiche. Sie trägt es nicht mehr, obwohl im Zwielicht die Schachtel zu erkennen ist, sie steht offen und leer auf dem Tisch. Man ist sich allgemein darüber einig, dass der antike Verschluss im Salzwasser verrottet sein könnte, so dass das Collier sich löste und von dem Abfall am Boden begraben wurde.

Aber die letzte Einstellung im Film des Tauchers zeigt das Gesicht eines Jungen. Es scheint sich aus der Dunkelheit heraus zu materialisieren und ihn mit einem Lichtblitz zu blenden. Das Gesicht sieht aus wie der Junge aus dem Film Der Fluch der Dana. *Es ist sehr seltsam und unheimlich.*

Jemand hat den Film online geleakt, und er ging viral. Falls Sie ihn nicht bereits gesehen haben, würde ich Ihnen davon abraten. Er ist verstörend. Er zeigt Leichen im Zustand der Verwesung, und man muss ihn nicht sehen, um diesem Podcast weiter folgen zu können.

Ich habe Freunde und Familie in den Staaten. In Gesprächen nach 9/11 erwies sich, dass die Filmaufnahmen von aus den Twin Towers springenden Menschen nicht in den Nachrichten gebracht wurden, anders als bei uns hier in Großbritannien. Sie sahen nicht die Menschen an den Fenstern, ihren hilflosen Mut, die flatternden Hemden. Die Fernsehsender hatten sich abgesprochen, diese Szenen nicht zu zeigen, und zwar aus Mitleid und Respekt. Heute könnte man diese Entscheidung gar nicht mehr treffen, es gibt zu viele Kanäle, aber damals geschah es, und es war richtig so. Manche Dinge sollte man besser nicht sehen. Und für mich gehört dieser Film dazu.

Aber wie kam ein Junge in den Film? Ich glaube, die Aufnahme wurde bearbeitet, um mehr Klicks rauszuholen. Jemand hat das nachträglich einmontiert. Aber warum tut jemand so etwas? Warum macht sich jemand die Mühe, einen Versicherungsfilm aufwendig zu verfälschen, nur um ihn gruseliger zu machen?

Nicht wegen des Geldes: Es gab keine Paywall für den Film.

Auch nicht wegen des Ruhms, denn die Quelle des Leaks hat sich nie dazu bekannt.

Das ist ein Mysterium für eine Nebendiskussion: Warum hat sich die Person nicht zu erkennen gegeben? Sollte es bloß ein Scherz für einen Arbeitskollegen sein, und der hatte es dann geleakt? In dem Fall wurde den Beteiligten wahrscheinlich verspätet klar, dass sie sich richtig Ärger eingehandelt hatten. Es wurden echte tote Menschen auf unangemessene Weise gezeigt, man hatte pietätlos eine Aufnahme von Toten verfälscht, und die Leute könnten nie wieder in der Branche arbeiten, wenn ihre Identität bekannt würde. Das Renommee der Versicherungsgesellschaft wäre beschädigt, ihre Berufsverschwiegenheit verletzt, dafür würde sie die Verantwortlichen vor Gericht bringen und ruinieren.

Andere sagen, das Bild des Jungen kann nicht hineinkopiert worden sein, denn Papierschnipsel und Schlick treiben ständig vor dem Bild. Auch scheint der Taucher auf das Gesicht des Jungen zu reagieren. Erst durch den Jungen gerät er in Panik und versucht überstürzt nach draußen zu gelangen.

Das ist das Problem mit Spekulationen: Sie sind unbefriedigend. Wir wollen eindeutige Antworten und bessere Geschichten als »vielleicht dies« und »möglicherweise das«. Das wahre Leben ergibt oft keinen Sinn.

Also etablierte sich in der allgemeinen Vorstellung eine eindeutigere, klarere Geschichte: Der rachsüchtige Geist des polnischen Jungen, der auf der Dana *spukte, hatte die Parker-Familie getötet und den Taucher in den Tod gelockt. »Bies-Gläubige« beteuern, der Taucher sei von dem Geist hypnotisiert worden, als er sich dem Schiff näherte, er wurde dazu gebracht, in die Kabine zu kommen, und nährte den Bies-Dämon mit seiner Angst und seinem Tod. Der Film zeige einen echten Geist, und wer dies bestreite, beteilige sich an der Verschwörung, dies geheim zu halten. Die Leugner arbeiteten nämlich in Wirklichkeit für den Bies.*

Das ist doch besser als »jemand hat es wohl zum Scherz da reinkopiert«, oder?

Jede dieser unterschiedlichen Theorien fand ihre Glaubensgemeinde.

Es bildeten sich Facebookgruppen und Reddit-Threads. Sie spalteten sich in Untergruppen auf. Mit nichts als ihrer Überzeugung bewaffnet, formierten sich Cliquen und traten in Aktion, versammelten sich in Saint-Martin, um nach Hinweisen zu suchen. Illegale Tauchexpeditionen wurden von der Küstenwache aufgebracht. Geistertouren schipperten zum Fundort des Wracks, was unglaublich gefährlich war, bedenkt man die Nähe zu einer Hauptschifffahrtsstraße. Die Einheimischen fanden es widerlich. Wir erinnern uns, dies ist ein sehr exklusiver Ferienort.

In Saint-Martin wimmelte es von stümpernden Hobbydetektiven und Fernsehteams, sie alle wollten beweisen, woran sie bereits glaubten. Restaurants und Cafés in der Stadt hatten Schilder in den Fenstern, auf denen stand, dass sie keine Fragen über die Parkers beantworten würden: Bitte wenden Sie sich damit an die Polizei. Violettas Hotel gab bekannt, dass sie ihre gesamten Habseligkeiten an ihre Mutter überstellt hatten, weil »Dana-*Touristen*« *versuchten, die Angestellten zu bestechen, um Erinnerungsstücke zu ergattern.*

Wenn man nach Saint-Martin fährt, so wie ich, findet man schnell heraus, dass die Einheimischen nicht mehr darüber reden. Sobald man das Wort »Dana« *in den Mund nimmt, wird man aufgefordert zu gehen.*

Die französische Polizeiermittlung war ein Fiasko. Angeheizt von Schlagzeilen und Hysterie nahm die Untersuchung einen Verlauf, der im nüchternen Tageslicht höchst bizarr wirkt. Eine Pressekonferenz der Polizei befasste sich mit der Frage, ob Geister wirklich existieren oder nicht.

Tatsächlich gibt es für alles rationale Erklärungen. Der Taucher wurde nicht von einem Geist hypnotisiert, aber vielleicht hatte man ihm für den Fall, dass er das Diamantcollier fand, einen Bonus in Aussicht gestellt. Selbst wenn nicht, kann er das Bild auf Instagram gesehen und geschlussfolgert haben, dass er auf eine Kette im Wert von einer dreiviertel Million Euro stoßen würde, wenn er Violettas Leiche fand. Eine inoffizielle Bergung ist nicht so unüblich, und professionelle Taucher mit viel Erfahrung gehen manchmal Risiken ein, die sich andere niemals zutrauen würden. Sie verlassen sich auf ihre Erfahrung, schwierige Situationen einschätzen zu können. Es braucht nichts Übernatürliches in dieser Geschichte, damit sie Sinn ergibt.

Um die von dem Film ausgelöste Hysterie zu entschärfen, betraute die Versicherungsgesellschaft den berühmten Tauch-

experten Olaff Tasksson damit, das Ganze zu kommentieren und den Zuschauern zu erklären, was sie dort tatsächlich sahen. Keine Leichen, die aufstehen, um den Verdammten zu grüßen, sondern eine Veränderung im Kabinendruck. Keinen von einem Bies-Dämon besessenen Taucher, sondern einen sich selbst überschätzenden Profi, der zu viele Risiken eingeht.

Die zweite Version des Films mit Taskssons Kommentar wurde nur drei Wochen nach der ersten veröffentlicht, bekam aber bloß einen Bruchteil der Klicks. Die Welt hatte sich längst entschieden, welche Version der Geschichte besser ankam.

Taskssons Version haben wir auf unserer Webseite. Ich persönlich rate Ihnen, sich keine von beiden anzusehen.

Nehmen Sie sich stets vor, eine frische Mahlzeit ohne Fertigprodukte …

Ich schaltete aus. »Hast du diesen Film gesehen?«

Fin sagte nichts, machte aber durch die Nase einen komischen Schnieflaut.

Ich wollte ihm einen Blick zuwerfen, aber wir befanden uns auf einer dunklen, schnell befahrenen Straße, die am Ufer von Loch Lomond entlangführte. Gewaltige Berge ragten über dem stillen schwarzen Wasser auf. Ich lenkte nicht sehr sicher, und der Wagen hinter mir fuhr zu dicht auf, so dass ich nicht einfach vom Gas gehen konnte. Seine Scheinwerfer blendeten mich im Rückspiegel und ließen mich Entfernungen schlecht erkennen. Ich wurde langsamer, er wurde langsamer. Er überholte nicht, blieb aber zu nah dran.

»Fin, du musst mir antworten, damit ich weiß, dass es dir gut geht.«

Ich hörte, wie sein trockener Mund einen Schmatzlaut machte, als er ihn öffnete und sagte: »Chkommklar.« Er klang benebelt.

»Fin, hast du irgendwas genommen?«

»Nee.« Seine Stimme war schwach. »Mir geht's nicht so toll …«

Ich weiß absolut nichts über Anorexie, nur dass sie gefährlich ist. Ein berühmter Mann, der reanimiert werden muss, in einem Wagen, den ich mit gestohlenem Führerschein fahre, das war mir eine Komplikation zu viel für heute. Ohne die erforderliche Fahrpraxis nahm ich bei einem Schild zu einem Restaurant die Kurve zu schnell, und Fin wurde unsanft ans Fenster gepresst.

Nun wusste ich, dass er nicht im Sterben lag, weil er erschrocken die Hände hochriss.

17

Das Restaurant war ein großer, schwarz gestrichener Wellblechschuppen. Der Parkplatz war leer, aber drinnen brannte Licht, es hatte geöffnet.

Ich parkte beim Eingang.

»Hör zu, Fin. Wenn du dich für die Fahrt nicht wohl genug fühlst, lasse ich dich hier raus, und du nimmst ein Taxi nach Hause.«

Er sah verzweifelt in den Regen, der sanft auf die Frontscheibe prasselte, und hob schwach die Hand.

»Du bist zu instabil, Fin. Es sind noch über hundertfünfzig Kilometer bis nach Fort William.«

»Ich komm schon klar.«

»Du hast vierzig Minuten lang kein Wort gesagt.«

Er sah mich mit kalter Wut an. »Es war nicht der beste Tag heute.«

»Ach, wirklich? Also ich hatte einen wundervollen Tag. Ich bin echt froh, dass du zu mir gekommen bist und mir aufgehalst hast, mich um dich zu kümmern, weil mein Tag nämlich von Anfang bis Ende eine einzige scheiß Party war.« Das kam ohne jede Wärme und mit übertriebener Lautstärke aus mir raus.

Ich stieg aus dem Wagen und knallte die Tür zu. Ich zitterte.

Er stieg aus.

Wir standen jeweils an einer Wagenseite im Regen. Schon fürchtete ich, er würde rumkommen und wir müssten uns prügeln. Oder hoffte ich auf eine Prügelei? Beides fühlt sich manchmal gleich an. Aber es kam zu nichts dergleichen. Er ging um den Kofferraum herum und ins Restaurant. Ich schloss den Wagen ab und folgte ihm.

Drinnen fand ein Anschlag auf sämtliche Sinne statt. Der Raum roch nach Weihnachtskuchen und Bodenreiniger. Der Teppichboden hatte ein Schottenmuster, und die Wände waren mit Hirschköpfen, Whiskypostern und Schwertern behängt. Fiddle-Musik tönte mit manischem Frohsinn durch den blechernen Raum. Alle Mitarbeiter trugen Kilts und Aran-Wollpullis, aber sie waren jung, und man sah noch, wer sie eigentlich waren, an den Tattoos und Piercings, den rasierten, pink und blau gefärbten Undercut-Frisuren.

Wir waren die einzigen Gäste, aber man erwartete wohl eine Busladung: Zwei lange Tische waren eingedeckt, und zehn Mitarbeiter standen müßig an der Bar herum.

Der Kellner brachte uns an einen Tisch auf einem Holzpodest. Ein Schild und ein Zweihandschwert prangten als Dekoration an der Wand über uns. Die Speisekarten waren laminiert.

Haggis. Das war die Speisekarte. Haggisburger, Haggiseintopf, Haggispakora und -tempura, sogar -suppe. Kleine Anmerkung: Niemand isst in Schottland ohne Ironie Haggis. Das gehört zu den Dingen, die ich hier so mag. Alle, die das Nationalgericht essen, sagen dazu: »Ich esse gerade Haggis!« Die Franzosen machen dasselbe mit Froschschenkeln. Man behauptet, Haggis zu lieben, oder die vegetarische Variante, die aus gerösteten Nüssen besteht und nicht das Geringste mit Haggis zu tun hat, aber es ist kein Grundnahrungsmittel. Es ist Touristenfutter für besondere Anlässe.

Der Kellner zuckte die Achseln. »Wir haben auch richtiges Essen, Hühnchen und so.«

Ich sah zu Fin. Er studierte die Karte stirnrunzelnd. Ich bestellte zweimal irgendwas mit Hühnchen und zum Trinken Wasser.

Der Kellner starrte Fin an. »Sie sind es doch, oder?«

Fin brauchte einen Moment, um aufzusehen. »Was?«

»Oh, ich hab vorhin gesehen, dass Sie auf Twitter trenden, daher wusste ich, dass Sie es sind.« Er nickte in Richtung der anderen, die dichtgedrängt an der Bar hockten. »Krieg ich ein Selfie?« Fin tat ihm den Gefallen, lächelte warm, aber sobald das Blitzlicht verlosch, schwand sein Lächeln.

»Wir lassen Sie in Ruhe«, sagte der Kellner. »Keine Sorge.« Er nahm die Speisekarten und ging.

Fin hatte sein Handy im Wagen gelassen und fragte, ob er meins haben könnte. Ich gab es ihm. Er googelte sich. Sein Gesichtsausdruck, vom Display angeleuchtet, wechselte rasch von erbost zu entspannt. Er scrollte, und ein verwirrtes Lächeln erwärmte sein Gesicht. Seine Augenbrauen hoben sich langsam. Er wurde in das Telefon gesaugt und war nicht mehr bei mir.

Ich sah mich ein wenig um, aber es gab nicht viel zu sehen. Touristenramsch und Teenager an der Bar, die über Fin tuschelten. Ich nahm mir ein paar Broschüren aus dem Speisekartenhalter und las eine über Bootsausflüge und eine andere über ein Aquarium.

Fin scrollte immer noch, seine Miene lebhaft, er interagierte deutlich mehr mit den Kommentaren über sich als mit mir in fast einer Stunde Autofahrt.

»Was ist denn?«, fragte ich schließlich.

»Deine Nachbarin hat ein Bild von mir auf der Treppe vor deinem Haus getwittert, und die Pro-Anas finden, dass ich toll aussehe, was mir Sorgen macht. Ich sollte etwas essen.«

»Was ist Pro-Anas?«

»Pro-Anorexie.« Er wirkte beschämt. »Es ist … Ich hab Anorexie. Ich kämpfe damit. Hm. Der Pro-Mob feiert das. Diese Leute sind auf eine Art Gift für mich. Ich hab das Gefühl, sie zu bestärken, wenn ich nicht gesund bleibe. Das ist zu viel Druck. Ich habe seit kurzem eine Social-Media-Auszeit.«

Und doch wirkte er zufrieden, belebt, als hätte der Umstand, dass die Welt über ihn sprach, ihm neues Leben eingehaucht.

Das Essen kam. »Irgendwas mit Hühnchen« war überraschend fantastisch. Es war geschmort und wurde mit einer cremigen geräucherten Knoblauchsoße auf buttrigem Selleriepüree serviert. Ich hatte den ganzen Tag nichts gegessen und verlor mich in dem Zusammenspiel aus Geschmacksrichtungen, scharf und mild, gefälligen Konsistenzen und einem leichten rauchigen Nachgeschmack hinten auf der Zunge. Ich stellte mir vor, wie tragisch es für einen derart begabten Koch sein musste, hier draußen mitten im verregneten Nirgendwo festzusitzen und Haggis in die Mikrowelle zu schieben. Ich sah auf.

Cohen aß nicht. Er saß da, die Hände im Schoß, und sah den Teller mit dem wunderbaren Essen an, als hätte es ihn beleidigt.

»Iss was, es ist köstlich.«

»Ich kann das nicht essen«, sagte er zu dem Teller. »Ich bin Veganer.«

»Dann iss drum rum«, sagte ich. »Oder iss was anderes. Es ist mir egal. Nimm dir Brot und Butter.« Sobald ich es gesagt hatte, merkte ich, wie dumm das war. »Verdammte Scheiße, du bist erwachsen. Du wirst doch in einem Restaurant was zu essen finden.«

Fin untersuchte kritisch die Salatbeilage, hob Blätter mit der Gabel an und suchte darunter nach versteckten Rinderstreifen. Er fand den Salat akzeptabel, nickte ihm sogar leicht zu. Dann schob er das herrliche Hühnchengericht mit aufreizender Langsamkeit über den Tisch. Er zog den winzigen Salatteller zu sich, begann Ministückchen auf die Gabel zu spießen und verzog das Gesicht, als er sie in den Mund schob. Es schmerzte, ihm zuzusehen.

»Fin, bist du im Auto ohnmächtig geworden?«

»Ich habe niedrigen Blutzucker. Wenn ich eine Weile nichts gegessen habe, wird mir ein bisschen schwindelig.«

»Du wirst ohnmächtig. Was, wenn das auf der Straße passiert? Woher soll denn irgendjemand wissen, wie man dir helfen muss?«

»Ich habe meinen Ausweis dabei, die Nummer von meinem Arzt und einen Hinweis auf meinen Blutzuckerspiegel.«

Er hatte eine Strategie für seine Ohnmachtsanfälle und schien gar nicht zu merken, wie schräg das war. Ich deutete auf seine Statur. »Kein Spielraum für Fehler, was?«

Er starrte mich böse an. Ich verstand nicht, warum alles, was ich über Essen sagte, falsch war.

»Okay«, sagte ich. »Iss das und einen Nachtisch, dann lass ich dich nicht hier sitzen.«

Er legte die Gabel weg und warf mir einen finsteren Blick zu. »*Das* tut man nicht.«

»Was?«

»Erst über meine Figur reden, dann versuchen, mich zum Essen zu zwingen. Wenn jemand eine Essstörung hat, soll man ihn ermutigen …«

»Junge, wenn du noch mal in mein verdammtes Auto willst, dann iss.«

Er erstarrte. Ich sah ihm an, dass man ihm schlimme Dinge über mich erzählt hatte, die er zunächst bezweifelt hatte, jetzt aber für wahr hielt. »Warum hast du mich hierhergeschleppt?«

Ich lächelte. »Findlay, glaubst du, ich bin blöd? Ich habe zwei Kinder.«

Er wirkte sehr beleidigt. »Ich habe gehört, dass du aggressiv bist.«

»Meine Mädchen können das besser als du.«

»Was denn?«

»Streit anfangen, damit sie nicht aufessen müssen. Ich bin nicht für dich verantwortlich. Iss oder bleib hier. Deine Entscheidung. Mir ist beides scheißegal.«

Wütend aufeinander aßen wir weiter, formulierten stumm

Beleidigungen und Vorwürfe im Takt der Jigs, die über uns leierten.

Ich wusste, dass es in Crianlarich einen Bahnhof gab, keine fünfzehn Kilometer weiter. Ich konnte ihn dort absetzen, und er wäre in einer Stunde wieder in Glasgow. Ich wäre ihn los. Aber er war nicht richtig angezogen, um im November auf einer Betonplattform herumzustehen. Ich war mir sicher, dass er im Auto ohnmächtig geworden war, und wenn ihm das wieder passierte, allein auf einem ungeschützten Bahnsteig, würde man ihn erst am nächsten Tag finden. Bis dahin konnte er an Unterkühlung sterben.

Mein Handy summte auf seiner Seite vom Tisch, und er reichte es mir. Eine SMS von Jess' Handy.

»Gesund und munter angekommen. Hotel schön und sauber. Haben anständig gegessen, alles Liebe von Jess und Lizzie.«

Ich schrieb zurück: *»Ich würde das wirklich lieber von Jess selbst hören danke Estelle kannst du ihr bitte das Handy zurückgeben«* Ich benutzte nicht einmal Interpunktion. Scheiß auf sie.

»Hi mUm, hotel ist schön uns gehts gut. JJxxx«

Mein Herz hüpfte vor Freude. Definitiv von ihr.

Ich schrieb zurück: *»Das ist super! Hier alles gut. Habt eine schöne Zeit und macht Fotos. Schlaft schön, ihr Süßen. Ich bin nur ein paar Stunden entfernt, wenn ihr mich braucht. Mum xxxxxxx«*

»OK.« Dann ein Emoji von einer schwimmenden Person.

Ich wollte unbedingt mehr wissen, schrieb aber keine Aufforderung zurück. Sie sollten schon im Bett sein. Ich scrollte mich durch ihre alten Nachrichten. Sie hatte das Telefon nicht mit aus dem Haus nehmen dürfen, es war nur zum Spielen da. Ich suchte nach einer SMS, die mein Bedürfnis stillte, länger war, von irgendetwas handelte. Es gab keine.

Der Kellner kam mit einem ovalen Teller an den Tisch und sprach Fin an. Der Koch hatte eine vegane Gemüsepfanne gemacht und hoffte, es wäre Fin recht, sie würden dafür nichts berechnen, und der Koch meinte, es sei ihm eine Freude, er habe gerade nichts zu tun und probiere neue Gerichte aus. Sie plauschten über Veganismus.

Für einen Anorektiker, der gerade eine zweite Mahlzeit hingestellt bekam, war Cohen ausnehmend liebenswürdig. Er probierte und sagte, es sei köstlich, wirklich hervorragend, und bat darum, den Koch kennenzulernen. Der Kellner holte ihn. Er war teigig blass und jung, hatte den Kopf rasiert und fallende Würfel auf den Hals tätowiert. Er schwitzte vor Aufregung, als er mit Fin plauderte, und sagte, er sei auch Veganer, oder wäre gern Veganer, ich hörte nicht richtig hin. Ich verstehe nicht, warum Leute darüber monologisieren, was sie nicht essen wollen, als wäre das interessant. Sie plauderten weiter, der Koch bat nun ebenfalls um ein Selfie, und ich war außen vor.

Ich beschäftigte mich mit dem Handy, sah mir Bilder auf der *Der Tod und die Dana*-Seite an.

Foto zu Ep3

Harold J. Webb stand allein auf einer New Yorker Straße. Er war klein, hatte einen Walrossschnauzer, trug einen grauen Cutaway und die passende Melone und hielt einen Gehstock mit silbernem Griff. Er starrte mit stechendem Blick in die Linse, sein Jähzorn war auch nach neunzig Jahren noch knackfrisch.

Foto zu Ep5

Ein schwarzweiß gepunktetes Bild aus einem Zeitungsartikel. Eine Frau war von dem Foto unvorbereitet erwischt worden.

Zwei Polizisten in Uniform hielten ihre Arme fest, und ihre Haare schwangen zur Seite. Man hatte sie in Richtung Kamera herumgerissen, ihr Mund stand offen, erschrockene Augen, ein leichtes Doppelkinn. Ihre Frisur war vorne kurz, hinten lang. Der Fotograf stand zu nah, und der Blitz hatte ihre Augenbrauen weggebleicht, was die niedrige Stirn betonte und sie wie eine Neandertalerin aussehen ließ.

War das Amila? Nein. Das Bild war zu alt, es war schwarzweiß. Wir waren noch nicht an dieser Stelle.

Foto zu Ep6

Gretchen Teigler. Ein schon etwas älterer Paparazzi-Schnappschuss. Sie ging eine sonnige Straße entlang und wirkte nichtssagend und unscheinbar in der beigefarbenen Uniform amerikanischen Geldes: weißer Pulli, helle Hose, Kleidung, die niemandem schmeichelt, aber Zugehörigkeit so deutlich markiert wie ein Gang-Tattoo. Ihr eckiges Gesicht war von helmartigem blondem Haar umrahmt, die Sonnenbrille trug sie als Haarreif. Eine mollige persönliche Assistentin ging hinter ihr, trug die Einkaufstaschen. Wie bei vielen hingebungsvollen PAs war ihre Kleidung das Beinahe-Echo ihrer Chefin: gleiche Frisur, billigerer Pullover. Sie starrte auf Gretchens Hinterkopf, als wollte sie ihren nächsten Gedanken erahnen. Dauphine Loire.

Dauphine Loire hatte einst einen Killer auf mich angesetzt. Ich hatte bisher noch nie ein Foto von ihr gesehen. Sie sah nicht mordlustig aus. Sie wirkte ein bisschen nervös und sehr auf Gretchen Teigler konzentriert.

Ich hatte solche PAs in Skibo gesehen. Oft waren es Co-Abhängige, die eine Bestimmung gefunden hatten, die zu ihrer Störung passte. Sie befriedigten die ewig Gierigen, arbeiteten für wenig Lohn, verteidigten mit ihrem Leben. Ich fand sie ziemlich erbärmlich, aber Adam Ross wies darauf hin, dass sie oft glücklicher wirkten als die Ehefrauen oder die Kinder.

Ich wusste, Gretchen selbst musste verfügt haben, dass die Ermittlung sich ganz auf Amila konzentrierte. Ich glaubte zwar nicht, dass Leon seine Kinder umgebracht hatte, aber ich war mir sicher, dass Gretchen entschieden hatte, wer offiziell als Mörder herhalten sollte. Die Sache trug voll und ganz ihre Handschrift.

Gretchens Motive waren mir immer ein Rätsel geblieben. Sie konnte kein Bösewicht sein, weil es so etwas nicht gab. Niemand stand morgens auf und rieb sich die Hände in Vorfreude auf all das Böse, das an dem Tag anstand. Sie musste irgendeine Rechtfertigung für die schlimmen, schlimmen Dinge haben, die sie getan hatte. Alle hatten viel zu viel Angst vor ihr, um sie aufzuhalten oder offen darüber zu reden. Die Presse spielte mit, die Polizei tanzte nach ihrer Pfeife, und wenn das nicht zu dem Ergebnis führte, das sie sich wünschte, schickte sie ihre Truppen los.

Ich ging zurück auf die Startseite des Podcasts und sah mir wieder das Foto von Leon und seinen Kindern an. Damals, kurz davor, war er glücklich, das konnte man in seinen Augen sehen. Immerhin etwas. Bei dem Anblick sehnte ich mich nach einer Zigarette und einer warmen Nacht und einem guten Freund, um gemeinsam zu lachen und Geschichten zu erzählen.

Ich zwang mich, die Seite zu schließen, und ging auf Twitter, um die Kommentare unter dem Bild von Fin zu lesen. Pretcha musste euphorisch sein. Ihr Bild hatte über zwölftausend Likes und reichlich Retweets.

Die Leute freuten sich, dass die Gerüchte über seinen Tod nicht stimmten. Wo war er gewesen? Zu dünn, Fin! Gut sieht er aus!

Ich scrollte wieder hoch zu Pretchas Foto.

Es war kein Bild von Fin Cohen vor meinem Haus. Es war ein Bild von mir und Fin Cohen vor meinem Haus, ein deutliches, gestochen scharfes Bild von meinem Gesicht mit gut sichtbarer Narbe. Sie durchschneidet meine Augenbraue. Sie ist dünn und weiß. Sie ist unverwechselbar.

Der Fotografierwahn unserer Zeit macht Leuten, die untergetaucht sind, das Leben schwer. Falls Sie mit einer Person befreundet sind, die eine dürftige Vorgeschichte hat und bei Gruppenbildern immer das Foto machen will oder sich hinter den Köpfen der anderen versteckt, gehen Sie gut damit um. Handyfotos sind eine verdammte Bedrohung.

Etwas nervös scrollte ich abwärts. Heftige Liebesbekundungen für Fin, Emojis, Austausch über Anorexie und dann, ziemlich weit unten, stieß ich auf einen Kommentar, in dem Dinge standen, die ich schon lange nicht mehr gehört hatte. Mein echter Name und ein Link zu der Story über mich. Zehn Fin-Kommentare weiter runter ein GIF mit einer toten Katze, die an eine Tür genagelt worden war.

Oh Gott.

Meine Mädchen.

Das war mein erster Gedanke. Nicht, dass mir Gefahr drohte, sondern dass meine wunderbaren, unverdorbenen Mädchen all das über mich erfahren könnten.

Ich folgte dem Link zu dem Artikel über meinen Fall. Er war acht Jahre alt, erschienen ein Jahr nachdem ich geflüchtet war. Ich hatte ihn schon mal gelesen: Es ging um die andere junge Frau, die unter falschem Namen gelebt hatte und nach einem verdächtigen Wohnungsbrand tot aufgefunden wurde. Meine Gerichtsverhandlung war erwähnt. Ich hatte die Meldung damals auf der Titelseite einer Zeitung gesehen, aber zu viel Angst gehabt, um mir auch nur die Zeitung zu kaufen. Deshalb war ich auch abgetaucht geblieben.

Scheiße. Mir war schlecht. Ich schämte mich. Ich zitterte.

Ich krümmte mich über den Tisch, saure Tränen tropften in die cremigen Schlieren meiner Soße auf dem Teller. Der Geruch von Knoblauch stieg mir in die Nase, und ich musste würgen.

Meine Mädchen würden erfahren, was man mir angetan hatte.

Jigs dudelten über meinem Kopf, Geschnatter stach in meine Ohren. Auf Twitter forderte ein Emoji-Avatar einen anderen auf, bei der Polizei anzurufen. Sie versuchten herauszufinden, in welcher Stadt Cohen lebte. Pretcha hatte das Foto nicht geocodiert, aber es würde nicht lange dauern, bis sie dahinterkamen.

Ein Fremder erklärte einem anderen Fremden, was man mit mir anstellen sollte, um mir beizubringen, nicht mehr zu lügen. Achtzig Likes. Fin möge sich vor einer verlogenen Bitch wie mir in Acht nehmen. Jemand mit dem Fußballclublogo als Avatar sagte, er würde mich schon finden. Jemand anderes sagte, er würde gern dabei helfen. Sie beschlossen, sich Privatnachrichten zu schicken, und verließen den Thread.

Der nächste Kommentar lautete »Wow! Fin so dünn!«, Daumen hoch, aus Japan.

»Ich muss los.«

Fin sah von seinem schwärmerischen veganen Koch zu mir und sagte ganz langsam: »Ich habe noch nicht aufgegessen.«

»Lass es dir einpacken oder bleib hier«, sagte ich, stand auf, warf Geld auf den Tisch und machte, dass ich zum Auto kam.

18

Ich fuhr.

»Was ist denn los?«, fragte Fin.

Ich konnte nicht sprechen. Ich konnte ihn nicht ansehen. Ich fuhr einfach. Dachte an die andere junge Frau. Ich wusste, sie hatten sie ermordet. Gretchen Teigler hatte sie umgebracht. Damals hatte es mich nicht bedrückt. Ich war davon ausgegangen, dass sie hatte, was ich nicht hatte: Unterstützung, Familie, Ressourcen, Mut. Ich lebte noch, sie war tot, Ende der Geschichte. Ehrlich gesagt hatte ich keinen weiteren Gedanken an sie verschwendet.

»Anna? Sagst du mir jetzt bitte, was los ist?«

Ich konnte nicht. Ich schaltete wieder den Podcast ein.

Episode 5: Amila Fabricase, ihre berühmte Mutter und die französische Besessenheit von Brot

In dieser Episode geht es darum, wie sich die französische Polizei, die den Untergang untersuchte, zwanghaft auf Amila Fabricase konzentrierte, bis man sie wegen dreifachen Mordes anklagte, obwohl sie es unmöglich gewesen sein konnte.

Man kann diesen Punkt sehr unterschiedlich auslegen. Die netteste Deutung ist, dass die Amila-Geschichte so betörend war und sich so schlüssig präsentierte, dass die französische Polizei gar nicht anders konnte. Eine teuflischere ist, dass es nur darum ging, von Gretchen Teigler abzulenken, weil diese weder befragt noch verärgert werden durfte, so einflussreich ist sie nämlich.

Ich konnte nicht glauben, dass Trina Keany so etwas sagte. Es stimmte, aber alle Welt wusste es besser, als den Kaiser herauszufordern. Hatte Keany ebenfalls Einfluss? Arbeitete sie für jemand Einflussreichen? War sie naiv? Wenn ja, dann befand sie sich in schrecklicher Gefahr. Ich fragte mich, ob sie das wusste.

Vielleicht lenkte der Kapitän der Dana *auf Gretchens Anweisung hin immer wieder die Aufmerksamkeit auf Amila. Er verbreitete sich öffentlich darüber, wie Amila gegangen war, gab Interviews über ihr launisches Verhalten an Bord, bedrängte die Polizei, doch endlich mit ihr zu sprechen. Aber der Kapitän hatte sein Schiff eingebüßt, während er mit seiner Crew in einer Bar saß und trank, und er hatte Leon die Crew im Voraus bar bezahlen lassen. Dadurch wirkte er unfähig und unprofessionell, besonders auf andere Seefahrer. Vielleicht war er deshalb so versessen darauf, dass der Fall schnell geklärt wurde.*

Alle Polizeiermittlungen drehten sich um Amila und ihre Geschichte. Und was für eine Geschichte das war! Man versteht leicht, wie es passieren konnte, dass alle von dem Glamour, dem Tod, den bestürzenden Enthüllungen gefesselt waren. Amilas Geschichte war so viel bezwingender, dagegen musste ein selbstmörderischer Geschäftsmann regelrecht dröge wirken. Das ist eine wohlwollende Erklärung dafür, wie man all die anderen Hinweise darauf, was in jener Nacht geschah, übersehen konnte.

Wer also war Amila?

Amila Fabricase wuchs in Lyon auf, einer Stadt, die vom Essen besessen ist. Es ist eine Stadt der Restaurants und gastronomischen Theologen. Dort verbringen Köche ihren Urlaub. Die Lyoner halten so leidenschaftlich zu bestimmten Bäckern und bouchons *wie in anderen Städten Fußballfans zu ihrem Verein. Köche und Bäcker und Käser zählen dort zur Prominenz, werden bewundert und auf der Straße erkannt, und sie gehörte zu dieser Szene.*

Amila war Bäckerin. Sie verließ früh die Schule und lernte unermüdlich. Sie war bekannt und wurde bewundert für ihr traditionelles Brot. Sie und ihre Partnerin Sabine wollten ihre eigene Bäckerei eröffnen, aber keine der beiden kam aus einer vermögenden Familie. Sie waren noch Jahre davon entfernt, genug zusammenzuhaben. Das wurde später gegen sie verwendet. Es hieß, sie sei neidisch auf die reichen Leute, für die sie arbeitete, aber sind wir nicht alle neidisch auf reiche Leute? Sogar reiche Leute wünschen sich, noch reicher zu sein.

Um das Startkapital zusammenzukriegen, arbeitete Amila als Köchin auf Privatjachten, und Sabine war Köchin bei einem Schweizer Bankier. Nach drei Jahren hatten sie ein Drittel der Summe zusammen. Es ging langsam, aber sie würden es hinbekommen. Amila war vierundzwanzig und stand kurz vor einer grandiosen Karriere, als ihre Kopfschmerzen anfingen.

Sie kamen und gingen plötzlich, wellenartig. Ihr rechtes Auge schwoll an, und Tränen liefen ihr über die Wangen. Sie bekam eine schwache Schulter, weil sie sich im Schlaf verspannte, eine Katastrophe für eine Bäckerin. Die Zeit wurde knapp.

Amila ging wegen der Kopfschmerzen zu ihrem Hausarzt, bevor sie den Dienst auf der Dana *antrat. Er überwies sie an einen Spezialisten. Sie wurde auf Gehirnverletzungen und Tumore untersucht. Man fand nichts. Es gab keinen ersichtlichen Grund und deshalb keinerlei Behandlung, abgesehen von extrem starken Schmerzmitteln, die sie lahmlegten. Amila hatte an Bord Achtzehnstundentage. Sie konnte sie nicht nehmen.*

Am Tag, bevor sie in Saint-Martin anlegten, schickte sie Sabine eine SMS und schrieb, dass die Kopfschmerzen schlimmer wurden. Sie hatte seit Tagen nicht geschlafen. Sabine schrieb drei Wörter zurück: »Komm nach Hause.«

Wie wir wissen, ging Amila in Saint-Martin von Bord. Sie nahm ein Taxi direkt zum Flughafen von La Rochelle und wartete auf den nächsten Flieger nach Lyon.

Die Dana *fuhr gerade aufs Meer hinaus, als ihr Flugzeug von der Startbahn abhob. Als Amila in Lyon landete, war die* Dana *gesunken.*

Sie fuhr nicht direkt in die Wohnung, die sie sich mit Sabine teilte. Sie fuhr aufs Land zu ihrer Großmutter, weil dort der Hausarzt war, der sie behandelte. Er gab ihr ausreichend Codein, damit sie ganze acht Stunden schlafen konnte. Sie war sehr geschwächt. Sie konnte drei Tage lang kaum aufstehen. Am dritten Morgen ging es ihr ein bisschen besser, sie war noch immer benommen, konnte ihre Großmutter aber dahingehend beruhigen, dass diese sie allein im Haus ließ, um einkaufen zu gehen. Bei ihrer Rückkehr befand sich Amila in Untersuchungshaft.

Sie war in der Küche, als Polizisten an die Tür klopften. Sie sagten, sie wollten sie zur Dana *befragen. Sie wusste nicht, dass sie gesunken war. Sie bat sie herein und dachte, vielleicht wäre Violettas Diamantcollier gestohlen worden. Sie sagte, Leon sei nett, hätte aber nicht etwas so Wertvolles mit an Bord nehmen sollen. Es täte ihr leid, dass die Polizisten ihre Zeit mit ihr verschwendeten. Die Polizisten wussten, dass es nicht um das Collier ging, aber das sagten sie ihr nicht.*

Amila erteilte ihnen die Erlaubnis, sich im Haus umzusehen, bat sie aber, sich zu beeilen und fertig zu werden, bevor ihre Großmutter zurückkam. Ihre Großmutter war eine alte Hippiefrau und auf die Polizei nicht sonderlich gut zu sprechen. Amila sollte schon bald herausfinden, warum.

Die Polizisten waren gründlich. Sie sahen nicht nur an Orten nach, an denen sich eine Kette befinden könnte, sie lasen auch Unterlagen durch und untersuchten Computer. Dann forderten sie Verstärkung an. Als Amilas Großmutter vom Einkaufen zurückkam, hatten die Polizisten einen Durchsuchungsbeschluss und arbeiteten mit Spürhunden. Sie rissen Wände nieder und hoben Bodendielen an.

Sie hatten Unterlagen gefunden, die Amila und ihre Großmutter mit einer Reihe von Morden und Raubüberfällen in Verbindung brachten. Sie fanden auch eine kleine Menge Sprengstoff unter den Dielen eines Nebengebäudes am Rande des Grundstücks. Sie hatten den Beweis, dass Amila Fabricases Name geändert worden war. Ihr Geburtsname lautete: Rosa Luxemburg Berghoff.

Amila war Rena Berghoffs Tochter.

Fin streckte die Hand aus und drückte Pause. »Warum hören wir uns das an?«

Mein ganzes Denken war geflutet von Gretchen Teigler und Wohnungsbränden und Vergewaltigungsdrohungen. »MACH DAS WIEDER AN.«

»Können wir reden?«

»Nein. Mach es wieder an, Fin.«

»Es interessiert mich nicht. Ich weiß nicht, um wen es da geht.«

Ich hätte ihn bewusstlos geschlagen, wäre ich nicht gefahren. »MACH DAS WIEDER AN.«

»Wer ist Amila?«

»Mach das SCHEISS Ding WIEDER AN!«

Er sah, wie ich mir Tränen von den Wangen wischte. Ich fuhr zu schnell auf einer schmalen, kurvigen Straße. Wir brausten dicht am Ufer des tiefen Sees entlang, nur eine Felskante von dem schwarzen Wasser entfernt. Bäume hingen über die Fahrbahn, und die einzigen Lichter waren Reflexionen auf den Straßenschildern, die vor scharfen Kurven und Klippen und herabstürzenden Felsen warnten.

»Alles okay, Anna?«

»Bitte mach es an.«

Er machte es wieder an.

Rena Berghoff war 1986 Debütantin an einem Schweizer Mädcheninternat. Ihr Vater, Staatssekretär an der französischen Botschaft in Westberlin, starb plötzlich an einem Herzinfarkt, als sie gerade siebzehn war.

Rena kam zu seiner Beerdigung nach Berlin und kehrte nicht mehr ins Internat zurück. Eine Biografin schrieb später, sie hätte es »halbgar« verlassen.

Berlin war damals eine Brutstätte für Radikale, und Rena schloss sich einer linken Gruppe an. Aber sie war eine Debütantin, eine Aristokratin. Es gab Gerüchte, sie arbeite für die CIA, für den KGB, mache geheime Recherchen über die Linken für den Spiegel. *Niemand traute ihr. Rena war das egal. Sie schrieb: »Die ewigen Begleiter aller klugen Frauen sind Misstrauen und Verachtung.« Ziemlich aufgeweckt für eine Achtzehnjährige.*

Übrigens, sollten Sie mal nach Berlin kommen und eine Frau sehen, die ein T-Shirt mit dem Aufdruck »Misstrauen & Verachtung« trägt, dann steckt das dahinter.

Arroganz machte Rena nicht beliebter. Sie wurde zur Hassfigur sowohl der Linken als auch der Rechten. Sie bekam eine Tochter, weigerte sich, den Vater zu nennen, und gab ihr den Namen »Rosa Luxemburg Berghoff«. Darüber ergoss sich weithin Hohn und Spott, man fand es hochtrabend und anstößig.

Als das kleine Mädchen gerade ein Jahr alt war, gerieten Renas politische Aktivitäten außer Kontrolle. Bei einer Demonstration vor der südafrikanischen Botschaft kam es zu gewaltsamen Ausschreitungen, ein Autofahrer wurde erschossen, sein Wagen gestohlen, und Rena und ihre Fraktion waren auf der Flucht.

Sie gründeten die Terrorgruppe Résistance Directe und begingen eine Reihe Banküberfälle, einen Mord, nahmen einen Industriellen als Geisel und überfielen brutal einen deutschen Bundesminister. Ihrer Auffassung nach hatte die Entnazifizierung nie richtig gegriffen. Die Nazis waren immer noch da, und zwar in hohen Ämtern. Nach zwei Jahren auf der Flucht wurde die ganze Gruppe in Hamburg verhaftet.

Terroristinnen sorgen für ganz besonderes Entsetzen. Anti-Terror-Beamte betrachten sie als gefährlicher als die Männer, weil sie oft mehr aufgegeben haben und noch mehr soziale Konditionierung überwinden müssen, um gewalttätige politische Aktionen durchzuführen. Und Polizisten werden üblicherweise dazu ausgebildet, nicht auf Frauen und Kinder zu schießen.

Während sie im Gefängnis auf den Prozess warteten, brachten sich Renas Kameraden um, einer nach dem anderen erhängte sich. Aber nicht Rena. Bei der Gerichtsverhandlung war sie als Einzige noch am Leben. Die Presse beschrieb sie als Sukkubus.

Ihr Prozess fand unter Ausschluss der Öffentlichkeit statt. Es wurde auch keine Berichterstattung zugelassen, damit sie nicht das Verfahren an sich reißen und zur Welt sprechen konnte. Das Foto auf unserer Webseite wurde aufgenommen, als sie am ersten Tag ihrer Anhörung aus einem Polizeiwagen stieg: Rena wusste nicht, dass ihr Prozess gleich beginnen würde. Sie wusste nicht, wohin man sie brachte. Das Bild wurde weltweit veröffentlicht.

Sie wurde in acht Fällen für schuldig befunden und bekam jeweils lebenslänglich. Über ihren Anwalt gab sie eine Stellungnahme heraus. Es tat ihr nicht leid. Sie würde alles jederzeit wieder tun. Ihre Tochter erwähnte sie nicht mal.

Renas Mutter brach jedwede Verbindung zu ihr ab, änderte heimlich den Namen des Kindes in Amila Fabricase und zog in das Haus bei Lyon. Zumindest gab sie das so an. Bei TREVI, dem Vorgänger von Europol, waren mehrere Ermittler überzeugt, dass sich einige Randfiguren von Résistance Directe monatelang in dem Lyoner Bauernhaus versteckt hielten. Sie beobachteten das Haus, bis Amila sieben war.

Amila wusste nicht, dass ihr Name geändert war. Sie wuchs in dem Glauben auf, ihre Mutter und ihr Vater seien Chirurgen gewesen, die bei einem schrecklichen Autounfall gestorben waren.

Die Polizei fand ihre echte Geburtsurkunde, die im Arbeitszimmer ihrer Großmutter an die Unterseite einer Schublade geheftet war. Interpol bestätigte den Fund. Die Polizei wusste, wer sie war, bevor sie es erfuhr.

In Frankreich herrschen drakonische Anti-Terror-Gesetze. Amila wurde zwanzig Stunden am Stück verhört. Sie hatte keine Ahnung, was los war. Während des Verhörs ging sie immer noch davon aus, dass es mit dem Diamantcollier zu tun hatte.

Zu diesem Zeitpunkt wusste noch niemand, warum die Dana *untergegangen war. Amilas einziges Verbrechen bestand darin, das Schiff gerade rechtzeitig verlassen zu haben. Doch Amila war in Lyon beliebt, und die regionale Presse forderte ihre Freilassung. Als Reaktion auf diesen Aufschrei leakten die Polizisten die Verbindung zu Rena Berghoff und gaben bekannt, auf dem Grundstück sei Sprengstoff gefunden worden und DNA-Spuren daran passten zu Amilas DNA. Die Sympathien der Öffentlichkeit verpufften. Erst sehr viel später räumte die Polizei ein, dass sich auch DNA von Mitgliedern der Résistance Directe gefunden hatte und die unvollständige DNA durchaus von Rena Berghoff stammen konnte.*

Sie wurde ohne Anklage festgehalten, bis die Polizei das Tauchvideo vom Wrack und das Loch im Bug sah. Der Schaden kam innen vom Maschinenraum und war in einem Bereich, in dem nichts Brennbares sein sollte. Für sie war es die Bestätigung, dass Sprengstoff im Spiel war. Amila kam aus einer Terroristenfamilie. Auf ihrem Grundstück hatte man Sprengstoff entdeckt.

Wenn eine Geschichte mit bereits gefassten Meinungen harmoniert, kann sie so unzweifelhaft wahr erscheinen, dass alle Widersprüche vom Tisch gewischt werden.

Amila wurde unter anderem des dreifachen Mordes angeklagt. Sie wurde nach der Terrorgesetzgebung verurteilt, unter Ausschluss der Öffentlichkeit, bei reduziertem Beweismaß. Man brauchte nicht einmal ein Motiv. Es war eben Terrorismus, dieser Blankostein beim Scrabble, der einfach alles bedeuten kann.

Trotz ihres wasserdichten Alibis wurde nie Berufung eingelegt, und wenige Monate nach Amilas Verurteilung eröffnete Sabine die Bäckerei, auf die sie beide gespart hatten. Woher kam das Geld dafür?

Wie konnte Amila den Funk auf der Dana *abstellen und aus dem Hafen auf den Atlantik hinausfahren, wenn sie gleichzeitig in der Abflughalle saß? Wie konnte sie die Parkers überwältigen, wenn sie sich zu der Zeit in der Luft befand?*

Es wurde suggeriert, dass sie die stark betäubenden Schmerztabletten einsetzte, um die Parkers zu vergiften. Das ergibt Sinn. Es würde erklären, warum sie bei geschlossener Tür passiv in einem stickigen Speiseraum hockten und nichts aßen. Aber wie hätte sie ihnen die Medikamente verabreichen sollen? Sie konnte nichts Giftiges in den Champagner getan haben. Die Flasche wurde erst geöffnet, nachdem sie gegangen war. Sie konnte das Essen nicht vergiftet haben: Es wurde an Bord gebracht, während sie am Flughafen war. Wir erinnern uns, sie wusste nicht einmal, welches Restaurant das Essen liefern würde. Der Kapitän arrangierte das erst, als sie im Taxi zum Flughafen saß. Sie konnte nicht die Teller oder Töpfe vergiftet haben, weil sie nicht wissen konnte, was sie bestellen würden.

Dieses Verbrechen kann nur von jemandem an Bord begangen worden sein.

Die Frage, die die Polizei niemals stellte, lautet: Hat es jemand an Bord getan? Genauer: War es Leon? Warum galt er nie als Verdächtiger? Lag es an seiner einflussreichen Ehefrau? Das werden wir in der nächsten Episode untersuchen, wenn wir fragen: Was hat es mit Gretchen Teigler auf sich?

LIEBEN Sie es, zu kochen, finden aber kaum Zeit dazu? Unser Sponsor Fast'n'Fresh …

Wir hatten die Spitze des Sees erreicht, als die Episode zu Ende war. Die Musik schwoll an und ebbte ab, während wir eine gerade Straße durch einen Kiefernwald entlangfuhren. Ich schaltete die Nebelscheinwerfer ein, das Licht stach durch die pechschwarze Dunkelheit und verwandelte die Straße vor uns in ein grobkörniges Computerspiel.

Gretchen Teigler hatte Sabine ausbezahlt. Es schien unmöglich, dass jemand das alles tun und damit ungeschoren davonkommen konnte, dass jemand herumlaufen und atmen und heiraten und einkaufen gehen und das alles tun konnte. Und Hamish war mit Estelle in Porto, und ich würde nie mehr mit meinen Mädchen zusammenleben, und mein Bild war auf Twitter mit meiner Tür im Hintergrund, meiner verfluchten scheiß Haustür, wo meine Kinder wohnten, wo ein Brand ausbrechen konnte, ein verdächtiger Hausbrand. Ich fuhr schneller und schneller.

»Anna, ich glaube, wir müssen reden.«

»Sei still.«

»Warum fährst du so schnell? Wohin wollen wir?«

»Adam.«

»Ich glaube nicht, dass du jetzt fahren solltest.«

»Fick dich.«

»...«

»Fick dich einfach.«

Ich kann mich nicht genau erinnern, was dann passierte. Die Straße wurde verschwommen, und es gab ein Knirschen, ein Schlittern und ein lautes »BOING«, und der Wagen fuhr nicht mehr. Er gab ein mahlendes Brummen von sich.

Ich sah zur Seite. Fin Cohens Körper hing über dem Armaturenbrett, aber sein Gesicht fehlte. Ich hatte ihn getötet. Ich blinzelte. Sein Kopf war vom Airbag verschluckt worden.

19

»Fin?« Ich streckte den Arm aus und schlug ihm auf die Schulter, unbeholfen vom Adrenalin. »Scheiße! Fin?«

Er schrak auf, keuchte wie ein Taucher, der zum Luftschnappen hochkommt.

»Bist du tot?«

Die Frage war redundant, aber er versicherte mir trotzdem, dass er nicht tot war, und ich sagte ihm, dass ich es auch nicht war.

Keiner von uns hatte auch nur eine Schramme, und das Auto war heil. Wir waren beide sehr überrascht. Ich war so überrascht, dass ich noch eine ganze Weile zu sehr zitterte, um fahren zu können. Also blieben wir still sitzen. Cohen faltete den Airbag ordentlich zusammen und legte ihn auf das Armaturenbrett, als wäre es ein Geschirrtuch, das trocknen sollte.

Er sagte immer wieder, alles würde gut werden, wie ein Idiot. Er versuchte mich bloß zu beruhigen, aber ich hörte nur, wie naiv er war, und dachte, ich hätte mich gar nicht erst bemühen sollen, ihn im Restaurant zwangszufüttern. Er war mit mir zusammen fotografiert worden. Er hatte keinen Schimmer, in was für ein Wespennest wir gestochen hatten. Teigler interessierte sich nicht für die Wahrheit. Das tat niemand. Und warum erzählte Trina Keany die Wahrheit in einer Welt, in der man davon bei einem Hausbrand starb? Wir waren in schrecklicher Gefahr. Teigler war mächtig und böse.

Aber Fin dachte, ich sei wegen Hamish und Estelle so aufgebracht, und ich tat ihm den Gefallen und ließ ihn in diesem Glauben. Er sagte, sie hätten schon seit Monaten eine Affäre.

Ich glaube, ich wusste das. Er wusste es von Anfang an und hatte Abstand zu mir gehalten, weil er nicht in ihren Betrug verwickelt werden wollte. Es fing schon an, als er zum ersten Mal ins Krankenhaus eingeliefert wurde.

»Meine Essstörung schottet mich manchmal vom Leben ab. Ich war nicht für sie da«, erklärte er.

Ich sah ihn an und sagte, das sei irgendwie offensichtlich. Er nickte beschämt. Das alles kam mir wie kleinliche Luxussorgen vor, deshalb sagte ich: »Na ja. Wir haben alle so unsere Macken.«

»Ich hab gehört, dass du obsessiv liest.«

Wütend blaffte ich: »*Das* hat sie gesagt?«

Kapitulierend hob er die Hände, weil er keine Lust hatte, sich zu streiten, und wandte den Blick ab. Er atmete tief ein.

Ich sah durch die Windschutzscheibe. Draußen war pechschwarze Nacht. Ich musste die Scheinwerfer ausgeschaltet haben. Das einzige Anzeichen von Zivilisation war ein kleines Fenster mit gelbem Licht weit oben auf einem fernen Hügel. Der dunkle Himmel über uns war eine Decke aus donnernder Kohle. Meine Mädchen erfuhren vielleicht, was sie mir angetan hatten, diese Männer. All das, was sie mir damals angetan hatten. Meine kleinen Mädchen. Ich wollte, dass sie unwissend und unschuldig blieben. Ich wollte, dass sie zum Schwimmen gingen und Gemüse aßen. Mein früheres Leben hatte sich so lange wild, aber ausgedacht angefühlt wie etwas, das einer anderen passiert war, vor Jahrhunderten, nur dass es jetzt nicht mehr so war. Der Bruch zwischen meinen beiden Leben war so vollständig gewesen. Ich hatte mich einfach nur mit dem befasst, was vor mir lag, nicht mit dem, was hinter mir lag, Tag für Tag, Schritt für Schritt.

»Ach komm, Anna«, sagte Fin vorsichtig, »du wirst jemand anderen kennenlernen. Du bist *immer noch* eine attraktive Frau.«

Die gesamte Situation war mit einem Mal absurd. Ich saß mit einem verhungernden Mann in einem verunglückten Wagen, mein Leben lag in Scherben, Gretchen Fucking Teigler war wieder aufgetaucht, und Leon war tot. Aber Fin fand, ich könnte immer noch was reißen. Da ging doch noch was. Absurd.

Ich fing an zu lachen. Und zu schluchzen. Große Rotzblasen platzten aus meiner Nase. Ich schlug mit der offenen Hand aufs Lenkrad, bis sie wehtat. Es dauerte eine ganze Zeit, bis die Haut wund war.

Fin Cohen saß still da. Irgendwann streckte er die Hand aus und berührte den sorgsam zusammengefalteten Airbag, wie um zu überprüfen, dass er ihm nicht noch einmal ins Gesicht explodierte.

Endlich schaffte ich es, mit Lachen aufzuhören. Ich zitterte auch nicht mehr. Ich wischte mir das Gesicht mit dem Ärmel trocken und sah aus dem Fenster. Gott, was für ein beschissenes Chaos.

»Ich will eine Zigarette.« Ich sagte es nicht zu ihm, ich sagte es einfach.

Er griff in die Tasche und zog einen beigefarbenen Tabakbeutel aus Leder heraus, ein flaches Mäppchen, das mit einem Riemen verschlossen war. Es war ausgesprochen schön, alt, sehr weich und glatt. Er rollte eine sehr dünne Zigarette und gab sie mir und zündete sie mir mit einem Feuerzeug an.

Manche Zigaretten sind ganz nett, manche sind vorzüglich, diese war mehr als das. Sie war eine Wiedervereinigung mit meinem alten knallharten Ich. Ich hatte nicht mehr geraucht, seit ich aus Skibo weg war.

Ich atmete ein, sog grauen Schmutz tief in die Lunge, genoss den Schaden, den er anrichtete. Konnte ich erneut verschwinden? Einfach wegrennen und ein drittes Mal von vorn anfangen? Aber auf Pretchas Foto war meine Haustür zu sehen. Dort würden sie nach mir suchen, und wenn sie mich nicht fanden, dann fanden sie meine Mädchen.

Ich könnte ihnen zuvorkommen und mich umbringen, das erschien mir eine Sekunde lang vernünftig, aber dann wurde mir klar, dass Pretchas Foto die letzte Sichtung von mir sein würde. Die Tweets darunter verrieten, wer ich gewesen war. Hamish würde von meiner Vergangenheit erfahren und eines Tages den Mädchen davon erzählen müssen. Wenn sie erwachsen wären, würden sie nach mir forschen und die Zeitungen und Gerichtsprotokolle lesen. So würden sie mich in Erinnerung behalten. Nicht, dass ich ihnen aufs Haar küsste oder warmes Wasser über sie laufen ließ, um Seifenreste von ihren kleinen Rücken zu waschen. Nicht, dass ich am Schultor im Regen auf sie wartete. Sie würden im Kopf behalten, dass ihre Mutter geschlagen und zum Opfer gemacht worden war. Eine gestörte Fantastin, eine einsame Säuferin, verrückt, kein Wunder, dass sie sich umgebracht hat. Und ich hatte erlebt, wie der Selbstmord meines Vaters meine Mutter auszehrte, wie schwer es für sie war, darüber hinwegzukommen. Wegen dem, was er getan hatte, dachte ich reflexhaft an Selbstmord, wann immer ich mich in die Ecke gedrängt fühlte. Ich würde das an sie weitergeben.

Was konnte ich sonst noch tun?

Ich konnte die Polizei nicht um Hilfe bitten. Gretchen Teigler war zu mächtig. Wie gern würde ich ihr eine reinhauen, auf sie zulaufen und ihr ins Gesicht schlagen. Die Vorstellung munterte mich etwas auf. Ich lief seit neun Jahren vor ihr weg und dachte darüber nach, auf sie zuzulaufen. Vor ihrer Haustür aufzukreuzen und ihr die Stirn zu bieten. Sie hätte keinen Grund mehr, den Mädchen nachzustellen, wenn ich bei ihr auftauchte. Es war gefährlich, aber wie gesagt, ich war lebensmüde. Zu diesem Zeitpunkt war es reine Fantasie. Sie lebte zurückgezogen und war paranoid. Ich hielt es nicht für möglich, auch nur in ihre Nähe zu gelangen.

Ich bat Fin um eine weitere Zigarette, und er gab mir eine. Ich rauchte und stellte mir Teiglers Gesicht vor, die Wange von einem Schlag gerötet, und was ich zu ihr sagen würde.

»Wir brauchen Benzin«, sagte ich und startete den Wagen.

Ich fuhr rückwärts aus dem Graben, die Reifen schleuderten Steine auf den Asphalt.

»Licht«, sagte Fin.

»Oh ja«, sagte ich und schaltete es ein. »Weil wir dann sicher sind.«

Wir fuhren schweigend.

Ich war erschöpft, gab mich meinen Gedanken hin, offen gestanden geradezu erleichtert, etwas so lebensgefährlich Draufgängerisches in Betracht zu ziehen. Ich habe Leute getroffen, denen nie wirklich etwas passiert ist. Sie wohnen schon immer am selben Ort, sie fahren in den Urlaub, kommen zurück, essen, Tag für Tag. Kein Auf, kein Ab. Früher habe ich mich gefragt, ob sie logen oder nichts mitbekamen oder ihr Schicksal irgendwie so arrangiert hatten. Aber es ist einfach nur saublödes Glück. Mir ist zu viel passiert. Zu viele Leben. Zu viele Ereignisse. Ich kann nicht mehr.

»*Warum* liest du eigentlich immerzu?«

Fins Stimme erschreckte mich. Ich hatte ganz vergessen, dass er da war.

»Ich lese gar nicht *immer*. Manchmal höre ich Hörbücher.«

»Estelle hat gesagt, dass du sogar in der Umkleide beim Yoga liest, und manchmal setzt sie dich zu Hause ab, und wenn sie Stunden später zurückkommt, sitzt du immer noch im Mantel im Flur und liest.«

»Ist lesen nicht was Gutes?«

»Ist auf sein Gewicht achten nicht was Gutes?«

Das kam unerwartet. Er machte einen Witz.

Ich fragte: »Wann hat das mit dem Essen bei dir angefangen?«

Er seufzte. »Die Band wurde berühmt. Alles wurde völlig irre.

Ich hab mich nur noch auf diese eine Sache konzentriert. Die konnte ich kontrollieren, und ich konnte sonst nichts kontrollieren. Es ist schwer, wenn man das Gefühl hat, dermaßen beurteilt und kritisiert zu werden und gerade erst dabei ist, seine Persönlichkeit auszubilden.«

»Kein Panzer«, sagte ich, und das gefiel ihm.

Ich erzählte ihm, dass ich als Selbstmedikation lese. Dass mir die Welt manchmal etwas zu viel wird. Podcasts sind wie Lesen, wenn man Hände und Augen anderweitig braucht, und er sagte, ja, ja, so in der Art war es auch bei ihm mit dem Essen. Selbstmedikation. Aber dann wurde es übermächtig, und er konnte nicht mehr aufhören. »Es ist eine chemische Spirale. Irgendwann fühlt es sich so an, als wäre es das Einzige, was zählt. Es zu kontrollieren. Essen ist allerdings nicht wie ein Buch, man kann es nicht einfach weglegen.«

Ich sagte es nicht, aber ich habe schon Bücher gelesen, die ich nicht weglegen konnte, und es lag nicht immer daran, dass sie gut waren, ich konnte nur einfach nicht aufhören zu lesen. Einmal las ich ein Buch und war unversehens damit durch (mir war nicht aufgefallen, dass die letzten hundertvierzig Seiten ein Register waren), und dann hatte ich nichts zu lesen. In heller Panik fing ich von vorn an und las es noch mal.

»Tja«, sagte ich, »wenigstens hast du eine Sache, bei der du dich gut fühlst.«

»Ja«, er lächelte mich an. »Ich habe einen Trost, und der bringt mich um. Das Ganze ist so öffentlich. Dadurch fühlt sich alles so folgenschwer an. Leute sehen mich, junge Leute, und bei jedem Fehlschlag fühl ich mich verantwortlich für Sachen, auf die ich gar keinen Einfluss habe. Ich will nicht, dass Kranksein das Einzige ist, wofür ich bekannt bin. Das Einzige, was ich der Welt hinterlasse.«

»Vielleicht gefällt dir die Aufmerksamkeit?«

»Hm. ›Schüchterner Mann im Rampenlicht.‹ Ich weiß nicht.«

Er zitierte seinen größten Hit, was ich ziemlich haarsträubend fand.

»Warum bist du zu mir gekommen, Fin?«

Er hob die Schultern. »Ich bin stundenlang rumgelaufen und hab mir leidgetan. Ich bemühe mich darum, weniger Ich-fixiert zu sein. Ich war in der Nähe, also hab ich versucht, über jemand anders nachzudenken. Das ist Teil meiner spirituellen Übungen. Mehr auf andere bezogen zu sein.«

»Funktioniert es?

»Manchmal. Ich bin hier. Ich könnte immer noch da draußen rumlaufen und mich selbst hassen.«

»Und denk mal, wie viel Spaß wir stattdessen hatten: Es gab Zoff, du wurdest mit Hühnchen bedroht, und wir hatten einen Autounfall.«

»Ja, eine grandiose Landpartie. Du scheinst von diesem Podcast ziemlich besessen zu sein. Worum geht's da?«

Nun, ich war zu müde, um mir eine Story auszudenken, also erzählte ich ihm die Wahrheit, dass ich Leon kennengelernt hatte, als ich in einem Hotel arbeitete, dass ich ihn auf Anhieb mochte und das Gefühl hatte, er würde in dem Podcast schlechtgemacht, dass Leon nett war, ein bisschen bedenkenlos, ein bisschen nichtsnutzig, aber nicht offen bösartig. Gretchen Teigler hingegen war eine Giftspritze. Sie hatte zuvor schon Leben zerstört, das wusste ich, aber sie war so einflussreich, dass niemand je etwas sagte. Als ich das erzählte, merkte ich, wie mein Verlangen, Adam Ross zu sehen, wuchs, Adam, der zwischen den Zeilen lesen konnte und dem man nicht alles erschöpfend erklären musste.

Ich fuhr weiter und brachte Fin dazu, den Tauchfilm zu schauen. Das nahm ihn so mit, dass er schier durchdrehte und mich kurz anhalten ließ. Es war für ihn wahrscheinlich heftiger, weil er in einem fahrenden Auto saß und es draußen dunkel war und sich sein Körper selbst auffraß.

»Hast du das Licht gesehen, das aus dem Mund des Jungen kommt?«

Er nickte. »Spricht er?«

»Nein. Es ist eine Reflexion vom Licht des Tauchers, von seiner Kopflampe.«

»Ich muss mich übergeben.«

Aber er musste sich nicht übergeben. Wir warteten mit der Weiterfahrt, bis es ihm besser ging.

Als wir wieder vorankamen, erzählte ich ihm, dass hinter Amilas Verurteilung mit ziemlicher Sicherheit Gretchen Teigler steckte. Sie hatte auch früher schon Ermittlungen blockiert. Sie war reich und mächtig und glaubte, sie stünde über dem Gesetz.

»Hast du sie in dem Hotel kennengelernt?«

»Nein, ich hatte mit ihr zu tun, hab sie aber nie persönlich getroffen.«

»Hast du irgendwelche Beweise gegen sie?«

»Sie hinterlässt keine Beweise.«

Er schien nicht überzeugt. Es klang in der Tat etwas verrückt. Ich sagte ihm, er solle sich das Foto von Leon mit seinen Kindern auf der Webseite ansehen. Er tat es und sagte: »Oh Gott, sieh sie dir an.«

Es gefiel mir sehr, wie er das sagte, als ob er sie wirklich sah, die Gesten, das zärtliche Miteinander.

Ich bog links an einer verlassenen Kreuzung ab. »Aufgenommen eine Stunde bevor er sie angeblich umgebracht hat. Ich meine, sieht das nach einem Mann aus, der vorhat, sie zu töten?«

Fin sah immer noch das Bild an.

»Nein, oder?«, fuhr ich fort. »Er lächelt. Er ist glücklich. Die Tochter, Violetta, trägt die Kette, die er für sie gekauft hat. Sieh dir diese hinreißenden Kinder an und wie stolz er auf sie ist.«

Er zögerte, dann fragte er: »Wer hat das Foto gemacht?«

»Was?«

»Jeder von ihnen hält ein Champagnerglas, man kann alle Hände sehen. Niemand benutzt einen Selfiestick. Das Handy liegt nirgendwo auf, also ist es kein Selbstauslöser. Wenn die drei allein an Bord waren, wer hat das Bild gemacht?«

20

Teile von Fort William waren in eine Fußgängerzone umgewandelt worden, und mir war die Straßenführung nicht vertraut. Wir mussten ein gutes Stück entfernt parken, aber ich fand aus dem Gedächtnis den Weg zur Tür von Adam Ross. Es war einige Lebzeiten her, dass ich zuletzt hier gewesen war.

Seine Wohnung lag im obersten Stockwerk einer umgebauten georgianischen Kaufmannsvilla mit Blick auf einen wunderschönen kleinen Platz. Die Gemeinde hatte versucht, den Platz zum Treffpunkt für Anwohner zu machen, ihn mit eingetopften Pflanzen ausgestattet, mit Steinpflaster und einer großen Stahlbank in der Form eines gemütlichen Chesterfieldsofas. Überall auf dem Stahlsofa standen kleine Pfützen, es verkörperte die leere Hoffnung auf Geborgenheit an diesem Ort, einem Tummelplatz für Wind und peitschenden Regen.

Wir standen in der bitteren Kälte und spähten hinauf zu den dreckigen Fenstern mit den modrigen Gardinen, die schlaff dahinter hingen. Ich hatte das miese Gefühl, dass Adam tot war. Sein Gesundheitszustand war bedenklich, womit ich meine, dass er zeit seines Lebens heroinabhängig war.

Die Haustür war schwer und niedrig, sie lag eine Stufe unterhalb der Straße, weil der Boden des Platzes über die Jahre erhöht worden war. Sein Name stand noch an der Tür.

Ich drückte auf die Klingel. Nichts tat sich.

»Keiner da?«, fragte Fin.

Ich steckte so tief in der Vergangenheit, in ganz speziellen persönlichen Erinnerungen, dass es mich nervte, Fin bei mir zu haben.

Er stand da, eine Hand halb in die Jacketttasche gesteckt, nur die Fingerspitzen, als stünde er Modell für einen Katalog. Er zitterte wieder vom Bauch aus, schämte sich wieder dafür.

»Zitterst du, weil du zu dünn bist?«

In seinen Blick trat Angst.

»Ich will nicht auf dir rumhacken, sag's mir einfach. Wir besorgen dir ein paar Pullover oder so was.«

Das Geräusch des Summers schallte plötzlich über den leeren Platz, verstärkt von Schaufenstern und dem Stahlsofa, es klang, als käme es von allen Seiten. Ich drückte gegen die Tür, die aufsprang und in den losen Scharnieren absackte. Wir traten in den betonierten Innenhof.

Als die Wohnungsbaugesellschaft das Haus gekauft hatte, ließen sie die Fassade stehen, bauten alles andere aber neu. Der Innenhof war nackter Beton, bis in Hüfthöhe ochsenblutrot gestrichen. Die Treppen, die sich vermutlich einst elegant um eine Eingangshalle gewunden hatten, waren begradigt und mit einem Plastikgeländer versehen. Die Glühlampe unten war kaputt, und wir stiegen aus der Dunkelheit auf in mattes Licht. Adam Ross stand auf dem Treppenabsatz, hing über dem Geländer, zu aufgeregt, um drinnen zu warten, so wie immer. Er grinste breit, zeigte seine schlechten Zähne.

»Annie, du Fotze!«, rief er über meinen Kopf hinweg. »Wie alt bist du jetzt?«

»Adam! Schau dir meine Falten an!«, sagte ich vergnügt und schob mein Haar zurück, um ihm meine Waschbrettstirn zu zeigen.

»Verrückt!«, grinste er und meinte damit, eine alte Freundin nach über zehn Jahren spätabends mitten in der Woche vor seiner Tür auftauchen zu sehen. »Du bist eine angejahrte Hausfrau, die nicht mehr taufrisch aussieht!«

»Gerade hat mein Mann mich wegen 'ner Jüngeren sitzenlassen«, sagte ich, und wir lachten beide.

Das Schöne an Adam, weshalb ich ihn so gernhatte, war, dass er lieb zu mir war, wenn es drauf ankam, und selbst auch jede Menge Scheiße erlebt hatte. Es ist schwer, ständig verkackte Spießer um sich zu haben. Durchschnittsmenschen können sich ernstlich über einen schlechten Haarschnitt, Kreuzworträtsel und kranke Katzen aufregen. Da fällt es schwer, nicht die Augen zu verdrehen und etwas Falsches zu sagen. Ich habe oft was Falsches gesagt – wach mal auf, sei still, werd mal erwachsen. So was sagt man nicht zu Leuten, die sich über irgendeine läppische Grausamkeit oder ein rührseliges Erlebnis grämen. Aber Adam Ross war genauso beschädigt wie ich. Man musste ihn nicht beschützen oder abschirmen, und er wusste, worauf man nicht herumhackte. Ein Reisegefährte. Man konnte alles zu ihm sagen. Das ist selten und sehr kostbar. Die meisten von uns beanspruchen Samthandschuhe oder Fingerspitzengefühl. Ich war ja nicht wirklich den ganzen Weg hierhergefahren, um Informationen zu erhalten, die ich wahrscheinlich auch im Internet finden konnte. Ich wollte eigentlich nur da weg und mich an Adams Anblick weiden.

Es fällt mir schwer, sein Aussehen zu beschreiben.

Wenn man einen Teebeutel ausdrückt und in der Spüle lässt, sieht er verbraucht und zerknautscht aus. Aber wenn man ihn ein paar Tage zum Trocknen in der Spüle lässt, vielleicht noch in einer warmen Umgebung, ist er als Ex-Teebeutel fast nicht wiederzuerkennen. Die Ränder bleichen weiß aus. Das Innere dehydriert. Etwas Vergleichbares war mit Adam geschehen.

Ich glaube, wir waren beide davon ausgegangen, dass ihn die Drogen mittlerweile umgebracht hätten. Er hatte als Crewmitglied auf Privatjachten gearbeitet, dann als Segellehrer, dann als Fischer und dann auf einem Trawler. In solchen Berufen ist die Einnahme von Narkotika nicht hilfreich. Ich machte mir Sorgen um Adam und sah immer mal wieder auf Facebook nach ihm. Er postete nur etwas, wenn er clean war. Seine Timeline las sich wie eine Digitaluhr, die neue Batterien braucht:

Neunzig Tage!
Sieben Tage!
Vierundzwanzig Stunden!
Ein Jahr!
Neunzig Tage!

Die Kommentare darunter waren immer positiv und ermutigend, aber über die Jahre wurden sie weniger, kürzer und formelhafter. Wie die meisten Abhängigen konnte er einen verdammt wütend machen.

»Wie seh ich aus?« Er streckte seine dürren Arme aus und warf sich in ein paar Bodybuilderposen.

»Schick wie immer, aber ehrlich gesagt, Adam, wirklich ziemlich im Arsch.«

»Ah, ich weiß. Trotzdem danke. Komm doch rein.« Er trat beiseite und ließ mich durch, sah Fin auf der Treppe und blinzelte heftig bei seinem Anblick. »Ist das Fin Cohen?«

Cohen wusste nicht, was er sagen sollte. Er sah mich ratsuchend an, aber ich wusste es auch nicht. Ich ging in die Wohnung.

Adams Freundin hatte früher bei ihm gewohnt, ich hatte die beiden an meinen freien Tagen oft besucht, aber jetzt waren alle ihre Sachen weg. Ich wollte nach ihr fragen, wusste aber ihren Namen nicht mehr. Die Wohnung war sehr aufgeräumt, alles ordentlich gestapelt und Staubsaugerspuren auf dem Teppich.

Fin und ich gingen in das leuchtend orangefarbene Wohnzimmer und setzten uns nebeneinander aufs Sofa. Adam stand im Türrahmen, rieb sich die Hände und tat so, als säße nicht Fin Cohen in seiner Wohnung.

»Tja, kann ich euch vielleicht ein Tässchen Tee und Kekse anbieten?«

»Nein, Adam. Ich habe nur eine technische Frage an dich.«

»Gut«, sagte er, »ich hab nämlich weder Kekse noch Tee noch Kaffee.« Er stellte sich vor uns hin, verschränkte seine Knöchel und ließ sich im Schneidersitz auf den Boden fallen.

»Erinnerst du dich an Leon Parker?«

»Hat er mit uns im Schloss gearbeitet?«

»Nein, er war Gast, kam mit einem Clubmitglied namens Lillie Harkän. Sie war Niederländerin. Sehr gutaussehend. Unhöflich.«

»Ich kann mich an beide nicht erinnern. Waren sie mit mir segeln?«

»Ich glaube nicht.«

»Ah, dann kann ich sie auch nicht kennen. Weiß McKay, dass du in der Gegend bist?«

»Albert McKay?«

»Er hat sich nach dir erkundigt, nachdem du weg warst. Hat ständig die Ohren gespitzt, auf Schnipselchen gelauscht. Hat mich sogar mal gefragt, ob ich was von dir gehört hab, das ist für ihn, du weißt schon … 'ne große Sache.«

Albert McKay war nicht dafür bekannt, sich näher auf Leute einzulassen, aber aus irgendeinem Grund hatte er sich für mich interessiert. Er war der Manager des Schlosses. Als er mich feuerte, tat er es widerwillig. Er sagte, ich hätte »nicht die richtige Persönlichkeit für den Servicebereich«, was ich als großes Kompliment auffasste. Er sagte, wir müssten nett zu unseren Gästen sein, was auch hieß, dass wir sie nicht schlagen sollten. Und doch hatte er mir hinterher stets bereitwillig Referenzen ausgestellt, viele davon so glühend positiv, dass es schon an Schwindel grenzte.

»Ich habe daran gedacht, ihn aufzusuchen.«

»Das würde ihm gefallen«, Adam nickte. »Was willst du jetzt übers Segeln wissen?«

Ich erzählte ihm von Leons Jacht, einem 60-Fuß-Schoner, und dass er selbst abgelegt haben sollte. Adam sagte, doch, man kann das allein schaffen. Es ist nicht so kompliziert. Ich sagte, dass er die Navigationslichter nicht eingeschaltet und den Funk ausgelassen hatte und nachts in die Biskaya rausgesegelt war. Adam sagte, das ist gefährlich. Ich sagte, ich weiß, sie sind alle tot. Hatte Adam den Versicherungsfilm vom Wrack gesehen? Man fand die Leichen der Familie im Speiseraum. Himmel, nein, sagte er, Seeleute gucken sich solchen Scheiß nicht an. Das ist was für Zivilisten. Ich sagte, okay, worüber ich mich die ganze Zeit wundere: Leon hat die Crew *vor* Beginn der Reise bar bezahlt.

Adam wartete, drehte schroff seinen Kopf, hielt das Ohr in meine Richtung, wartete auf mehr. Er kicherte: *»Was?«*

»Er hat die Crew vor Beginn der Reise bar bezahlt.«

Er prustete und schüttelte den Kopf. »Nein, hat er nicht.«

»Hat er definitiv.«

Adam schüttelte den Kopf und verzog die Nase. *»Wsss?«*

»Er hat sie voll bezahlt, vorher.«

Er lachte. »Niemand würde das machen. Man wird monatlich bezahlt, von einer Offshore-Firma auf ein Bankkonto. Weißt du, wer als Crew auf solchen Schiffen anheuert? Typen wie ich. Würdest du mir Bares geben und glauben, dass du mich je wiedersiehst?«

»Aber, Adam, du bist …« Ich wusste nicht, wie ich es formulieren sollte, damit es nicht abfällig klang. Ein Drogensüchtiger? Ein Junkie – ich hasse dieses Wort. Ich hasse Menschen, die dieses Wort benutzen.

Adam wusste, womit ich kämpfte. Er nickte seinen dünnen Beinen zu, spreizte die Hände. Ein Stückchen fehlte zwischen zwei Fingerknöcheln, wo er einen Abszess gehabt hatte. Die Narbe war fest und tief. Fin sah zwischen uns hin und her.

»Ich hab so eine kleine Suchtnummer am Laufen«, erklärte Adam. »Und das ist nicht gerade förderlich in Sachen Ehrlichkeit, egal worum es geht.«

Cohen nickte, er verstand. Sein Blick huschte durch das karge Zimmer, zählte eins und eins zusammen.

»Anna, niemand bezahlt eine Crew vorab in bar. Sie haben so schon genug Gründe, sich zu verpissen. Harte Arbeit, lange Tage.«

»Aber er hat es getan, also stellt sich die Frage: Warum?«

Adam lachte mich aus. »›Stellt sich die Frage‹? Was zur Hölle hast du vor? Ermittelst du oder was?«

Fin hatte inzwischen Feuer gefangen. »Wir haben uns den Podcast angehört, und dann habe ich das Foto gesehen, das aufgenommen wurde, als sie vermeintlich allein auf dem Schiff waren, aber es ist kein Selfie. Da muss noch jemand auf dem Schiff gewesen sein.«

»Ooooh«, feixte Adam. »Also seid ihr zwei jetzt Hobbydetektive?«

»Ja«, sagte Fin.

»Schön für euch.« Er nickte Fin gönnerhaft zu, dann sah er mich an und lachte. »Was zur Hölle, Sophie?«

Ich lachte mit, aber dass er mich Sophie genannt hatte, war ein blöder Ausrutscher. Ich versuchte, mich herauszuplappern. »Ich mochte Leon! Angeblich hat er seine Kinder umgebracht, aber ich glaube das nicht. Ich versuche herauszufinden, was wirklich passiert ist.«

»Hmmmm. Ja.« Adam grinste. »Süße, süße Gerechtigkeit.« Er wusste, dass mehr dahintersteckte als nur das. Er wusste, dass wesentlich mehr dahintersteckte, und er wartete darauf, dass ich es ihm erzählte, und nickte mir sanft auffordernd zu. Adam hatte nicht mal gemerkt, dass er mich Sophie genannt hatte. Aber Fin schon. Ich sah, wie er uns musterte, auf eine Erklärung wartete.

Adams Augenbrauen hoben und senkten sich.

Beide wollten Erklärungen, aber ich wollte Adam nicht von Gretchen Teigler oder von der anderen jungen Frau erzählen. Und ich wollte Fin nicht sagen, wer Sophie war.

Adam nickte einfach weiter, und ich nickte stur mit, bis der heikle Moment vorüberging. Dann lachten wir beide.

»Na ja«, log ich, »was soll man auch sonst mit einem Montagabend anfangen?«

Auch darüber lachte er.

Während des ganzen Hin und Hers und wissenden Gelächters saß Fin einfach nur da, nahm alles in sich auf, dachte nach.

Adam hörte auf zu lachen, warf einen Blick auf Fin und sah mich ernst an, was hieß, ich sollte Fin da nicht mit hineinziehen, ohne ihm zu sagen, was los war. Es war offensichtlich, dass er keinen Schimmer hatte. Adam war zwar kaputt, aber er war auch ein anständiger Kerl.

»Also.« Adam dachte nach. »Eins solltet ihr in Betracht ziehen. Eine Crew geht nicht an Bord, wenn es Gerüchte gibt, dass sie vielleicht nicht bezahlt wird. Es geht um zwei oder drei Monate deines Lebens. Manchmal, wenn der Chef ein Arsch ist, hast du Angst, dass man dir den Lohn kürzt, sagen wir mal, weil du was falsch gemacht hast.«

»Was zum Beispiel?«, fragte Fin.

»Zu spät vom Landgang zurückkommen. Pflichten verweigern, Sachen kaputtmachen. So was.« Er zuckte die Achseln. »Am Ende kann es darauf hinauslaufen, dass du *denen* was zahlen musst. Also, hatte die Crew einen Grund, sich Sorgen zu machen? War er pleite?«

Fin sagte: »Oder lebensmüde, und er mochte die Crew und zahlte deshalb vorher?«

»Nein«, beharrte ich. »Er war nicht lebensmüde.«

Aber Fin korrigierte mich. »Das wissen wir nicht. Du hast ihn kaum gekannt.«

Adam neigte den Kopf und runzelte die Stirn. »Ach, komm, wir haben doch alle schon mal drüber nachgedacht.«

»Die Crew hat gesagt, er war seelenruhig.«

»Ja«, sagte Adam traurig. »Manchmal, wenn sich Leute schon dazu entschieden haben, sind sie direkt vorher seelenruhig. Fast schon lammfromm. Das hab ich ein paarmal erlebt.«

Wir sahen Adam an, diesen Schatten von einem Mann. Er lebte in einer Risikowelt. Ich hatte auf Facebook gesehen, wie er Freunde mit RIP verabschiedete, immer junge Leute, immer mit einem Grinsen auf verschwommenen Fotos. Er hatte mir mal das Leben gerettet. Das hatte er vermutlich auch für andere getan.

Seine Brauen hoben sich fragend. »War Leon pleite? Banken können Konten einfrieren. Vielleicht wollte er sichergehen, dass die Crew bezahlt wurde, und wusste nicht, ob das Geld noch reichte, wenn er zurückkam?«

»Er war nicht pleite«, sagte ich. »Gretchen ist reich.«

»Das eine hat mit dem anderen nichts zu tun«, winkte Fin ab. Das ärgerte mich irgendwie.

»Albert wird es wissen«, sagte Adam. »Albert weiß genau, wer reich ist, so sicher, wie ich weiß, wer Stoff hat. Du solltest nach Skibo fahren und ihn treffen. Er ist immer noch dort.«

Er hatte recht. Albert McKay würde es wissen, aber ich war nicht sicher, ob er es mir sagen würde. Er war krankhaft diskret. Es würde einiges erfordern, so etwas aus ihm herauszukitzeln.

21

Die Wärme war aus dem Auto gewichen, als wir wieder einstiegen. Mit dem abgestandenen Zigarettenrauch und dem explodierten Airbag fühlte es sich an, als kämen wir zurück auf eine Party, bei der viele bedauerliche Dinge gesagt und getan worden waren.

Wir schlossen die Türen und starrten auf den Ben Nevis, der hochmütig in der Ferne hockte und uns ignorierte.

»Warum hat Adam dich Sophie genannt?«

»Adam?«

»Ja.«

»Hat er das?«

»Das weißt du.«

»Hab ich nicht gehört.«

»Er hat dich Sophie genannt.«

»Ach! So hieß seine Ex-Freundin.«

Fin brummte vor sich hin und zögerte. »Ich hätte euch zwei nie miteinander in Verbindung gebracht, ehrlich gesagt. Er ist ziemlich … ich weiß nicht.« Er schauderte ein winziges bisschen, als er sich anschnallte. »Du bist doch eigentlich Mittelschicht?«

Ich lachte. »Bin ich das?« Darauf bedacht, das Thema zu wechseln, schnallte ich mich an und sagte: »Jedenfalls glaube ich nicht, dass Leon pleite war. Seine Witwe ist eine der reichsten Frauen der Welt.«

»Aber sie hatten einen Ehevertrag.«

»Selbst wenn Leon pleite war, bin ich sicher, dass er sich nicht umgebracht hätte.«

»Das kannst du nicht wissen.« Er wurde schon wieder unverschämt. Er kannte Leon gar nicht.

»Doch, das weiß ich.« Ich klang zu halsstarrig, und ich konnte es nicht wissen. Erst vor wenigen Stunden hätte ich es fast selbst getan. Ich glaube, ich wollte damit sagen, dass Leon ein guter Kerl war. Ich brauchte diese Überzeugung, aber vielleicht hatte ich sie damals noch dringender gebraucht, als ich nur Angst und keine Freunde hatte. Dies fühlte sich wie ein Echo dieser Zeit an, und ich hatte ja überlebt. Vielleicht konnte ich …

»Anna, du machst dir doch selbst was vor.«

»FIN, KANNST DU MAL DEINE SCHEISS FRESSE HALTEN?«

Er wandte sich mir zu und lächelte, nicht die Reaktion, auf die ich gefasst war, denn ich hatte ihn laut und derb angebrüllt und eigentlich gehofft, ihn so zu erschrecken, dass er still war.

Aber es klappte nicht. Er sagte sanft: »Hör mal, du hängst dich da viel zu sehr rein. Du kanntest ihn doch kaum. Was ist hier wirklich los?«

»Vergiss es.« Ich ließ den Motor an.

»Was ist überhaupt Skibo Castle?«

»Ein Luxus-Ferienresort in einem Schloss, das früher Andrew Carnegie gehört hat. Adam und ich haben da gearbeitet. Albert ist der Manager, er kannte Leon.« Ich lenkte den Wagen auf die Straße. »Albert kennt jeden, er arbeitet im Luxussektor. Es ist sein Job, immer die neuesten Gerüchte über die Reichen zu kennen. Er weiß alles, das reinste Lexikon, viel mehr, als die Klatschblätter je erfahren. Er wird wissen, was die Leute sich erzählen.«

»Warum rufst du dann nicht einfach an und fragst ihn?«

»Er ist altmodisch und legt Wert auf Etikette. Er ist viel zu diskret, um am Telefon über so etwas zu plaudern.«

»Du willst dir also eine Rückversicherung holen, dass Leon niemals seine Kinder getötet hätte?«

»Ich frage ihn nach Leons Finanzen und nach Gretchen Teigler. Er wird was über sie wissen. Das weiß ich.«

Fin tippte mit den Fingern auf das Lenkrad. »Anna. Was tun wir hier wirklich? Sind wir auf der Flucht? Ich bin übrigens dabei, wenn es das ist.«

»Ich will Leon entlasten.«

»Und das muss jetzt sofort sein? Heute? Nach allem, was heute Morgen passiert ist? Komm schon«, er grinste spöttisch. »Sei doch ehrlich zu mir.«

»Hör mal zu.« Ich hielt am Straßenrand. »Ich hab dich nicht gebeten mitzukommen. Steig doch aus und nimm dir ein Hotel oder so. Geh nach Hause.«

Fin saß reglos da und schaute gelassen aus dem Fenster. Dann, als wäre ihm gerade etwas eingefallen, holte er seinen Tabaksbeutel raus und drehte zwei Zigaretten. Er bot mir eine an. Ich nahm sie.

Wir steckten sie an. Ich hatte vor Jahren mit dem Rauchen aufgehört, und jetzt fiel mir wieder ein, wie komplett ekelhaft und ganz und gar unwiderstehlich es war, wie mein Blutdruck stieg, wenn ich den Rauch inhalierte, und wie es meine Stimmung ins Schleudern brachte.

Er deutete auf die Straße vor uns. »Fahr los.«

»Ich finde, du solltest aussteigen.«

»Ich kann jederzeit aussteigen. Ich steige später aus. Fahr los.«

Also fuhr ich los und rauchte und liebte es und wünschte, ich würde nicht rauchen.

»Ehrlich, ich versteh nicht, warum du immer noch hier bist, Fin. Du hättest im Restaurant bleiben oder dir ein Hotel in Fort William nehmen können.«

Ich wartete darauf, dass er irgendeinen rührseligen Scheiß verzapfte von wegen er mache sich Sorgen um mich. Mit dem, was er dann sagte, hatte ich nicht gerechnet.

Er blies Rauch aus und schmatzte mit den Lippen. »Okay. Ich

kann mir kein Hotel nehmen, weil ich keinen Penny habe. Ich kann nicht mal mehr meine Kreditkarten benutzen. Also entweder du fährst mich nach Hause, oder du nimmst mich mit.«

»Ich kann dir Geld geben, damit du nach Hause kommst.«

»Willst du denn, dass ich nach Hause fahre?«

Ich wusste es nicht. Ich wollte nicht unbedingt allein sein, aber mit ihm zu streiten machte keinen richtigen Spaß, und sonst hatte ich momentan nichts im Sinn.

»Wie auch immer«, sagte er, »ich war eine Weile abgetaucht, aber jetzt bemerken mich die Leute wieder. Sie achten auf mich, und ich will nicht kaputt wirken. Verstehst du? Ich muss was tun, weißt du, was ich meine?«

»Nein.« Ich war genervt, und er war aufgeregt. Keine gute Kombination.

»Was ich damit sagen will – ich glaube, du weißt, was ich damit sagen will – lass uns ein Abenteuer suchen, ermitteln, nachforschen, wer das Foto gemacht hat. Ich hab mir überlegt, wir könnten einen Podcast darüber machen. Ihn auf Facebook und Twitter lancieren.«

»Nein!« Ich fand die Idee ernstlich alarmierend. Ich brüllte ihn an und fuhr zu schnell, um ihm Angst einzujagen, aber er sprang nicht darauf an.

»Ach, komm schon, das wird Spaß machen. Der Fall ist interessant.«

»Nein!« Die Straße war schmal, und ich fuhr sehr schnell, immer noch schneller, kopflos.

»Langsam!« Er zeigte auf ein Schild vor uns, das vor scharfen Kurven warnte.

Ich fuhr langsamer. »Ich meine, warum denn? Es gibt nichts mehr zu sagen.«

»Du hast doch genug darüber zu sagen. Hat schon mal jemand nachgefragt, wer das Foto gemacht hat? Ich meine, was ist, wenn wir richtig gut darin sind? Wir können live-streamen und Links tweeten, das macht Spaß.«

»Pass mal auf, Fin, du hörst keine Podcasts. Das kann heftig danebengehen. Man beschuldigt die falsche Person und wird verklagt. Man zieht einen falschen Schluss und wird wüst verrissen und getrollt. Die Leute schikanieren dich wegen jedem sprachlichen Tick ...«

»Tick? Was meinst du?«

»Ein Moderator hat nach jedem zweiten Wort ›hnnn‹ gemacht – ›wütendhnnn‹, ›weitermachenhnnn‹, ›anders ausgedrückthnnn‹. Er hatte keinen Tonmeister, der es ihm hätte rausschneiden oder sagen können. Der Typ musste die sozialen Netzwerke verlassen, die Leute haben jedes Mal, wenn er etwas gepostet hat, zu Tausenden mit ›hnnn‹ geantwortet. Es geht brutal zu. Podcasting ist wie Comedy oder Fußball, alle bilden sich ein, sie wüssten, wie es geht, aber sie irren sich. Sie haben keinen blassen Dunst. Und man braucht ein Netzwerk, um ein Publikum zu gewinnen.«

Er hielt sein Handy hoch. »Wir haben ein Publikum. Sie warten nur darauf, dass ich mich melde.«

»Das ist Unsinn.« Ein größeres Publikum war das Letzte, was ich wollte. »Du hast keine Ahnung, wovon du redest.«

Er ließ sich von mir nicht aus dem Konzept bringen. Ich nehme an, er war von Estelle einiges an Aggressionen gewöhnt. Sie ist ebenfalls recht hitzig.

»Es ist einfach eine beschissene Idee, Fin. Man muss so was im Studio aufnehmen, wegen der Soundqualität.«

»Blödsinn. Niemand macht mehr was im Studio. Wenn ich dieses Mikro in den Kopfhöreranschluss stecke, bekomme ich eine sehr gute Soundqualität. Guck, hier.« Er nahm einen kleinen schwarzen Wildlederzugbeutel aus der Tasche, griff hinein und holte ein Mikrofon heraus, nicht größer als mein Daumen. »Das haben wir benutzt, um unterwegs Ideen für

Songs aufzuzeichnen. Die Soundqualität ist so gut, dass ein Typ damit ein Album aufgenommen und veröffentlicht hat.«

»Auf gar keinen Fall. Wenn du das tust, werfe ich dich hier am Straßenrand raus.«

»Gleich zweimal an einem Tag rausgeschmissen.« Er wischte sich ein Fitzelchen Asche von seinem Tweedärmel.

»Gott, du bist so ein scheiß Schnösel.«

»Und das ärgert dich?«

»Und wie. Dieses bis oben zugeknöpfte Hemd, diese perfekt polierten Schuhe. Das wirkt, als hättest du den ganzen Tag nichts anderes zu tun, als dich zu bewundern. So gut siehst du ehrlich gesagt nicht aus.«

»Ein persönlicher Look ist keine Eitelkeit, sondern Abwehr. Mode ist eine Rüstung, um den Alltag zu überstehen.«

»Tja, du trägst einfach zu viel von der verdammten Rüstung.« Zu diesem Zeitpunkt war ich nicht besonders nett zu ihm. Ich war alarmiert von dem Gespräch über Podcasts und wie unbekümmert Fin vorgeschlagen hatte, noch mehr Aufmerksamkeit auf uns zu ziehen. Man musste gar kein Genie sein, um mich mit Fin in Verbindung zu bringen, und Fin mit Estelle, und dann herauszufinden, dass sie mit meinen Mädchen zu ihrer Familie nach Porto gefahren war.

Er seufzte und sagte dann aus heiterem Himmel: »Hast du schon mal von Bill Cunningham gehört?«

»Nein.«

»Von ihm stammt der Satz, dass Mode eine Rüstung ist. Ich musste an ihn denken, weil er über der Carnegie Hall gewohnt hat.«

»Du meinst *die* Carnegie Hall?«

»Ja. In einem möblierten Zimmer. Er hat jahrzehntelang da gewohnt. Über dem Konzertsaal wurden Zimmer als Atelierwohnungen an Künstler vermietet, als noch niemand in New York wohnen wollte. Er war Modefotograf, er hat praktisch die

Street-Fashion-Fotografie erfunden. Er war genial, aber schlug nie wirklich Profit daraus. Er sagte: ›Die können dir nicht sagen, was du tun sollst, wenn du ihr Geld nicht nimmst.‹ Das gefällt mir. Ich denke oft über ihn nach.«

»Ob das Estelle wohl gefallen hat?«

Er lachte und sah aus dem Fenster. Dann lachte er noch ein bisschen. »Arme Estelle. Sie hatte wirklich keine Ahnung, worauf sie sich einließ.«

Ich hätte dasselbe über Hamish sagen können, aber ich war nicht so nett wie Fin.

Wir fuhren weiter und rauchten und hielten an einer Tankstelle in Inverness, um Getränke zu kaufen, weil wir vom Rauchen einen schlechten Geschmack im Mund hatten. Ich brachte ihn dazu, einen halben Schokoriegel zu essen, und sah zu, wie er ihn runterschluckte. Ich sagte ihm, wenn er noch einmal ohnmächtig wurde, würde ich anhalten, ihn in den Straßengraben wälzen und wegfahren. Er fand das ziemlich streng, aber durchaus fair.

Wir fuhren weiter auf die hell erleuchtete Hängebrücke, die über den Beauly Firth führte.

»Das ist so weit«, murmelte Fin. »Ich meine, was kann ein Hotelmanager schon wissen, das es wert ist, den ganzen Weg hier rauf zu fahren?«

Ich nahm mein Handy und machte die letzte Episode des Podcasts an. Die Gretchen-Episode.

22

Folge 6: Was hat es eigentlich mit Gretchen auf sich?

In dieser Folge will ich über Gretchen Teigler und Leon Parker reden.

Diese Morde wurden von jemandem an Bord begangen. Leon hatte die Mittel, die Fähigkeiten, und er hatte die Situation orchestriert. Er hätte es tun können. Meiner Meinung nach ist das eine offensichtliche Erwägung, aber in diese Richtung wurde niemals ermittelt. Die Frage ist – warum? Und die Antwort lautet mit ziemlicher Sicherheit – Gretchen.

Jede Generation glaubt, dass die Welt mit ihr enden wird. Ob es nun der Schwarze Tod ist, der Jüngste Tag oder der Atomkrieg, was alle auslöschen wird, Menschen fällt es schwer, sich eine Welt vorzustellen, in der es nach ihrem Tod weitergeht. Vielleicht steckt dahinter, dass nichts, was wir getan haben, wirklich von Bedeutung war, wenn sich die Welt einfach weiterdreht. So wichtig sind wir nicht. Aber manche Menschen sind es doch. Gretchen Teigler könnte so jemand sein. Ihr Geld, ihre Geschichte, ihre Beziehungen sind so weitreichend, dass die Welt nach ihrem Tod möglicherweise einfach aufgibt und in sich zusammenfällt, weil Gretchen eine unmittelbare Folge von vielen der großen Ereignisse des zwanzigsten Jahrhunderts ist.

Sie wurde geboren, als sich zwei gewaltige Vermögen kreuzten, und erbte im Alter von dreiundzwanzig mehr Geld, als das Bruttoinlandsprodukt der Hälfte aller Staaten weltweit beträgt. Anders als die meisten jungen Reichen hat Gretchen ihr Geld nicht etwa verprasst. Vielmehr verdreifachte sie ihr geerbtes Ver-

mögen durch aggressive Deals und fragwürdige Investitionen und wandte dabei Methoden an, vor denen die meisten zurückschrecken würden.

Sie ist eine außergewöhnliche Frau. Sie ist unvorstellbar reich und spricht niemals mit der Presse. Das hat sie nie getan. Sie weigerte sich sogar, in ihrem Schuljahrbuch abgebildet zu werden. Als sie ihren Highschool-Abschluss machte, reichte sie stattdessen ein besonders ansprechendes Foto von Eleanor Roosevelt ein, sehr vorausschauend für eine Siebzehnjährige im Kalifornien der späten 1980er. Aber sie hatte allen Grund, sich vor öffentlicher Aufmerksamkeit zu hüten. Reiche Erben wurden überall gern gekidnappt, und die Teiglers waren verhasst. Sie hatte die Gründe dreier Generationen, auf der Hut zu sein.

Es begann wie folgt: Um 1900 herum verließ ein kleiner deutscher Mann seinen Heimatort Weil am Rhein südlich von Freiburg und ging zu Fuß nach Paris. Dort eröffnete er ein Geschäft und verkaufte Gesichtscreme. Viele verkauften Gesichtscreme, der Markt war überlaufen, aber Otto Teigler hatte schon lange, bevor es weithin bekannt war, das Prinzip entdeckt, das man jetzt den Veblen-Effekt nennt. Indem Otto seine Gesichtscreme zu einem schockierend hohen Preis anbot, kauften die Leute sie als Statussymbol. Was die Creme bewirkte oder nicht bewirkte, war nicht so wichtig. Man kaufte eigentlich keine Creme. Man kaufte Exklusivität. Frauen, die sich die Creme leisten konnten, wollten damit angeben, dass sie sie besaßen. Männer kauften sie als großspuriges Präsent für Ehefrauen und Liebhaberinnen. Prominente wollten gern mit der Creme assoziiert werden und schätzten sich glücklich, ihren Namen als Referenz herzugeben.

Otto verstand sich gut genug auf die wirksamen Kräfte in diesem Spiel, um die Formel geheim zu halten. Er baute und bewarb ein Labor, in dem Chemikern hohe Gehälter gezahlt wurden, um neue Produkte zu entwickeln. Seine Gesichtscreme verkaufte sich besser als jede andere, und Otto Teigler machte ein Vermögen. Er setzte es ein, um seine ganz große Leidenschaft voranzubringen: den Faschismus.

Der deutsche Nazismus rekrutierte aus der Arbeiterklasse, Teiglers Faschismus hingegen war ein Veblen-Produkt: Er machte ihn exklusiv. Zunächst etablierte er eine Liga aus prominenten vermögenden Rechten. Man gab aufwendige Wohltätigkeitsempfänge, Bälle, Konzerte. Diese reichen glamourösen Leute zogen nun ein Aufgebot von weniger reichen, aber gesellschaftlich aufstrebenden Unterstützern an. Diese wiederum brachten noch weniger wohlhabende Anhänger, bis die Liga schließlich eine Armee aus ärmlichen, wütenden Schwarzhemden besaß.

Das Frankreich der 1930er war von Immigranten überschwemmt. Aus dem Süden kam eine halbe Million spanischer Flüchtlinge, die vor dem Bürgerkrieg flohen. Aus dem Norden und Osten kamen Juden, aus ihrer Heimat vertrieben von Nazis und Pogromen. Otto Teigler versorgte die französische Regierung mit umfangreichen Geldmitteln, um die Juden nach Deutschland zurückzuschicken. Er gründete eigens eine Zeitung, um zu Gewalt gegen Juden und Spanier aufzustacheln. Als die Nazis einmarschierten, wurde Teigler ein prominenter Unterstützer des versöhnlerischen Vichy-Regimes. Dann begann der Krieg, und wir alle wissen, wie das weiterging.

Aber die Nachkriegszeit war aufschlussreich.

Soldaten ziehen für eine Sache in den Kampf, und am Ende kämpfen sie für ihre Kameraden. Hier war es nicht anders. Nach dem Krieg ging es Teigler hauptsächlich um seine faschistischen Ligabrüder.

In dem Chaos und den Schuldzuweisungen des Friedens, als jede Frau, die sich von einem deutschen Soldaten ein Getränk hatte spendieren lassen, zur Strafe vergewaltigt oder öffentlich geschoren wurde, beschirmten Teigler und seine Kameraden einander. Frankreich brauchte Investitionen, und die Firma Teigler baute Fabriken. Sie stellte Ligakameraden ein, rekrutierte ihre

Belegschaft aus der Armee der Schwarzhemden, und in den folgenden zwei Jahrzehnten erblühte daraus eine Weltmarke.

Otto und seine Frau Therese hatten ein Kind, eine Tochter namens Françoise. Sie war im Schoß des Regimes aufgewachsen. Jetzt, mit achtzehn, besuchte Françoise elegante Partys und Filmpremieren, wurde fotografiert, wie sie an glamourösen Schauplätzen von Flugzeugtreppen winkte. Alles, was sie tat, war Werbung für die Firma Teigler. Unter jedem Bild stand: »Alleinerbin des Teigler-Vermögens«. Dann, im Jahr 1961, verschwand Françoise urplötzlich von der Bildfläche. Niemand aus dem Teigler-Lager erwähnte sie jemals wieder.

Folgendes war mit ihr geschehen: Bei einer Hausparty in Monte Carlo lehnte Françoise eine Einladung zum Casinoabend ab. Ungefähr zwanzig Personen waren in der Gruppe, und alle wollten spielen gehen, außer Françoise und einem anderen Gast. Sie war von dem Casino gelangweilt, und der andere Gast, ein junger Mann in ihrem Alter, hielt nichts vom Glücksspiel. Man überließ sie für den ganzen Abend sich selbst. Er war völlig anders als die Männer, die sie bisher kannte. Er war faszinierend, hatte viele ihr unvertraute Ansichten über Politik und die Geschichte Europas. Er stammte aus einer reichen Chicagoer Familie, hieß Freddy Klaerche, und er war ein Rabbi.

Knapp eine Woche später brannten Françoise und Freddy zusammen nach Kalifornien durch. Sie blieben siebenundzwanzig Jahre verheiratet.

Die Klaerche-Familie war ebenso konfliktgeplagt wie die Teiglers. Bei diesen Chicagoer Industriellen handelte es sich um einen riesigen zersplitterten Clan, bei dem sich alle ständig wegen Nichtigkeiten gegenseitig verklagten. Françoise und Freddy hielten sich raus. Sie lebten bescheiden und glücklich und bekamen nur ein Kind. Sie nannten ihre Tochter Gretchen.

Weil sie in San Diego aufwuchs, hatte Gretchen keinen Kontakt zu ihren Großeltern. Ihre Eltern starben im Abstand von einem

Jahr, ihr Vater an einer degenerativen Erkrankung der Muskeln, die Mutter an einem Schlaganfall, womit sie im Alter von zweiundzwanzig allein in der Welt zurückblieb. Sie war schon immer eine extrem kontaktscheue Person gewesen, was ihren ersten und einzigen Vorstoß in die Öffentlichkeit so seltsam macht.

Ihre Großmutter Therese Teigler war verwitwet und ältlich, als ihre entfremdete Tochter starb. Die Neunundsiebzigjährige konnte nicht zur Beerdigung kommen, weil ihr junger Freund eifersüchtig war und es nicht mochte, wenn sie das Haus verließ.

Therese hatte Anton von Beuler auf einem Wohltätigkeitsempfang kennengelernt. Er war sechsundzwanzig, sehr gutaussehend und arbeitete als Kellner für die Cateringfirma. Am Ende der Veranstaltung half Anton Therese aus ihrem Rollstuhl in ihren Wagen, stieg neben ihr ein, und sie fuhren heim. Sechs Monate später war er immer noch im Haus und prahlte damit, dass sein Konto um hunderttausende Francs angewachsen war.

Dies ist ein Problem, das die meisten von uns nicht haben: Die Superreichen werden von Fliegen umschwärmt. Sie locken Raubtiere an. Das ist sowohl die Gefahr am Sehr-reich-Sein als auch das, was andere motiviert, möglichst reich zu werden. Die sterbenden Superreichen ziehen mehr Fliegen an als die meisten, oder vielleicht fehlt ihnen auch nur die Energie, sie zu verscheuchen. Manche sind blind für die Komplexität solcher Beziehungen, andere sind es nicht. Manchen gefällt es. Für manche sind solche Machtgefälle ein Grund, stinkreich zu werden. Therese schien es zu genießen. Sie verließ das Haus nicht mehr, weil Anton das nicht wollte.

Ihre Angestellten schalteten die Polizei ein, aber man konnte von Beuler nicht mitnehmen, weil Therese sagte, dass sie ihn bei sich haben wollte. Ihre Anwälte versuchten, ihn zwangsweise auszuquartieren, aber sie hatte ein Schreiben unterzeichnet, das ihm erlaubte, im Haus zu tun, was immer er wollte. Dann fing von Beuler an, Kunstwerke aus dem Haus zu entfernen und sie in einem privaten Lagerraum aufzubewahren. Er sagte, sie würden umdekorieren.

Ein Gerücht ging um, sie habe ihr Testament geändert, Gretchen enterbt und von Beuler zu ihrem Alleinerben gemacht.

Gretchen war zu diesem Zeitpunkt dreiundzwanzig. Sie hatte ihre Großmutter nie kennengelernt, aber als sie von Thereses Absichten erfuhr, flog sie unaufgefordert nach Paris. Sie wartete, bis von Beuler außer Haus war, und ließ sich vom Butler zu ihrer Großmutter bringen.

Gretchen trank still ihren Tee und sprach mit ihrer Großmutter über das Wetter und Urlaube und Gesundheit, während ringsum eine private Sicherheitsfirma überall im Haus Kameras und Mikrofone installierte.

Zwei Wochen später kam Gretchen zurück, entfernte die Ausrüstung und gab das Material ungeschnitten an die Medien. Es war eine merkwürdige Entscheidung. Sie hätte wenigstens die Stellen herausschneiden können, auf denen Therese von einer Pflegerin gewaschen wurde oder den Toilettenstuhl benutzte, aber das tat sie nicht. Allerdings waren diese intimen Abschnitte auch nicht das, worauf sich die Presse stürzte.

Der Film zeigte Banker und Buchhalter, die kamen und mit einer verwirrten Therese über ihre Konten, ihre Steuerpflichten und ihre Offshore-Investitionen sprachen. Therese hinterzog Steuern im großen Stil, und das seit Jahrzehnten. Die Teiglers hatten endlich etwas getan, was die Franzosen erzürnte.

Danach ging alles sehr schnell: Thereses neues Testament wurde von einem Richter für ungültig erklärt, und von Beuler wurde wegen abus de faiblesse *– Vertrauensmissbrauch gegenüber Schutzbefohlenen – angeklagt. Er musste alles zurückgeben, das Geld, die Aktien, die Kunstwerke. Ironischerweise stammten die wertvollsten Stücke in der Teigler'schen Kunstsammlung von zwei spanischen Flüchtlingen und einem italienischen Juden: Picasso, Dalí und Modigliani.*

Alle, die für Therese arbeiteten, wurden gefeuert und ausgetauscht. Sie starb binnen vier Monaten, und in Übereinstimmung mit dem wieder in Kraft getretenen Testament erbte Gretchen alles. Sie war jetzt sagenhaft reich, zumindest theoretisch.

Als sie in das Teigler-Anwesen in Neuilly-sur-Seine einzog, stellte sie fest, dass von Beuler nicht der erste hübsche Abenteurer gewesen war, der ein Stück vom Kuchen gewollt hatte. Es war nur sehr wenig übrig, und alles lief von nun an über die Bücher. Die Offshore-Konten wurden geschlossen und Steuerschulden eingetrieben, wodurch das Familienvermögen massiv schrumpfte. Gretchen war mit einem Mal gar nicht mehr so reich.

Sie nahm den Wiederaufbau des Vermögens mit Hilfe ihrer Rechtsberater in Angriff. Die Firma, für die sie sich entschied, hatte das Management eines italienischen Fußballclubs übernommen. Nun beschloss Gretchen, in Fußball zu investieren. Ihre Karriere in der Fußballfinanzierung wurde kontrovers gesehen, um es vorsichtig auszudrücken. Ein italienischer Club löste sich, sechs Monate nachdem sie ihre Investition zurückgezogen hatte, in der Insolvenz auf, und der Rentenfonds erwies sich als praktisch leer. Das geschah mehrfach, zweimal in Griechenland, einmal bei einem kleineren spanischen Club. Fußballfinanzierung ist eine seltsame Grauzone. Obwohl der Bereich stark reglementiert ist, ziehen die großen Summen manchmal skrupellose Investoren an, die mit Briefkastenfirmen und Buchungstricks arbeiten.

Der nächste Teil lässt sich sehr schwer darstellen. Rechtlich gesehen dürfen wir nicht andeuten, dass ein Fakt zu einem anderen Fakt führt, sonst können wir verklagt werden. Dieser Teil also wurde sorgfältig von unserem Anwalt formuliert, und ich werde ihn nun Wort für Wort vorlesen:

»Vor zwölf Jahren fing eine junge PA namens Dauphine Loire an, für Gretchen Teigler zu arbeiten. Loire ist seitdem kaum von ihrer Seite gewichen. Die beiden Frauen stehen sich sehr nah.

Unabhängig davon: Etwa zur selben Zeit erhob ein Whistleblower eines spanischen Fußballclubs Anschuldigungen wegen finanzieller Unregelmäßigkeiten. Trotz einiger Vorfälle, die in ihrer Gesamtheit als Einschüchterungskampagne gesehen werden könnten, setzte der Mann seine Anschuldigungen online und in Interviews mit Lokaljournalisten fort. Der Whistleblower gab an, für das Wirtschaftsprüfungsunternehmen zu arbeiten, das die Bücher des Fußballclubs prüfte.

Fakt zwei: Die Muttergesellschaft des Fußballclubs drohte dem Whistleblower mit rechtlichen Schritten.

Fakt drei: Der Mann starb. Sein Haus fing Feuer, aber ein sintflutartiger Regen löschte die Flammen. Brandermittler fanden seine nur teilweise verbrannte Leiche. Bei der Obduktion kam heraus, dass er ermordet worden war, bevor das Feuer ausbrach. Man hatte ihm die Kehle durchgeschnitten. Wenn das außergewöhnliche Unwetter die Flammen nicht getilgt hätte, wäre der Mord nie entdeckt worden. Dieser Mordfall ist bis heute ungelöst.

Unabhängig davon: Ein breit bekanntes Printmedium wurde letztes Jahr verklagt, weil es unrechtmäßige Spekulationen über diesen Todesfall veröffentlicht hat. Das Printmedium verlor den Prozess, zahlte Schadensersatz und existiert heute nicht mehr.«

Noch nie hatte ich etwas gehört, das negativer Berichterstattung über Gretchen Teigler so nahe kam. Trina Keany war entweder sehr mutig oder sehr dumm. Es war ein unbedeutender Podcast. Sie hatte vermutlich keine Rechtsabteilung im Rücken. Wenn es eine übergeordnete Redaktion oder einen Medienkonzern gäbe, der sein Kapital schützen wollte, hätte man sie sicherlich davon abgehalten, so etwas zu sagen. Ich fand, sie machte einen gefährlichen Fehler.

Aber wir wollen das hier nicht weiter vertiefen. Mit unserer Geschichte hat es nichts zu tun.

Wie dem auch sei. All das war lange her, als Leon und Gretchen zusammenkamen. Sie waren siebenundfünfzig und achtundvierzig Jahre alt und bewegten sich seit einiger Zeit in denselben gesellschaftlichen Kreisen, bevor sie ein Paar wurden. Sie heirateten in Paris. Es gab zwei Trauzeuginnen: ihre PA, Dauphine Loire, und eine Sekretärin aus dem Büro des Bräutigams.

Gretchen reagierte nicht auf Presseanfragen zu ihrer Hochzeit. Leon sagte, sie hätten geheiratet und seien sehr glücklich. Alle waren sehr überrascht. Niemand wusste, dass sie ein Paar waren.

Es war keine Vernunftehe. Sie änderte ihrer beider Leben von Grund auf.

Während der ersten Monate ihrer Ehe wurde Gretchen in der Öffentlichkeit gesehen, und sie ging sogar auf einige Partys. Sie unternahm Vergnügungsreisen, immer zusammen mit Leon. Sie besuchten die Schweiz und Indien. Sie reisten nach Freiburg, trafen sich mit entfernten Verwandten und gingen in Paris öffentlich in Restaurants, das soll heißen, sie ließ das Lokal nicht für ein privates Essen schließen, sondern aß vor anderen Leuten, mit anderen Leuten, offenbar auf Leons Drängen hin.

Leon schrieb sein Haus in Sandbanks zum Verkauf aus, Verhandlungsbasis einundzwanzig Millionen. Er zog nach Paris, um mit Gretchen zusammenzuleben.

Leon tat ihr gut, und auch Gretchen scheint einen guten Einfluss auf ihn gehabt zu haben. Er war immer ein abwesender Vater gewesen, aber jetzt nahm er sich Zeit für Violetta und Mark, traf sich mit ihnen ohne ihre Mütter, manchmal mit Gretchen, manchmal allein. Sie entwickelten eine Beziehung zueinander. Beide Kinder gaben zu, dass diese Zusammenkünfte nicht einfach waren, sie lernten einander kennen, hatten mit Missgunst und anderen Schwierigkeiten zu kämpfen. Violetta scheint es besonders schwer gefallen zu sein. Es gab vieles, worüber sie hinwegkommen musste. Sie sagte ihren Freundinnen, dass sie ihn nicht mochte, er sei vulgär und blöd und dumm. Aber Leon blieb hartnäckig.

Ist es möglich, dass diese Veränderungen im Lebensstil Leon über den Kopf wuchsen? Er war Ende fünfzig, Gretchen Ende vierzig. Veränderung ist schwierig. Leon schien sein Leben zu überdenken, alles noch einmal durchzugehen, was er erlebt hatte. Was, wenn ihm nicht gefiel, was ihm da begegnete? War er lebensmüde, hatte aber Angst, seine Kinder zurückzulassen? Nichts garantierte ihm, dass Gretchen sie unterstützen würde.

Man kann wohl sagen, dass Gretchen aufmerksamkeitsscheu ist, und vielleicht erschien ihr die mit einer Ermittlung zu Leons Tod einhergehende öffentliche Sichtbarkeit unerträglich. Sie forderte die großzügige Versicherungspolice für die Dana *nicht ein, vielleicht um zu vermeiden, dass der Fall wieder aufgerollt wurde und sie ins Rampenlicht geriet. Oder vielleicht ist sie einfach bloß die reichste Frau der Welt, war in Trauer und wies ihr Personal an, die Forderung fallen zu lassen. Weder die Polizei noch die Presse kamen auf sie zu, es war, als wäre sie komplett aus der Geschichte herausgeschnitten worden.*

In diesem Fall gibt es so viele unverknüpfte Fäden.

Laut einem Interview mit einem deutschen Fernsehsender ging ein Anwohner von Saint-Martin, der Mark Parker für die Nacht, bevor die Dana *einlief, sein Airbnb-Zimmer vermietet hatte, am Abend ihres Untergangs am Kai spazieren. Er sagte dem Reporter, er habe eine junge Frau im gestreiften Kleid in See stechen sehen. Er sagte, sie habe lange blonde Haare gehabt. Dieses Interview ist jetzt aus den Archiven des Senders verschwunden und wurde nur auf Reddit von Leuten erwähnt, die es seinerzeit bei der Ausstrahlung gesehen hatten.*

Amila und Sabine hatten erst ein Drittel der Summe angespart, die sie zur Eröffnung ihrer Bäckerei brauchten. Nur Monate nach Amilas Verurteilung eröffnet Sabine eine Bäckerei.

Und was geschah mit dem Diamantcollier? Es wurde nie wieder erwähnt.

Ich sagte zu Beginn dieser Serie, dass die Ergebnisse der gerichtlichen Untersuchung unmöglich sind, wenn man sich die Fakten dieses Falles anschaut.

Ich für meinen Teil glaube, dass Folgendes geschehen ist: Ich glaube, dass Leon den Abend mit Bedacht so geplant hat, dass er mit seinen beiden Kindern allein war. Er konnte segeln. Er kannte die Dana. *Er hatte Zugang zum Maschinenraum und kann den Sprengstoff dort deponiert haben. Er hatte außerdem Zugang zum Essen und zu dem Champagner.*

Er platzierte die Sprengladung und vergiftete den Champagner. Dann schickte er Mark unter Deck, brachte Violetta vielleicht dazu, abzulegen und unter Deck zu gehen, und blieb selbst im Ruderhaus. Ich nehme an, er steuerte das Schiff hinaus aufs Meer und setzte den Kurs. Als das Gift anfing zu wirken, war er vielleicht verwirrt und vergaß, den Funk und die Lichter einzuschalten. Ich glaube, er brachte seine Kinder in den Speiseraum, verschloss die Tür, servierte das Essen, und als sie alle ohnmächtig waren, erledigte der Sprengstoff im Maschinenraum den Rest.

Leon tötete seine Kinder und sich selbst in jener Nacht. Tragisch, aber offensichtlich. Mag sein, dass Gretchen Teigler trauerte, mag sein, dass sie untröstlich war, aber das geht allen Familienmitgliedern so, wenn ein Mord geschieht. Ob sie es nun ausdrücklich befahl oder stillschweigend voraussetzte, die schiere Gewalt ihres Namens lenkte die gesamte Untersuchung weg von ihr und allen in ihrem Umfeld. Deswegen schmachtet eine unschuldige Frau hinter Gittern. Amila Fabricase wird einundsechzig sein, wenn sie aus dem Gefängnis kommt. Ihre Partnerin Sabine hält zu ihr.

Danke, dass Sie unsere True-Crime-Serie hier auf MisoNetwork angehört haben.

Kochen Sie gern? Mit Fast'n'Fresh …

Ich schaltete aus.

»Was?«, fragte Fin. Erst da merkte ich, dass ich in mich hineingebrummelt hatte.

Ich seufzte. »Teigler.«

»Grässlich«, sagte er. »Warum hat sie ihrer Großmutter das angetan?«

»Na ja, das ist nur eine kleine Kostprobe. Glaub mir. Sie hat viel Schlimmeres getan.«

»Was denn?«

Aber es gab zu viel zu erzählen, und wir näherten uns bereits Skibo Castle.

»Schau mal«, sagte ich.

Fin setzte sich auf, als wir von der Hauptstraße abbogen. Die Mauer um das Anwesen war niedrig. Wir hatten freien Blick auf das perfekt gepflegte Grundstück und die Gebäude. Ich konnte das Geld beinahe riechen, oder zumindest die Abwesenheit anderer Gerüche, was vielleicht genau das ist, wonach Geld wirklich riecht.

23

Ich fuhr vor bis zur Schranke und drückte den Knopf für die Gegensprechanlage. Da ich hier gearbeitet hatte, wusste ich, was drinnen im Schloss geschah. Der Sicherheitsbeauftragte in der Stewards' Hall dürfte jetzt die Reservierungen und Abreisen überprüfen. Inzwischen wahrscheinlich mit einem iPad, aber zu meiner Zeit war es noch ein echtes Buch. Er oder sie würde wohl die Augenbrauen heben und sich fragen, wer um halb zwölf an einem Montagabend kam. Üblicherweise wurde von Freitag bis Freitag gebucht. Er würde auf den Überwachungsmonitor schauen und mich und Fin sehen, wie wir in die Kamera lächelten.

Die Gegensprechanlage krächzte. »Guten Abend, Madam.« Das diente nur dem Zweck, mir mitzuteilen, dass er mich sehen konnte. »Wie kann ich Ihnen helfen?«

»Hallo, ähm, ich habe hier mal gearbeitet, und ich war gerade in der Nähe, und ich weiß, es ist spät, aber ich würde gern wissen, ob Albert McKay noch der Manager ist?«

»Und Ihr Name ist?«

»Anna McLean.«

»Könnten Sie bitte einen Moment warten, Madam?«

»Natürlich.«

Er schaltete sich stumm, und wir waren allein.

»McLean?«, fragte Fin.

»Das ist mein Mädchenname.«

»Ich dachte, du wärst nicht mit Hamish verheiratet.«

»Wir haben nicht geheiratet, aber ich habe wegen der Kinder meinen Nachnamen geändert, um wie Hamish zu heißen.«

»Oh.« Er murmelte: »Du scheinst ja viele Namen zu haben.«

Offenbar hatte er die Tweets über mich nicht gelesen. Es waren nicht viele im Vergleich zu denen über ihn, er musste an ihnen vorbeigescrollt und gedacht haben, es wäre bloß irgendwas Unwichtiges, aber ewig würde ich es nicht vor ihm geheim halten können. Ich nahm mir vor, meine Lügen besser abzustimmen.

Die krächzende Stimme erwachte wieder. »Kommen Sie bitte zum Haupthaus, Madam. Mr. McKay sagt, Sie wissen, wo der Nebenparkplatz ist.«

Die Schranke hob sich, und wir fuhren eine makellos geteerte Straße entlang, vorbei an Stallungen zur Rechten, einer Koppel zur Linken, eine Steigung hoch. Während wir den kleinen Hügel erklommen, entfaltete sich die Szenerie, als würden Kulissen von einer Unterbühne heraufgefahren.

Als Erstes hoben sich die Hügel jenseits des Wassers ins Blickfeld, bleich und rundlich. Dann wurde linkerhand das Meer sichtbar, zähflüssiges Dunkelgrau mit den blinkenden Lichtern der Bohrinseln, die zu Reparaturarbeiten in der Bucht lagen. Sie standen knöcheltief in dem flachen Wasser, wie watende Riesen, die zum Tee nach Hause kamen. Zuletzt erhob sich das Schloss hinter einer Abschirmung aus strategisch gesetzten Bäumen.

Fin stieß ein leises »Wow« aus, und ich verspürte ein Fünkchen Stolz, als wäre es meins.

Das Schloss war mit Türmchen verziert und asymmetrisch, aufs Herrlichste beleuchtet von im Gebüsch versteckten Scheinwerfern. Es war aus leuchtend gelbem Sandstein erbaut, und in jedem Fenster – alle mit zusammenpassenden Vorhängen ausgestattet – brannte Licht. Trotz seiner Größe wirkte es einladend, als wollten uns nette Menschen zu einer Party in ihrem schönen Haus empfangen.

Wir fuhren dran vorbei und drum herum zum Nebenparkplatz. Der war ausschließlich für Gäste und überraschend leer, nur zwei große Wagen. Ich war nie im November hier gewesen. Wir stiegen aus, schlossen ab und gingen knirschend über die dicke Kiesschicht zum Haupteingang. Ein Säulenvorbau, breit und hoch genug, um einer Pferdekutsche reichlich Platz zu bieten, schützte die Tür. Die riesigen Sturmtüren zu dem gemauerten Windfang mit der kleinen Garderobe für nasse Kleidung und matschige Wanderstiefel standen offen.

Der uniformierte Portier begrüßte uns sehr förmlich, öffnete die verglasten, kunstvoll gravierten Innentüren und bat uns ins eigentliche Gebäude.

Er verließ uns, um Mr. McKay holen zu gehen.

Der Mittelsaal von Skibo Castle war, wie ich zugeben muss, das ulkigste Stück opulenter Wohnarchitektur, das ich je gesehen habe. Der Raum war zwei Stockwerke hoch mit einer aufwendig geschnitzten Holzgalerie, die rundherum lief und zu den Schlafzimmern führte. Ein gigantischer Holzscheit brannte in einem überdimensionalen Kamin und strahlte sanfte Wärme ab. Zwei rote Sofas flankierten ihn, sie standen auf einem riesigen Perserteppich. Aber die Treppe machte den gesamten Raum erst richtig verrückt. Direkt gegenüber dem Eingang schwang sich eine gewaltige Ypsilon-Flügeltreppe empor, die eine große Kirchenorgel unter der linken Achsel hatte. Die kupfernen Orgelpfeifen reflektierten schimmernd das träge Feuer hinter uns.

Auf halber Höhe, wo die Flügel zusammenliefen, war eine riesige Wand aus Buntglasbildern, die Andrew Carnegie in Auftrag gegeben hatte. Sie zeigten die guten Taten, die Carnegie zu Lebzeiten vollbracht hatte. Sie zeigten nicht, wie er Pinkerton-Männer anwies, auf Streikende zu schießen, oder wie er auf Partys einen Bogen um Henry Clay Frick machte. Sie zeigten nicht die Unfälle in den Schmelzhütten, die die Arbeiter verstümmelten. Sie zeigten Carnegie im Gehrock, lächelnd zwischen ihn verehrenden Arbeitern, wie er Ratschläge erteilte und sich von den Armen bewundern ließ. Einmal stand ich ziemlich betrunken mit Adam Ross davor, und wir lachten geschlagene fünfzehn Minuten über die vielschichtige Dummheit.

Der ganze Saal schreit dermaßen vor Symbolismus, es war die reinste Gnade, dass ich nie zu Weihnachten hier war.

Der Portier kam zurück und geleitete uns durch eine kleine Tür in den dunklen Dienstbotenflur. Ein Großteil des Hauses besteht aus geheimen Gängen, durch die Bedienstete huschen und unsichtbar bleiben können. Wir gingen bis zu Alberts Bürotür. Der Portier klopfte flüchtig und öffnete sie.

Das Büro war klein. Ein Kohlefeuer glomm auf dem Kaminrost. Bücherregale mit grauen Aktenordnern säumten die Wände. Der Schreibtisch war makellos, nichts außer einem Stift und einem geschlossenen Notizbuch. Nicht mal ein Computer. Albert McKay erhob sich hinter seinem Schreibtisch und verbeugte sich leicht. »Miss McLean«, sagte er, als hätte ich eben erst den Raum verlassen und wäre noch einmal zurückgekommen, um meinen Schal zu holen.

Ich schwöre, er trug exakt die gleichen Sachen, in denen ich ihn vor neun Jahren zuletzt gesehen hatte: weißes Hemd, Weste, grüne Moleskin-Hosen und Budapester.

Beide verkniffen wir uns ein warmes Lächeln.

»Hallo, Mr. McKay. Das ist mein Freund Fin.«

Albert kam um den Schreibtisch herum und schüttelte Fin die Hand. Ich sah, wie er Fin prüfend von oben bis unten musterte und den Preis seiner Kleidung schätzte.

»Mr. Cohen, ich freue mich sehr, Sie kennenzulernen.«

Natürlich wusste er, wer Fin war. Es war Alberts Job, zu wissen, wer jeder potenzielle Besucher war. Sein Interesse an Fin wirkte respektvoll, was hieß, dass er keine Nachforschungen über ihn angestellt hatte und nicht wusste, dass Fin pleite war.

»Wie schön Sie es hier haben«, sagte Fin höflich.

Albert dankte ihm. »Sollen wir in mein Haus gehen«, sagte er, aber es war keine Frage, und er fragte mich auch nicht, warum ich gekommen war, was mir seltsam erschien.

Er nahm sein Jackett vom Stuhl und führte uns hinaus und einen Flur entlang zu einer Hintertür.

Draußen gingen wir an einer windstillen Schlossmauer entlang und überquerten einen Grünstreifen zu einer breiten Privatstraße, die durch die gesamte Anlage führte. Riesige Rotholzbäume säumten die Fahrbahn. Das Gras zu beiden Seiten war so grün und ordentlich, dass es unecht aussah. Die Anlage wirkte hochherrschaftlich, weit mehr als das Haus. Das Schloss stand inmitten zivilisierter Natur, ländlich, aber ohne den Mief und die Hasenscheiße und den Matsch. Mir gefiel das. Ich mag das Ländliche nicht besonders.

Ich sagte zu Albert: »Es ist sehr wenig los, oder? Ich war überrascht, dass man uns durchs Haupthaus reingelassen hat.«

»Mr. Ross rief an und sagte mir, Sie würden mit Mr. Cohen kommen, und ich habe Anweisung erteilt, Sie hereinzulassen.«

»Ich brauche in einer Sache Ihren Rat.«

Albert brummte. »Das dachte ich mir schon … Warten Sie, bis wir im Haus sind.«

Wir bogen von der Hauptstraße nach links ab auf einen Pfad, von dem man auf die Glaskuppel des Schwimmbads schauen konnte. Wir sahen hinunter, und ich stieß Fin an, damit er den Anblick nicht verpasste.

In der runden Glaskuppel war es dunkel. Sie sah aus wie ein Steampunk-Raumschiff, das ordentlich am Seeufer geparkt war.

»Wie geht es Adam?«, fragte Albert.

»Er lebt.«

Albert wiegte den Kopf. »Ein Lazarus-Phänomen, dieser Junge. Ständig überdosiert er und kehrt von den Toten zurück. Seine arme Mutter.«

»Gott, was sie wegen ihm schon durchgemacht hat!«, sagte

ich, aber wir lächelten beide. Adam war so liebenswert, dass selbst eine Überdosis nach einer amüsanten Marotte klang.

Wir waren schon ein ganzes Stück gegangen, als mir einfiel, dass ich am Schloss geparkt hatte. »Soll ich den Wagen wegfahren?«

Albert dachte kurz nach. »Was ist es für ein Wagen?«

»BMW.«

»Baujahr?«

»Letztes Jahr. Ein X5.«

»Gut, lassen Sie ihn stehen. Momentan ist nichts los.«

Hamishs Wagen war schick genug, um auf dem Gästeparkplatz von Skibo zu parken. Das hätte ihn gefreut.

Albert brachte uns noch ein Stück weiter die Straße runter, dann überquerten wir einen Rasen. Frostiges Gras knirschte unter unseren Füßen. Fin hob den Blick und gurrte anerkennend.

Das Cottage war als eine der Luxus-Lodges für Mitglieder erbaut, aber dann wurde es Alberts Wohnsitz, weil es ein Problem mit der Sauna gab, das sich irgendwie nie beheben ließ.

Die Wände waren aus rot gebeizten Holzpaneelen mit ungehobelten Kanten, wodurch die Oberfläche eine organische, wellige Struktur bekam. Eine grüne Veranda lief rund ums Haus, und das Vordach trugen grün gebeizte Baumstamm-Pfeiler, an denen die Ansätze abgetrennter Äste sichtbar waren.

Albert trat auf die Veranda und blieb vor der Haustür stehen. Seine Hand ruhte zögerlich auf der Klinke. Unwillkürlich fragte ich mich, ob er mit einem Mann zusammenlebte oder ein Zwergpony zur Frau hatte und nun überlegte, ob er uns vor dem Eintreten von diesem Umstand in Kenntnis setzen sollte. Aber er sagte nichts und öffnete die Tür.

Ich war wieder übermäßig wachsam. Das hatte ich so nicht mehr verspürt, seit ich von Skibo weg war. Vielleicht lag es ja an dem Ort hier, dass es nach all den Jahren wieder auftrat. Es war sehr unbehaglich. Alles erschien wie eine potenzielle Bedrohung. Es fiel mir schwer, Geräusche und optische Eindrücke zu filtern.

Drinnen war niemand. Alles war sehr schlicht, nirgends persönliche Dinge oder Fotos. Es sah aus wie ein Musterhaus, aber das war Alberts Stil. Luxusspartanisch.

Er schloss die Tür hinter uns und fragte: »Jemand einen Sherry?«

Ich neckte ihn. »Wer trinkt denn Sherry?«

»Ich.« Er lächelte. »Lieber Tee?«

Wir einigten uns darauf und folgten ihm in die Küche, von der ich glaube, dass er sie nicht mochte. Auf der Arbeitsfläche taute eine Mahlzeit aus der Schlossküche auf. Die Kalorienzahl stand auf der Verpackung, und ich dachte, dass er sich vielleicht deswegen geschämt hatte.

Wir setzten uns an den Küchentisch.

»Also, weswegen wollten Sie mich sprechen, Anna?«

»Erinnern Sie sich noch an ein niederländisches Clubmitglied namens Lillie Harkän?«

Unvermittelt sang er in vollem Bariton »Wie einst Lillie Harkän, wie einst Lillie Harkän« zur Melodie von *Lili Marleen*.

Ich stimmte ein, und Fin schaute verwirrt drein.

Albert erklärte: »Ms. Harkän war eine ziemlich negativ eingestellte Dame …«

Ich stellte klar: »Sie war ein quengeliges Miststück.«

Albert verdrehte auf nur allzu vertraute Weise die Augen und sagte zu Fin: »Eine eher negativ eingestellte Dame mit leider höchst unglücklichem Auftreten. Es gab kaum je Interaktionen mit den Angestellten, die nicht in Verbitterung mündeten. Und daher sangen wir *Lili Marleen*, wenn wir in den Mitarbeiterbereich zurückkehrten, um das noch weichere Kissen oder was auch immer zu holen.«

»Statt laut zu sagen, dass sie eine blöde Ziege war.«

»Weil das nur schlechte Stimmung erzeugt, so dass man sich nicht gut um den nächsten Gast kümmern kann.«

»Aber sie war wirklich eine unausstehliche Zicke. Ich meine, nichts konnte man ihr recht–«

Albert brachte mich mit einem gehobenen Finger zum Schweigen. »Das reicht.«

Er gestattete uns nie, über die Gäste herzuziehen, selbst wenn sie noch so grässlich waren. Er liebte die Reichen und Mächtigen, er liebte die königliche Familie und Filmstars, er glaubte, sie seien privilegiert, weil sie besser waren als wir. Er machte sich ihre Dünkelhaftigkeiten zu eigen und zog sich an wie sie. Er war der perfekte Lakai, wie eine zweckdienliche Variante des Stockholmsyndroms. Adam und ich hätten das nie gekonnt. Wir hatten als Servicekräfte keine Zukunft, und Albert hatte das bei uns beiden erkannt.

»Wie dem auch sei. Was ist mit Ms. Harkän?«

»Na ja, als ich hier arbeitete, kam sie mit ihrem Freund namens Leon Parker, erinnern Sie sich an ihn?«

Er warf mir einen warnenden Blick zu. Als ich jung war, hätte das genügt, um mich zum Schweigen zu bringen. Aber jetzt war ich älter.

»Erinnern Sie sich an ihn?«

»Hm. Leon Parker hat später geheiratet, richtig? Nicht Ms. Harkän.«

»So ist es.«

»Er fand ein trauriges Ende, dieser Mr. Parker, glaube ich?«

»Erinnern Sie sich an ihn?«

»Nur dunkel. Ich glaube, wir schickten ihm kurz nach seiner erwähnten Hochzeit eine Einladung, uns wieder zu besuchen. Er antwortete nicht.«

»Dann muss er sehr reich gewesen sein?«, fragte ich und nickte in Fins Richtung.

»Eigentlich waren wir mehr an seiner Frau interessiert.«

Fin beugte sich vor. »Gretchen Teigler?«

»Hm.«

»Kam sie?«, fragte Fin.

»Nein.« Alberts Stimmung trübte sich ein. Er mahlte mit den Kiefern und knurrte ein wenig in Fins Richtung. Er wollte mit ihm nicht mehr reden. Ich wusste, dass er etwas zu sagen hatte.

Ich legte den Kopf schief. »Haben Sie Gretchen Teigler kennengelernt?«

Er sah mich böse an. »Hören Sie auf.«

»Also ja! Wie ist sie?«

»Sehr einflussreich. Lassen Sie es gut sein, Anna.«

»Entschuldigung, gibt es hier eine Toilette?«, fragte Fin.

Albert sagte ihm, er müsse nach oben, durchs Schlafzimmer am Ende der Treppe. Aber ich wusste, dass es ein Klo gleich neben der Küche gab. Wir sahen Fin nach, hörten seine Schritte auf der Treppe, hörten, wie sich die Badezimmertür schloss.

»Albert, kennen Sie Gretchen Teigler?«

»Nein, aber *Sie* kennen Gretchen Teigler, richtig?«

»Was –«

Er hob eine Hand, um mich zum Schweigen zu bringen, und wartete, bis Fin die Spülung drückte. Dann beugte er sich zu mir herüber, sein Gesicht mit einem Mal gerötet, und flüsterte:

»Haben Sie nicht schon genug Ärger, Sophie Bukaran?«

24

Fin kam die Treppe herunter und fand uns in völlig veränderter Stimmung vor. Sie war nicht herzlich. Albert blickte finster, und ich war starr vor Schock. Albert sagte ihm, wir hätten beschlossen, einen Spaziergang über das Anwesen zu machen, um zu sehen, was sich alles verändert hatte, seit ich zuletzt hier war. Er solle hier warten. Es würde nicht lange dauern. Er gab keine Erklärung ab, warum Fin nicht mitkommen konnte.

Es regnete leicht, und mein teurer Ledermantel war nicht zum Wandern geeignet. Albert lieh mir eine gewachste Jacke aus seinem Schrank.

Wir ließen Fin verunsichert und Tee trinkend in der Küche sitzen und mit seinem Handy spielen und gingen. Fin erhaschte meinen Blick und hob ermutigend eine Augenbraue, offenbar glaubte er, ich würde brennende Fragen über Leon und die *Dana* stellen. Ich schenkte ihm ein verkrampftes Lächeln. Ich wusste nicht, ob ich zurückkommen oder ob ich Fin je wiedersehen würde, und das machte mich traurig, womit ich nicht gerechnet hatte, weil er sehr nervig war.

Draußen hatte der Wind aufgefrischt, Regenböen stoben vom Meer herüber. Wir schritten schweigend in der Dunkelheit bergan, als wäre es eine Pflichtübung oder als hätten wir ein bestimmtes Ziel.

Ich kann es nicht länger vor mir herschieben. Ich muss erklären, wer ich bin, woher ich komme, warum ich floh. Ein lange gehegtes Schweigen lässt sich schwer brechen. Vielleicht müssen Sie sich anstrengen, um zuzuhören. Vielleicht haben

Sie die Geschichte schon gehört, aber dann nur aus einer Perspektive, und nicht aus dieser.

Aber wissen Sie, bei unangenehmen Geschichten wie dieser lauert ein Abgrund zwischen Lippen und Ohren. Vielleicht können Sie sie auch gar nicht hören.

25

Wenn ich Ihnen ihre Namen sage, würden Sie glauben, mich zu kennen. Aber das tun Sie nicht. Ich werde nicht über jene Nacht im Hotel in Soho reden. Ich werde die Fußballer nicht benennen. Ich werde auch den Londoner Club, für den sie spielten, nicht nennen. Das können Sie sich alles woanders zusammensuchen.

Ich werde nicht über meine Verletzungen sprechen, weder innere noch sonstige, auch nicht darüber, was vor Gericht geschah, was man über mich sagte oder meine Vorgeschichte oder meine Mum. Meine Mum war eine gute Mutter. Sie tat ihr Bestes. Für meine Mängel bin ich allein verantwortlich. Ich werde nicht darüber sprechen, dass die Jury weniger als eine Stunde brauchte, um sich über neunzehn Anklagepunkte zu beraten.

Anfangs flehte man mich an, darüber zu sprechen. Man bot mir Geld. Man schickte mir Mails und rief mich an und kam an meine Tür.

Allzumenschliches. Ihre Seite der Geschichte. Was wirklich geschah. Sie haben anderen jungen Frauen gegenüber eine Verantwortung.

Es war keine strategische Entscheidung, meine Geschichte nicht mehr zu erzählen, es war bloß so, dass jedes Mal, wenn ich sie erzählte, alles noch viel, viel schlimmer wurde. Ich glaubte schon, es hätte etwas von einem Zauberspruch, eine Art Dichterfluch, den ich auf mich geladen hatte. Aber als ich aufhörte, darüber zu reden, wandten sich alle gegen mich, spekulierten über meine Motive, über »Mädchen wie mich« und was mit uns nicht stimmte. Es hieß, bei gescheiterten Vergewaltigungsprozessen sollte das Recht auf Anonymität nicht länger gelten. Dann wurde mein Name im Internet genannt.

Das Feuer wurde von einer dieser Querdenk-Kolumnistinnen noch angefacht. Sie würden ihren Namen kennen. Damals behauptete ihre Verfasserzeile: »*Sie schreibt, was alle anderen nur denken*«.

Ich fragte mich: Denken das wirklich alle anderen?

Sie schrieb, es sei einvernehmlich gewesen. Alles. Selbst die Gewalt. Manche Mädchen mögen's heftig. Sie schrieb, ich wäre neidisch, ich hätte einen Fußballer als Freund gewollt und Geld und Ruhm, aber dann wäre ich in diesem Hotelzimmer aufgewacht und hätte gemerkt, dass sie mich benutzt hatten statt andersherum, und ich hätte mir vorgenommen, sie fertigzumachen. Deshalb wäre ich zur Polizei gegangen. Sie stellte klar, welchen Schaden meine Gehässigkeit hätte anrichten können: Milliardenverluste an Fernsehrechten, ein finanziell angeschlagener Fußballclub bankrott. Gottseidank gab es Investorinnen wie Gretchen Teigler, die bereit waren, einer heißgeliebten britischen Institution aus der Klemme zu helfen. Ich hätte Karrieren ruinieren, Ehen zerstören, Kindern schaden können. Sie arbeitet immer noch, diese Journalistin. Verkündet weiter fröhlich ihre Meinung.

In Talkshows und Anrufsendungen wurde der Fall wochenlang diskutiert. Diese Mädchen. Diese Mädchen, was treiben die da überhaupt, ausgehen, tanzen, neiden?

Sogar meine Unterstützer wollten nicht wirklich die Wahrheit.

Sie wollten nur die Teile, die ihnen in den Kram passten. Sie lauerten nur auf die Verbrechen ihrer Feinde. Ich war bloß ein Aufhänger für Geschichten, die sie sowieso erzählen wollten. Ich war ein enttäuschend unhilfloses Opfer: Meine Mutter war Professorin am Institut für orientalische und afrikanische

Studien der University of London. Ich hatte eine feste Zusage vom Balliol College in Oxford. Ich war sehr betrunken gewesen. Trotzdem finde ich immer noch nicht, dass sie deshalb das Recht hatten, mich zu vergewaltigen.

Das erste Mal erzählte ich die Geschichte der Polizei. Das hat sich mir am tiefsten eingeprägt, weil ich es wieder hörte, als man es vor Gericht abspielte, um zu beweisen, was für eine Lügnerin ich war.

Meine Lippe war geschwollen und aufgesprungen, und ich stand unter Schock. Ich klinge wie jemand ganz anderes, stotternd, lallend, zögerlich bei den Einzelheiten, werfe die Farben von Anzügen und Teppichen durcheinander.

Die polizeiliche Vernehmung fand in einem sehr kleinen grauen Raum mit einem am Boden festgenieteten Stahltisch statt. Anwesend waren ich, zwei Frauen und eine Kamera. Eine der Frauen, Detective Sergeant Patricia Hummingsworth, stellte die Fragen. Die andere wirkte gelangweilt und lehnte sich auf ihrem Stuhl zurück und starrte mich an.

Patricia versuchte erst, nett zu sein. Ich mochte sie. Ich sagte ihr, was passiert war.

Sie sah auf meine aufgeplatzte Lippe. »Haben *die* das getan?«

Ich berührte sie. »Das?«

Sie nickte, den Kopf mitfühlend zur Seite geneigt. »Ja. Das. Haben die das getan?«

»Nein, ich glaube, das ist mir passiert, bevor ich sie getroffen hab. Ich bin auf der Treppe hingefallen, weil ich ein bisschen betrunken war.«

Sie blinzelte und zog sich hinter den Tisch zurück. Als sie die Augen öffnete, war die Wärme verschwunden. Sie war dann nie wieder nett zu mir. Ich fragte mich allen Ernstes: Wieso ist hinfallen gleichbedeutend mit Einvernehmen? Sie wollte wissen, wie viel ich in jener Nacht getrunken hatte. Ich versuchte mich zu erinnern, aber offensichtlich, wie sich später erwies, hatte ich sehr viel mehr getrunken, als ich dachte. Das sprach voll und ganz gegen mich, als ob in der Öffentlichkeit betrunken zu sein mir das Recht nähme, vom Gesetz geschützt zu werden.

Kam ich aus einer wohlsituierten Familie?

Ich erinnere mich, wie knirschend dieser Gesprächsübergang war. Kam ich aus einer *was*?

Sie wiederholte es: Kam ich aus einer wohlsituierten Familie?

Nun, ich weiß nicht recht. Meine Mum war gerade gestorben, alleinerziehend, gerade gestorben, und sie hatte kein Geld. Wir hatten kein Geld. Ich ging an dem Abend aus, weil meine Mutter gerade gestorben war und ich mich aufmuntern wollte.

Würde ich sagen, dass ich an dem Abend leichtsinnig drauf war?

Wie drauf war? Ich wusste nicht, was hier lief.

Die Befragung zerfaserte, brach auseinander, es ging nur noch um meinen Gemütszustand und was ich empfand, als ich diese berühmten Männer sah. Ich gucke kein Fußball. Sie trugen Anzüge, ich dachte, sie wären Banker. Ich fragte die Frau: Warum erkundigen Sie sich nur nach mir? Was hat das damit zu tun, was die getan haben?

Dann fragte sie mich, ob ich einen Freund hätte.

Oh, Gott sei Dank, denke ich, sie will, dass mich jemand abholen kommt.

Nein, sagte ich hoffnungsvoll, ich habe im Moment keinen Freund, aber meine Freundin Tasha kann mich abholen. Sie hat ein Auto.

Also kein Freund im Moment? Eine hübsche junge Frau wie Sie?

Ich bedankte mich für das Kompliment. Das ist sehr nett von Ihnen, aber nein, es gibt da niemanden. Aber Tasha kann mich abholen. Sie kann fahren …

Sophie, woher haben Sie die Narbe an Ihrem Auge?

Die? Ich bin als Kind vom Fahrrad gefallen. Rückblickend weiß ich, dass sie mich eigentlich fragte: War ich vorher schon einmal angegriffen worden? Machte ich mich gewohnheitsmäßig zum Opfer?

Sie fragte, ob ich am Vorabend unterwegs war, um mir einen Typen aufzureißen.

Oh Gott. Auf einmal sah ich alles mit ihren Augen. Eine Sturzbetrunkene mit aufgeschlagener Lippe auf Männerjagd sieht ein paar Kerle mit Geld und einem Auto und Ruhm und Müttern, die nicht tot sind.

Es war zu spät, um mit Reden aufzuhören. Ich konnte nicht lügen. Ich war betrunken. Meine Mutter war gerade gestorben. Ich habe das Recht, durcheinander und betrunken zu sein, ohne von vier Männern vergewaltigt und geschlagen zu werden. Aber ich konnte nicht mehr zurück, und ehe ich mich versah, standen wir vor Gericht. Und dann war es gelaufen. Nicht schuldig. Es gibt ein berühmtes Foto von einem der Fußballer im Prada-Anzug, der vor dem Old Bailey triumphal die Faust in die Luft reckt.

Danach.

Eine Lawine riss alles mit sich. Es war überall, in Talkshows und auf Social Media, und immer ging es um mich, warum ich log, wann ich log. Es ging nie um sie. Die verloren weder ihre Werbeverträge noch ihre Arbeit. Ihr Club unterstützte sie rückhaltlos.

Mein Name wurde online geleakt, dann meine Adresse. Mein Haus wurde mit Eiern beworfen. Eier, die an Fensterscheiben zerbrechen, klingen wie abgefeuerte Schüsse. Ein Mädchen bespuckte mich auf der Straße. Männer versammelten sich in meinem Garten, wenn die Pubs schlossen, und sangen die Clubhymne zu meinem Schlafzimmerfenster hinauf und lachten. Das Auto meiner Mutter brannte mitten in der Nacht aus. Die Polizei wollte, dass ich umzog. Ich wollte das nicht. Ich hatte dort mit meiner Mutter gewohnt, und sie war tot. Alles, was sie berührt hatte, war dort.

Eines frühen Morgens hörte ich Schreie auf der Straße vor meinem Haus. Eine Frau deutete auf meine Haustür. Jemand hatte eine Katze drangenagelt.

Es war eine kleine graue Katze, ein dürres kleines Kätzchen, noch nicht bereit, die Welt allein zu erforschen. Man hatte der Katze einen Nagel durch den Kopf getrieben. Ein Rinnsal aus schwarzem Blut war an unserer gelben Tür herabgelaufen. Das Bild kam in der Zeitung. Das ging zu weit: An Katzen liegt den Leuten was. Ich war erleichtert. Ich dachte, die Leute würden endlich verstehen, wie das alles war. Nichts da. Sie sagten, ich hätte es selbst getan, um Aufmerksamkeit und Mitleid zu heischen. Ich wäre ein Monster.

Es ist schlimm, wenn man so jung den Glauben an die Menschen verliert. Man kommt nie ganz darüber hinweg. Ich versteckte mich. Ich versteckte mich sogar vor meinen Freunden.

Diese Zeit war furchtbar, aber es fühlte sich an, als würde es vorübergehen. Bis sich die andere junge Frau meldete.

Das erste Mal hörte ich zu Hause im Radio von ihr: Berichte, dass sich eine Zeugin zu dem Vergewaltigungsfall gemeldet hätte. Sie sei an dem Abend in der Hotelsuite gewesen und machte bei der Polizei eine Aussage. Ich erinnerte mich an keine andere Frau. Würde sie meine Geschichte bestätigen? Wenn ja, würde man meinen Fall wiederaufnehmen? Ich konnte das nicht noch einmal durchstehen. Oder würde sie mich eine Lügnerin nennen, war sie eine Handlangerin des Fußballclubs? Wenn ja, würde man mich wegen Meineids belangen? Würde man mich ins Gefängnis stecken? Ich hatte kein Geld für eine Kaution oder Anwälte.

Unschlüssigkeit lähmte mich, aber ich musste etwas tun, also ging ich in die Küche, um etwas zu essen. Überhaupt zu essen war an den meisten Tagen eine Leistung. Ich konzentrierte mich fest auf diese Aufgabe: Ich würde mir ein Spiegelei machen, für ein Sandwich. Ich zog eine Pfanne heraus und kippte aus Versehen zu viel Öl hinein. Ich machte die Platte an. Ich ging zum Kühlschrank, um Eier zu holen. Ich zerschlug eins und ließ es in das sanft blubbernde Öl gleiten. Ich sah ihm dabei zu. Unvermittelt klingelte mein Handy und ließ mich zusammenzucken. Es lag hinter mir auf dem Tisch. Ich drehte dem Herd den Rücken zu, nahm es auf und sah auf das Display.

DS Patricia Hummingsworth.

Ich kann immer noch hören, wie das Ei hinter mir in der Pfanne brutzelte. Mein Finger schwebte zögernd über dem Anruf-annehmen-Feld, mein Herz raste.

Heißes zischendes Öl, und das Telefon in der Hand, das Schrecken surrte. In dem Moment spürte ich eine schwielige Hand dicht an meinem Hals. Ich sah sein mattes Spiegelbild im Fenster: dunkles Haar, schmales Gesicht. Der Mann war groß und breitschultrig, er packte mich an Taille und Hals und hob mich genau in dem Moment hoch, als ich auf meinem Handy auf Annehmen drückte.

Patricia hörte alles. Später bei der Untersuchung meines Verschwindens machte sie eine Aussage. Sie hörte mich gurgeln und nach Atem ringen. Ein abgewürgter Schrei und ein schwerer, metallisch dumpfer Aufschlag. Dann hörte sie, wie die Verbindung abbrach. Als sie am Wohnsitz (Polizisten reden so) eintrafen, fanden sie Spuren eines Kampfes, aber Sophie Bukaran war verschwunden. Überall war Blut, die Küche ein Durcheinander. Die Untersuchung kam zu dem Schluss, dass ich vermutlich tot war.

Es stellte sich heraus, dass die andere junge Frau meine Aussage bestätigte. An jenem Abend war sie in einem anderen Zimmer ohnmächtig geworden, alle hatten sie vergessen. Sie wachte auf und hörte, wie ich um Hilfe schrie, wie ich die Männer anflehte aufzuhören. Sie hatte alles gesehen, sich aber nicht sofort gemeldet. Sie schämte sich, weil sie mich schreien gehört und sich einfach versteckt hatte.

Sobald sie ausgesagt hatte, informierte jemand sehr böse Menschen darüber. Minuten, nachdem sie ausgesagt hatte, wussten sie, dass der Fall neu verhandelt werden würde. Sie wussten es schon, noch bevor Patricia anrief, um es mir zu sagen. Sie wussten, Milliarden standen auf dem Spiel, es sei denn, ich wäre nicht mehr da, um meine Geschichte erneut zu erzählen. Ich war neunzehn. Ich wurde verabscheut. Ich hatte keine Familie. Ich war entbehrlich. Ein entbehrliches Mädchen.

Die Ereignisse jenes Abends in der Küche sind etwas verschwommen, weil ich nie jemandem davon erzählt habe, aber hieran erinnere ich mich: wie meine Füße vom Boden abhoben, das Gefühl, zu ersticken, wie mein Handy auf den Tisch fiel, wie der Mann mich um Hals und Hüfte packte, hochhob und fest an seinen Körper drückte, als er mich vom Handy wegriss. Meine rudernden Arme, wie meine Hand sich um den Pfannengriff schloss. Er ließ mich los, langte nach einem Messer hinten im Hosenbund. Ich wirbelte herum, schwang die Pfanne und spritzte ihm das heiße Öl ins Gesicht.

Heißes Öl haftete an seiner Haut. Er taumelte, schwankte, die Hände vorm Gesicht. Ich schlug ihm mit der Pfanne auf seinen Kopf, immer wieder, und brüllte wie ein Tier. Ich sah ein mir unbekanntes großes Messer auf dem Boden und trat es weg.

Angegriffen zu werden bringt eine eigentümliche, bittere Intimität mit sich. Ich hätte seine Hände bei einer Gegenüberstellung unter hunderten identifizieren können. Ich kannte seinen Geruch und das Ohrläppchen auf der rechten Seite. Sein Geruch, eine Mischung aus Zigaretten und muffigem Sandelholz, überfällt mich immer noch, volles Programm, und dann möchte ich nur wegrennen.

Er lag am Boden, aber ich schlug weiter zu. Ich schlug sogar noch weiter zu, als er sich nicht mehr rührte. Überall war Blut, tiefrot. Ich konnte nicht aufhören. Ich machte weiter, bis meine Arme vor Erschöpfung zitterten. Ich glaube, im Kopf war ich wieder in jenem Hotelzimmer mit diesen Männern, ließ die ganze wilde Panik und den Schrecken von damals an einem bewusstlosen, blutüberströmten Mann aus. Ich sah, wie sich ein Stück verbrannte Haut von seinem Kiefer schälte und das Fleisch darunter zum Vorschein kam, und aus Mitleid hörte ich auf. Da atmete er noch. Ich bin mir ziemlich sicher.

Was sollte ich machen? Die Polizei konnte ich schlecht rufen, sie würde nur eine Möglichkeit finden, mir auch dafür die Schuld zu geben. Sein Atem ging flach, seine Augen schwollen zu, eine Wunde klaffte auf seinem Nasenrücken. Hinter ihm breitete sich auf dem Boden eine Blutlache aus. Er lag sehr still.

Wer war er? Kein Fußballfan, der etwas beweisen wollte. Er hatte kein Fußballtrikot an und nichts gesagt. Er trug dunkle Kleidung und hatte keine Drohungen gebrüllt oder so was. Er wollte einfach nur, dass ich tot war.

Ich durchsuchte seine Taschen. Ein Foto von mir, draußen auf der Straße vorm Haus aufgenommen. Busfahrscheine. Supermarkt-Bons. Ein dicker Umschlag, nicht verschlossen, voller Fünfzig-Pfund-Scheine. Zehntausend Pfund, wie ich später herausfand. Im Umschlag fand ich eine Visitenkarte der Teigler Inc. Eine Telefonnummer war mit Bleistift auf die Rückseite geschrieben, daneben ein hingekritzeltes »D. L.«. Ich hatte von Dauphine Loire gehört. Ich wusste, wer Teigler Inc. waren.

Ich warf einen Blick nach unten und sah, wie die Farbe aus seinem Gesicht wich. Ich dachte, er würde sterben. Ich rannte los. Rauf ins Schlafzimmer: schnappte mir Hosen, Pass und einen Mantel. Auf dem Weg nach draußen küsste ich das Foto meiner Mutter, hielt es an mein Herz. Ich konnte es nicht mitnehmen: Dies war ihr Haus, sie gehörte hierher. Ich küsste sie noch einmal, legte es weg und haute ab.

Mein Pass war neu. Ich dachte daran, nach Frankreich zu fliehen, aber ich wusste nicht, wer hinter mir her war. Wenn es Dauphine und die Teigler-Organisation war, wäre Frankreich die schlechteste Wahl.

Also zog ich meine Kapuze über und nahm die Bahn nach Charing Cross. Lief zur Euston Station und erwischte den Nachtzug nach Fort William, irgendein Ort, von dem ich noch nie gehört hatte. Ich versteckte mich wochenlang in einem miesen Hotel, färbte meine markante Narbe mit einem Augenbrauenstift ein, ließ meine Kapuze auf und schnitt mir die Haare. Ich sprach wenig, aber wenn, dann täuschte ich einen leichten schottischen Akzent vor. Akzente sind wichtige Merkmale für die Glaubwürdigkeit, und darin wurde ich gut. Ich machte mich so unsichtbar wie möglich.

Ich hielt mich seit drei Wochen versteckt, als ich Adam Ross im Supermarkt traf. Ich hatte schon so lange mit niemandem mehr gesprochen, dass meine Stimme seltsam und angespannt klang. Es war egal. Adam kam mit seltsam klar. Er zitterte und schwitzte. Er war der kaputteste lebendige Mensch, den ich je gesehen hatte. Er fing an, über Chips oder so zu reden, ich weiß nicht mehr genau, was er sagte. Er war zehn Uhr morgens, und er fragte mich, ob ich Geld hätte, und ich sagte, ein bisschen, und er fragte, könnte ich ihm Trunk kaufen? Nicht »etwas zu trinken«, nicht »ein Getränk«. Ich dachte erst, es sei ein charmanter lokaler Ausdruck, fand aber schnell heraus, dass Adam buchstäblich »Trunk« meinte: eine unspezifizierte Menge egal was mit Alkohol. Er hatte all sein Geld für Heroin ausgegeben und brauchte was.

Es war eine Gelegenheit, meinen Akzent zu üben. Er war noch nicht sehr gut, aber Adam ist unvoreingenommen. Wir verbrachten einen großartigen Tag im Pub. Ich trank nicht mal viel. Er schon.

Er sagte, es gäbe dort, wo er im Sommer arbeitete, Jobs, wenn ich einen wollte. Ich war erstaunt, dass er eine Anstellung hatte. Für den Job wohnte man vor Ort auf einem privaten Anwesen mit sehr hoher Security. Ich sagte ihm, das klänge perfekt, aber ich hätte keine Papiere und wollte nicht, dass man mich fand. Adam fragte nicht, warum. Er hob nur die Schultern und sagte: Aye, okay, pass auf, in Fort William sind überall Touristen auf der Durchreise, die lassen Mäntel und Rucksäcke unbeaufsichtigt liegen. Er würde mir eine neue Identität besorgen, wenn ich das wollte?

Und so wurde ich Anna McLean und bekam den Job. Ich blieb eine Woche. Dann noch eine. Einen Monat. Am Ende waren es acht Monate. Dann landete ich in Glasgow, lernte Hamish kennen und bekam die Kinder. Ich hatte ein Zuhause. Jahrelang passierte nichts. Niemand interessierte sich für mich.

Ich habe Hamish geliebt. Ich muss das sagen. Ich weiß mittlerweile nicht mehr so genau, warum, aber ich erinnere mich an das Gefühl, und es war echt. Das Geld und all der Kram, für den es sich lohnt, die Frau eines reichen Mannes zu sein, das war nicht der Grund, warum ich mit ihm zusammen war. Ich war trotz des Geldes mit ihm zusammen. Wer jemals auf der Flucht war, weiß, dass Kram bloß Kram ist. Selbst reiche Leute können immer nur in einem Raum zur Zeit sein.

Als ich schwanger wurde, erfand ich mich wieder neu. Ich hatte schon aufgehört zu rauchen und zu fluchen und Leute mit Tabletts zu schlagen. Jetzt wurde ich milde. Anna McDonald aus Glasgow war im Elternbeirat, sammelte für ein neues Laminiergerät fürs Schulbüro. Ich ging einkaufen und las viel. Ich konnte nicht ins Ausland, weil mein Pass den falschen Namen hatte, also sagte ich, ich hätte Flugangst, und wir machten in Cornwall Urlaub.

Es war das beste Leben von all meinen Leben.

Aber als die Mädchen älter wurden, machte sich Anspannung bemerkbar. Die alte Anna fing an, in mir zu kratzen. Unmut zeigte sich als Erstes. Dann der Jähzorn, und der ließ sich nur schwer verbergen. Am frühen Morgen zu lesen und Geschichten zu hören half mir, meine Maske gerade zu rücken.

Estelle Cohen war die erste Person, die mich durchschaute. Von Vorzeigefrau zu Vorzeigefrau erkannte sie den Konflikt, und dass unter den Schichten noch mehr war. Als ich aus dem Stumpfsinn der frühen Mutterschaft erwachte, kam Sophie allmählich zurück. Sie war es, die Estelle sah.

Jetzt habe ich keine Maske mehr. Ich bin nicht Anna McDonald, geborene McLean, die sanfte junge Gattin aus Irgendwo-bei-Aberdeen. Ich bin Sophie Bukaran, das entbehrliche Mädchen, und ich bin noch nicht tot.

Ein entbehrliches Mädchen sollte sich ein Alkoholproblem zulegen oder Drogen nehmen. Sie sollte das Opfer von jemand anderem werden, irgendwo anders. Im besten Fall wird sie zur Aktivistin gegen das, was sie zum Opfer gemacht hat. Nichts kann ihr widerfahren, was sich nicht auf den Angriff von einst bezieht. Sie ist gebrandmarkt. Das Ereignis hat Besitz von ihr ergriffen. Sie kann nur mit Bezug darauf existieren.

Aber das stimmt nicht, denn die Welt ist voll von uns. Jede fünfte Frau. Wir sind so hartnäckig wie die Liebe. Wir gehen unseren Beschäftigungen nach, ziehen Kinder groß, lenken Staaten, fangen Kriege an und klären Verbrechen auf. Wir erzählen unsere Geschichten nicht. Wenn wir es überlebt haben, kann das ja nur bedeuten, dass es schon nicht so schlimm war. Es bedeutet nie, dass wir verdammt beeindruckend sind.

Ich bin verdammt beeindruckend.

Als ich neunzehn war, rannte ich so schnell weg, dass ich verbrannte Erde hinterließ. Und ich habe Geschichten zu erzählen, die sehr viel mehr sind als prickelnde Einzelheiten oder Appelle an Ihr Mitgefühl.

Dies ist nur eine davon.

26

Wir erklommen einen Hügel, von dem man aufs Meer sehen konnte.

»Albert …?«

»Noch nicht.« Er schritt weiter.

Albert wusste, wer Sophie Bukaran war. Irgendwie hatte er von Gretchen Teigler erfahren. Je weiter wir uns vom Haus entfernten, desto schlimmer war das, was er mir zu sagen hatte, so viel wusste ich. Mein Herzschlag verlangsamte sich zu einem zähen Wummern, eine vertraute Taubheit kroch über mich. Der Körper entwickelt eine Adrenalintoleranz. Ab einem bestimmten Level bleibt nur noch lähmende Langeweile.

Mit schwerem Schritt folgte ich ihm zu einem Wäldchen am Hang. In seinem Schutz setzte er sich hin, sein Blick suchte den Horizont ab. Ich tat es ihm gleich.

Wir sahen über den Firth und die Nordsee. Die Lichter von Dornoch glitzerten in der Ferne, und der schwache, säuerliche Geruch von fermentierter Gerste wehte von der Glenmorangie-Destillerie herüber. In weiter Ferne rollte ein Spielzeugauto über die Brücke, die Doppelscheinwerfer durchschnitten die Dunkelheit. Es gab Zeiten, da war ich so hellhörig, dass ich die Größe eines Autos anhand des Motorengeräuschs bestimmen konnte.

Albert griff in seine Tasche und zog ein Päckchen Zigaretten hervor. Es waren Marlboro Lights, vor zwanzig Jahren ein Marktführer. Eine Mittelschichtsmarke, niedriger Teergehalt, was für einen angehenden Nichtraucher sprach, der früher mal Kette geraucht hatte.

»Ich wusste nicht, dass Sie rauchen, Albert.«

Er nahm eine für sich selbst raus und reichte mir die Schachtel. »Ich sollte versuchen aufzuhören.«

Ich nahm eine und gab die Schachtel zurück. »Ich habe heute erst wieder angefangen.«

»Wie finden Sie es?«

»Ekelhaft. Ich liebe es.«

Er lächelte leicht, als er die Zigarette anzündete. Seine Augen wirkten traurig, aber es war dunkel, und sein Gesichtsausdruck ließ sich nur schwer bestimmen. Ich konnte sehen, dass sein Kinn angespannt war, seine Lippen blutleer.

Ich fragte: »Wie lange wissen Sie schon, dass ich Sophie bin?«

»Seit Leon Parker mit Harkän hier war.« Seine Stimme hatte sich gesenkt. »Er fragte mich, ob Gretchen Teigler Clubmitglied sei. Ich vermute, er war schon einige Zeit hinter ihr her. Er sagte, Sie würden ihren Namen kennen, und fragte, ob ich sie Ihnen gegenüber erwähnt hätte. Die Art, wie er fragte, hatte etwas Hinterhältiges. Ich sagte ja, aber es stimmte nicht. Dann stellte ich ein paar Nachforschungen an. Über Sie.«

»Und das war so einfach?«

Er sah auf meine Narbe und berührte seine Augenbraue. »Das ist ein ziemlich auffallendes Merkmal. Die Polizeiaushänge waren überall. Wissen Sie, was mit ihr geschehen ist?«

»Mit Gretchen?«

»Nicht mit Gretchen.« Er warf mir einen tadelnden Blick zu. »Mit der anderen jungen Frau. Sie hat sich versteckt, aber man hat sie gefunden. Sie war nicht so gut darin wie Sie. Sie haben wirklich Talent.«

»Wer hat sie gefunden?«

»Was glauben Sie?«

Darüber blieben wir eine Weile stumm sitzen. Dann sagte Albert: »Sie hatte so ihre Probleme. Sie war drogenabhängig. Und in einer Pflegefamilie aufgewachsen.«

Welchen Unterschied machte ihr Hintergrund? Albert meinte es nicht böse, aber er ließ es wie einen Gnadentod klingen. Der problematische Hintergrund des Mörders könnte relevant sein, nicht ihrer. Ich war erschüttert, dass Albert in meiner Gegenwart diesen Scheiß nachplapperte. Aber er arbeitete in einem Luxusrefugium, kroch den ganzen Tag reichen Leuten in den Arsch, zog sich an wie sie, buckelte vor ihnen, teilte ihre Werte. Er war wirklich nicht der kritischste Denker. Wahrscheinlich mussten wir politische Themen vermeiden, wenn ich ihn weiterhin mögen wollte.

Ich saß da und rauchte und redete mir aus, ihn zurechtzuweisen. Der Schweiß vom Aufstieg kühlte in meiner Kleidung ab. Die gewachste Jacke hielt ihn auf meiner Haut.

»Ich bin ziemlich enttäuscht von Leon, dass er Ihnen das erzählt hat«, sagte ich und meinte eigentlich Albert. »Ich mochte ihn.«

»Sie mochten ihn?«

»Sie nicht?«

Er zuckte die Schultern. »Er war in meinem Alter. Als Gleichaltriger schätze ich ihn wohl etwas anders ein als Sie.«

»Wie schätzen Sie ihn denn ein?«

Er presste die Lippen zusammen und hob die Schultern. »Geldgierig. Verließ sich auf seinen Charme. Ein gutes Näschen für Reichtum, ein bisschen verzweifelt.«

»Verzweifelt im Sinne von pleite?«

»Nun, ich vermute, er war einmal sehr reich, aber dann nicht mehr.«

»Ich mochte ihn, ich dachte damals, schon klar, er ist ein Gast, aber unter anderen Umständen könnte er vielleicht ein Freund sein.«

Er lächelte zynisch und zog an seiner Zigarette. »Diese Leute sind nicht Ihre Freunde, Anna. Nie, nie, nie. Vergessen Sie das nicht.« Er sah mich eine Weile an. Es hatte etwas Endgültiges, als würde er mich zum letzten Mal ansehen, und er sagte sehr leise: »Bleiben Sie unter dem Radar, halten Sie sich von diesem furchtbaren Cohen fern. Er zieht Aufmerksamkeit an.«

»Ich will keinen Ärger.«

»Dann bleiben Sie unsichtbar, sonst bekommen Sie welchen. Teigler kann sich keine Komplikationen leisten, schon gar nicht, dass Sie mit einem Mal wieder in der Öffentlichkeit auftauchen, nicht jetzt. Ihr Unternehmen hat jetzt eine Mehrheitsbeteiligung an dem Club. Damit gehören ihnen fünf Quadratkilometer unbebautes Land mitten im Zentrum von London. Können Sie sich auch nur entfernt vorstellen, was das wert ist?«

»Die können doch kein Stadion abreißen. Das gäbe einen riesigen öffentlichen Aufschrei.«

»Das müssen sie gar nicht. Sie werden es kaputtmanagen und dann leider gezwungen sein, es zu verkaufen, um ihre Schulden zu bezahlen. Es wird lange dauern. Das ist alles ganz legal, aber momentan in einer sehr heiklen Phase. Sie hätten zu keinem schlechteren Zeitpunkt wieder auftauchen können. Sie müssen sich verstecken, besonders jetzt, wo die Feministen mitmischen.«

»Die *was*?«

»Die Feministen. Sie sind ein Hashtag – #JusticeForBukaran.«

Das erklärte, warum ich aus Fins Twitterfeed herausgefallen war.

»Also«, fuhr er fort, »die Feministen bauschen alles noch mehr auf, die provozieren die Leute, die Sie bedrohen. Sie haben IP-Adressen aufgespürt und nennen Namen. Sie machen es Ihnen noch ganz unmöglich, einfach den Kopf einzuziehen.«

Ich hätte gern gesagt, dass es fußballspielende Vergewaltiger und Milliardärinnen und bezahlte Auftragskiller waren, die mir das Leben schwer machten, nicht Verbündete. Aber er war wie ein Onkel für mich, und Politik ist nicht immer das

Richtige für den Küchentisch. Ich musste aber etwas sagen, also sagte ich leise: »Ich glaube nicht, dass ›Feministen‹ das richtige Wort ist.«

Darüber lächelte Albert nur. Wir rauchten unsere Zigaretten. Es tat mir im Hals weh, deshalb sog ich den Rauch tief ein und schaute aufs Meer. Ich versuchte mich zu erinnern, warum ich Albert mochte. Ich hatte mich hier seinetwegen sicher gefühlt. Ich dachte an seine Geduld, als ich Anna McLeans Sozialversicherungsnummer nicht beibringen konnte. Es machte mich ganz nervös, ich behielt meine Tasche ständig gepackt, bereit zum Abhauen. Nach einem Monat hörte er auf, mich danach zu fragen, und sagte, die Steuerbehörde habe ihm die Nummer geschickt. Ich hatte damals zu viel Angst, ihn zu fragen, was wirklich passiert war.

Jetzt fragte ich. »Haben Sie mich versteckt? Die Sache mit der Sozialversicherungsnummer …«

Er grinste, so breit und sorglos, dass ich zum ersten Mal das Grübchen in seiner Wange sah.

»Ach, das war nicht der Rede wert«, sagte er bescheiden. »Ich bin froh, dass Sie es geschafft haben. Gehen wir zurück.«

Wir standen auf und klopften uns ab. Albert trat gegen das plattgesessene Gras, um die Abdrücke, die wir hinterlassen hatten, zu kaschieren. Ich sah ihm zu und fragte mich, warum wir für dieses Gespräch den ganzen Weg hier heraufgekommen waren. Er hätte mir alles zuflüstern können, als Fin oben war. Wir waren hier, damit niemand je erfuhr, dass Albert mir geholfen hatte, weil das üble Folgen für ihn haben konnte. Er hatte mich beschützt, und ich hatte es nicht mal bemerkt. Er war der Freund gewesen, für den ich Leon gehalten hatte.

»Albert.« Ich legte meine Hand auf seinen Unterarm. »Danke.«

Er hielt den Atem an und erstarrte, als hätte ich ihn getasert. Es war ein aufgeladener Moment.

Was ich meinte, war: Danke, dass Sie mir diese Auszeit geschenkt haben. Danke für meine Mädchen. Für die friedlichen Momente, die ich erlebt habe. Für die Bücher, die ich lesen konnte. Für meinen unvollkommenen und feigen Hamish, den ich immer noch liebhabe, für die Weihnachten und dieses ganze Extraleben. Die Jahre, die er mir geschenkt hatte, fühlten sich an wie eine Geschichte, die ich mir selbst erzählte, während ich im Haus meiner Mutter auf dem Küchenfußboden verblutete.

Er blinzelte heftig in Richtung meiner Hand, bis ich sie wegzog.

Wir marschierten bergab, was wie die meisten Abstiege hart auf die Knie ging, zurück zum Cottage. Ein einsames Kaninchen schoss übers dunkle Feld. Es war wundervoll, wieder in den Bergen zu sein, unter dem großen grauen mondlosen Himmel. Luft zum Atmen. Unverhoffte Freiheit in einem alten, halb vergessenen Land voller Lügen und Menschen, die nicht hierhergehörten.

Auf dem Rückweg dachte ich weiter über die Sozialversicherungsnummer nach. Etwas störte mich. Die Zeitabfolge war falsch. Albert erhielt die Nummer, einen Monat nachdem ich hier angekommen war, aber Leon kam doch erst sieben Monate später. Hatte Albert immer schon gewusst, wer ich war? Hatte er mich erkannt, als ich zum Vorstellungsgespräch antrat? Warum sagte er es mir dann jetzt nicht? Ich starrte auf seinen Hinterkopf und beschloss, ihn nicht zu fragen. Mein vertrauliches Danke war schon unbehaglich genug gewesen.

Wir folgten einer Baumreihe, gingen um die Auffahrt herum, zurück nach hinten zur Küchentür. Das Cottage leuchtete warm und einladend.

Mein Zeh berührte schon den Lichtkreis, der das Cottage umgab, als Albert mich mit erhobener Hand jäh zum Stehen brachte.

Wir konnten durch die Terrassentüren in die Küche sehen.

Fin saß am Tisch, umklammerte die Armlehnen des Stuhls, wirkte verängstigt.

Vor ihm stand ein stämmiger Mann in dunkler Kleidung. Er hielt Fin ein Jagdmesser vors Gesicht.

27

Wir schlichen uns zum Haus, hielten uns in den Schatten.

Fin sagte etwas. Der Mann sagte auch etwas, aber seine Stimme war so leise, dass ich nichts verstehen konnte. Fins Stimme klang ungewöhnlich hoch.

»Nein! Nein, was?«, sagte Fin. »Ich bin mit einer Freundin hier, um jemanden zu treffen. Nein, ich weiß nicht, warum, ich weiß nicht einmal genau, wo wir hier sind. Nein! Ich habe keine Waffe! Warum sollte ich eine Waffe haben? Das ist mein Handy!« Er hielt es hoch, um es dem Mann zu zeigen. »Was wollen Sie denn mit diesem riesigen scheiß Messer?«

Flach an die Wand gedrückt, noch immer in der Dunkelheit, langte Albert nach dem Türgriff. Ich dachte, er würde die Tür eintreten, aber das tat er nicht. Er öffnete sie einfach, noch nicht einmal besonders schnell, trat in die Küche und rief: »DU!«

Der Mann wirbelte zu uns herum. Er hatte nichts mit dem Schloss zu tun. Die Sicherheitsleute von Skibo kleiden sich wie Jagdführer, diskrete, outdoortaugliche Klamotten von der Stange. Tweedjacken und grüne Hosen. Dieser Mann trug unscheinbare schwarze Kleidung wie der Mann in meiner Küche vor all den Jahren. Öde, langweilige Sachen, an die sich niemand erinnern würde, Jacke und Hose, die zu keiner Assoziation oder Bemerkung Anlass boten.

Er warf mir einen eiskalten Blick zu. »Sophie Bukaran.«

Aus dem Augenwinkel sah ich, wie er das Messer in die Lederhülle an seinem Hosenbund gleiten ließ. Es wurde vom Deckenlicht getroffen und blitzte auf. Fin war sehr nah dran. Er starrte es panisch an.

»*Sophie Buchanan?*« Fin stand auf. »Was zur Hölle ist hier eigentlich *los?*«

Der Mann hob fast schon träge die Hand und verpasste Fin einen Stoß in den Solarplexus. Fin rang nach Luft und fiel auf den Stuhl zurück wie ein Kätzchen, das man von seinem Schoß verscheucht.

Ich stürmte durch den Raum – »Lassen Sie verdammt noch mal die Finger von ihm!« – und wollte den Mann wegstoßen, aber er grinste, packte mich am Ellenbogengelenk und drückte auf empfindliche Stellen, bis ich weiße Blitze sah. Meine Knie knickten ein.

Er griff nach seinem Messer.

»NICHT HIER DRINNEN, BITTE.« Albert sprach laut und langsam.

Der Griff an meinem Ellenbogen lockerte sich. Der Mann sah Fin an, der röchelte und seinen Brustkorb umklammerte, sah sich im Raum um, sah, wie folgenreich es wäre. Er deutete vor Albert eine Verbeugung an, und Albert nickte zur Haustür, ging vor, und der Mann folgte ihm, sein Griff an meinem Arm jetzt wieder fester, und nahm mich mit.

Wir verließen die Küche. Fin erhob sich, aber ich bedeutete ihm mit einem finsteren Blick, sich wieder hinzusetzen und sitzen zu bleiben. Der Mann sah meine Warnung und zögerte.

»Was soll's?«, fragte ich. »Sehen Sie ihn sich an. Er ist eh schon halb tot.«

Es könnte für ihn schwierig werden, sich mit uns beiden abzugeben, selbst wenn Fin so extrem schmächtig war. Zwischen seinen Oberschenkeln war genug Platz für einen weiteren Oberschenkel. Der Mann stieß ein Lachen aus und verstärkte seinen Griff an meinem Arm, zerrte mich aus dem Cottage und die Stufen hinunter, hastig, um Albert einzuholen.

Wir hielten aufs Gestrüpp zu und folgten einem Pfad zwischen alten Hecken. Albert ging vor uns. Er blickte nicht zurück. Es war ein seltsamer Spaziergang, nicht lang, aber angespannt. Mit jeder Sekunde, die verstrich, erwartete ich, dass Albert uns über einen Stolperdraht führte, herumfuhr und schoss, herumfuhr und Karateschläge austeilte, wie ein altmodischer Held. Aber Schritt um Schritt tat Albert nichts. Die Zeit wurde langsamer.

Ich wollte das Offensichtliche nicht wahrhaben. Warum hatte Alberts Hand auf dem Weg ins Haus auf der Türklinke gezögert? Wann war ihm klar geworden, dass ich Sophie war? Warum war er mit mir auf den Berg gegangen?

Wir kamen an einer dunklen Baumreihe vorbei, als sich Albert umsah. Ich dachte, er würde mir ein Signal geben. Das tat er nicht. Albert und der Mann tauschten Blicke aus. Zu lange. Eine Verständigung. Sie hatten einen Plan.

Albert hatte mich auf den Spaziergang mitgenommen, um dem Mann Zeit zu geben, ins Haus zu gelangen.

Er hatte die ganze Zeit gewusst, dass ich Sophie Bukaran war. Albert war nie auf meiner Seite gewesen. Er hatte mir keinen Job und gute Referenzen gegeben, er hatte mich überwacht und im Blick behalten. Ich war ein Faustpfand, und er löste mich ein, solange mein Preis hoch war.

»Albert?«, flehte ich. »Er wird mich umbringen.«

Er konnte mich nicht ansehen.

Ich schrie ihn an: »Sie herzloser beschissener Speichellecker. Er wird mich verdammt noch mal umbringen.«

Alberts Nacken lief rot an, und er schritt eilig aus.

Wir kamen zum Mitarbeiterparkplatz. Albert hob die Hand, drückte einen Schlüsselanhänger. Ein Wagen blinkte durch die Dunkelheit, und wir gingen in diese Richtung. Die Hand an meinem Arm packte fester zu.

Ohne mich anzusehen, öffnete Albert die hintere Tür des Wagens und trat beiseite. Der Mann legte eine Hand auf meinen Kopf und drückte mich runter, stieß mich unsanft auf den

Rücksitz. Ich landete auf der Seite. Er packte meine Füße und schob sie hinein. Er trat zurück und hob eine Hand, um die Tür zuzuschlagen.

Dann stürzte aus dem Nichts ein Berg auf uns herab.

28

Die Tür war weg. Die Männer waren weg. Die Nacht war still. Ich richtete mich auf und sah die Wagentür wild über den Boden schlittern. Sie blieb liegen. Ich hörte ein Stöhnen. Ein Körper lag etwa zehn Meter entfernt auf dem Boden und bewegte sich in der Dunkelheit. Zwei rote Lichter blinkten auf, und Rückfahrscheinwerfer gingen an.

Es war Hamishs Wagen. Das Licht war nicht eingeschaltet gewesen, und der Motor war so leise, dass er ohne Vorwarnung mit fünfzig Sachen auf uns zugerast kam und ich ihn erst bemerkte, als er in uns hineinpflügte und die Tür abriss.

Das Auto stieß zurück, versprühte im hohen Bogen Kies und blieb neben mir stehen. Die Beifahrertür flog auf. Fin Cohen saß auf dem Fahrersitz. Ich sprang von der Rückbank und stieg hastig bei ihm ein.

Fin raste mit Vollgas los, noch ehe ich die Tür schließen konnte. Ich knallte sie zu und klammerte mich am Sitz fest, während diverse Alarmtöne – Sicherheitsgurt nicht angelegt, Tür offen – durch den Innenraum plärrten.

Im Seitenspiegel sah ich Albert taumelnd aufstehen, den Kopf in den Händen, und der Mann mit dem Messer wälzte sich am Boden und hielt sich den Arm.

Fin fuhr über den kleinen Hügel aufs Haupttor zu. Die Schranke war unten. Es war eine schwere Metallschranke, eine Anti-Terror-Maßnahme – ich erinnerte mich noch, wie sie angebracht wurde. Wir würden da nie durchkommen. Aber Fin lenkte scharf nach links, durchstieß krachend den Holzzaun, der die Koppel umgab, fuhr hundert Meter über holprigen Grasboden und knallte durch einen weiteren Teil der Umzäunung, wodurch er die Metallschranke komplett umging und es raus auf die Straße schaffte.

Er bog schlitternd rechts ein und schrammte knapp vor einen Schwertransporter, bevor er das Licht einschaltete.

Wir rasten von dem empört hupenden LKW weg, in Richtung der Brücke über den Dornoch Firth und nach Süden.

Ich merkte, dass der zusammengefaltete Airbag auf dem Armaturenbrett nun auf meiner Seite lag, und schnallte mich an.

Fin sagte mit irrem Blick: »Ruf die Polizei.«

»Nein. Keine Polizei.«

»Anna, ich habe gerade zwei Männer umgefahren. Wir müssen die Polizei rufen.«

Ich packte ihn am Ellenbogen. »Bitte, Fin, bitte, keine Polizei.«

»Warum hat er dich mit dem Namen von Adam Ross' Freundin angesprochen?«

»Ich weiß es nicht.«

»Habt ihr, du und Adam, den Laden da ausgeraubt?«

Er lag meilenweit daneben.

»Um an Geld für Heroin ranzukommen?«, fragte er und entfernte sich noch weiter von der Wahrheit.

»Ja«, sagte ich zu schnell, um die Lüge glaubhaft zu machen. Ich hätte zögern sollen. »Ja, so war's.«

Er glaubte mir nicht, aber er fuhr weiter, dicht übers Lenkrad gebeugt, die Aufmerksamkeit verteilt zwischen Rückspiegel, Straße und Bordstein. Wir erreichten einen langen geraden Abschnitt der A9. Falls sie uns folgten, waren wir hier nicht zu übersehen.

»Wir können uns eine Weile verstecken«, sagte ich. »Bieg hier links ab.«

Die Glenmorangie-Destillerie bot einen guten Rundgang an. Ich war schon mehrmals dort gewesen, obwohl ich Whisky nicht besonders mag. Aber ich kannte eine Stelle hinter dem

Gebäude, wo wir uns verstecken konnten. Wir nahmen die steile Kurve mit ausgeschalteten Lichtern und parkten. Ich sagte, ich fände, wir sollten warten, sie vorbeifahren lassen.

Wir saßen ein Weilchen schweigend da.

»So«, sagte Fin mit hochgezogenen Augenbrauen. »Das mit Adam glaube ich nicht.«

»Warum nicht?«

»Weil du keine Drogenabhängige bist.«

»Das kannst du nicht wissen –«

»Du bist mir nicht sympathisch genug, du kannst gar nicht heroinabhängig sein. Du bist einfach nicht der Typ dafür. Aber ich nehme an, du hast den Job sausen lassen, weil etwas gegen dich vorlag?«

»Du bist ein guter Fahrer«, sagte ich, ein schwacher Versuch, das Thema zu wechseln. »Hast du noch Tabak übrig?«

Er zog umständlich den Tabakbeutel aus der Tasche und hielt ihn mir hin, zog ihn dann aber wie ein Faustpfand ein Stück zurück. »Also. Wer ist Sophie Buchanan?«

Er hatte meinen Namen falsch gehört. Er würde mich nicht googeln können.

»Das ist bloß ein Name, den ich mal verwendet habe.«

Er starrte mich ungläubig an, als sähe er mich zum ersten Mal. »Bist du eine Diebin?«

»Nein.«

»Eine Industriespionin oder so etwas?«

Das klang nach einer guten Lüge, die passen würde, aber ich stand unter Schock und würde es nicht schaffen, die Story überzeugend auszuschmücken. »Es geht um …« Ich wusste nicht, was ich sagen sollte. »… Dinge, die vor langer Zeit passiert sind.«

»Anna, er hatte ein verfluchtes riesengroßes Messer. Und wie dir zweifellos bewusst sein dürfte, habe ich eine Messer-im-Gesicht-Phobie.«

Er drückte sich sehr förmlich aus, ich glaube, weil er so verängstigt war.

»Ich wusste nicht, dass so etwas passieren würde.«

»Wir sollten die Polizei rufen.« Er griff nach seinem Handy, und ich packte seine Hand.

»Das sollten wir wirklich *nicht* tun.«

Sein Blick flog über mein Gesicht. »Ich habe nicht die leiseste scheiß Ahnung, worauf du hinauswillst. Ist der Messermann etwa von der Polizei?«

»Nein. Die Bullen sind die Guten, aber ...« Ich sah meinen Ledermantel auf dem Rücksitz. Fin musste in Alberts Cottage darin die Schlüssel gefunden und zum Gästeparkplatz gerannt sein. Er war dort schon auf halbem Weg zur Ausfahrt. Er hätte abhauen und sich in Sicherheit bringen können, aber das hatte er nicht getan. Er war in die Gegenrichtung gefahren, um mich zu holen. »Warum bist du nicht einfach weggefahren?«

»Ich hab kein Geld für Benzin.«

»Oh.«

»Ich hab drüber nachgedacht. Ich wusste, dann würde ich ein schlechtes Gewissen haben.« Er war ehrlich. Bewundernswert. »Wir sind nicht ernsthaft hier, weil du glaubst, dass Leon unschuldig ist, oder?«

Ich seufzte. »Es ist schon ein bisschen komplizierter, ja.«

»Gib mir die Kurzversion.«

Ich versuchte, einen Anfang zu finden. »Also, ich stamme nicht wirklich aus Aberdeen.«

»Klar.«

»Ich komme aus London.«

»Mhm. Kennst du den Kerl mit dem Messer?«

»Nein.«

»Er ist nicht dein Ex?«

»Ich hab ihn nie zuvor gesehen. Jemand hat ihn auf mich angesetzt. Um mich zu töten.«

»Ein Auftragskiller ist hinter dir her?« Er grinste höhnisch. »Was zur Hölle? Du bist 'ne Hausfrau!« Ich zögerte zu lange, und er sagte: »Also schön. Ich wüsste es ehrlich zu schätzen, wenn du endlich aufhörst zu lügen und mir sagst, was zum Teufel hier wirklich läuft, aber werden *die* die Polizei rufen?«

Ich lächelte. »Nein.«

»McLean, Buchanan, McDonald. Ich krieg schon noch raus, wer du bist, weißt du.«

Ich lachte. »Keine Chance. Vorher verhungerst du.«

»Das kann noch dauern. Estelle wartet seit Jahren darauf.« Er sah über die dunkle Auffahrt zur Straße hinüber. »Riskieren wir's.« Er schaltete Lichter und Motor ein.

Er hatte gut auf meinen fiesen Kommentar reagiert, aber ich bereute ihn sofort. Ich versuchte ihn etwas abzuschwächen. »Du musst nicht hungern.«

Sein Lächeln war gezwungen. »Das ist kein Lifestyle, den man sich aussucht.«

»Es gibt Menschen, die überwinden ihre Sucht.«

»Ach, tatsächlich?«, sagte er ausdruckslos. »Interessant. Schön für sie.«

Ich glaube, er hatte dieses Gespräch schon ziemlich oft geführt. Wahrscheinlich mit vielen unterschiedlichen Leuten.

Er fuhr die steile Auffahrt zur Straße hoch und schob sich behutsam vorwärts, schaute links und rechts nach verräterischen Lichtschimmern am Horizont. Er bog vorsichtig auf die Straße ein und trat dann aufs Gas. Fin widerstrebte es, über sich zu reden. Mit einem schmerzhaften Stich wurde mir klar, dass ich Hamish vermisste, der ununterbrochen über sich sprach.

»Du wirst dir noch ernsthaft schaden, wenn du nicht mehr isst.«

»Ja«, sagte Fin, runzelte die Stirn und sah prüfend in den Rückspiegel. »Verfickten Dank dafür. Das ist wirklich hilfreich.«

Die Straße war leer.

»Aber es ist wahr.«

»Wer ist Sophie Buchanan?«

»Du fügst dir bleibenden Schaden zu.«

»Wie heißt du wirklich?«

Wir hatten uns in eine kameradschaftliche Sackgasse manövriert und fuhren schweigend weiter. Für einen kurzen Moment war zur Linken die Nordsee zu sehen. Die Lichter der Ölplattformen glitzerten in der Dunkelheit wie deplatzierte Weihnachtsbäume.

Albert hatte mir gesagt, ich solle Fin loswerden und mich weiter verstecken. Es würde ihm und Teigler gut passen, wenn ich das täte. Ich dachte an die andere junge Frau, mein Schatten-Ich, das Ich-förmige Vakuum an meiner Seite. Sie hatte sich versteckt, und sie war gestorben. Mich zu verstecken war nicht sicher, aber eine liebgewonnene Gewohnheit. Ich war noch nicht bereit, sie aufzugeben.

Ich dachte daran, dass Leon Gretchen Teigler geheiratet hatte. War das so schlimm? Vielleicht wusste er nicht über sie Bescheid. Aber ich hörte meinem Gedankengang zu und merkte, dass ich verzweifelt versuchte, Leon als guten Kerl dastehen zu lassen, was er eindeutig nicht war. Alle wussten, wie Gretchen war. Wenn ich jetzt zurückdachte, wie er seine Geschichten erzählte, den Blick abwandte, Zigaretten schnorrte von einer, die als Zimmermädchen arbeitete: Er hatte seine Geschichten nicht mit mir geteilt. Er hatte bloß für ein anderes Publikum geübt. Mein Gott, war ich mies darin, mir Freunde auszusuchen.

Wir fuhren schweigend die dunkle Straße entlang, während ich über all das nachdachte.

»Also, Anna-Sophie, wie weit weg von diesen Männern ist weit genug?«

»Sehr weit.«

»Ich vermute, du hast deinen Pass nicht dabei?«

»Eigentlich schon.«

»Okay.«

Ich brauchte einen Moment, bis ich merkte, dass wir zum Flughafen von Inverness fuhren. Ich konnte nicht fliegen. Mein Pass war der einer Toten und würde an jedem Grenzkontrollschalter Alarm auslösen.

Aber diese Krise war noch eine Stunde entfernt, also lehnte ich mich zurück und genoss die Fahrt.

29

Der Flughafen war klein. Die ruhige See war zu unserer Linken, ein leerer Parkplatz vor uns, das hell erleuchtete Flughafengebäude rechts. Eine Startbahn verlief zwischen der Rückseite des Terminals und der Schnellstraße nach Nairn. Durch die Glaswände des Gebäudes konnten wir eine Flugbegleiterin sehen, die mit verquollenem Gesicht und tonnenschwerem Make-up an einem Schalter saß und sich durch die Frühschicht quälte.

Wir gingen hinein.

Sie sagte, es gäbe erst am nächsten Tag wieder internationale Flüge, aber wir könnten nach London fliegen und dort umsteigen?

Wir traten zur Seite, um uns zu beraten, und Fin sagte, wir könnten im Schloss seines Freundes in Frankreich, in der Nähe von Clermont-Ferrand, unterkriechen. Vielleicht könnten wir auf dem Weg dorthin noch zur Île de Ré fahren? Wir könnten die Bewegungen der Parkers rekonstruieren, den Airbnb-Vermieter aufsuchen und ihn nach der Person fragen, die er an jenem Abend an Deck gesehen hatte? Ich sagte, ja, das wäre großartig, das würde ich gern tun. Ich sagte zu allem ja, weil ich nicht mitkommen würde. Ich würde fliehen.

Ich kaufte uns zwei billige Tickets für den ersten Flug. Ich brauchte meinen Pass nicht, weil es ein Inlandsflug war, nach Gatwick um sechs Uhr zwanzig. Es war vier Uhr morgens. Wir mussten noch über zwei Stunden warten.

Wir setzten uns hin, und ich nickte es ab, als Fin Trina Keany eine Nachricht schickte, um sie zu fragen, ob wir von ihr mehr über Leons finanzielle Situation erfahren könnten. Vielleicht könnten wir sie auf einen Kaffee einladen? Er unterschrieb mit Fin Cohen. Die Währung der Prominenz. Die meisten von uns würden einfach nur die Frage stellen. Aber ich stimmte alledem und noch mehr zu, weil ich nicht die Absicht hatte, in das Flugzeug zu steigen.

Fin war müde. Er wollte schon durch die Sicherheitskontrolle und am Gate herumlungern, Automatenkaffee trinken und auf einem der Sitze dösen. Der Flughafen war sehr klein. Sobald ich durch die Sicherheitskontrolle ging, säße ich in der Falle. Ich sagte, ich bräuchte etwas Zeit für mich und würde Hamishs Wagen zum Langzeitparkplatz bringen. Das machte ihn misstrauisch, und er bestand darauf, mir seine Handynummer zu geben, und zwang mich, ihn anzurufen, damit er meine hatte.

»Also, war es ein Van Gogh?«

»Was?«

»Hast du ihnen einen Van Gogh gestohlen?«

»Ja.«

»Hm. Das hat sich immerhin gelohnt.« Er seufzte und stand langsam auf. »Ich muss mich hinlegen, sonst falle ich um.«

Ich stand mit ihm auf. »Ich fahre das Auto irgendwohin, wo es weniger auffällt.«

Er sagte: »Ich weiß nicht, ob du schon mal mit dieser Gesellschaft geflogen bist, aber du *musst* dreißig Minuten vor Abflug hier sein, sonst lassen sie dich nicht mehr rein.«

Ich nickte.

»Ernsthaft. Mich haben sie mal an der Sicherheitskontrolle abgewiesen, obwohl das Flugzeug noch am Gate stand.«

»Okay.«

Ich sah zu, wie er zum Abflugbereich durchging. Ein einzelner Sicherheitsbeamter wartete geduldig, verlagerte sein Gewicht von einem Fuß auf den anderen. Ich konnte am

Förderband vorbei durch den Rahmen des Metalldetektors bis zu den Sitzreihen und Glasfenstern sehen, von denen aus man auf das kleine Rollfeld blickte. Fin schlenderte rüber, reichte dem Sicherheitsbeamten seinen Ausweis, leerte seine Taschen, zog die Schuhe aus und legte seine Jacke in eine Wanne. Er winkte mir kurz zu und ging durch.

Er war wirklich ein netter Kerl.

Ich ging zurück zum Auto.

Ein Sturm pfiff weit entfernt über der Nordsee und schickte weiße Schaumkronen auf die Wellen nahe der Küste. Ich machte meinen Mantel zu und blieb stehen, hielt mein Gesicht in den Wind.

Da draußen, hunderte Kilometer entfernt, lagen meine Mädchen sicher in ihren Bettchen, ihre Wimpern ruhten auf samtiger Haut, weiches Haar rutschte in die Kissenschluchten. Wenn die Sonne aufging, würden sie sich Müsli nehmen und Milch trinken und schwimmen gehen. Meine Kinder waren in Sicherheit. Alles andere bedeutete mir nichts.

Ich würde weglaufen und jeden von ihnen ablenken, wer immer als Nächstes kam. Vielleicht hatte die andere junge Frau Kinder gehabt. Vielleicht hatte sie an sie gedacht, als die Männer kamen, um sie zu töten. Vielleicht galt ihr letzter Gedanke ihren Kindern, und vielleicht war sie dankbar, dass sie in Sicherheit waren.

Die Motorhaube von Hamishs Wagen war an der Stelle verbeult, mit der die Tür des anderen Autos abgerissen worden war. Ich ließ meine Finger über die Delle gleiten und stieg ein.

Ich startete den Motor, ließ die Lichter aus und fuhr rückwärts über den leeren Parkplatz, bis ich zu einem Drop-off-Bereich kam. Fin könnte wieder rauskommen und nach mir suchen. Wenn ich jetzt losfuhr und er feststellte, dass ich weg war, rief er vielleicht die Polizei. Ich wollte ihn in Sicherheit wissen. Ich beschloss zu warten, bis sein Flugzeug abhob. Falls er herauskam, würde mir etwas anderes einfallen, um ihn loszuwerden.

Ich machte das Radio an, stellte es auf einen Soul-Sender ein und hörte eine Weile zu, versuchte dabei, meine beruhigenden Gedanken an meine Mädchen aufzufrischen. Ich schaffte es nicht. Ich wusste, dass andere Männer nach mir suchen würden, weil ich wieder aufgetaucht war, und sie würden so lange nach mir suchen, bis sie mich für immer aus dem Weg geräumt hatten. Es ging um Geld, es sei denn, Albert hätte gelogen, was den Stadionverkauf anging, aber das glaubte ich nicht. Er hatte angenommen, es wäre egal, was er mir sagte, er ging ja davon aus, dass ich jetzt schon tot sein würde. Es klang auch zu langweilig und zu kleinteilig für eine Lüge, aber ich googelte trotzdem den Fußballclub. Tatsächlich wurde das Stadion gerade renoviert. Der Vereinsvorstand ließ verlautbaren, dass man sich auf die Wiedereröffnung in drei Jahren freute.

Die Scheinwerfer bemerkte ich erst nur aus dem Augenwinkel: Ein Wagen kam von der Hauptstraße und nahm die Kurve zum Flughafen zu schnell. Die breite Achse und das hohe Dach ließen auf einen Jeep schließen.

Ich stieg aus Hamishs Wagen aus und schloss die Tür, duckte mich und schlüpfte zwischen zwei geparkte Autos. Dann beobachtete ich.

Der Jeep fuhr quer über den leeren Parkplatz und blieb vor dem Haupteingang stehen. Eine schwarz gekleidete Gestalt stieg aus und eilte im Laufschritt ins Flughafengebäude. Als er durch die hell erleuchtete Halle ging, sah ich, dass es der Mann mit dem Messer war. Sein Kinn war auf der linken Seite rot und geschwollen. Er sah sehr wütend aus.

Der Sicherheitsbeamte am Abflug nahm sein Handy und scannte ein elektronisches Ticket, überprüfte seine Kreditkarte zur Identifikation und wies ihn an, die Schuhe auszuziehen und sie in eine Wanne auf dem Band zu legen. Er brauchte eine Ewigkeit, um sie auszuziehen. Geschnürte Kampfstiefel.

Ich rief Fin an und flüsterte: »Versteck dich. Der Messermann kommt rein.«

Er legte auf.

Ich wartete, behielt den Jeep im Blick. Er fuhr zum nächstbesten Behindertenparkplatz und wartete mit laufendem Motor. Im Licht des Terminals konnte ich sehen, dass Albert am Steuer saß. Er schaute in meine Richtung und setzte sich mit einem Mal auf. Er sah genauer hin. Er hatte Hamishs Wagen entdeckt.

Im Jeep ging ein Licht an, und Albert griff nach einem Handy. Er bekam einen Anruf.

Jetzt näherten sich sehr helle Scheinwerfer, und ein Bus glitt von der Hauptstraße heran. Er durchfuhr den kompletten Kreis des Flughafenparkplatz-Einbahnstraßensystems, bevor er direkt vor dem Eingang hielt. Albert telefonierte noch immer, beobachtete den Bus aber scharf.

Ein paar Passagiere stolperten heraus und verschwanden in einem Seiteneingang des Terminals. Arbeiter. Niemand wollte einsteigen, aber der Bus blieb mit laufendem Motor stehen.

Albert legte auf. Er sah wieder zu Hamishs Wagen. Er sah zu dem Bus.

Ein langsam fahrender Gepäckwagen kam auf der Gehwegseite um das Gebäude gezuckelt und parkte parallel zum Bus. Der Fahrer des Gepäckwagens stieg aus, ging zur Bustür und winkte dem Fahrer zur Begrüßung. Der Busfahrer winkte zurück, drückte einen Knopf, und an der Seite des Busses öffnete sich ein höhlenartiger Gepäckraum. Der Gepäckwagenfahrer ging zurück und fing an, große Frachtkisten einzuladen.

Albert sah zu, beugte sich weit auf seinem Sitz vor, frustriert, dass er nichts sehen konnte. Schließlich stieg er aus, ließ die Tür des Jeeps offen und eilte um den Bus herum. Aber der

Gepäckwagenfahrer war mit dem Einladen fertig und schlug zweimal gegen das Chassis des Busses, ein Zeichen für den Fahrer, der auf einen Knopf drückte, um den Gepäckraum zu schließen. Die Hauben schlossen sich gerade, als Albert dort ankam. Er eilte zurück zum Jeep.

Unser Flieger sollte in dreiunddreißig Minuten abheben. Ich hätte gern Fin angerufen, um zu hören, ob er in Sicherheit war, aber vielleicht versteckte er sich gerade, und sein Telefon war nicht lautlos gestellt, und ich würde ihn nur verraten.

Der Bus fuhr los, direkt auf mich zu, die Lichter strichen über meinen Kopf hinweg. Ich legte mich auf den Bauch und rollte unter eins der Autos. Als der Bus vorbeikam, hob ich den Kopf und sah ein zweites Paar Scheinwerfer: Der Jeep folgte dem Bus aus dem Flughafenterminal. Sie glaubten, wir wären im Gepäckraum.

Als sie vorbeifuhren, sah ich, dass Albert nicht allein war. Der Messermann saß auf dem Beifahrersitz.

Ich wartete, bis die Lichter an mir vorbeigeglitten waren, bis sie den Kreisverkehr erreichten, dann rief ich Fin wieder an.

»Ich verstecke mich auf der Damentoilette«, flüsterte er. »Wo bist du?«

Ich rannte ins Flughafengebäude.

Der Sicherheitsbeamte warf einen raschen Blick auf meinen Ausweis und winkte mich durch. Mit dramatischer Geschwindigkeit stürmte ich in eine kleine graue Abflughalle voller schläfriger Passagiere. Ich fand Fin zwischen zwei Getränkeautomaten, er sah nervös aus. »Sind sie weg?«

»Sie denken, wir sind im Gepäckraum von einem Bus. Sie verfolgen ihn zurück nach Inverness.«

In dem Moment rief ein Mann in Warnweste am Schalter den Flug über Lautsprecher auf. Der Raum war nicht groß genug, um einen Lautsprecher zu rechtfertigen, er hätte es auch einfach sagen können.

Wir stellten uns in die Schlange, zeigten unsere Tickets vor und wurden zu einer Propellermaschine auf dem Rollfeld dirigiert, einer kleinen Schüssel mit nur drei Sitzen pro Reihe.

Wir saßen nebeneinander. Ich zitterte, mir war schlecht, und ich fühlte mich so aufgedreht, ich hätte alle Sitze aus ihren Halterungen reißen können, ohne ins Schwitzen zu kommen. Es war unglaublich schwer, still zu sitzen.

Fin nahm sein Handy und checkte seinen Twitter-Account. Pretchas Foto hatte nun an die siebzigtausend Likes, aber niemand sprach mehr über mich.

Ich nahm mein eigenes Handy, hielt es vorsichtig von Fin weg und suchte nach #JusticeForBukaran. Ich war überrascht und unheimlich gerührt. Es gab Drohungen und Beleidigungen, aber andere Leute widersprachen und schrieben nette Dinge über mich, dass ich Mut hätte, dass ich jung war, dass man Lügen über mich verbreitet hätte. Tatsächlich waren manche schon zu gefällig und sprachen über mich, als wäre ich eine heilige Märtyrerin. Die Leute erwähnten unverhohlen Gretchen Teigler, schrieben abfällig über sie, verlinkten immer wieder Artikel über eine Polizistin namens Patricia Hummingsworth. Patricia war vor sechs Jahren eingesperrt worden, weil sie sich von Gretchens PA Dauphine Loire hatte bestechen lassen. Loire hatte das Urteil angefochten und war freigesprochen worden. Ich schloss den Artikel und schaltete mein Handy aus.

Ich warf einen Blick auf das von Fin. Er sah sich nicht bloß die Kommentare unter Pretchas Bild an, es gab einen neuen Tweet von Fin, vor fünfzehn Minuten hochgeladen. Es war eine Audiodatei. Die Likes und Retweets darunter stiegen in die Tausende, während wir zusahen. Er lächelte schrecklich zufrieden. »Ich hab das in der Abflughalle aufgenommen, bevor dieser Mann aufgetaucht ist.«

»Ist es ein Song?«

»Nein.« Er schaltete sein Handy auf Flugmodus. »Das ist ein grober Podcast über Leon Parker. Acht Minuten vielleicht. Nicht sehr viel mehr. Nichts Dolles, nur eine Stimmaufnahme über Skibo und ein paar Screenshots, aber es läuft schon richtig gut.« Er zeigte mir den Tweet. Er hatte bereits siebentausend Likes, und es ging immer weiter.

Die Stewardess stand vor uns, lächelte und sah auf Fins Handy. »Haben Sie es ausgeschaltet, Sir?«

Er drückte auf den Knopf, und das Display wurde schwarz. »Aus«, sagte er und lächelte zurück.

»Vielen Dank.« Sie ging wieder in den vorderen Teil des Flugzeugs, setzte sich mit dem Gesicht zu uns auf einen Klappsitz und schnallte sich an.

»Fin? Was hast du getan?«

Er zuckte unschuldig die Achseln. »Ich habe nur gesagt, dass Leon sich nicht umgebracht hat. Dass noch jemand an Bord war und das Foto gemacht hat …« Er wurde leiser und verstummte, als er meinen Gesichtsausdruck sah.

»Fin, wenn noch jemand auf dem Schiff war, hat diese Person *drei* Menschen getötet. Du hast gerade verbreitet, dass wir es wissen.«

Die Propeller gingen an, und das Flugzeug rollte auf die Startbahn. Der Lärm war ohrenbetäubend.

»ICH DACHTE, DAS WÜRDE SPASS MACHEN.«

»DACHTEST DU DAS?!«

»EIN BISSCHEN SPASS …«

Die Flugzeugnase zog scharf hoch, der Lärm der Propeller steigerte sich zu einem Kreischen, und ich schrie so laut ich konnte:

»DU BIST EIN HIRNLOSER IDIOT!«

30

Mein Herz raste immer noch, als wir landeten, es war eine berauschende Mischung aus Empörung und Erschöpfung.

Gatwick war öde und unermesslich weitläufig. Wir trotteten nichtssagende Korridore entlang, trostlose Rolltreppen hinauf, durch weiße Türen. Ich war ständig alarmiert, bei jedem Mann in dunkler Kleidung, jeder schummrigen Ecke, jedem neuen Rucken der Gepäckbänder.

Wir gingen durch die Ankunftshalle und landeten in einer Reihe Cafés und Läden. Fin führte uns in ein seitlich offenes Starbucks. Er stellte sich ans Ende einer unfassbar langsam vorankommenden Schlange, um zu bestellen, und ließ mich inzwischen seinen Podcast hören.

Er war scheiße.

Die Tonqualität war furchtbar, im Hintergrund surrte die Klimaanlage, man konnte hören, wie sich Leute Getränkedosen aus den Automaten holten und wie die Toilettentüren zuschlugen. Er dauerte acht Minuten. Seine Stimme klang sanft und plauderig. Er sagte, er mache gerade eine »harte Zeit« durch und befände sich auf einer Abenteuerreise mit »einer Freundin«, Anna McDonald, was klang, als wäre ich seine feste Freundin, zu der er sich aber nicht bekennen wollte. Er erzählte kurz die Geschichte, und dann sagte er, wir würden den Untergang der *Dana* untersuchen, angestoßen von dem Podcast *Der Tod und die Dana*, wobei wir nicht glaubten, dass Leon sich oder seine Kinder umgebracht hätte. Er brachte sein Argument mit dem Foto – wer hat es gemacht? Wir glaubten, es müsse an jenem Abend eine vierte Person auf dem Schiff gegeben haben, und gedachten herauszufinden, um wen es sich dabei handelte, um eines der »kleinen Geheimnisse des Lebens« zu lüften.

Er beschloss das Ganze mit: *»Also dann, bis zum nächsten Mal, liebe Mystery-Fans.«*

Er kam mit zwei Bechern Kaffee und einem Muffin zurück. Ich nahm die Ohrstöpsel raus und ließ sie auf den Tisch fallen. Er setzte sich, riss den Muffin in zwei Hälften und aß einen Bissen. Er nickte in Richtung seines Handys.

»Was hältst du davon?«

»Die ›kleinen Geheimnisse des Lebens‹? Das ist ein verschissener dreifacher Mord.«

Mittlerweile hatte der Tweet dreißigtausend Likes, und die Zahl stieg lächerlich schnell weiter an.

Er nahm noch einen Bissen von seinem Muffin. »Trina Keany sagt, sie will sich heute Morgen mit uns treffen …«

»Halt. Einfach. Die. Fresse.«

Er aß den ganzen Muffin allein. Ich wollte nichts davon. Er war ohnehin vegan und schmeckte nach Verzweiflung. Ich nippte meinen Kaffee. Mein Kopf tat weh. Ich wusste nicht recht, sollte ich ihm eine runterhauen oder einfach aufstehen und gehen.

Jenseits des offenen Starbucks wogten Passagierherden vorüber. Familien kamen mit riesigen Rollkoffern von der Gepäckausgabe, unleidlich und müde von Fernstreckenflügen. Geschäftsleute huschten mit ihren Aktentaschen vorbei.

Ich dachte zum Trost an meine Mädchen. Meine Mädchen im Urlaub. Wie sie aufwachten, aus Betten torkelten, die ich nie gesehen hatte. Sich flüsternd darüber unterhielten, was wohl mit Dad los war. In Sorge um mich. Wie sie sich verschworen und heimlich vor dem Frühstück den Fernseher anmachten, als wäre es ein Samstag. Meine Mädchen …

»Ich finde, du bist eine unglaublich wütende Person, Anna.«

»Halt dein verschissenes anorektisches Maul, Findley.«

»Oh. Ich nehm alles zurück.«

Ich schlug nach seinem Handy. »Was soll das, dich so zur Schau zu stellen?«

»Ich mache eine kleine Unterhaltungsnummer für Leute. Eine Ablenkung von der Misere der Existenz.«

»Über meinen toten Freund?« Das war nicht mein wirklicher Einwand, aber ich war stinksauer und wollte diesen Streit unbedingt gewinnen.

Es ließ ihn für einen Moment verstummen, bevor er parierte: »Du hast doch damit angefangen. Du hast mich dazu gebracht, mir die Geschichte von seinem Tod anzuhören.«

Jetzt hatte er mich.

»Hör zu«, sagte er. »Ich bin nicht boshaft. Ich versuche nur, ein bisschen Freude in die Welt zu bringen. Auf Twitter behaupten Leute, dass ich sterbe – was bedeutet das für andere Leute mit Anorexie? Ich sterbe nicht. Ich lebe und interessiere mich für die Welt. Das ist wichtig, weil Leute mir zusehen. Ich muss mit einer sehr schwierigen Situation klarkommen. Bald wird sich überall herumsprechen, dass mich meine Frau verlassen hat, dass sie mit einem reichen alten Anwalt ein Kind bekommt. Das ist erniedrigend, aber *ich* werde damit fertig. Ich will, dass man sich noch etwas anderes über mich erzählen kann, und sei es nur, dass ich deinen alten Boss angefahren habe, und übrigens weiß ich immer noch nicht, worum es da ging …«

»Was?«

»Warum ich zwei Männer umfahren musste, um dich …«

»Nein, weiter davor.«

»Meine Frau hat mich verlassen?« Ich sah, wie ihm langsam klar wurde, dass ich es nicht wusste. »Ein Kind …« Er verstummte.

Meine Hand ruhte noch auf seinem Telefon. Er beugte sich vor und legte seine knochige Hand auf meine. »Sie haben es dir nicht gesagt. Ach, Anna.«

Ein Kind. Nein. Sie hatten es mir nicht gesagt.

Wir saßen eine ganze Weile da.

Fin trank seinen Kaffee aus. Meiner wurde kalt. Mir wurde kalt.

Nach vielleicht zehn Minuten brachte er mich dazu, aufzustehen und zu laufen, und dann nahmen wir einen Aufzug nach unten. Er kaufte Tickets, und wir setzten uns in einen Zug. Der Zug fuhr los.

Der Wagen war nicht sehr voll, aber jemand erkannte Fin – ich sah, wie sie zusammenfuhr und dann wegsah. Sie versuchte ein Foto von ihm mit dem Handy zu machen, grinste höhnisch, als sie es zum Fotografieren hochhielt und tat, als würde sie etwas lesen. Es war so offensichtlich, und sie war so selbstgefällig und mies dabei, dass ich mich noch schlechter fühlte.

Als sie ausstieg, flüsterte ich: »Könnte das Kind nicht von dir sein?«

Fin antwortete sehr lange nicht. Sein Atem war unregelmäßig. Ich hatte das Gefühl, dass er sich gerade noch so zusammenriss, und wollte ihn nicht drängen. Wir hielten an zwei weiteren Bahnhöfen, bevor er antwortete. »Du verstehst es nicht.«

Vielleicht schon, aber ich merkte, dass es zumindest nicht willentlich war. Verringerte das Hungern die Spermienzahl oder machte es ihn impotent? Es gab keine Möglichkeit, danach zu fragen, ohne ihn zu verletzen.

Ein Kind.

Sie würden zusammenbleiben. Sie würden eine neue Familie gründen. Estelle war toll, Hamish war ein Glückspilz, die Mädchen würden von einem Baby hingerissen sein, aber Fin und ich, wir waren am Ende. Wir waren Statisten in unserem eigenen Leben, Randerscheinungen für die Menschen, die wir am meisten liebten. Ich fühlte mich, als würde ich vom

Rand der Welt abrutschen. Ich fing an zu weinen. Fin nahm meine Hand und hielt sie fest, bis ich aufhörte.

Dann hielten wir Händchen in diesem klapprigen Zug, der in ein graues November-London rollte. Es war nicht romantisch. Es hatte nichts Sexuelles. Wir hielten uns an den Händen wie Hänsel und Gretel in ihrer ersten Nacht im Wald. Wir waren beide traurig, und ich glaube, wir waren beide dankbar, dass noch jemand da war, jemand Freundliches.

31

Ich hatte eigentlich nicht vor, Trina Keany zu treffen. Ich wollte bloß nicht allein sein. Aber irgendwie entwickelte ich aufgrund ihrer Abwehrhaltung uns gegenüber eine brennende Loyalität zu Fin und unserem albernen Projekt. Oder vielleicht spielte ich auch nur eine Rolle und steigerte mich arg hinein.

Der Punkt ist, anfangs war ich noch ambivalent. Am Ende wäre ich für unser Recht, sein nächstes Geschwafel zu bringen, durch die Wand gerannt. Deshalb ging ich hinterher ins Reisebüro und buchte zwei Flüge nach La Rochelle.

Wir gingen eine belebte Straße abseits des Oxford Circus entlang, als wir Trina draußen vor einem Café sitzen sahen. Sie war allein an einem kleinen Metalltisch, las etwas auf ihrem Handy. Es war eng und laut, und der Gehsteig war gespickt mit Mülltonnen und Aufstelltafeln. Es war keine Straße, auf der jemand freiwillig draußen saß, und doch stand auf dem Tisch kein Aschenbecher, und sie rauchte nicht.

Trina war jung und schlank mit schokoladenfarbener Haut und vielen Sommersprossen. Ihr Haar war schwarz, sie trug es in trockenen Twistouts, die an den Enden ausfransten. Ein blaues Umhängeband hing unter der grauen Anzugjacke um ihren Hals. Schon aus der Ferne wirkte sie unruhig.

Sie hob den Blick, sah, dass wir auf sie zukamen, und ihre Augen leuchteten beim Anblick von Fin für eine Sekunde auf. Sie hatte ihn offensichtlich erkannt, aber dann verschloss sie ihr Gesicht, presste die Lippen aufeinander und fuhr ihre Schutzschilde hoch. Ich glaubte nicht, dass das Treffen gut verlaufen würde. Das war verständlich. Fin hatte einen Podcast veröffentlicht, der ihrem widersprach, und er hatte es getan, ohne sie vorher zu kontaktieren. Kurz drängte sich mir der Gedanke auf, Fin könnte geldgierig sein, trotz seiner Förmlichkeit und dem altmodischen Charme.

Wir stellten uns alle vor, schüttelten Hände, zogen Stühle zurecht. Ihr Umhängeband war vom BBC-Gebäude um die Ecke.

Fin entschuldigte sich für die negativen Reaktionen, die sie durch seine Podcast-Erwiderung erhalten hatte. Sie schüttelte den Kopf und kaute auf der Innenseite ihrer Wange.

»Egal«, sagte sie und meinte es eindeutig nicht. »Die Leute laden uns runter, schon um herauszufinden, was genau Sie widerlegen wollen. Sie haben uns in den Charts weiter raufgebracht.«

Der vertraute Klang ihrer Stimme, ihre Betonung, ich war wieder in der Küche, bevor alle anderen aufstanden, im Bad, während Hamish an die Tür trommelte, auf der verzweifelten Fahrt am Loch Lomond entlang. Ich musste die ganze Zeit auf ihre Lippen starren und wünschte, sie würde weitersprechen.

Fin sagte: »Sie arbeiten also für die BBC?«

Sie nickte. »Verwaltung. Ich mache keine Sendungen.«

»Aber das würden Sie gern?«

Sie blickte ihn finster an. »Passen Sie auf, lassen wir die Förmlichkeiten. Sie können dem Miststück sagen, dass ich ihn nicht löschen werde.«

»Was?«

»Ich bin ehrlich gesagt überrascht, dass Sie es sind, ich mochte Ihre Musik nämlich immer gern.«

In dem Moment kam die Bedienung und unterbrach uns. Wir bestellten Tee. Trina wartete missmutig, warf böse Blicke auf den Tisch und auf mich. Sie war sehr wütend und direkt. Ich will nicht lügen: Ich mochte sie sehr. Die Bedienung ging wieder rein, und sie sagte: »Bezahlt sie Sie? Oder sind Sie Promifreunde? Läuft das so?«

»Von wem reden Sie?«, fragte Fin. »Gretchen Teigler?«

»Nicht von der«, sagte Trina. »*Sie* hat sie doch dazu gebracht, oder?«

Das laute Dröhnen eines Müllwagens hallte von den Fenstern der Gebäude um uns wider.

»Entschuldigung«, rief Fin über den Lärm hinweg. »Von wem reden wir?«

Trina schnalzte mit der Zunge und verzog spöttisch das Gesicht. »Na dann.«

Der Tee wurde auf einem Tablett gebracht, und wir saßen alle stumm da und sahen der Bedienung zu, wie sie es abstellte, Milch auf dem Tisch aus gebürstetem Metall verschüttete, sie aufwischte, das Geld entgegennahm, nach Wechselgeld suchte. Die ganze Zeit war Trina Keany nervös, wippte mit dem Bein unterm Tisch, ihre Blicke schossen umher, während sie sich im Geiste für den nächsten Teil der Auseinandersetzung wappnete.

Die Bedienung ging, und Fin versuchte es erneut. »Trina, Entschuldigung, was glauben Sie, geht hier vor?«

»Ha!«

»Warum haben Sie zugestimmt, sich mit uns zu treffen?«

Sie dachte einen Moment nach. »Warum wollten Sie mich treffen?«

Ich erklärte ihr, dass wir mit ihr über einige Dinge in dem Fall reden wollten, dass wir offene Fragen hatten, aber sie zog die ganze Zeit Grimassen, die rein gar nichts mit dem zu tun hatten, was ich sagte, und irgendwann gab ich es auf.

Fin übernahm wieder. »Zum Beispiel: Was geschah mit der Halskette?«

Ihre Augen verengten sich. »Das wissen Sie doch verdammt genau.«

»NEIN, TUN WIR NICHT.« Ich brüllte schon vor Verzweiflung, aber auf der Straße war es so laut, dass ich wohl nicht besonders wütend klang, nur sehr deutlich.

»Gretchen Teigler erhielt die Kette PER POST.«

Wir schrien jetzt beide, und zwar nicht, um Klarheit zu schaffen.

Wir alle waren tief in das Gespräch verstrickt, aber Fin hatte sich woanders verhakt. »Gretchen Teigler? Dann geht es *doch* um sie?«

Trina wandte sich ihm zu. »ALS OB SIE DAS NICHT WÜSSTEN.«

Er hob die Hände. »Okay. Wir beruhigen uns jetzt erst mal alle.«

»Also«, sagte ich, »Sie denken, Teigler hätte uns geschickt?«

Trina lehnte sich zurück. »Behaupten Sie etwa das Gegenteil?«

»Trina, sehen Sie her.« Ich hob mein Pony und zeigte ihr meine Augenbraue. Zunächst war sie verwirrt, aber dann sah sie genauer hin und betrachtete die Narbe.

Wir sahen uns direkt in die Augen.

Sie wandte den Blick ab und fluchte stumm. Langsam drehte sie sich wieder zu mir und sagte leise: »Ich würde gern mit Ihnen darüber reden.«

Ich murmelte: »Ich rede nicht darüber.«

»Alle dachten, Sie wären tot. Wo waren Sie die ganze Zeit?«

»Versteckt.«

»Die andere Frau – war sie bei Ihnen?«

Ich schüttelte den Kopf. »Ich habe sie nie kennengelernt.«

Sie zischte leise: *»Das ist auch wieder Teigler.«*

»Ich weiß«, sagte ich. »Ich konnte nicht glauben, was ich Sie in dem Podcast sagen hörte. Ich konnte nicht glauben, dass Sie den Mut hatten, sie herauszufordern.«

»Ich wusste gar nicht, dass ich sie herausfordere. Ich hatte vorher noch nie von ihr gehört.«

Vielleicht würde ich nie wieder Gelegenheit bekommen, mit ihr zu reden, also platzte ich damit heraus: »Trina, niemand sagt die Wahrheit über sie. Niemand stellt sich ihr entgegen. Ich kann Ihnen gar nicht sagen, wie viel mir das gestern bedeutet hat.«

Sie wurde misstrauisch. »Und weiter?«

»Danke. Außerdem haben Sie eine wunderbare Stimme. Schöner Klang.«

Sie nickte in Richtung Gehsteig. »Tja. Das ist nett, nur wusste ich nicht, dass ich das nicht hätte sagen dürfen. Aber danke.«

Fin konnte dem Gespräch nicht folgen, und er musste sich anstrengen, um uns über den Verkehrslärm zu hören. Er schlug vor, einen Spaziergang zu machen. Trina willigte ein, sie hatte noch vierzig Minuten Mittagspause. Wir gingen nach Osten in eine ruhigere Straße und liefen weiter.

Fin sagte zu Trina: »Wir interessieren uns für die Geschichte, weil meine Freundin Anna Ihren Podcast gehört hat und jemanden kennt, von dem darin die Rede ist.«

»Ihre Freundin *Anna* kennt jemanden?« Sie lächelte uns an. Ich schüttelte leicht den Kopf, und ihr wurde klar, dass Fin keinen Scherz machte, sondern einfach nicht Bescheid wusste.

»Anna war mit Leon befreundet.«

Ich nickte. »Ich habe Leon vor neun Jahren kennengelernt, bevor er Gretchen heiratete. Er war damals mit einer Niederländerin zusammen. Ich arbeitete in einem Hotel, in dem die beiden Gäste waren. Ich glaube nicht, dass er es war. Ich bin mir sicher, dass er sich nicht umgebracht hat.«

»Vor *neun* Jahren glaubten Sie, er würde sich nicht umbringen? Das nenne ich optimistisch. So was ist ein Impuls und kein fester Charakterzug.«

Mit einem Mal wusste ich, dass sie recht hatte. Es war ein vorübergehender Impuls. Es lag an den Umständen. Ich hatte nie zuvor so darüber gedacht. Ich war so erleichtert angesichts dieser Möglichkeit: Ich hatte mein Schicksal nicht geerbt. Ich musste es nicht an meine Mädchen weitergeben. Nichts davon war zwingend.

Trina flüsterte: »Sie denken, ich hab mich vertan?«

»Ich denke, dass Leon mal nah dran war, es aber nicht getan hat. Er war schon in schlimmeren Situationen und tat es nicht. Ich glaube, an dem Abend war noch jemand anders auf der *Dana.*«

»Nein, ich meinte, habe ich mich vertan, indem ich zu einem Schluss gekommen bin? Normalerweise enden True-Crime-Podcasts mit ›Wir werden es nie erfahren‹. So eine Drückebergernummer, fand ich immer. Deshalb habe ich mich festgelegt und gesagt, dass er es war. Ich bin jetzt noch überzeugter als vorher, dass sie etwas vertuscht hat.«

»Hatten Sie keine Angst vor ihrer Reaktion?«

Sie seufzte. »Ehrlich, ich wusste gar nichts über Gretchen Teigler. Ich wusste natürlich, dass sie reich ist und einen merkwürdigen Hintergrund hat, aber woher sollte ich denn wissen, dass sie so ist? Ich hab sie in dem Podcast ja nicht mal bezichtigt. Ich habe nur gesagt, dass ihr Einfluss sich auf das Vorgehen der Polizei ausgewirkt haben könnte. Das ist doch nicht wahnsinnig brisant. Aber jetzt hab ich eine Scheißangst vor ihr.«

»Ich bin es leid, Angst vor ihr zu haben.«

Wir befanden uns in einer breiten Straße mit vielen Bodenschwellen, Bäumen und einer leiseren Geräuschkulisse. Vor uns blieb Fin stehen, wandte sich zu einem offenen Tor und winkte uns zu sich. Wir folgten ihm in den Vorhof des British Museum.

Die Treppe hoch und durch die Tür, am Schalter blieben wir stehen, und der Sicherheitsbeamte überprüfte unsere Taschen. Wir gingen durch einen Metalldetektor und traten in das seltsame graue Zwielicht des glasüberdachten Innenhofs. Von da schlenderten wir nach Westen und setzten uns auf eine Bank, Fin und ich außen, Trina Keany in der Mitte.

Wir sahen auf die Rückseite des Steins von Rosette, der aufrecht in einem Glaskasten stand. Die Touristen waren auf der anderen Seite versammelt, schauten in unsere Richtung, aber sahen uns nicht.

»Es ist Teigler«, sagte sie zu Fin. »Sie hat mich wegen des Podcasts kontaktiert.«

»Gretchen Teigler hat Sie bedroht?«

»Nicht so direkt. Sie schickte jemanden. Man wies mich an, den Podcast zu löschen. ›Eine Zumutung für die Familie‹, sagte sie. ›Sittenwidrige Missachtung ihrer Gefühle‹. Der ganze Sermon. Sie hat das Café ausgesucht, wo wir eben waren, weil es da so laut ist.«

»Damit Sie das Gespräch nicht aufnehmen können?«

»Ganz genau.«

»Und Sie haben es ausgesucht, damit wir Sie nicht heimlich aufnehmen können?«

Sie hob entschuldigend die Achseln. »Ich wusste nicht, wer Sie sind oder für wen Sie arbeiten. Sie kam sehr bedrohlich rüber. Sie bot mir Geld an, wenn ich den Podcast aus dem Netz nehme. Ich hab abgelehnt, da hat sie gedroht, für meinen Rauswurf aus dem Podspace zu sorgen. Sie wandte sich an den Betreiber, der sagte, sie sollte sich verpissen, und dann versuchte sie, ihm für vierzigtausend den ganzen Podhosting-Dienst abzukaufen. Gottseidank kommt er aus einer reichen Familie und brauchte das Geld nicht. Ich wäre eingeknickt. Jedenfalls ist der Podcast heute in den Downloadcharts auf Platz 3, weil Sie gesagt haben, er sei ein Haufen Scheiße. Je bekannter er ist, desto sicherer fühle ich mich.«

»Ich habe nicht gesagt, er sei ein Haufen Scheiße.«

»Auf eine Art schon.«

»Wir lieben ihn. Wir widersprechen nur Ihrer Schlussfolgerung. Vierzigtausend kommt mir nicht sehr viel vor.«

»Im Ernst? Ich finde das viel. Mit Podcasts verdient man kein Geld.«

»Aber Sie werden doch gesponsert.«

»Das deckt kaum die Studiokosten. Wir kriegen kein Geld. Patreon ist nichts als gewaltige Zeitverschwendung, solange man keine bekannte Marke ist.«

»Sie machen das umsonst?«

»Ja. Das stört mich nicht, ich liebe es. Ich muss kein Komitee aus gelangweilten Geschäftsführern überzeugen, während mein Enthusiasmus sich abnutzt. Ich kann einfach was machen und veröffentlichen, und die Leute hören es sich an oder auch nicht. Das wird sich ändern, aber so ist es im Moment.«

»Das liebe ich.« Fin nickte und lächelte warm. »Genau wie die Anfangstage von Rock'n'Roll.«

»Irgendwer wird herausfinden, wie man die Leute zum Zahlen bringt, und dann wird es sich professionalisieren, aber so weit sind wir noch nicht, und wir sind auch sehr anfällig. Wir haben keine richtigen Redaktionen oder Unternehmensstrukturen, die gegenchecken, was wir sagen, oder uns warnen. Teigler ist eine bösartige Irre, aber woher zur Hölle soll ich denn wissen, dass man das nie öffentlich sagen darf? Man versucht ja, niemanden zu beleidigen oder zu verleumden, aber bei diesen gefährlichen reichen Scheißern darf man nicht aus Versehen was falsch machen und sich dann einfach entschuldigen. So läuft das nicht.«

Unvermittelt hielt sie inne und erstarrte beim Anblick einer Frau, die in einen nahegelegenen Gang einbog. Einen Moment lang beobachtete Trina sie, dann entspannte sie sich. »Sie war's nicht.«

»Sah sie aus wie die Frau, die sich mit Ihnen getroffen hat?«

»Ja. Schlank, blond, gepflegt, man kann sie nicht wirklich

beschreiben, einfach nur glatt, mit eisigem Gehabe. Ich fand sie gruselig.«

»Was haben Sie über Violettas Halskette gesagt?«

»Ich hörte erst davon, als ich den Podcast schon fertig hatte. Ich wollte es später noch hinzufügen, aber man kann an diesen Dingern auch ewig nachbessern. Gretchen Teigler hat die Kette eine Woche nach dem Untergang der *Dana* erhalten. Sie kam mit der normalen Post, in einem wattierten Umschlag, und sie warf ihn weg, bevor ihr klar wurde, dass er wichtig sein könnte.«

»Das ist gelogen.«

»Ja, aber das hat sie der Polizei erzählt. Gretchen war in Paris, als die *Dana* sank, falls es Sie interessiert.«

»Wissen Sie etwas über Leons finanzielle Situation?«, fragte Fin.

»Ja, Leon war bankrott. Er hat die *Dana* für kleines Geld gekauft, um sie in England weiterzuverkaufen. Er hatte schon einen Käufer. Er wollte sie nur von Korfu dorthin bringen. Aber er war komplett pleite.«

»Nein«, sagte ich, »er hatte doch ein Haus, das Millionen wert ist.«

»Hypothekenbelastet bis zum Anschlag«, sagte Trina. »Er versuchte es zu verkaufen. Menschen verzweifeln. Sie sollten eigentlich nach Amila fragen. Ich habe ein Foto …«

Sie fand es auf ihrem Handy. Es war ein Ausschnitt aus einem Magazinartikel, das Bild einer schlanken, dunkelhaarigen Frau in makelloser Köchinnenkluft. Sie stand vor dem Fenster eines altmodischen *bouchon*, golden geschwungene Buchstaben verliefen über die Glasscheibe hinter ihr. Über ihrem Unterarm hing der Griff eines breiten, flachen Weidekorbs, der leicht nach vorn gekippt war, um dem Betrachter stolz das Brot zu zeigen. Das Brot war der Hauptgegenstand des Interesses sowohl für den Fotografen als auch für die Frau. Sie lächelte friedlich auf den Brotkorb hinab. Die Bildzeile auf Französisch lautete: »La Dame du Pain.«

»Ist sie das?«

»Ja. Irgendwas ist mit Amila geschehen. Ich weiß nicht, was. Sie geht nicht in Berufung. Keine Ahnung, ob man sie unter Druck setzt oder erpresst oder ob sie einfach nur einen schlechten Rechtsbeistand hat.«

Ich ging auf die Toilette, und Trina folgte mir. Ich wusste, dass sie reden wollte. Sie wartete, bis wir uns beide die Hände wuschen, und fing meinen Blick im Spiegel ein.

»Fin Cohen weiß nicht, was Sie tun, oder?«

Er wusste es nicht, und ich fühlte mich mies deswegen.

Sie schüttelte sich die Hände trocken. »Sie wissen, was mit der anderen Frau passiert ist, die sich zu Ihrem Fall gemeldet hat?«

»Ja. Deshalb bin ich ja weggeblieben.«

»Tja, das war falsch. Die mussten die Leiche anhand ihres Zahnschemas identifizieren. Sie hätte sich nie verstecken dürfen. Diese Typen waren doch die Einzigen, die ernsthaft nach ihr suchten. Ich an ihrer Stelle hätte mich möglichst direkt neben die scheiß Queen gestellt und alles durch ein Megafon in die Welt gebrüllt.«

Wir gingen im Guten auseinander und nahmen uns vor, Kontakt zu halten. Trina umarmte mich und flüsterte mir zu, ich sei eine Heldin. Sie meinte es gut, aber Heldinnen sind gewöhnlich tot. Wir trennten uns auf der Straße und versprachen, uns zu melden.

Wir buchten Flüge für den nächsten Tag und dann suchten wir uns ein heruntergekommenes Hotel. Es roch nach Kohl. Zwei Zimmer waren bekloppt teuer, aber ich zahlte mit meinem Abfindungsgeld.

Ich schloss mein Handy ans Ladekabel, legte mich quer auf das Bett und schlief in Schuhen und Mantel ein.

Ich schlief wie eine Tote, so wie die andere Frau, und träumte davon, tief im Meer auseinanderzufallen, und es war mir alles egal.

32

Die Passkontrolle lag am dunklen Ende eines langen Korridors. Ich wollte, dass Fin möglichst weit von mir wegblieb. Ich benutzte Sophie Bukarans Pass, und falls man mich für tot erklärt hatte, würde man mich vielleicht abführen. Ich wollte ihn da nicht reinziehen.

Er wusste, dass etwas nicht stimmte, und wollte nicht, dass wir uns in verschiedene Schlangen stellten, also machte ich ein Spiel daraus, so wie ich Lizzie zum Brokkoliessen brachte, indem ich ihr sagte, es seien Bäume und sie sei eine Riesin. Wer zuerst drankommt, sagte ich. Nur zum Spaß. Fin lächelte und sagte ja, aber er wollte mir bloß einen Gefallen tun. Er verstand das Spiel nicht wirklich.

Das Absperrband zwischen uns, wartete er darauf, an der Reihe zu sein, stand auf einem Bein, kratzte sich am Arm, fummelte am Handy. Ich versuchte, ihn in seiner Unbekümmertheit nachzuahmen, aber bei mir geriet es steif und komisch. Ich hüpfte herum, kratzte mich, richtete mich auf, schluckte häufig.

Fin versuchte über die Absperrung hinweg Witze zu machen, aber ich ignorierte ihn. Er wirkte leicht gekränkt, dann wurde er nach vorn an sein Fenster gerufen.

»Erster!«, rief er mir zu.

Ich schüttelte den Kopf und wandte den Blick ab, als wäre er ein verrückter Fremder. Es war nur noch eine Person vor mir, ein weißer Backpacker mit blonden Dreadlocks und einem Patchworkhemd mit Ethnomuster. Er lehnte sich lässig auf den Schalter. Der Zollbeamte wies ihn an, zurückzutreten, es klang scharf und streng. Er sah sich den Pass des Hippies an, betrachtete den Hippie, betrachtete den Pass.

Der Backpacker machte einen Witz und lachte. Der Zollbeamte lachte nicht. Er starrte den Backpacker an, während er den Pass mit dem Chipkartenleser prüfte und ihn dann, mit den Augen rollend, auf die Theke knallte. Der Backpacker nahm ihn und eilte davon.

Ich war dran.

Verschwitzt und atemlos trat ich vor und reichte ihm Sophie Bukarans Pass. Er legte ihn auf den Scanner und sah mich an, sah auf das Foto. Sah mich an. Wartete. Ein Licht unter ihm veränderte sich, und er legte den Pass zurück auf die Theke. Ich wollte danach greifen, aber er zog ihn ein Stück zurück. Denken Sie dran, ihn nächstes Jahr zu verlängern, Madam.

Danke.

Auf der anderen Seite wartete Fin auf mich. »Okay?«

Ich nickte. Ich zitterte heftig.

Wir trieben durch den Duty-free-Bereich. Schokolade und Handtaschen. Helles, weißes Licht. Die Läden waren schön. Alle bewegten sich in einem geordneten Tanz, wichen einander mit perfekter Haltung aus.

Mein Pass war gültig. Noch für acht Monate. Ich konnte überallhin. Auf der ganzen Welt hörte ich Türen aufschwingen, Türen zu Stränden und Ländern und Städten. Athen, Paris, Jaipur, New York. New York! Mein Pass war gültig. Ich konnte überallhin.

Irgendwie landeten wir in einem Laden mit Armbanduhren. Eine junge Frau bat Fin um ein Selfie. Sie machte es und ging weiter, ohne sich zu bedanken oder zu verabschieden, aber Fin schien es nicht mal zu bemerken.

»Die Leute sind so taktlos.«

Er war sehr gelassen in dieser Frage. »Sie meinen es nicht so. Die vergessen, dass man ein Mensch ist. Das ist nun mal der Deal. Ich war so jung, als wir berühmt wurden, ich hätte mich nicht darauf eingelassen, wenn ich gewusst hätte, wie es sein würde, aber jetzt ist es eben so. Ich habe mein Gesicht für einen Hungerlohn verkauft.« Er zuckte die Achseln. »Jetzt verschenken Leute ihr Gesicht für gar nichts.«

Wir gingen weiter, schwelgten in der Luxusatmosphäre der Mall.

»Da gibt es vegane Schokolade«, sagte Fin verträumt und sah rüber zu einem großen, noblen Laden.

Ich folgte ihm in den lila und goldfarbenen Shop, wo man sich die Schokolade brockenweise aus einer großen Glasvitrine zusammenstellen konnte. Lächerlich, aber mein Unwille hielt nicht lange, wegen meines Passes. Ich hatte nie gewagt, vom Reisen auch nur zu träumen.

»Welche willst du?«

Ich deutete unbestimmt auf eine kleine Nussige und sah zu, wie er die Aufmerksamkeit des Verkäufers auf sich lenkte. Mein Gott. Ich hatte die Möglichkeit, wieder zu verschwinden. Was nicht hieß, dass ich das tun würde. Aber die Möglichkeit zu haben beschwingte mich, als hätte ich in einem Auto, in dem ich gerade ertrank, eine Luftblase gefunden.

Dann standen wir vor dem Laden, und Fin aß einen sehr großen Brocken Schokolade, den er eindeutig nicht wollte. Er war so groß wie eine Kinderfaust. Er biss ein Stückchen ab, leckte sich die Lippen, machte Mmmm, kaute und kaute und kaute.

Ich stopfte mir meine in den Mund und kaute ein bisschen und schluckte sie runter. Sie schmeckte fürchterlich, die Schokolade war irgendwie ölig, und dabei war meine noch nicht mal vegan.

»Gut, oder?« Er lächelte.

»Ich mache mir nichts aus Schokolade.«

Ich schwankte, ob ich ihm von dem Pass erzählen sollte, um ihn an meiner Freude teilhaben zu lassen, aber es war eine komplizierte Geschichte, und ich hatte mehr Übung darin, sie für mich zu behalten.

Fin steckte sich den Rest seiner Schokolade in den Mund, und ich sah plötzlich einen Mann im Gedränge, der uns mit seinem Handy filmte. Ich drehte mich weg und betrachtete das Spiegelbild des Mannes. Er grinste, während er filmte, weil er wusste, dass Fin ein berühmter Anorektiker war, der ein großes Stück Schokolade aß. Er schien das lustig zu finden. Ich sah Fin an. Ihm war bewusst, dass er gefilmt wurde, er wollte, dass die Leute es sahen. Er tat es für Menschen, die er nie kennenlernen würde. Menschen, denen es dann möglicherweise besser ging. Ich konnte in seinen Augen sehen, dass ihm das Essen Schmerzen bereitete, dass er sich unglaubliche Mühe geben musste, aber er tat es trotzdem. Es war eine tapfere Aufführung, und das Zusehen machte demütig.

»Fin, ich muss dir jetzt die Wahrheit sagen.«

»Hmmm.« Er tat immer noch so, als würde er die Schokolade genießen, aber seine Augen tränten schon fast.

Der Mann hörte auf zu filmen und ging weg.

»Ich heiße Sophie Bukaran – sagt dir das irgendwas?«

»Nein.«

»Ich wurde vor zehn Jahren von vier Fußballern in einem Hotel vergewaltigt. Der Fall schlug ziemliche Wellen. Sie wurden freigesprochen.«

Er wusste nicht, was er sagen sollte. Er sah auf meine Lippen, als erwartete er eine geschmacklose Pointe.

»Gretchen Teigler gehört dieser Fußballclub. Nach dem Prozess hat jemand versucht, mich in meinem Haus zu ermorden, und ich bin abgehauen. Alle glaubten, ich wäre ermordet worden. Mehrere Menschen sind bei verdächtigen Wohnungsbränden umgekommen. Sie alle waren Gretchen Teigler im Weg.«

Fin sah aus, als würde er sich gleich erbrechen, aber er schaffte es zu murmeln: »Sophie Bukaran …?«

»Dieses Foto von dir und mir vor meinem Haus, das beweist, dass ich noch am Leben bin. Sie können es sich nicht leisten, dass ich noch einmal aussage, nicht jetzt. Darum ging es in Skibo.«

Fin blinzelte heftig. »Sag mal, können wir uns irgendwo hinsetzen, und du erzählst es mir noch mal?«

»Ja.«

»Anna, ich muss mich übergeben.«

»Nein, musst du nicht. Wir gehen einfach ganz langsam, und ich reib dir den Rücken und erzähl dir die Geschichte.«

33

In Saint-Martin war es warm und hell.

Wir standen am Hafen, die Glieder noch steif vom Flug und der Taxifahrt. Eine Brise legte sich auf meine Wange, der schwache Geruch von Fisch und Seife verband sich in dem warmen, zärtlichen Wind. Ich fühlte mich ganz weit weg von allem.

Die Umgebung wirkte hyperreal, weil ich gleich zweimal hier war: an dem Ort, den ich mir beim Hören des Podcasts vorgestellt hatte, und an dem echten Ort. Ich bewegte mich zugleich im Historischen und im Imaginären und in der Wirklichkeit. All diese Saint-Martins schienen in meinem Kopf gleichzeitig zusammenzupassen und sich zu bekämpfen und miteinander zu verschmelzen. Hier sind die Gefangenen auf die Schiffe zur Teufelsinsel gebracht worden. Dort ist das Fünf-Sterne-Hotel Toraque. Durch diese Straße sind Violetta und Mark gegangen, um ihren Vater zu treffen. Leon ist mit seinen Kindern genau hier vorbeikommen, um Bier und Fanta trinken zu gehen.

Fin spürte es auch, aber nicht so heftig wie ich. Er hatte sich die Geschichte nicht so angehört, als sei er Teil davon, und für mich gab es noch eine Extraportion Staunen wegen des Passes und der Möglichkeiten, die sich mir nun boten. Ich war zum ersten Mal seit dem Tod meiner Mutter außerhalb von Großbritannien. Ich konnte überallhin. Alles fühlte sich neu und frisch an.

Fin sagte: »Magst du einen Kaffee?«

Ich hakte mich bei ihm unter. »Ich habe Hunger.«

Er sagte, er würde es wahrscheinlich schaffen, etwas zu essen.

Er aß inzwischen öfter. Es machte ihm keinen Spaß, aber er zwang sich. Zuzuschauen tat weh.

Wir fanden ein Café an dem belebten Hafenkai, setzten uns draußen hin, und ein Kellner gab uns große Speisekarten. Ich bestellte Croque Monsieur und fragte, ob es veganes Essen für meinen Freund gäbe. Der Kellner schüttelte spöttisch den Kopf und war seltsamerweise allgemein eher gereizt bei der Erwähnung von Veganismus. Er stieß mit dem Finger auf Fins Speisekarte. Sie können das nehmen, oder das oder das. Im Grunde Pommes frites und Salat. Fin sagte na gut. Der Kellner schnappte sich die Karten und stapfte davon, als hätten wir die Vertreibung seiner Mutter angeordnet.

»Bisschen genervt«, stellte ich fest.

»Ein Franzose, der veganen Käse probiert hat?«, mutmaßte Fin.

Wir sahen uns um. Alles war stylish, dezent und ein bisschen putzig. Wir sahen: Das Hotel am Hafen war ein umgebauter Speicher, ein gedrungenes dreistöckiges Gebäude mit einem Treppenturm und maurischen Fliesen um die Tür herum. Die Zimmer hatten große Fenster, und die Balkone blickten über den Hafen.

Der Hafen, den ich mir vorgestellt hatte, war völlig falsch. In meinem Kopf war der Hafen ganz gerade, aber dieser war ein tränenförmiger Meeresarm. In der Mitte lag eine kleine Insel, übersät mit schlichten Fischerhütten, Schuppen und Bootshäusern, die alle zu Restaurants und Ferienwohnungen umgebaut waren. Ein Fußweg aus Ziegeln führte dorthin und teilte den Hafen in zwei Hälften.

Nur kleine Schiffe konnten hier anlegen. Gerade herrschte Ebbe, und die Boote, die im Schlamm schaukelten, waren nur drei bis sechs Meter lang. Die *Dana* war fast zwanzig Meter lang gewesen, zu lang für den Hafen und zu breit für die enge Hafeneinfahrt.

Wir rauchten und spekulierten. Hatte die *Dana* da drüben anlegen können? Hatte sie dort hineingepasst? Ich hatte sie mir genau hier vorgestellt, direkt im Zentrum des Orts, neben den Cafés und Bars. Wir sahen uns nach dem Dachrestaurant um, von dem aus man sie hatte ablegen sehen, konnten es aber auch nicht finden.

Fin meinte, vielleicht hätten sie weiter weg angedockt und wären mit einem kleineren Boot gekommen?

Nein, erinnern wir uns: Der Landesteg war aus Metall, und Amila war laut scheppernd darübergelaufen, und alle hatten hingesehen. Die *Dana* musste hier irgendwo gelegen haben.

Fin nahm sein Handy und das Mikrofon heraus und sagte, er würde schnell ein Update aufnehmen, dass Trina Keany bedroht wurde und was mit Amilas Bäckerei war. Ich hatte mir durch den Kopf gehen lassen, was Trina über die andere Frau gesagt hatte.

»Ich denke, ich sollte mich outen«, sagte ich. »Einfach sagen, dass ich Sophie bin. Die Leute, die sich dafür interessieren, werden es sich zusammenreimen. Es könnte ungefährlicher sein, als sich zu verstecken.«

»Bist du dir sicher?«

»Ja«, sagte ich, obwohl ich es nicht war.

Fin steckte das Spezialmikrofon in sein Handy, und wir stellten uns vor. Ich sagte einfach, ich bin Sophie Bukaran, von Twitter weiß ich, dass einige von euch schon von mir gehört haben. Dann schüttelte Fin ein schnörkelloses zehnminütiges Update aus dem Ärmel. Es war durchaus beeindruckend, dabei zuzusehen. Er hörte es sich zweimal an.

Als das Essen kam, ließ er mich ein Foto von sich machen, wie er Pommes aß. Er postete es, ohne mich zu fragen. Ich hielt es für keine gute Idee, unseren Aufenthaltsort preiszugeben, aber er sagte, wir wären morgen ohnehin wieder weg.

»Die haben Flugzeuge und alles Mögliche, Fin. Sie haben überall ihre Leute.«

»Okay.«

Fin glaubte mir nicht recht, als ich ihm sagte, wir wären in Gefahr. Anscheinend dachte er, Skibo sei eine einmalige Sache gewesen.

Sofort gab es Reaktionen auf Twitter. Leute kommentierten das Foto und retweeteten es, brachten ihre Unterstützung für mich, für Fin, für Frauen, für alles Mögliche zum Ausdruck. Fin saß da und aß und sah zu, wie die Zahlen immer weiter in die Höhe stiegen.

»Scheiße. Die Leute haben raus, dass wir in Saint-Martin sind.«

»Wir sollten hier besser verschwinden.«

»Lass uns noch zwei Stunden bleiben. Es gibt Unmengen von Tweets über den Geist in dem Video. Warum glauben die Leute an so was?«

»Weil sie Idioten sind«, sagte ich.

»Ja.« Er klang nicht überzeugt. »Aber wir sollten es wohl erwähnen.«

»Wir sollten es widerlegen. Ich glaube, ich weiß ganz genau, was da passiert ist.«

»Wirklich?«

»Mark Parker wollte einen Streich –« Mein Handy klingelte in der Tasche.

Es war eine SMS von Jessica. Es ging ihr gut, sie hatte Spaß. Im Pool war ein Baum (mitgeteilt mit Emojis). Sie aßen (Pizza-Emoji). Estelle kotzte (trauriges Gesicht).

Ich schrieb zurück: *»Ich liebe euch!«* (Ich fügte ein Herzchen-Emoji hinzu, weil sie die so mochte.) *»Ich vermisse euch ganz schrecklich! Zeit zum Plaudern?«*

Sie antwortete nicht. Keine Ahnung, warum ich überhaupt gefragt hatte. Sie mag nicht einmal mit ihren Freundinnen telefonieren, aber ich wollte unbedingt ihre kleine Stimme hören und Lizzies Gekicher. Dann klingelte mein Telefon. Es war Jess, und ich ging ganz aufgeregt ran, hörte dann aber Hamish. Er klang sehr wütend. Ich wollte nicht mit Hamish reden.

»Was zum Teufel machst du in Frankreich?«

Woher wusste er das? Mir wurde klar, dass er Fin auf Twitter folgen musste oder, was wahrscheinlicher war, Estelle folgte ihm, hatte das Foto gesehen, wusste, dass wir zusammen unterwegs waren, und hatte Hamish gesagt, wo wir waren. Wenn Hamish das mit Sophie Bukaran herausfand, könnte er es vor Gericht gegen mich verwenden, um mir das Besuchsrecht zu verweigern.

»Geht es den Mädchen gut?«

»Anna, antworte mir. Bist du in Frankreich?«

»Irgendwie schon.« Ich weiß nicht, warum ich so ein schlechtes Gewissen hatte.

»Ich habe dir zwei Sachen zu sagen: Gib NICHT das ganze Geld aus.«

»Mach ich nicht.« Aber ich tat es.

»Es ist für die neue Wohnung. Wenn das Bargeld weg ist, komme ich sechs Monate lang an keins mehr ran, ohne mir eine Strafe einzuhandeln. Du warst doch immer so sparsam und vernünftig, was zur Hölle ist denn in dich gefahren?«

»Warum rufst du mich mit Jess' Handy an?«

Er hörte nicht zu. »Zweitens. Wie zur Hölle kommt es, dass *du* in Frankreich bist? Während der letzten drei Jahre hast du Glasgow nicht verlassen! Und wer ist Sophie Bukaran? Ist sie auch da?«

»Tja, du bist in scheiß Portugal, Hamish.«

Er fing wieder von dem Geld an und wurde laut. Ich schrie nicht zurück, ich verteidigte mich nicht und erhob auch keine Gegenvorwürfe. Ich fand, dass es nichts zu sagen gab, was uns weiterbringen würde. Ich hörte zu und stellte mir vor, dass Sophie, nicht Anna, dem Wutausbruch eines verrückten alten Fremden lauschte. Sophie hätte ihm wohl gesagt, er solle sich verpissen. Sie würde sich bestimmt nicht schämen und so einschüchtern lassen wie Anna.

»Hamish«, sagte ich mit meinem Londoner Akzent. »Ich weiß, dass sie schwanger ist.« Und dann legte ich auf.

Ich war nur noch müde. Mich nicht auf einen Schlagabtausch mit Hamish einzulassen fühlte sich wie ein Ende an. Das wirkliche Ende des Ganzen. Eine Tür, die sich sanft hinter einem unwürdigen Chaos schloss.

Jess' Handy rief mich wieder an, aber ich wusste, dass es Hamish war. Was für ein billiger Trick, ihr Telefon zu benutzen, damit ich dranging. Ich reagierte nicht. Ich hatte jetzt keine Zeit für sein Hirngeficke.

Fin arbeitete sich durch Pommes und Salat, beobachtete die Likes und Retweets, die sich häuften wie die verstreichenden Sekunden unseres Lebens.

»Hat dich Estelle angerufen?«

Er schüttelte den Kopf.

»Hast du sie angerufen?«

»Es gibt nichts zu sagen.«

Sie folgte ihm auf Twitter. Sie sprach mit Hamish über ihn. Sie hörte sich wahrscheinlich den Podcast an, aber ich glaube, Fin wusste das. Ich glaube sogar, dass sie sein Publikum war, wenn er Schokolade aß und Pommes. Vielleicht war er deshalb hier bei mir und machte das alles. Die ganze Vorstellung war auf sie ausgerichtet. Ich konnte ihn nicht dafür hassen. Ich bemitleidete ihn, denn zwischen Hamish und mir war es vorbei, aber zwischen ihnen wohl noch nicht.

Ich bezahlte, und er stand auf. »Komm, sehen wir nach, ob wir etwas entdecken.«

Wir schlenderten gemütlich aus dem Hafen, dabei hätten wir unbedingt rennen und immer weiter rennen sollen.

34

Die Straßen waren nur für Fußgänger und hatten Kopfsteinpflaster mit einer sandigen Staubschicht darauf wie das Überbleibsel eines heißen Sommers. Die Einheimischen waren für einen arktischen Winter gekleidet, mit Schals und dicken Pullovern und Handschuhen. Ich schwitzte. Wir gingen fast einen Kilometer zu Fuß bis zu der Bar, in der die Crew der *Dana* Fußball geschaut hatte. Fin war nicht überzeugt, dass man uns freundlich willkommen heißen würde, er scheute an der Tür, aber ich ging direkt hinein und bestellte ein kleines Bier.

Es war ein schmaler Raum mit einer gelben Resopaltheke. Ein Fernseher hing am hinteren Ende hoch oben an der Wand. Die Barkeeperin stellte mir das Bier hin und sah Fin vor der Tür herumlungern. Sie winkte ihm aufmunternd zu, doch hereinzukommen. Er sagte nein, nein, schon okay. Dann bot sie ihm als Anreiz eine Schale mit Erdnüssen an, als wäre er ein scheues Waldtier, und darüber mussten wir alle lachen.

»Du bist Fin Cohen. Ein Musiker?«

Er sagte ja. Sie sagte, sie sei mit dem Manager des Hotel Toraque befreundet. Sein Name sei Hector, und er habe ihr eine Nachricht geschrieben, dass Fin Cohen im Ort gesehen worden sei. Er sei ein wahnsinniger Fan. Sie verdrehte die Augen. Ein wahnsinniger Riesenfan.

Ich versuchte es mit ein paar Fragen, aber sie hatte wenig Lust, über die *Dana* zu reden. Sie sagte, sie arbeite hier ohnehin erst seit einem Jahr, komme aus Warschau und wisse nichts darüber. Die Crew sei wohl den ganzen Abend hier gewesen, so viel hätte sie gehört, und sonst nichts.

Es fühlte sich fast wie ein Triumph an, eine widerwillige Zeugin zum Reden gebracht zu haben. Ich gab ihr Trinkgeld, obwohl das in Frankreich nicht üblich ist, und sie nahm es, weil sie Polin und weit genug herumgekommen war, um zu wissen, dass ich nicht unhöflich sein wollte.

Wir gingen Mark Parkers Airbnb suchen.

Wir hatten es gebucht, während wir in Heathrow auf unseren Flug warteten. In der Anzeige stand, es sei »*situé au cœur de la cité*«. Auf den Fotos sah es trostlos aus. Es trumpfte mit »Bettenart: echtes Bett« auf, das aber eher nach einem Single-Futon aussah. Ein dekorativer Ventilator hing in einem merkwürdigen Winkel an der Wand, vermutlich, um einen feuchten Fleck zu verdecken. Keine Haustiere. Rauchen verboten. Keine Partys.

Wir fanden sehr schnell die richtige Straße. Sie war breit, am Rand standen Steinbänke im Schatten von Kiefern, die ihre Nadeln abwarfen. Das Haus befand sich in einer kleinen Seitengasse.

Es brauchte einen neuen Anstrich. Mehrere Schichten schwarzen Staubs hatten sich auf den weiß getünchten Außenmauern abgesetzt. Die Haustür war aus billigem Plastik mit Struktur, damit es aussah, als wäre sie aus Holz.

Ich klopfte, und wir lauschten. Ein Besenstiel knallte auf einen Steinboden. Nach einem Moment wurde die Tür von einem jungen, sehr großen, kahlen Mann geöffnet, und ich stellte mich als seine Mieterin für die Nacht vor.

»Kein Gepäck?«

»Nein.«

Er öffnete die Tür bis zur Wand. »Kommen Sie rein.«

Er führte uns einen dunklen Flur entlang, vorbei an einem Wischmopp, der in der Ecke stand, als hätte er eine Auszeit verordnet bekommen. Wir kamen an eine schmale Tür, und er öffnete sie, wandte sich uns zu und hob die Schultern.

»*Vous avez payé, mais* …« Er deutete auf meinen teuren Ledermantel und hob wieder die Schultern.

Der Raum roch schlecht und sah furchtbar aus. Das Fenster war dreckig, ein Sprung in der Ecke war mit vergilbendem Tesafilm zusammengeklebt. Der Steinfußboden war noch nass von dem Mopp. Es stank nach scharfem synthetischem Limonenreiniger.

Ich lächelte ihn zu seiner Überraschung an. »Ich bezahle für drei weitere Nächte, in bar, auf der Stelle, und dann verschwinde ich mit meinem Freund, und Sie werden uns nie wiedersehen.«

Er sah uns an. »Wofür?«

»Wir wollen Ihnen Fragen über Mark Parker stellen.«

»Warum?«

»Ich will etwas über sein Gepäck wissen.«

Wie gesagt, er war groß, etwa zwei Meter, und musste in dem niedrigen Korridor den Kopf einziehen. Er blickte bedauernd über unsere Köpfe hinweg. »Diese Insel ist so klein«, sagte er. »Es gibt viele Leute hier, die nicht über diese Dinge reden wollen. Es ist schwierig …«

Er wollte mehr Geld.

Ich sagte: »Okay, vergessen Sie's. Behalten Sie die Vorauszahlung für heute Nacht, und entschuldigen Sie die Störung.« Ich wandte mich zum Gehen.

»*Non!*«

Ich drehte mich wieder um.

»Kommen Sie.« Er winkte uns zu einer größeren Tür, die in eine Küche führte.

Das Haus war klein und eng. Um eine Küche anbauen zu können, war die Rückwand des Hauses durchbrochen und um einen kastenförmigen Glasbau erweitert worden. Auch dieser Raum roch komisch, auf dieselbe limonig komische Art. Ich hatte langsam den Eindruck, dass der Geruch von dem Mann kam.

Er setzte uns auf ein pink und grau meliertes Sofa, und ich zählte das Geld ab. Als er überzeugt war, den richtigen Betrag zu erhalten, nickte er und fing an zu erzählen:

Mark Parker hat das Zimmer erst eine Woche vor seiner Ankunft gebucht. Er hatte Glück, das Zimmer zu bekommen. Viele fanden, dass es kein gutes Zimmer war, aber es reicht für eine Nacht und ist günstig. Sehr günstig. Warum nicht? Leute ohne Geld können nicht hierherkommen, weil es jetzt ein reicher Ort ist. Billige Unterkünfte sind wichtig, oder?

Das sind sie, in der Tat. Konnte er sich an Marks Ankunft erinnern?

Natürlich. Er erinnerte sich sogar sehr detailliert, weil ihm hinterher klar wurde, dass diese Person gestorben war.

Folgendes war geschehen: Mark war ein bisschen zu spät, weil der Bus vom Flughafen Verspätung hatte. Im Laufe des Tages stellt sich heraus, dass es einen Unfall auf der Straßenbrücke gegeben hatte. Jedenfalls, jedenfalls, das ist nicht so wichtig.

Mark kommt also ein bisschen zu spät, aber das ist nicht schlimm. Es wird an die Tür geklopft, er öffnet die Tür, und da draußen steht Mark Parker. Mark zeigt ihm seine Buchung auf dem Handy, und es heißt: Oh, ein bisschen zu spät, egal, tut mir leid, okay. Komm rein.

Was hatte er an?

T-Shirt von *Das Omen*. Ja, sagte der Mann, er muss ein großer Horrorfan sein! Am nächsten Tag trägt er ein T-Shirt von *Drag Me to Hell*: sehr guter Film, oldschool Horror, Sam Raimi ist natürlich genial. *Alors*, Mark kommt rein.

Hatte er eine Tasche dabei?

Ja! Riesige Tasche! Ich zeige Zimmer und sage wow! So eine große Tasche! So ein kleines Zimmer. Aber die Tasche ist ganz flach.

War es ein Surfboard oder ein Bodyboard?

Dünner. Er drückte Zeigefinger und Daumen zusammen, um zu zeigen, dass es dünn wie Papier war. Aber, sagte er, am Ende dieser Tasche (hier machte er eine Geste, als ob er etwas umfasste und wog) gibt Beulen, wie T-Shirts und Kleidung. Ich muss die Tasche in das Zimmer reichen! Sehr schmale Tür.

Was, glauben Sie, war in der Tasche?

Hm. Bisschen steif, wie Plastik.

Ein laminiertes Poster?

Ein was? Was ist das?

»Laminiertes Poster« ist überraschend schwer mimisch darzustellen. Ich musste einen Brief von der Küchentheke zu Hilfe nehmen und sagte: »Papier mit Plastik darauf.«

»Ah, *feuilleté*?«

Ich wusste nicht, ob das stimmte. Steif. Nicht zum Knicken. Plastik?

Natürlich. Was war das da drin?

Haben Sie den Film von dem Wrack gesehen?

Natürlich, er nickte. Gesehen, obwohl ich bin kein Fan von Horror. Mark ist ein Fan, sehr viel, sehr groß. Ich mag lieber Sci-Fi.

Fin sagte, Sam Raimi sei mit der Tochter von Lorne Greene verheiratet, die, wie er sicher wusste, Commander Adama im original *Kampfstern Galactica* spielte. Der Mann war von diesem Prominenzfitzelchen entzückt.

Also, aber warum Sie fragen das? War Filmzeug drin?

Ich sagte, Mark hätte sich für Filme interessiert, er liebte Horror, und ich ginge davon aus, dass er *Der Fluch der Dana* gesehen hatte.

»Oh.« Er verdrehte die Augen. »Dieser Film ist scheiße.«

»Ja, ich habe ja auch den Tauchfilm gesehen und weiß, dass viele Leute glauben, das Gesicht des Jungen in der Kabine sei nachträglich in den Film montiert worden. Aber ich habe die Firnisfetzen vor ihm vorbeischweben sehen, von einer Seite zur anderen, also kann es das nicht sein. Ich frage mich, ob das Bild vielleicht ein Poster von dem Jungen aus dem Film war.«

»Nein«, sagte der Mann, »nicht möglich. Das Schiff war ein Monat im Meer, und ein Poster würde …« Er machte eine reibende Geste mit Daumen und Zeigefinger, als wollte er Geld zählen.

»Nicht ein laminiertes Poster«, sagte ich. »Wenn es gut laminiert war. Könnte es das gewesen sein, was Sie in seiner Tasche gefühlt haben? Mit den T-Shirts und den Shorts? Ein laminiertes Poster?«

Er dachte darüber nach. Er sah an die Decke. Er rieb Daumen und Zeigefinger, erinnerte sich daran, wie sich die Tasche angefühlt hatte. »Ah! Aber das ist absolut möglich!« Er sah zur Seite und stellte es sich vor. »Ja! *Feuilleté*. Das ist möglich!«

»Noch eine Sache«, sagte Fin. »Kurz nachdem die *Dana* gesunken war, gaben Sie ein Interview, in dem Sie sagten, Sie hätten an jenem Abend jemanden an Deck der *Dana* –«

»Nein!« Er hielt die Hand hoch, wie um die Frage heftig abzuwehren. »Nein!«

Wir wussten nicht genau, was er meinte. Wollte er sagen, dass er niemanden gesehen hatte oder dass wir nicht danach fragen sollten?

Er stand auf. »Ihr müsst gehen.«

Ich dankte ihm, und wir standen ebenfalls auf. Wir versprachen ihm, niemandem zu erzählen, dass er mit uns geredet hatte. Fin verbeugte sich und dankte ihm, dass er sich so viel Zeit genommen hatte. Der Mann war aus irgendeinem Grund davon so gerührt, dass er Fin mehrmals küsste.

Auf dem Weg durch den engen Korridor nach draußen entschuldigte er sich für sein Englisch. Besser mit Deutsch.

»Sie wollen wirklich nicht darüber reden, was Sie an jenem Abend gesehen haben?«

»Manche Dinge – es gibt nicht genug Geld, um darüber zu reden. Schreckliche Frau kommt her – droht. *Drag Me to Hell*, was?« Er öffnete die Tür, um uns hinauszulassen. »Tut mir leid.«

Er schlug die Tür hinter uns zu.

35

Wir setzten uns auf dem hellen Platz auf eine der Steinbänke. Fin rief das Tauchvideo auf seinem Handy auf und spielte noch einmal den Teil ab, in dem das Gesicht des Jungen erscheint. Unrat schwebte langsam vorbei, über die dunklen Augen des Jungen. Als das Wasser vom Korridor hereindrängte, wurde die Strömung vor ihm schneller. Die Kopflampe des Tauchers reflektierte auf der glänzenden Oberfläche, was den Lichtblitz aus dem Mund des Jungen erzeugte. Es war ein laminiertes Poster. Wir waren uns ziemlich sicher.

Fin fragte mich, wie mir das hatte auffallen können, und ich erklärte ihm, dass ich so ziemlich alles über Laminierung wusste, was es zu wissen gab. Preis, Dicke, Haltbarkeit, Struktur der Beschichtung, welche Papiergrößen verfügbar waren. Wenn es ein laminiertes Poster war, musste es mindestens A3, vielleicht A2 sein. Die meisten Maschinen konnten nur bis A4 laminieren. Er musste für so ein Format also in einen Copyshop gegangen sein.

Fin war von meiner Darlegung beeindruckt. »Wow. Du weißt wirklich Bescheid über das Laminieren.«

»Ja, der Elternbeirat traf seine Kaufentscheidung auf Grundlage eines sehr gründlichen Gutachtens.«

»Mark hat es bestimmt in Southampton machen lassen. Vielleicht finden wir den Laden, der es für ihn laminiert hat.«

Fin twitterte eine Frage: Wir glaubten, dass der »Junge« in dem Tauchvideo vom Wrack ein laminiertes Poster war, das den Schauspieler im ursprünglichen *Dana*-Film zeigte. Wusste jemand in Southampton, ob Mark Parker dort in einem Copyshop ein Laminiergerät benutzt hatte? Ich glaube, wir beiden hatten zu diesem Zeitpunkt Hoffnung und fühlten uns kompetent. Das Versprechen einer offenen Frage habe ich schon immer genossen.

Die Geistergeschichte bedeutete uns beiden nicht sehr viel, aber vielen anderen bedeutete sie alles. Die an Geistern interessierte Community war riesig. Schlagartig folgten Fin fünfzig Leute mehr, hundert Leute, tausend. Sie kommentierten, retweeteten, sprachen über Geister und das Standbild aus dem Video, schickten Bilder und GIFs von dem Jungen. Es war überwältigend und veränderte sich so schnell, als würde man versuchen, ein Plakat seitlich auf einem vorbeirasenden Zug zu lesen. Fin versuchte eine Weile, dem Ganzen zu folgen, gab aber irgendwann überfordert auf. Er schaltete sogar sein Handy aus. Sein Akku war ohnehin fast leer.

Fin nickte in Richtung des Airbnb. »Hat man ihn bedroht, damit er nicht sagt, dass er Violetta beim Ablegen gesehen hat?«

Wir sahen uns auf dem ruhigen Platz um. Es war wunderschön. Der Stein war blass, das Licht hell, die Luft warm. Ein alter Mann fuhr auf einem Kinderfahrrad vorbei, die Knie weit abstehend, und presste eine Papiertüte mit Einkäufen an seine Brust.

»Fin, ich denke, wir sollten hier wirklich verschwinden.«

»Wie schade. Es ist so hübsch.«

Das Museum gegenüber war geschlossen, wir konnten keinen Verkehrslärm hören, obwohl hier und da an der Straße Autos geparkt waren. Eine Frau ging am anderen Ende des Platzes durch unser Blickfeld in Richtung Hafen. Sie schien die Verkörperung von Saint-Martin zu sein: groß und schlank, stylishe Sonnenbrille, grauer Kaschmir-Poncho mit senffarbenen Zierstreifen. Ihr blondgefärbtes Haar war zu einem hoch sitzenden perfekten Pferdeschwanz zurückgebunden. Wenn ich den Mädchen solche Pferdeschwänze machte, hatten sie nach einer Viertelstunde kleine Haarsträhnen über den Ohren hängen und Löckchen, die sich gelöst hatten, im Nacken. Mein Gott, sehnte ich mich nach ihrem Anblick. Ich nahm das Handy und sah mir Fotos und Filme von ihnen an, um mich zu beruhigen.

»Vermisst du sie?«, fragte Fin.

»Kaum zu ertragen.« Aber ich sah mir ein Video von den Mädchen im Garten an, und meine Stimmung wurde besser. Ich wusste, dass sie in Sicherheit waren. Ich sah mir ein Video an, wie sie beim Fahrradfahren scheiterten. In Geschichten können Kinder immer Fahrrad fahren. Meine fanden es unmöglich. In dem Video wackelten sie mit Stützrädern vorm Haus herum, Jess heulte »Ich kann das nicht!«, und meine genervte Stimme ruft von hinter der Kamera, sie solle einfach den Mund halten und verdammt noch mal die Pedale treten. Mutter sein ist manchmal nicht ganz das, was man zunächst gedacht hat.

»Komm.« Fin stand auf und klopfte sich Kiefernnadeln vom Hintern. »Wir gehen wieder zum Hafen und suchen die Stelle, an der die *Dana* angelegt hat, und dann nehmen wir uns ein Taxi zum Flughafen.«

Wir kamen auf dem Weg wieder an der Bar vorbei und landeten dann in einem Gewimmel von Läden, die Potpourris und streng riechende Glyzerinseife verkauften. Wir gingen zurück und verliefen uns in eine gewundene Gasse. Hier waren überall Boutiquen.

Fin blieb unvermittelt stehen. Er blickte in eine enge Gasse, die zu einem hübschen Innenhof mit umgebauten Stallungen führte. Auf einem Sockel in der Mitte stand eine große Bronzeskulptur von einem dicken, comicartigen Baby, das ekstatisch seine speckigen Ärmchen gen Himmel reckte. Wir gingen darauf zu und fanden uns von Designergeschäften der kleinen, eleganten Sorte umgeben. Aufkleber an den

Schaufensterecken bewarben, was sie führten: Gucci, Chanel, Burberry, Missoni.

»Missoni«, flüsterte Fin.

Die Einfassung des Ladens war hellblau. Er sah teuer aus. Im Schaufenster hing auf einem Kleiderbügel aus Samt ein einziges Kleid, daneben stand ein rustikaler Holzstuhl mit einer handgeschriebenen »Nicht zum Verkauf«-Karte.

Wir öffneten die Tür und traten in einen kleinen Raum mit einem einsamen Kleiderständer, an dem vier Kleider hingen, und einem wollenen Hut auf einem Sockel. Am gegenüberliegenden Ende stand ein Holztisch, wahrscheinlich der Kamerad des Stuhls im Schaufenster. Dahinter saß eine Frau mit grauen, zu einem wuscheligen Bob geschnittenen Haaren. Sie trug ein hellgelbes Kleid und hatte eine Cat-Eye-Brille aus durchsichtigem Plastik, die an einer passenden Plastikkette hing. Bei ihrem Anblick wollte ich mir sofort ein gelbes Kleid kaufen, meine Haare grau färben und eine Hornhautverkrümmung kultivieren.

Sie setzte ihre Brille auf und musterte uns von oben bis unten, nickte leicht, als sie bei Fins Schuhen ankam, ließ sich bei mir Zeit. Sie bepreiste meine Margaret Howell-Hose mit weitem Bein, mein Agnès B.-Shirt und den Mantel.

»*Bonjour.*«

»Hallo«, sagte Fin, aber sie nahm ihren Blick nicht von mir.

»Dieser Ledermantel – taupe, der ist von Marni, ja?«

Ich nickte. Sie nickte mir wohlwollend zu.

»Führen Sie Missoni?«, fragte Fin.

»Nein.« Sie nahm ihre elegante Brille ab und stand auf. »Nicht mehr. Zu teuer für hier. Jetzt führen wir M Missoni, das billigere Label.«

»Zu teuer für *hier*?«, fragte ich.

Sie lächelte. »Hier ist es sehr gemäßigt. Es ist nicht Monaco. Nur Franzosen kommen her, keine Russen.«

Das fand ich ziemlich rassistisch, fragte aber: »Wann haben Sie aufgehört, Missoni zu führen?«

»Uff! Vor zwölf Jahren.« Sie deutete auf den Namen des Ladens, der hinter ihr in blassem Grau aufgemalt war. Ela, de 2004. »Ein paar Jahre nach der Eröffnung.«

»Dann haben Sie vor zwei Jahren nicht Missoni verkauft, nur M Missoni?«

»Ja, nur das billigere Label.«

»Sind Sie die einzige Händlerin für M Missoni in Saint-Martin?«

Sie sah uns misstrauisch an. Mit einem Brillenbügel deutete sie auf mich und drehte sich zu Fin. Sie beschrieb einen Kreis mit ihrer Brille um ihn. »Hm. *Violetta Parkour.*« Sie sah mich nicht mehr an, sie sah Fin an. »Sie sind Fin Cohen.«

Er verbeugte sich. »Das bin ich.«

Sie malte neben ihrem Ohr einen Kreis in die Luft. »Ich höre mir dieses Ding an, das Sie machen. Die Leute hier sind nicht glücklich, dass Sie hier sind und wieder alles zur Sprache bringen. Ich finde es gut. Nebensaison, hier ist es sehr ruhig. Vielleicht bringt es Leute her. Aber einige sind sehr feindselig.«

Fin fragte: »Hat sie hier ihr Kleid gekauft?«

Sie wiegte den Kopf von einer Seite zur anderen, was Ja bedeutete.

»Aber es hieß, sie hätte tausend Euro ausgegeben. M Missoni-Kleider sind doch nicht so teuer. Für wie viel verkaufen Sie sie?«

Sie schmunzelte, zeigte uns dabei tiefe Grübchen. Sie war wirklich eine umwerfend schöne Frau. Es ist bestürzend, auf eine Person über sechzig zu treffen und zu wissen, dass man selbst nie so gut aussehen wird. Darüber dachte ich nach, als sie ihre Hand hob und Daumen und Zeigefinger ausstreckte.

»Sie hat zwei gekauft?«, fragte ich.

Ein winziges Nicken. »Dasselbe Kleid. Zweimal.« Sie schien sehr zufrieden mit dem Verkauf.

»Warum kauft man denn zwei?«

Sie hob die Schultern. »Sie liebte das Kleid? Guter Preis? *Nettoyer à sec*? Manchmal kaufen reiche Leute auf Reisen zweimal dasselbe, weil sie die Sachen nicht schnell genug reinigen lassen können. Ich weiß es nicht. Ich war sehr froh.«

Das konnte ich verstehen. »Zweimal dasselbe?«

»Dasselbe Modell, aber einmal Größe 36 und einmal 42.«

»Hatten Sie keine 38 oder 40?«

»Doch, natürlich. Aber sie wollte diese Größen.«

»Hat sie sie anprobiert?«

»Nur die 36. Passte perfekt.«

»Zahlte sie bar?«

»*Non*. Sie ließ es aufs Hotel schreiben. Ich rief an, und sie sagten dort, es sei in Ordnung.«

Sie sah mich nun kaum mehr an. Sie flirtete ungeniert mit Fin. Ich hätte genauso gut unsichtbar sein können. Mein Stolz war ein wenig verletzt, nicht, dass zwischen Fin und mir etwas gewesen wäre, aber das wusste sie ja nicht, und ich stand direkt daneben. Sie machten einander schöne Augen. Fin dankte ihr und verbeugte sich. Sie knickste zurück. Die Atmosphäre zwischen ihnen war so dick aufgeladen, dass man einen scheiß Löffel darin hätte zum Stehen bringen können.

Draußen gingen wir zurück zu der Straße mit den Seifenläden und dann zum Hafen.

»Zwei Kleider«, sagte ich. »Zwei unterschiedliche Größen.«

»Warum ist das wichtig?«

Ich erklärte es ihm: Schau dir das an Deck gemachte Bild an. Von Größe 42 ist sie weit entfernt. Eins der Kleider, die sie gekauft hatte, war ihr viel zu groß.

»Ich verstehe immer noch nicht, was das bedeutet.«

»Fin, es waren zwei Frauen an Bord, die dasselbe auffallende Kleid trugen. Es war tatsächlich noch jemand dort und hat das Foto gemacht. Deshalb ist niemandem die überzählige Person auf dem Schiff aufgefallen, weil sie dasselbe Kleid trugen.«

»Die Crew hat nichts davon erwähnt.«

»Mark auch nicht, als er seiner Mutter schrieb. Vielleicht schlich sie sich erst später dazu, oder es war jemand, den sie kannten? Vielleicht Violettas Mutter? Jedenfalls hat Monsieur Airbnb nicht Violetta gesehen, richtig? Er hat jemand in dem Kleid gesehen. Es könnte sie oder die andere Person gewesen sein.«

Wir blieben an der Wegmündung vor dem geschäftigen Hafen stehen. Fin packte mich am Arm und deutete aufs Meer.

Eine große Jacht hatte außerhalb des Hafens angelegt. Die kleinen Gebäude daneben schrumpften auf Zwergengröße. Sie war wunderschön, weiß mit zwei hohen Masten und braunem Milchglas, wodurch sie etwas altmodisch wirkte.

Er deutete auf das Schiff und folgte mit dem Finger dem Horizont bis zu einem flachen Dach, von dem aus das Deck zu erkennen sein musste. Eine verlassene Lichterkette hing von einer Eckstange und flatterte sanft im Wind.

Es war das Dachrestaurant.

Jetzt tat sich die Szene auf: Violetta und Mark kamen hier entlang, direkt vor uns, in der Hitze eines Julinachmittags, überquerten die Straße und gingen zur äußeren Hafenmauer, wo die *Dana* andockte. Ich konnte das Scheppern von Amilas Schritten auf dem metallischen Laufsteg durch die Hafenfront widerhallen hören, die Verwirrung der betrunkenen Crew spüren, als sie in der Dunkelheit zurückkehrten und kein Schiff mehr vorfanden. Ich war ganz versunken, aber Fin war noch tiefer versunken. Ich warf ihm einen Blick zu. Sein Blick war verschleiert, die Wangen leicht gerötet, der Mund geöffnet. Dann sah ich hinter ihm einen Mann, der mit gesenktem Kopf die Straße zum Hafen herunterkam.

Er war keine dreihundert Meter entfernt. Er war groß, ragte

einen ganzen Kopf aus der schwirrenden Menge hervor, trug eine ramponierte Lederjacke, ausgebeulte Jeans, Kleidung, die zu billig und abgenutzt war für diesen Ort. Er hatte ein bulliges rotes Gesicht, und an seinen Seiten schwangen harte Fäuste, als er sich von der offenen Tür eines Taxis entfernte. Er scannte die Straße, suchte nach jemandem. Ich wusste instinktiv, dass er meinetwegen hier war.

Ich legte einen Arm um Fins Hüfte und lenkte ihn beiläufig in die entgegengesetzte Richtung.

»Entschuldigung?«, sagte er empört.

»Wir müssen weg.«

Er mochte es nicht, berührt zu werden, und auch nicht, dass ich ihn so bestimmt herumschob. »Lass mich.«

»Fin, vertrau mir. Los jetzt.«

Ich sah mich nach einem Versteck um, aber an den Läden und Bars waren wir schon vorbei. Ich steuerte auf das Hotel Toraque zu.

36

Atemlos stieß ich Fin durch die Tür ins Hotel.

»Ich hab einen Mann gesehen, wie den in Skibo. Ich bin sicher …«

»Du hast dich bloß erschreckt?«

»Nein, ich glaube, er hat nach uns Ausschau gehalten. Unten am Hafen. Er hat uns gesucht.«

»War es der Mann aus Skibo?«

»Nein. Ein anderer. Er hat jemanden gesucht. Er passte gar nicht hierher.«

Er legte seine Hand auf meine Schulter und tätschelte sie allen Ernstes. »Schon gut. Du hast dich erschreckt. Schon gut.«

»Er hat jemanden gesucht, ganz deutlich.«

»Okay. Okay.« Er tätschelte mich erneut.

Die Lobby war leer. Ein kleines Holzfeuer prasselte in einem riesigen Kamin, und irgendwo in der Ferne klingelte ein Telefon. Hinter der Rezeption stand ein eleganter Mann im grauen Anzug mit einem Namensschild. Darauf stand Hector. Er hatte eine dunkle Tolle und eine aufwendig arrangierte Gesichtsbehaarung, teils Halsbart, teils Schnauzer, die sich unmöglich beschreiben lässt, ohne es zu zeichnen. Er stand da wie eine Salzsäule, und sein Blick klebte an Fin.

»Find-Lay Cohen«, flüsterte er mit belegter Stimme.

Fin trat auf die Rezeption zu. »Ähm, hallo?«

»Sie sind Findlay Cohen.«

»Ja. Ich frage mich, ob Sie meiner Freundin und mir behilflich sein könnten? Es scheint, als müssten wir uns kurz vor jemandem verstecken.«

»Selbstverständlich.« Er legte eine Hand auf die graue Anzugbrust. »Es wäre mir die allergrößte Ehre.«

Er führte uns in ein fensterloses Hinterzimmer mit einem kleinen Schreibtisch und drei Stühlen, drehte sich dann um und schloss sehr sorgfältig die Tür hinter uns. Er starrte Fin mit verstörender Intensität an.

»Findlay Cohen …«

Fin versuchte zu lächeln.

»Hector«, sagte ich, »wir werden von jemandem verfolgt. Er will uns wehtun. Es ist ein großer, kräftiger Mann. Wir haben Angst.«

Hectors Blick verdunkelte sich. »Sie haben hier nichts zu befürchten. Wenn jemand herkommt, um Ihnen wehzutun, werde ich …« Er nahm einen Brieföffner vom Schreibtisch und demonstrierte, wie er einem unsichtbaren Eindringling von unten herauf ins Herz stieß.

Uns beiden wurde schlagartig klar, dass wir in einem sehr kleinen Zimmer mit einem wildfremden Mann waren, dem Fin Cohen unverhältnismäßig viel bedeutete. Es fühlte sich nicht unbedingt sicherer an.

»Nun …«, Fin senkte den Dolch an dessen Spitze, »für so etwas wird es wohl keine Notwendigkeit geben. Aber Ihr Angebot ist sehr freundlich, glaube ich zumindest. Können wir ein Taxi zum Flughafen rufen?«

Hector merkte, dass er zu weit gegangen war, legte die Hand auf den Bauch und bremste sich ein. »Natürlich. Natürlich! Setzen Sie sich. Ich rufe Ihnen ein Taxi. Bitte setzen Sie sich.«

Wir nahmen ihm gegenüber am Schreibtisch Platz. Hector hob den Hörer ab und wies jemanden schroff an, ein Taxi zur Hintertür zu schicken. Dann setzte er sich hin und blickte Fin über den Tisch hinweg an. »Ihre Musik …«, sagte er. »Sie bedeutet mir viel. Bei meiner Hochzeit, meine Frau … Ihr Song ›Never Again‹.«

»Bei Ihrer Hochzeit?« Fin wand sich auf seinem Stuhl.

»Bei unserer Hochzeit. Es war überirdisch. Sie zu treffen ist die größte Ehre meines Lebens. Als ich hörte, dass Sie hier in Saint-Martin sind, konnte ich es nicht glauben … Ich konnte einfach nicht glauben, dass …«

Er deutete gestisch an, wie sein Frontallappen explodierte. Fin witterte eine Gelegenheit. »Hector, wissen Sie, warum wir hier sind?«

Hector nickte. »*Oui.*«

»Violetta ist doch hier abgestiegen, oder?«

»*Oui.*«

»Haben Sie damals auch hier gearbeitet?«

»*Oui.*«

»Haben Sie sie kennengelernt?«

»*Oui.*«

»Wie war sie so?«

»Hübsch, jung, begeistert, dass sie im Hotel war. Sehr begeistert vom Bad und dem Salon, von den Seifen und Obstkörben und so weiter.«

Während Hector die Fragen beantwortete, waren seine Augen weit aufgerissen und auf Fin fixiert. Es war, als versuchte er, mehr von Fin in seinem Gehirn unterzubringen. Fin fühlte sich dabei so unwohl, dass sein Gesicht zuckte. Ein Lächeln verzerrte sich zur Gewittermiene, die in hilflose Wut überging, als würde das erfolglose Lächeln einen Krampf erleiden.

»Sie hatte eine Suite?«

»*Oui.* Die Washington. Die allerbeste. Sie passte nicht in die allerbeste Suite. Sie tat so, als wäre es richtig, aber sie war eindeutig eine arme Person.«

Ich lächelte über das Versagen einer Betrugsgenossin und fragte: »Woher wollen Sie das wissen?«

»Billige Kleidung. Außerdem freute sie sich zu sehr über die

Suite. Reiche Leute nehmen sie als gegeben oder beschweren sich. Diese Suite ist *magnificent.*«

Fin fragte: »Haben Sie all ihre Sachen hinterher nach Hause geschickt?«

»*Mais oui.* Diese Touristen kamen ständig rein. Wir wollen das hier nicht. Wir schickten alles zurück.«

»Haben Sie noch die Adresse, an die Sie es geschickt haben?«

Er klappte seinen Laptop auf und gab sein Passwort ein. Für einen Moment sah er weg. Fin ergriff die Gelegenheit, um tief durchzuatmen. Hector fand das Dokument und drehte den Laptop so, dass Fin aufs Display sehen konnte. Ich machte ein Foto von der Adresse in Venedig.

Das Telefon auf dem Schreibtisch klingelte dreimal, bevor er abnahm. »*Oui.*«

Er legte auf. Er erhob sich, und mit Tränen in den Augen sagte er: »Findlay Cohen, unsere Begegnung ist zu Ende.«

Fin trat um den Schreibtisch herum, und Hector küsste ihn sehr förmlich auf beide Wangen. Vermutlich um Hector davon abzuhalten, ihn anzusehen, öffnete Fin die Arme und drückte ihn an sich. Hector war so bewegt, dass er einen kleinen Schrei ausstieß.

Schließlich schob er Fin bedauernd von sich und führte uns durch eine Seitentür in den Hinterhof. Ein Taxi wartete. Er beugte sich zum Fenster des Fahrers, gab ihm eine Anweisung, und wir setzten uns auf die Rückbank.

Der Fahrer begrüßte uns und fuhr los. Ich rutschte runter, hielt über den Fensterrand hinweg Ausschau nach dem rotgesichtigen Mann, erwartete, dass er auf das Auto losstürzte, auf das Auto schoss, uns irgendwie aufhielt. Aber wir schafften es aus dem Ort hinaus und gelangten auf die breite Straße, die schräg über die Insel zur Brücke führte.

Wir waren aus der Stadt heraus, niemand war hinter uns, wir fuhren einfach so davon. Hector hatte uns geholfen, die Frau in der Boutique hatte uns geholfen, und alles wegen des Podcasts, weil Fin berühmt war und wir ein Publikum hatten. Es war wie ein Märchen, in dem alle, auf die man trifft, nett sind, abgesehen von den bösen Jungs. Ganz und gar nicht wie das echte Leben. Es wäre so ein günstiges Zeitfenster, wir waren eine heiße Neuigkeit, aber wer weiß, solange die Leute noch interessiert waren, konnten wir doch vielleicht den Podcast nutzen, um Gretchen Teigler zu entlarven.

Vor Hoffnung strotzend lehnte ich mich zu Fin rüber und sagte: »Ich denke, wir sollten Gretchen Teigler entgegentreten.«

»Anna, sei bitte ehrlich: Nimmst du irgendwelche Tabletten?«

37

»Ich nehme keine Tabletten.«

»Ich meine, irgendwelche Psychopharmaka?«

»Ich bin nicht verrückt, Fin.«

»Ich hab nicht gesagt, dass du verrückt bist.«

»Es war netter verpackt, aber die Frage ist dieselbe.«

Wir fuhren in hohem Tempo über eine Straße durch einen Wald auf einen kleinen flachen Ort und einen weitläufigen Campingplatz zu. Die Bäume wurden weniger und der Horizont öffnete sich, als wir uns der Straßenbrücke näherten. Landzungen reckten sich ins Meer, und die Brücke zum Festland schwang sich sanft in den blauen Himmel auf, in dem lauter bunte Drachenflieger hingen.

Fin wirkte müde. »Du kannst es mir ruhig sagen.«

»Ich habe einen Mann gesehen.«

»Sophie/Anna, ich mag dich wirklich, doch, das tue ich, und ich weiß, dass du alles bezahlst, aber das ist echt anstrengend.«

»Worum geht's gerade? Glaubst du, dass ich mir den Mann eingebildet habe?«

»Ich sage nicht, dass da niemand war, es ist nur … vielleicht hast du überreagiert.«

»Fin, was glaubst du, warum sie in Skibo versucht haben, mich zu entführen? Was glaubst du, was sie wollten?«

Er hob die Schultern. »Mit dir reden?«

»Ja, deshalb hat der Mann auch ein Messer zum Gespräch mitgebracht. Du verstehst es nicht: Es gibt eine Vorgeschichte. Sie glauben, dass ich wieder über die Vergewaltigung sprechen will. Das wäre sehr schlecht für den Club, Milliarden stehen auf dem Spiel. Unsere Leben sind in Gefahr.«

Er hob skeptisch eine Augenbraue. »Mein Leben ist nicht in Gefahr.«

»Fin: *Du hast ihn doch umgefahren.* Du warst Zeuge, als sie mich entführen wollten. Du bist jetzt eine Bedrohung.«

»Okay. Danke.« Er legte die Hand auf die Augen und ließ sie dort. »Scheiße, mit dir hat man's echt schwer.«

»Tatsächlich?«

»Ich meine, *offensichtlich* ist in Skibo etwas vorgefallen. Aber wollte er dich vielleicht verhaften? Ich weiß es nicht.«

»Mit einem Jagdmesser?«

»Na ja, dieser Mann, vor dem wir jetzt offenbar fliehen, ich meine, ich habe nichts gesehen.«

»Ach, klar, wenn du etwas nicht gesehen hast, dann existiert es auch nicht.«

»Es gibt keinen Beweis, dass jemand hinter uns her ist, Anna. Du hast viel durchgemacht, das bestreite ich gar nicht, aber vielleicht bist du auch ein bisschen paranoid?«

Ich wusste nicht, was ich darauf erwidern sollte. Ich bin paranoid, aber ein paar Männer haben versucht, mich umzubringen, und davon wird man wohl etwas paranoid.

Fin murmelte: »Wie sollte überhaupt jemand so schnell hierherkommen? Hast du daran schon mal gedacht? Wir haben erst vor ein paar Stunden getwittert, wo wir sind.«

»Das sind nicht nur drei Leute, Fin, die haben ein ganzes Netzwerk.«

»Ein *Netzwerk*?« Er sah mich an, als hätte ich gerade seine These bestätigt.

»Fick dich.«

Wir sahen uns an. Die Zuneigung machte sich rar.

»Und außerdem …« Fin war aufgebracht. »Was würde dieser ›Mann‹ denn tun, wenn er uns erwischt?«

»Uns umbringen.« Ich hätte das vielleicht etwas abschwächen sollen, er fand es bestimmt erschreckend, es laut ausgesprochen zu hören, und ich bin nicht sonderlich gut darin, Menschen zu beruhigen.

»Hör zu. Es hat Spaß gemacht, aber vielleicht sollten wir getrennte Wege gehen.«

»Ja, vielleicht.« Ich versuchte, überzeugt zu klingen, aber ich konnte ihn nicht einfach davonspazieren lassen, er war völlig ahnungslos und wehrlos. »Weißt du was: Wir teilen uns auf. Ich konfrontiere Gretchen Teigler und regle die Sache ein für alle Mal, und ich nehme das Ganze für dich auf.«

Er sah das Finale seines Podcasts vor sich. Ich hatte ihn wieder am Haken. »Ach, vielleicht sollte ich doch mitkommen.«

»Nein, Fin, ich gehe allein.«

»Nein, wirklich, ich würde gern mitkommen. Wirklich. Wäre dann endgültig alles vorbei?«

Ich hätte gern ja gesagt, ja, definitiv, aber ich wollte nicht lügen. Zum ersten Mal seit langem verspürte ich einen Funken Hoffnung. Ich murmelte etwas von wegen *vielleicht*, aber es klang dünn. Ich verstummte und sah über die Brücke aufs Meer. Wie gesagt, ich bin nicht sehr gut darin, Menschen zu beruhigen.

Ich wollte sofort mit jemandem reden, der genauso kaputt war wie ich. Ich nahm mein Telefon und rief Hamish an.

Er nahm den Anruf an und seufzte in den Hörer. »Anna, es tut mir so leid. Ich wollte dir ja sagen, dass Estelle schwanger ist, als du zu Hause warst, aber du hast rumgebrüllt und bist durchgedreht und hast mit dem Koffer geworfen …«

Er war so ein Feigling. Ich liebte ihn wieder ein bisschen.

»Hamish, pass auf, ich muss dir etwas über Sophie Bukaran erzählen, und dann lass ich dich in Ruhe. Du musst die Mädchen in Sicherheit bringen. Fin und ich werden von so Typen gejagt.«

Ich sah, wie sich Fins Augenbrauen langsam hoben.

»Ihr werdet von so Typen gejagt?«

»Ja.«

»Was für Typen?«

»Auftragsmörder.«

Fins Brauen blieben auf dem höchstmöglichen Punkt stehen. Er sah aus dem Fenster.

»Warum? Geht es um Schulden? Habt ihr gespielt?«

»Nein, Hamish, das ist eine lange, traurige Geschichte aus der Zeit, bevor wir uns kennenlernten. Es gibt diesen Mordauftrag für mich, und jetzt weiß man, dass ich mit Fin unterwegs bin. Die können Fin zu Estelle zurückverfolgen und Estelle nach Porto. Wenn sie nach Porto kommen, finden sie die Mädchen. Du musst sie alle in Sicherheit bringen, an irgendeinen unbekannten Ort, wo es sicher ist.«

Er herrschte kalkulierte Stille, und dann sagte er: »Anna, hast du dir jetzt irgendein Drama ausgedacht, um meine Aufmerksamkeit zu erlangen?«

Das war ein mieser Schachzug. Ein ganz schäbiger. Ich wollte zurückwüten. Wir warfen einander solche Sachen an den Kopf, weil wir erschöpft und unvereinbar und enthemmt waren, sagte ich mir, als ich aus dem Fenster auf die Brücke sah, wie sie in La Rochelle hineinsank.

»Hamish, hör mir zu, okay? Ich bin Sophie Bukaran. Such die Bilder auf Google, dann weißt du, ob ich lüge.«

38

Schnellboot-Taxis reihten sich vor dem Ausgang des Flughafens in Venedig. Die Fahrer leiteten uns zum ersten Boot in der Reihe, und wir kletterten unbeholfen hinein, um uns in den offenen hinteren Bereich zu setzen. Der Fahrer fragte, ob wir nicht lieber hineingehen wollten. Ich wollte nicht. Die kleine Kabine in der Mitte mit den Gardinen vor den Fenstern hatte etwas von einem Leichenwagen.

Wir zeigten dem Fahrer die Adresse, die Hector uns gegeben hatte. Der Fahrer fragte: *Wirklich? Dorthin?* Wir versicherten ihm, dass wir genau zu dieser Adresse wollten. Er nannte uns einen lächerlich hohen Preis, den er nur in bar akzeptierte, und fragte uns, ob wir uns immer noch sicher wären. Fin sagte, natürlich, immer noch, aber warum nur Barzahlung? Keine Touristengegend, sagte der Fahrer. Ich sagte ihm, wir hätten Bargeld.

Er zuckte die Schultern und ging über das Trittbrett nach vorn, ließ den Motor an, parkte vorsichtig aus und steuerte auf eine große schlammbraune Wasserfläche zu. Holzpfosten durchbrachen die Oberfläche und markierten den Wasserweg. Sonst gab es nicht viel zu sehen.

Braunes Wasser, verrottende Speicher, die auf Inseln verfielen, noch mehr braunes Wasser, Pontons mit großen Booten in Reparatur, noch mehr braunes Wasser, noch ein schäbiger Speicher. Es war nicht ganz das, was ich mir von Venedig erwartet hatte. Ich sah auf den Stadtplan, den wir aus der Ankunftshalle mitgenommen hatten. Wir näherten uns der Stadt von der falschen Seite für irgendwelche Postkartenansichten, wir kamen durch den Hintereingang, weit weg vom Canal Grande und all den anderen Sehenswürdigkeiten. Die Adresse, an die Violettas Gepäck geschickt worden war, lag in der Nähe des Bahnhofs.

Das endlose flache Wasser langweilte den Fahrer sogar noch mehr als uns. Er erhöhte das Tempo auf der Geraden, bis das Boot über die Wasseroberfläche hüpfte und unstet ruckelte. Vom Wasser in seine Schranken gewiesen, wurde er langsamer.

Der Nebel hob sich, und der Horizont teilte sich in eine zackige Reihe aus Gebäuden. Wir bremsten ab auf ein sanftes Tuckern, als wir uns dem richtigen Venedig näherten und es umkreisten. Ich hatte große Paläste längst vergessener Vermögen erwartet, die aus dem Canaletto-Blau aufragten, aber dies sah wie sozialer Wohnungsbau aus.

Der Fahrer bog in einen engen Wasserweg ab und dann noch einmal, der Kanal wurde enger, die Gebäude um uns herum hoch und fies, mit immer weniger Fenstern, bis wir eine rutschige Steintreppe erreichten, die in eine dämmrige gemauerte Gasse führte. Keiner von uns beiden wollte aussteigen, aber der Taxifahrer blieb beharrlich: Dies sei die Adresse, die wir ihm gegeben hatten, einfach dort hindurch.

Wir bezahlten und gingen die schmierige Treppe hinauf, vorsichtig auf jeden Schritt achtend, in einen dunklen Durchgang, der stechend nach Urin und Schimmel roch, und hielten den Blick auf den offenen Innenhof dahinter gerichtet. Wir traten auf einen engen, feuchten Platz mit hohen kahlen Mauern. Graffitikritzel waren halb von den nackten Ziegeln gewaschen. Über uns rissen die Wolken auf, badeten den ersten Stock über uns in hellem Sonnenlicht, beschienen den Platz wie Suchscheinwerfer bei einem Gefängnisausbruch.

Es gab in dem Innenhof nur eine Tür. Alt, verwittert und am Abblättern.

Wir gingen darauf zu und klopften, hörten ein Schloss surren, und die Tür gab ein lautes, schrilles Quietschen von sich, als sie aufging. Fin drückte dagegen, und wir traten ein, um uns in einem maroden Wohnzimmer mit Zigarettenmief wiederzufinden.

Es war sehr dunkel. Ein hohes Fenster spendete ein wenig Licht, das nur dazu diente, die Schatten an anderer Stelle zu vertiefen. Unsere Augen brauchten einen Moment, um sich daran zu gewöhnen.

Die mit Feuchtigkeitsblasen übersäten Wände waren tiefblau. Es war karg. Eine durchgesessene braune Couch drückte sich an die gegenüberliegende Wand. Zwei Gartenkorbstühle standen daneben, und auf einem Tisch unter dem hohen Fenster fand sich eine tragbare Elektrokochplatte. An der vorderen Wand stand ein Couchtisch mit lauter gerahmten Fotos. Ein kleines Mädchen und eine schöne Frau, blond, schlank, aufgenommen am Abend, in Ballkleidern, in Ateliers. Die Bilder sahen nicht nach Familienfotos aus. Sie sahen aus, als wären sie aus Magazinen ausgeschnitten worden.

Es gab nur eine weitere Tür am anderen Ende des Raums, sie war niedrig und stand offen. In dem Raum dahinter konnte ich den Fuß eines bezogenen Betts mit einer nicht bezogenen Decke sehen und feuchte Kartons, die sich an der hinteren Wand stapelten.

Aus der Dunkelheit des Schlafzimmers beschwerte sich eine heisere Frauenstimme: »*Fabrice? Non ancora!*«

Ich rief: »Hallo?«

Julia Parker kam aus der Dunkelheit geschlurft und stellte sich in den Türrahmen. Sie war fünfzig, sah aber uralt aus. Sie war die schöne Frau auf den gerahmten Fotos, aber mittlerweile verschrumpelt. Ihre Nase war eingesunken, ihre Haut schlaff. Sie war groß, spindeldürr, das einzige Fleisch an ihr ein Witwenbuckel. Sie trug einen langen, pinkfarbenen Kittel über blauen Jogginghosen, grell limonenfarbene Crocs über rosa Socken und sah aus, als hätte eine Pflegekraft sie zum Spaß so angezogen. Sie wäre in einem Kleid der Größe 42 versunken.

»*Chi diavolo sei? Chi vuoi?*« Ihr Blick wanderte zwischen uns hin und her.

»Julia Parker?«

»*Si.*«

»Sprechen Sie Englisch?«

»Ja.«

»Können wir mit Ihnen über Violetta reden?«

Sie hob ihr Kinn und sah auf uns herab. »Seid ihr so scheiß *Dana*-Touristen?«

»Nein. Na ja, auf eine Art. Ich war mit Leon befreundet.«

Sie musterte mich. »Wann?«

»Vor neun Jahren. Ich habe erst vor ein paar Tagen gehört, dass er gestorben ist.«

»Hm. Waren Sie seine ›Freundin‹-Freundin oder seine *Freundin*-Freundin?« Sie sprach wie eine vornehme Londonerin und hatte nur den Hauch eines italienischen Akzents, aber ihre Stimme war grandios. Affektiert, barsch und schneidig. Ich konnte sie mir jung und zynisch vorstellen, charmant melancholisch auf eine Art, wie es nur sehr schöne Mädchen sein können.

»Buchstäblich nur eine Freundin. Ich kannte ihn nicht sehr lange. Ich habe in einem Hotel in Schottland gearbeitet. Er war dort in Begleitung einer Frau, und sie war ein Albtraum. Er kam jeden Abend zu mir raus, um bei den Mülltonnen mit mir zu rauchen und zu reden. Ich glaube, er hat sich zu Tode gelangweilt.«

Sie traute mir noch nicht. »Wie hieß sie?«

»Lillie Harkän.«

»Ach, Lillie.« Julia schlurfte rüber zur Couch und setzte sich. »Das Miststück hab ich immer gehasst. So langweilig.«

»Leon hat sie dort sitzenlassen. Sie war wütend. Ich sollte ihre Sachen zusammenpacken, und ich hab in ihre Crème de la Mer gespuckt.«

Julia lachte darüber, herzhaft und lieblos. Sie mimte, wie sie sich die vollgespuckte Creme ins Gesicht rieb, und lachte noch mehr, fing an zu husten, bekam keine Luft mehr und lief dunkelrot an. Fin und ich gerieten ein wenig in Panik und traten auf sie zu, aber sie hustete sich wieder zurecht, winkte uns weg und sagte, wir sollten uns setzen, los, setzen Sie sich.

Wir setzten uns auf die Korbstühle. Als sie schließlich wieder zu Atem kam, zündete sie sich eine Zigarette an und lächelte mir zu. »Was wollen Sie?«

»Wir haben ein paar Fragen. Waren Sie mit Violetta und Leon in Saint-Martin, als die *Dana* unterging?«

»Nein. Ich war hier. Die Polizei musste einen Freund von mir anrufen, er kam dann her und sagte es mir. Ich mag keine Telefone.«

Fin sagte: »Darf ich das aufnehmen?«

Sie sah Fin nicht einmal an, sondern sprach mit mir und hob gleichgültig die Schultern. »Sicher.«

Fin nahm sein Handy heraus und steckte das Mikrofon auf.

»Julia. Es heißt, Leon hätte sich und seine Kinder umgebracht. Das glaube ich nicht.«

Sie winkte mit verhärmter Hand ab. »Warum, Schätzchen? Man weiß doch nie, was irgendwer tun wird.«

Das entmutigte mich etwas. Ich hatte auf eine Verbündete gehofft. »Na ja, wir arbeiten eine andere Idee aus, was passiert sein könnte. Als Violettas Gepäck aus dem Hotel kam, war da ein Kleid in Größe 42 dabei?«

»Oh, das war nicht ihr Gepäck.«

»Nicht ihr Gepäck?«

»Man hat es mir zugeschickt. Ich weiß es nicht. Es gehört

nicht Violetta. Es ist … Das Hotel hat mir die falsche Tasche geschickt. Die Kleider haben die falsche Größe, alles ist falsch, zu groß. Teures Shampoo, die falsche Unterwäsche, nichts stimmt. Ich hätte die Besitzerin der Tasche ja kontaktiert, aber nichts war gekennzeichnet. Seltsam, dieses Gepäck, alle Etiketten waren aus den Kleidern herausgeschnitten und so weiter. Seltsam.« Während sie redete, huschte mein Blick immer wieder zu dem Mikrofon an Fins Handy, und sie sagte: »Eigentlich möchte ich nicht, dass Sie das aufnehmen.«

Er warf mir einen giftigen Blick zu. Sie hätte gar nicht mehr daran gedacht, dass wir sie aufnahmen, wenn ich ihre Aufmerksamkeit nicht darauf gelenkt hätte. Er schaltete das Handy aus und steckte es ein. Aber jetzt war sie Fin gegenüber misstrauisch. »Sie«, sagte sie zu ihm, »Sie kannten Leon nicht. Und ich kenne Sie nicht. Diese Leute sind reich und gemein und sie hassen …« Sie verstummte.

Fin sagte: »Ich kann auch draußen warten, wenn Ihnen das lieber ist?«

»Hm.« Sie nickte.

»Ich könnte was einkaufen gehen.« Im Duty-free hatten wir daran gedacht, Netzteile zu kaufen, um die Handys zu laden, aber wir hatten den Tabak vergessen, und ich wusste, dass er unbedingt Nachschub brauchte. »Benötigen Sie irgendetwas?«

Sie lächelte sarkastisch, während sie mit der Hand einen Kreis durch den Raum beschrieb. »Wie Sie sehen können, habe ich alles, was ein Mensch begehrt.«

»Vielleicht Zigaretten?«, schlug Fin vor.

Julia schloss die Augen und kratzte sich im Nacken. »Das wäre eigentlich ganz schön. Pall Mall Menthol. In Maliks Laden um die Ecke haben sie immer welche für mich.«

Sie wedelte mit dem Finger vage in eine Richtung.

Fin ließ sich von mir etwas Bargeld geben und öffnete die Tür. Einen Moment lang war der Raum von Licht und feuchter

Luft erfüllt, von Geräuschen und Gerüchen aus der Außenwelt. Er ging und schloss die Tür hinter sich.

Ich sah mir die gerahmten Bilder auf dem Couchtisch an. Julia, als sie noch wunderschön war, Violetta als Kind, als Teenager, als kleines Mädchen im Balletträckchen und mit Kopfschmuck in arabesker Pose. Die meisten Bilder zeigten Violetta.

»Ihre Hose gefällt mir sehr gut.« Julia sah auf meine weit geschnittene Stoffhose. »Wie Katharine Hepburn.«

»Die sind von Margaret Howell.«

Sie kannte die Marke, lächelte, als hätte sie den Namen schon eine Weile nicht mehr gehört. »Wolle?«

»Ja.«

»Kratzt sie?«

»Nein. Das Innenfutter ist aus Seide. War ein M Missoni-Kleid in dem Gepäck, das Ihnen geschickt wurde?«

»*Das* wäre mir aufgefallen.«

Ich glaubte ihr sofort.

Sie sagte: »Alle Kleider waren zu groß. Größe Keine-Ahnung. Zu groß jedenfalls für Vee.« Sie winkte mit ihrer Hand durch den billigen Raum. »Das ist vorübergehend. Kein Geld, also sind wir vor ein paar Jahren erst mal hier eingezogen. Es gehört einem Freund. Ehemaliger Liebhaber aus Belgrad. Er ist siebenundachtzig.« Sie lächelte schief. »Jetzt ist er so verdammt dement, ich weiß nicht mal, ob er sich daran erinnert, dass ich hier bin. Ich liebe diesen Mann immer noch. Er war ein verdammter Gott.« Sie lächelte lasziv und ließ ihre Finger über ihr knochiges Dekolletee gleiten.

»Woher hatte Violetta das ganze Geld?«

»Vee hatte kein Geld.«

»Aber sie hat tausend Euro für zwei Kleider ausgegeben.«

»Ha! Nein. Violetta hatte ganz sicher keine tausend Euro. Leon, mein wunderschöner Leon, war pleite. Wir waren schon sehr lange pleite, Vee und ich. Leon kam zu uns zurück und half uns eine Weile aus, dann kam auch von ihm kein Geld mehr. Ein Jahr bevor Vee starb, kam nichts mehr. Gar nichts. Wir mussten aus einer schönen Wohnung hierherziehen. Aber es würde alles gut werden, sagte er. Seine neue Frau, Gretchen, sagte, sie würde uns unterstützen.«

»Und hat sie?«

Sie lachte, und das Lachen verwandelte sich in ein rasselndes Husten. »Sieht das so aus?«

»Sie hat es sich anders überlegt, als Leon starb?«

»Schon vorher. Dauphine Loire, ihre PA, setzte einen Privatdetektiv auf seine Geschäfte an, nachdem sie geheiratet hatten, und fand heraus, dass er pleite war. Sie fand das alles heraus und sagte es ihr. Die verdammte fette Kuh. Violetta war sehr sauer auf sie. Aber … Gretchen hat ihn vor der Hochzeit nicht auskundschaften lassen, also – wer weiß – *Liebe*? Vielleicht. Es gab einen Ehevertrag, aber sie hätte herausfinden können, ob er pleite war, wenn es sie interessiert hätte. Nur Loire war es wichtig. Fragen Sie sich mal, warum. Erbt Loire? Gretchen hätte es herausfinden können. Sie unterstützte uns eine Weile mit ein bisschen Geld, gerade genug, um einen aufzuregen.«

»Aber jetzt nicht mehr?«

»Hmpf. Förmlicher Brief. Nicht mal von ihr. Von dem PA-Miststück. *Veränderte Umstände*. Wer tut seinen Freunden so etwas an? Sie hat reichlich. Als ich noch reichlich hatte, habe ich es mit *allen* geteilt.«

»Wenn Sie so pleite waren, warum wollte Violetta dann das Diamantcollier nicht haben?«

»Ha!« Sie hob die Hände. »Diese Kette? Was macht Leon da, dass er so viel Geld raushaut? Er ist pleite. Er macht alles nur noch schlimmer, indem er diese scheiß Kette *bei einer öffentlichen Auktion kauft*! Nie den Ladenpreis zahlen! Zwanzig Prozent an das Auktionshaus – Scheiße! Violetta war zu nett, um es zu sagen, aber ich tat es: Du. Bist. Pleite. Gib kein Geld mehr aus, Leon! Er machte es nur noch schlimmer. Er war sehr ehrgeizig, wissen Sie? Aber wir sind doch seine Mädchen! Es ist uns scheißegal. Manchmal hat man's, manchmal nicht. Wir sind trotzdem seine Mädchen.«

Da wusste ich, dass Julia diese Textnachrichten in Violettas Namen an Leon geschickt hatte. Es war ihr Stil, ihr Ton.

»Aber Violetta hat sich die beste Suite im Hotel in Saint-Martin gebucht. Sie kam mit einem Privatjet.«

»Ehrlich? Ich dachte, es war ein Linienflug. Vielleicht hat ein Freund es ihr bezahlt. Sie hat immer Leute dazu gebracht, für sie zu bezahlen.«

»Wie hat sie das gemacht?«

Julia lächelte sanft. »Sie war so schön, so elegant, dass die Menschen sie in ihrer Nähe haben wollten. Sie musste nur freundlich sein, keine Ahnung, ein wenig schmeicheln, ihnen die Rechnung schicken oder etwas vorschlagen, ich weiß es nicht.« Julia lächelte und drehte sich auf ihrem Platz, beschrieb mit ihren eleganten Händen Kreise neben ihren Ohren. Dass ihre Tochter Geld von Leuten ergaunerte, schilderte sie, als wäre es eine Tanzaufführung. Würden meine Mädchen so etwas machen, bekämen sie Hausarrest, bis sie dreißig sind. Aber dann hielt sie inne. Sie sackte in sich zusammen. Ihre Hände sanken herab, und sie klammerte sich an das Sofa. »Wir waren sehr nachsichtig mit Violetta. Sie müssen verstehen, dass sie es schwer hatte mit mir, mit Leon. Manchmal geriet sie in Schwierigkeiten, aber ich war so verrückt.«

»Was für Schwierigkeiten?«

»Hah! Ah! Also …« Es tat ihr weh, darüber zu reden. »Sie hat Sachen von Freunden genommen. Sie hat sie zurückgegeben! Aber als Leon mich verließ, da verließ er auch sie. Ich meine, ich war wirklich verrückt. Sie …« Julia erschauerte und riss sich wieder zusammen. »Sie hatte eine schwere Zeit. Ich war … Sie wissen schon. Man musste Rücksicht nehmen. Also, vielleicht hat sie einen Freund dazu gebracht, für sie zu bezahlen? Sie konnte Menschen dazu bringen, sie war manipulativ. Vielleicht hat Leon bezahlt?« Sie hob die Schultern. *»Non lo so.«*

»Ihr Halbbruder Mark flog mit easyJet und wohnte in einem billigen Airbnb. Hätte Leon für Violetta, aber nicht für Mark gezahlt?«

»Nein, das hätte er nicht getan. Das war nicht sein Stil.«

In dem Moment kam Fin zurück. Er hatte ihr eine Stange mit zweihundert Pall Mall Menthol gekauft.

Julia stand auf, um ihn zu begrüßen. Sie nannte ihn Schätzchen und dankte ihm liebreizend mit einem Händedruck. Dann setzte sie sich wieder auf die Couch, die Hand mit der Zigarette ausgestreckt, die andere ruhte auf der Zweihunderter-Stange, als handele es sich dabei um ein Schoßhündchen. Ich habe noch nie eine königlichere Person gesehen.

Sie erinnerte mich an Leon. Sie mussten ein großartiges Paar gewesen sein. Schön, witzig, charismatisch, jene besonderen Geschöpfe, auf die man nur schwer neidisch sein kann, weil sie trotz all ihrer Fehler und Lügen und Oberflächlichkeiten die Welt allein durch ihre Existenz verschönern.

Julia sah die Ehrfurcht in meinem Gesicht. Sie erkannte sie. Sie schürzte die Lippen und schenkte mir ein kleines ironisches Lächeln, senkte dann denn Blick und wandte sich ab, wie um zu sagen: Ja, ja, hier bin ich. Ich bin eine einzigartige Perle, die aus ihrer Fassung gefallen ist. Ich bin in den Staub unter eine Couch gerollt und wurde vergessen. Aber wer über den Staub und die Düsternis hinwegsehen kann, sieht, dass ich immer noch eine Perle bin.

39

Wir gingen vorbei an Maliks Laden durch dreckige Straßen, bis wir an einen breiten Kanal gelangten, den Speicher mit winzigen Fenstern säumten. Beide waren wir von unserer Umgebung recht überwältigt, aber ich wusste, dass wir nicht unvorsichtig werden durften. Die Einwohner von Venedig hatten nicht die bürgerliche Uniformität von Saint-Martin. Abseits der Hauptstraßen sahen alle wie mögliche Attentäter aus.

Fin merkte, wie nervös ich war. »Du musst dich beruhigen.«

»Aber die wissen doch bestimmt, dass wir hier sind. Es gibt in der Nebensaison nur alle zwei Tage einen Flug von La Rochelle nach Venedig. Wenn sie herkommen und am Wassertaxistand nachfragen, haben sie uns in wenigen Minuten gefunden.«

»Ganz ehrlich, Anna, ich glaube, du reagierst über.«

»Ich nehm einfach meine Tabletten.«

Wir kamen zu diesem Zeitpunkt nicht gut klar.

Wir folgten einer Gasse, bis wir auf den Platz vor dem Bahnhof gelangten, der zu dem absurd blauen Canal Grande hinabführte. Das Bahnhofsgebäude war lang, niedrig, irgendwie faschistisch, vorn am Dach ein Emblem aus Bronze wie das Abzeichen auf der Mütze eines Piloten. Der weite Vorplatz war voller schlendernder Touristen und geschäftiger Pendler, die sich auf dem Heimweg befanden. Es war unmöglich, alle Gesichter oder potenziellen Bedrohungen im Blick zu behalten.

Ich überredete Fin, etwas Richtiges zu essen, brachte ihn dazu, in ein Wassertaxi zu steigen, und überzeugte ihn, dass es besser für uns war, in der Kabine zu sitzen. Auf dem Handy fand ich online eine Liste mit veganen Restaurants und zeigte dem Fahrer eine Adresse.

Der Fahrer ließ den Motor an und fuhr auf den Kanal.

Venedig ist neblig im November. Die Stadt wirkte gedämpft, aber immer wieder stolperten wir über berühmte Sehenswürdigkeiten – die Rialtobrücke, Museen, bestimmte Palazzi am Kanal –, und manchmal tauchten unvermittelt Menschengruppen auf, als wären die Leute aus dem Boden hervorgequollen. Diese Leute waren alle für einen anderen Ort oder eine andere Jahreszeit gekleidet, mit Plastikponchos oder Sommerkleidung, sie schienen nicht in Venedig zu sein. Der Taxifahrer erklärte uns, dass riesige Kreuzfahrtschiffe in der Nähe anlegten und zwischen neun und fünf ungeheure Touristenmassen auskippten. Er sagte, Venezianer hassten die Kreuzfahrtschiffe, weil die Passagiere an Bord aßen, kein Geld in der Stadt ausgaben und die besten Orte unzugänglich machten. Wir konnten sie am Ufer sehen, wie sie den Reiseleitern mit den erhobenen Schirmen folgten und alles mit den Handys aufnahmen, aber nichts betrachteten, nichts sahen.

»Was hat Julia gesagt, als ich weg war?«, fragte Fin.

Ich erzählte es ihm und sagte: »Sie meinte, Leon war pleite. Sie verließ sich darauf, dass Gretchen sie und Violetta unterstützte, aber Gretchen gab ihr irgendwann nichts mehr. Sie nannte Dauphine Loire eine ›fette Kuh‹: Vielleicht war sie diejenige mit Größe 42.«

»42 ist nicht fett.«

»Fin, Julia ist ein kokainsüchtiges Supermodel. Sie denkt wahrscheinlich, dass auch du ein bisschen dick bist.«

Ich sah mich nach Motorbooten um, die uns folgten, aber die Wasserstraße war sehr dicht befahren, und die Taxis sahen alle gleich aus.

»Ich vermute, wenn Loire in Saint-Martin war, könnte sie

auch für Violetta bezahlt haben. Sie hätte in der Familie nicht viel Aufmerksamkeit erregt, hätte als Gretchens Stellvertreterin auftreten und das Foto machen können. Aber wie wäre sie vom Schiff gekommen?«

Ich nahm mein Handy heraus, ging auf Facebook und schickte Adam Ross eine Nachricht: »*Wie könnte jemand mitten in der Bucht von Biscaya von einer Jacht runterkommen?*«

Und ich musste an die Frage denken, die wir getwittert hatten: »*Irgendwelche Antworten auf die Frage zu Mark Parker und dem Copyshop?*«

Fin checkte sein eigenes Handy. »Es gibt so viel Feedback, dass es unmöglich ist, alle Antworten durchzugehen. Bei den meisten geht es um Geister und mich, wie ich Pommes esse. Meistens aber um Geister.« Er hielt mir sein Handy hin. »Willst du versuchen, eine Antwort in dem Ganzen zu finden?«

Ich wusste nicht, was ich dort sonst noch finden würde. Ich schreckte zurück. »Nein. Mach du das.«

Er scrollte ein wenig weiter und fand eine Antwort von einem ›Mail Boxes Etc.‹-Shop. Ein kleiner Scan von einem Zeitungsartikel war angehängt. Das *Southampton Daily Echo* hatte zum Zeitpunkt des Untergangs darüber geschrieben. In dem Artikel stand, dass Mark Parker in dem Shop gewesen war, bevor er nach Frankreich zu seinem Vater fuhr. Er hatte sich ein Poster von dem Horrorfilm laminieren lassen. Später, als der Tauchgang zum Wrack viral ging, wurde die Geschichte noch mal in der Zeitung gebracht, und in dem Artikel wurde vermutet, dass es sich um das Poster handeln könnte, das die Leute in dem Tauchfilm sahen. Die Information war bereits öffentlich, versteckt im Getöse.

Fin war sichtlich begeistert von dieser Entdeckung. Er wollte auf der Stelle eine Episode dazu aufnehmen. Ich sagte, das sei eine gute Idee.

Fin sagte: »Und dieses Bild hier, Anna, sehe ich sehr oft.« Er zeigte mir ein Foto von der Katze, die an meine alte Haustür genagelt worden war.

Ich stieß das Handy weg.

»Scheußlich.«

Ich zuckte die Schultern. »Menschen …«

Fin nickte freundlich und sagte: »Ja. Das tut mir leid. Es tut mir auch leid, dass ich gesagt habe, du wärst paranoid. Ich verstehe jetzt, wieso du so bist.« Er sagte allerdings nicht, ich sei nicht paranoid.

Er ließ das Handy in seine Hemdtasche gleiten und wandte sich ab, streckte die Hand nach mir aus und berührte meinen Rücken. Er war gönnerhaft, nicht mitfühlend. Ich kannte den Unterschied. Wir ignorierten uns eine Weile und sahen aus dem Taxi auf den Kanal. Hier war es gespenstisch ruhig. Bunte Gondeln waren angetäut und klatschten aneinander. Weitgehend leere Vaporetti tuckerten langsam vorbei.

Langsam ging mir auf, dass wir von einem anderen Wassertaxi verfolgt wurden. Wir befanden uns jetzt auf einem ruhigen Teil des Kanals, aber wenn unser Fahrer langsamer wurde, tat es ihm der andere gleich. Es war immer da, ich wusste es, weil der Fahrer einen auffallend grünen Schal trug. Er stand am Steuerrad, drehte sich aber ständig um, nahm Anweisungen von jemandem in der Kabine entgegen. Ich konnte Fin nicht darauf hinweisen. Wir hatten uns gerade wegen meiner Paranoia gestritten.

Einige hundert Meter weiter lenkte unser Taxi in einen Seitenkanal, fuhr noch etwa fünfzig Meter weit, hielt dann vor ein paar Stufen und zeigte nach oben auf die Gasse zum Restaurant.

Ich bezahlte und drehte mich oben auf der Treppe um. Ich sah das Wassertaxi, das uns gefolgt war, sehr langsam an der Öffnung vorbeifahren. Die Vorhänge der Kabine waren geschlossen. Fin sah es.

Ich konnte nicht anders. »Ich glaube, dieses Wassertaxi ist

uns gefolgt. Ich habe es beobachtet, es wirkte ein bisschen unheimlich.«

»Das ist Venedig im November.« Fin lächelte schwach. »Ist hier nicht alles ein bisschen unheimlich?«

Wir gingen die Stufen hinauf zu einer schweren Holztür und betraten einen warmen Raum. Die Wände waren getüncht, der Boden aus rauem Stein, es gab sehr wenige Tische. Es war ruhig, die Mittagszeit war vorüber, und alle anderen Gäste sahen aus wie Touristen.

Der Kellner setzte uns an einen Tisch bei der Tür und gab uns Speisekarten aus Leinen.

Wir bestellten, und als der Kellner wegging, spürte ich einen feuchten Luftzug an den Knöcheln. Die Tür hinter uns hatte sich geöffnet. Ich sah auf.

Es war die Frau mit dem Pferdeschwanz in dem grauen Kaschmirponcho, die wir in Saint-Martin gesehen hatten. Sie stand in der Tür, sah mich direkt an, das Licht spiegelte sich in ihren Brillengläsern und machte sie undurchsichtig. Ich weiß nicht warum, aber ich nickte. Sie nickte zurück und kam direkt zu unserem Tisch.

Fin erkannte sie ebenfalls. Er war so überrascht wie ich.

»Mr. Cohen, Ms. Bukaran, darf ich Ihnen Gesellschaft leisten?«

Sie wartete nicht auf eine Antwort. Der Kellner brachte einen weiteren Stuhl und nahm ihr den Poncho ab. Sie wollte ihn bei sich behalten, aber er bot ihr an, ihn aufzuhängen. Sie sagte nein, sie würde ihn über die Stuhllehne hängen. Während dieses Austauschs nahm ich mein Handy und machte ein Foto von ihr. Es war recht dunkel, und ich saß, während sie stand. Es war kein gutes Bild, und sie wirkte eher nichtssagend.

Sie setzte sich hin, sprach makelloses Italienisch mit dem Kellner, sagte ihm nein, sie würde nichts essen, bringen Sie mir nur ein Glas stilles Wasser mit Zitrone, und bitte schnell. Dann stellte sie sich uns vor. Ihr Name war Dauphine Loire, die Assistentin von Gretchen Teigler. Wie geht es Ihnen. Es war keine Frage. Sie lächelte uns mit ordentlichen, charakterlosen Zähnen an.

Fin wirkte beunruhigt.

»Verfolgen Sie uns?«, fragte ich.

»Ich glaube, ich war in Saint-Martin, als Sie auch dort waren.« Sie zeigte uns wieder ihre Zähne.

»Was wollen Sie«, fragte ich, »abgesehen von dem Glas Wasser?«

Ihr Mund öffnete sich, und ein lachähnlicher Ton kam heraus. Ihr Mund schloss sich, und das Geräusch hörte auf. »Ich bin hier im Namen von Ms. Gretchen Teigler«, sagte sie. »Um über Ihre Audiosendung zu sprechen.«

Ich verstand, warum Trina Angst vor dieser Frau hatte. Etwas sehr Kaltes umgab sie. Sie war hier, um eine Aufgabe zu erledigen, und es war ihr egal, wie wir dazu standen. Sie war so frei von Anteilnahme, dass sie etwas roboterhaft wirkte.

»Wir wollen, dass Sie mit dieser Sendung aufhören. Wir sind bereit, Sie zu bezahlen, wenn Sie es tun.« Sie präsentierte wieder ihre Zähne.

So waren die Teiglers immer vorgegangen. Erst Bestechungen, dann Drohungen.

Ich sagte: »Ich glaube, wir haben eine gemeinsame Freundin: Patricia Hummingsworth.«

Sie wandte sich mir zu, um mich anzusehen. In ihrem Blick lag keinerlei Erinnerung an DS Patricia Hummingsworth. Auch nicht an den Mann, den sie losgeschickt hatte, um mich in der Küche meiner Mutter zu ermorden. Tatsächlich war da nichts in ihren Augen, so viel Nichts, dass es sich wie eine Warnung anfühlte. Ich nahm sie nicht an.

»DS Hummingsworth hat Sie vorgewarnt, dass die andere junge Frau meine Aussage bestätigte. Sie haben sie bestochen.«

»Das wurde vor Gericht widerlegt«, sagte sie, blinzelte einmal und wischte die Anschuldigung weg.

»Nichts wird vor Gericht ›widerlegt‹. Gerichte sehen etwas als bewiesen oder nicht bewiesen an, sie ›widerlegen‹ nichts.« Es hatte seine Vorteile, mit einem pedantischen Anwalt zusammenzuleben.

Dauphine ging erstaunlich schamlos damit um, was sie mir angetan hatte. Es war fast hypnotisch. Manche Menschen haben keine innere Moral, sie tun alles, womit sie durchkommen, aber die meisten reagieren wenigstens ambivalent, wenn man sie bei einer Lüge erwischt. Ich legte meine Hand auf ihre und lächelte. »Wow! Sie sehen so jung für Ihr Alter aus!«

Sie zog die Hand weg, und ich bemerkte einen Funken von etwas in ihrem Gesicht. Sie blinzelte halb und gewann ihre Fassung zurück. Ich bohrte weiter. »Haben Sie sich operieren lassen?«

Wieder blinzelte sie. »Es ist erstaunlich, was alles machbar ist.«

»Nicht wahr?«, sagte ich zu laut und recht unhöflich und tat so, als würde ich nach Narben am Haaransatz suchen. »Wow!« Dann nahm ich ein paar Euromünzen und ließ sie auf den Tisch fallen. »Sie sind gruselig, wissen Sie das? Etwas fehlt Ihnen.«

Ich stand auf, und Fin schloss sich an. Ich nahm meine Tasche und mein Handy.

Sie stand auf und stellte sich vor uns. »Auf uns wartet ein Flugzeug auf der Landebahn des Lido. Wir würden Sie gern nach Paris bringen, damit Sie Ms. Teigler treffen können. Sie wird Ihnen alles erklären.«

Fin sah mich an. Er hob eine Augenbraue. Dies war *die* Chance, mit Gretchen zu sprechen, vielleicht die einzige, die wir je erhalten würden.

Ich sagte: »Geben Sie mir Ihre Nummer, und ich rufe Sie in einer Stunde an.«

Sie grinste auf eine Art, die mir nicht gefiel, und gab mir ihre Karte. Dauphine Loire, PA von Ms. Gretchen Teigler, E-Mail,

Festnetz- und Handynummer und eine Adresse in Neuilly-sur-Seine, Paris.

Wir gingen aus dem Restaurant auf die Straße. Ich schickte das verschwommene Foto, das ich gemacht hatte, direkt an Trina Keany und fragte sie, ob das die Frau war, die sie bedroht hatte. Fin war am Durchdrehen, sah sich ständig um, als erwartete er, dass jeden Moment Attentäter irgendwo hervorsprangen.

»Hör auf damit«, zischte ich. »Sie beobachtet uns und weiß, dass sie uns Angst gemacht hat. Lass dir nichts anmerken.«

Es ist schwierig, im November selbstsicher durch Venedig zu marschieren. Durch den Sprühregen ist das Kopfsteinpflaster glitschig. Wir schlichen vorsichtig dahin auf eine Art, von der wir hofften, sie würde lässig wirken, und folgten dem Gehsteig über kleine Brücken, runter zu der Stelle, an der sich der Kanal verbreiterte, bis wir mitten in einem unvermittelt auftauchenden Pulk aus chinesischen Touristen landeten, die sich am Zugang zum Markusplatz versammelt hatten. Es war das schlechteste Versteck der Welt für zwei hochgewachsene Westler. Zwischen ihnen waren wir beide abnorm riesig.

»Sie war nicht fett«, sagte Fin.

»Ich habe ein altes Foto von ihr gesehen, und da war sie ein bisschen stämmiger. Vielleicht hat sie abgenommen oder sich Fett absaugen lassen oder irgendwas.«

Wir sprachen und gingen weiter und arbeiteten einen Schlachtplan aus. Von meiner Paranoia war nicht mehr die Rede. Wir gerieten in gewundene Gassen mit sehr teuren Bekleidungsgeschäften, genau die Sorte Superreichenprotz, die Saint-Martin vermied. Riemchensandalen für zweitausend Euro, Pelzmäntel für zwanzig. Wir wurden langsamer, und ich stellte laut die Frage, wie es für Violetta wohl gewesen sein musste, hier zu leben und arm zu sein. Die Gegensätze zwischen Julias feuchtem Zimmer und diesem Pomp waren so ausgeprägt. Fin sagte, es würde habgierig machen. Ich glaubte, es würde mich wütend machen. Berechtigte Wut hat eine gewaltige Kraft. Sie kann Menschen dazu bringen, schreckliche Dinge zu tun, beispielsweise in anderer Leute Crème de la Mer zu spucken, nur weil sie unverschämt waren und man selbst machtlos.

Wir vertrieben unsere Panik beim Gehen und kamen an den Rand einer breiten Wasserfläche, die mit Barbierstäben und vertäuten Gondeln durchsetzt war. Die Gondolieri rauchten diskret in Gruppen am Kai.

Ich sah nach links zu einer Reihe von Privatjachten. Sie waren riesig und ließen die *Dana* und die hübsche Jacht in Saint-Martin zwergenhaft erscheinen.

An der uns am nächsten liegenden hingen auf den unteren Decks angegurtete Rettungsboote in Öffnungen, vom obersten Deck lugte ein Helikopterflügel hervor. Ich nahm mein Handy und sah, dass mir Adam Ross geantwortet hatte.

»Ich hab mir diesen beschissenen Wracktauchfilm angeschaut. Jetzt bist du mir was schuldig! Von wegen Geist! Das hier ist die Reißleine von einem Zodiac.«

Er hatte mir einen Screenshot mit einem selbstgemalten roten Kreis um ein weißes Band geschickt. Es war die Stelle des Films, an der der Taucher gerade die Doppeltür geöffnet hatte und in die Kabine der *Dana* eintreten wollte. Ein vermodertes weißes Band flatterte außen.

Ich googelte »Zodiac« + »Jacht«.

»Fin. Verdammte Scheiße, Fin, sieh dir das an. Schau!«

Zodiacs haben verschiedene Größen, für eine Person oder zwei, bis zu sechzehn. Es sind selbstaufblasende Rettungsboote in einem Kanister, die mit einer Reißleine funktionieren, die an der Reling des Schiffs befestigt sein muss. Wenn man die Leine zieht, bläst sich das Boot selbst auf und stößt sich ins Wasser ab, während die Reißleine am Geländer befestigt bleibt.

Jemand hatte das Schiff verlassen, als es auf dem Meer war. Die Polizei war von Anfang an auf der falschen Fährte gewesen.

»Wer?«

»Unsere Horrorlady von vorhin?«, schlug ich vor. »Vielleicht hat sie es getan, um sicherzugehen, dass Gretchen Teigler nicht Leons Sippe versorgen muss. Sie hat nicht einmal das Diamantcollier an Bord gelassen – entweder hat sie es gleich von dort aus geschickt oder, was wahrscheinlicher ist, mit nach Hause genommen. Vielleicht hat Julia recht: Teigler wollte ihr ihr Vermögen vermachen, und die Heirat mit Leon hätte daran etwas ändern können. Sie muss es zum Kotzen gefunden haben, so weggeschoben zu werden, besonders nach allem, was sie für sie getan hat.«

»Hör zu, wir müssen sehr vorsichtig sein«, sagte Fin. »Wir können nicht einfach jemandem so etwas unterstellen, ohne Beweise zu haben.«

Ich stimmte ihm zu, es gab immer noch vieles, was wir nicht wussten, aber wir krochen auf die Antwort zu.

Wir sahen auf das vergrößerte Bild von der Reißleine, als eine SMS von Trina Keany kam:

»*Das ist sie. HAUT AB.*«

40

Ich rief die Handynummer auf Dauphines Karte an.

»Wir können in einer Stunde da sein, wenn die Einladung noch steht?«

»Natürlich. Eine Stunde ist gut.« Sie nannte mir das Luftfahrzeugkennzeichen der Maschine, ich sollte am Flughafeneingang danach fragen. »Wissen Sie, wo Sie hinmüssen? Zum Aeroporto Nicelli auf dem Lido.« Ihre italienische Aussprache war einschüchternd perfekt. »Wir sehen uns dort.«

Ich hörte nur noch eine tote Verbindung.

Fin und ich gingen in die Giardini della Biennale Arte, öffentliche Grünanlagen am Wasser, und landeten in einem Café. Wir bestellten lachhaft überteuerte Getränke und setzten uns raus.

Fin nahm sein Handy.

Die erste Podcast-Episode hatte zehntausende Likes und Retweets. Die zweite hatte über hunderttausend Likes. Fin war begeistert. Große Zeitungen schrieben über das, was wir taten, diskutierten die Ethik, meist prangerten sie uns an. Die gehässige Kolumnistin, die »schrieb, was alle anderen nur dachten«, hatte einen Kommentar verfasst, wie sehr sie mich damals gehasst hätte und dass sie noch immer dazu stand. Sie gab mir die Schuld am Tod der anderen jungen Frau. Es gab Porträts über Fin und Sophie Bukaran. Es gab außerdem zwei oft nebeneinandergestellte Bilder: Anna-auf-der-Stufe und das Vermisstenfoto von Sophie Bukaran, mit Hinweispfeilen auf und Kreisen um die Narbe in meinem Gesicht.

Sophie Bukaran war nicht für tot erklärt worden, sie galt nur als vermisst. Einige Tweets kamen von Polizeibeamten, die damals an dem Fall gearbeitet hatten und mich baten, sie zu kontaktieren.

Wir bestellten weitere Getränke und setzten uns näher ans Wasser, damit das Plätschern im Hintergrund zu hören war. Er startete die Aufnahme, und ich sagte: Hallo, ich bin Sophie Bukaran. Dies gehört nicht direkt zum Podcast, aber nur, um das klarzustellen, ja, ich bin *die* Sophie Bukaran, die Sophie, die vor zehn Jahren in den Vergewaltigungsfall in dem Hotel in Soho involviert war, und mehr wollte ich dazu auch nicht sagen. Fin nahm eine kurze Episode auf, berichtete ausführlich von unserem Flug, der Ankunft, unserem Treffen mit Julia. Er schnitt ein kleines Stück von der Aufnahme unseres Gesprächs mit ihr rein. Wir mussten beide lächeln, als wir es hörten, weil ihre Stimme so voll und tief klang. *»Seltsam«*, sagte Julia in dem Ausschnitt, *»alle Etiketten waren aus den Kleidern herausgeschnitten und so weiter. Seltsam.«*

Aber er schnitt es vor dem nächsten Satz ab, in dem Julia sagte, eigentlich wollte sie doch nicht, dass das Interview aufgezeichnet wurde. Er sah kein Problem darin, er sagte, erst ab dem Moment entzog sie uns ihre Zustimmung. Ich sagte, nein, ich weiß nicht, bezog sich das nicht auf alles? Hat sie da nicht ihre Zustimmung zu allem nachträglich widerrufen? Nein, sagte Fin, das geht so, mach dir keine Sorgen.

Aber ich machte mir Sorgen. Ich fand Julia fantastisch, und es war respektlos, ihre Stimme zu verwenden, wenn sie das vielleicht nicht wollte. Mir war nicht wohl dabei.

Wir hörten uns die Aufnahme noch einmal an, und sie klang okay. Gerade als Fin sie online stellte, klingelte sein Handy. Seine Agentin rief an.

»Schöne Scheiße! Ich wusste nicht, dass ich noch eine Agentin habe.« Er ging weg, um den Anruf ungestört anzunehmen.

Zum ersten Mal seit Inverness war ich allein. War Dauphine

Loire eine Psychopathin? Ich wusste nicht genau, woran man das festmachte, aber es war eindeutig schräg, wenn man jemanden traf, den man umzubringen versucht hatte, und so gar keine Reaktion zeigte. Ich dachte an die entzückende, herzliche Julia und vermisste meine Mädchen. Ich vermisste sie so sehr, wusste aber, dass es ihnen gut ging, solange Estelle bei ihnen war. Sie mochte die beiden, und sie mochten Estelle. Momentan hasste ich sie zwar, aber ich vertraute ihr, was die Mädchen anging. Es fühlte sich wie ein großes Zugeständnis an. Es nahm mir etwas den Schmerz.

Als hätte er meine Gedanken gehört, klingelte mein Handy, und es war Hamish. »Ich habe gegoogelt. Oh, Anna. Es tut mir so leid. Ich wusste das nicht. Bist du in Sicherheit?«

»Tut mir leid wegen all der Lügen.«

»Ich denke die ganze Zeit, wenn so etwas unseren Mädchen zustoßen würde …«

Es war offenbar nicht traurig genug, dass es mir zugestoßen war. Aber ich war in versöhnlicher Stimmung und sagte: »Ja.«

»Du warst noch so jung. Es tut mir so leid.«

»Schon okay. Bringst du sie woandershin?«

»Ja. Jemand ist gestern Nacht bei uns eingebrochen. Die Polizei hat mich angerufen. Es wurde nichts gestohlen. Ich glaube, man hat dich gesucht.«

Zwischen uns entstand eine angsterfüllte Pause. »Scheiße, Hamish, es tut mir so leid.« Wir waren nicht mehr oft so aufrichtig miteinander. Das Vertrauen war verschwunden. Es fühlte sich etwas unbehaglich an. »Warst du beleidigt, dass sie keine von deinen wertvollen antiken *objets d'art* gestohlen haben?«

»Ein bisschen schon. Es müssen Modernisten gewesen sein.« Hamish kann einen entwaffnend trockenen Humor haben. »Ich bringe die Mädchen woanders unter, wie du es gesagt hast, und passe gut auf sie auf, bis es vorbei ist.«

»Kann ich sie sprechen?«

»Sie sind schwimmen.«

Wir schwiegen einen Moment und hörten uns gegenseitig beim Atmen zu. »Sorg für ihre Sicherheit, Hamish. Das ist alles, was zählt.«

»Okay«, flüsterte er. »Ich wünschte nur, es wäre nicht alles zur selben Zeit passiert. Anna, es tut mir leid, dass es so ein Chaos ist.«

Er fühlte sich schuldig und wollte, dass ich ihn tröstete. Ich stellte mir vor, dass Helen dieselbe Behandlung erhalten hatte. Wie Leon hatte Hamish ein bisschen was von einem liebenswerten Scheißkerl. Oberflächlicher Charme, Geschichtenerzähler, aber egoistisch bis ins Mark. Offenbar hatte ich eine Schwäche für solche Männer.

»Anna? Es tut mir leid?«

Er wollte von mir hören, dass alles gut war. Ich war ihm nichts schuldig, ich war nicht mehr seine Gefährtin, aber ich gab nach, weil ich ihn mochte und wahrscheinlich immer mögen würde. »Das hätte jederzeit passieren können, Hamish. Es ist nicht geschehen, weil du mich verlassen hast, sondern weil Fin berühmt ist. Ich bin froh, dass es passiert ist, als die Mädchen aus dem Haus waren. Und dass sie bei euch sind, sogar bei Estelle, Hauptsache in Sicherheit.«

»Ich weiß. Anna …?« Seine Stimme war dünn, verlor sich, sein Atem stockte. Er hatte es nicht so mit großen Emotionen.

»Hamish, falls etwas … falls wir uns nicht mehr sprechen. Ich habe dich wirklich sehr geliebt.«

»Anna? Ich habe … lieb.« Seine Stimme kippte ins hohe C. Er weinte zu heftig, um sprechen zu können, aber es war okay. Ich musste es nicht von ihm hören.

»Auf Wiedersehen, Hamish.« Ich legte auf und nippte an meinem Kaffee und erinnerte mich, wie ich frühmorgens zu Hause Kaffee getrunken hatte, wenn alle schliefen und ich lesen konnte, meine liebste Erinnerung. Ich schwelgte darin, bis Fin zurückkam.

Er lächelte, seine Augen strahlten, und er ließ sich auf den Stuhl fallen.

»Was sagt die Agentin?«

»Sie ist immer noch meine Agentin, und sie übertrifft sich gerade selbst. Sie hat alles Mögliche für uns organisiert, wenn wir zurückkommen. Über uns wird was in Zeitungen und Magazinen gebracht, wir kommen in Talkshows und ins Radio, unser Podcast ist ganz oben. Und der #MeToo-Ansatz ist noch mal ein ganz neuer Aspekt dabei.«

Er sprach immer weiter, erging sich in Einzelheiten und sprach von viel Geld und so weiter. Er freute sich auf die Zukunft, machte Pläne. Ich dachte nicht wirklich darüber nach. Ich stimmte einfach allem zu.

»Wir haben ein hohes Angebot für einen Vorschuss auf ein Buch. Ich kann kein Buch schreiben. Wie wäre es, wenn du das machst?«

Ich sagte ja, sicher, warum nicht, ich werde ein Buch schreiben.

Übrigens ist es dieses Buch. Was dachte ich mir nur dabei? Ich bedachte nicht den Schreibprozess, die sechs Monate voller Selbstzweifel, die Falschheit aller Wörter, die Absätze, die sich gegenseitig erwürgen, den Bürgerkrieg auf jeder Seite, die schiere Langweile, die das Schreiben über sich selbst mit sich bringt. Ich sagte nur vorschnell ja, sicher, warum nicht, ich werde ein Buch schreiben. Ich willigte ein, als ginge es darum, eine neue Chipssorte auszuprobieren. Klar, mach ruhig. Ich probier's jetzt gleich, wenn du magst, während wir auf den Bus warten.

»Jemand ist gestern Nacht in unser Haus in Glasgow eingebrochen«, sagte ich.

»Oh mein Gott.«

»Ich weiß.«

»Scheiße!«

»Ja. Sie haben nichts mitgenommen. Hamish glaubt, sie hätten nach mir gesucht. Wir sollten los, mal sehen, was Loire im Schilde führt.«

Wir fanden ein Taxi, das uns zur Anlegestelle des Flughafens auf dem Lido bringen würde, und setzten uns hinein, knöpften unsere Mäntel wie Einheimische zu. Bald waren wir im offenen Wasser, und die Temperatur sank. Das Gewässer war weit und kalt.

Wir erreichten den Lido und legten an der Flughafenmole an. Wir gaben dem Fahrer hundert Euro, damit er den Motor ausschaltete und zu uns in die Kabine kam. Wir warteten, die Gardinen zugezogen, und beobachteten. Innerhalb weniger Minuten sahen wir, wie sich von der Stadt aus ein Boot näherte. Dann sahen wir sie aussteigen. Dauphine Loire war in Begleitung eines rotgesichtigen Mannes in einer abgewetzten Lederjacke.

»Das ist ein angeheuerter Schläger«, flüsterte Fin.

»Meinst du?«

»Er passt nicht zu ihr. Schau dir seine großen Hände an.«

Der Mann streckte die Arme aus, um sich am Geländer festzuhalten, und wir sahen eine Messerscheide in seiner Jacke. Er stieg vorn in ein wartendes Auto ein, Dauphine stieg hinten ein, und sie fuhren in Richtung des Flughafens. Dann sagte ich zu Fin:

»Wegen diesem Mann habe ich dich dazu gebracht, aus Saint-Martin abzuhauen.«

41

In sprödem, ängstlichem Schweigen fuhren wir mit dem Taxi zurück in die Stadt und ließen uns am Bahnhof Santa Lucia absetzen. Wir hatten gewusst, dass Loire etwas im Schilde führte, dass sie vielleicht Leute dabeihaben würde, wir hatten gewusst, dass wir nicht in das Flugzeug steigen würden, aber der Anblick des Messers in der Jacke des Mannes erweckte in uns beiden den Wunsch, sofort und endgültig das Weite zu suchen. Wir hatten Angst. Ich wollte mit Gretchen Teigler reden, aber es über Loire zu versuchen war zu riskant.

Ich kaufte zwei Erste-Klasse-Tickets für den nächsten Zug nach Lyon in weniger als einer Stunde, mit Umsteigen in Mailand. Ich fand, wir sollten nicht in der Nähe des Bahnhofs warten. Er war klein, und man konnte sich nirgends verstecken. Wir waren nur fünf Minuten von Julias Wohnung entfernt.

Es war meine Idee, noch mal zu ihr zu gehen. Ich wünschte mir ihre Genehmigung, dass wir die Aufnahme von ihr benutzen durften. Das war unnütz, die Episode war bereits online, aber ich hatte ein ungutes Gefühl dabei und wollte sie in aller Form bitten, als Respektsbekundung. Fin fand, ich stellte mich an, aber sie sollte wissen, dass es mir etwas bedeutete, sie zu fragen. Schöne Frauen wie Julia haben es nicht leicht, auf sie wird so viel projiziert, sie werden ständig terrorisiert. Ich glaube, ich wollte ihr sagen, dass mir wichtig war, was sie dachte, und vielleicht wollte ich, dass sie wieder meine Hose bewunderte. Ich glaube, ich war ein wenig in sie verliebt.

Also gingen wir zurück.

Wir fanden den Weg durch die engen Gassen und Speicher

zu Maliks Laden, und dann war es leicht. Man verläuft sich in Venedig, man verliert die Orientierung, weil die Straßen sich winden und die Gebäude hoch sind, so dass es wenig Sichtlinien und Orientierungspunkte gibt, aber wir fanden den Hof wieder und sahen ihre Tür. Wir bemerkten erst, dass sie offen stand, als wir dicht davor standen.

Fin streckte den Arm aus und stieß sie mit den Fingerspitzen auf. Die Tür quietschte, als sie sich in den düsteren blauen Raum öffnete. Ich musste Fin am Arm packen, damit er nicht hineinging.

Wir standen in der Tür und blinzelten in das dunkle Zimmer. Ich sah Julias Fuß. Ein Loch in der Unterseite ihrer pinkfarbenen Socke. Einer ihrer Crocs lag einsam gute drei Meter entfernt in Richtung Schlafzimmertür.

Ich trat vor Fin. Er würgte.

Julia lag auf dem Rücken, das Gesicht wächsern, Mund und Kinn eine schwarze, blutige Sauerei. Das Messer musste einen Lungenflügel getroffen haben. Man hatte so oft auf sie eingestochen, dass ihr pinkfarbener Kittel tiefrot war, auf ihrer Brust eine glänzend nasse Blume. Ein Küchenmesser lag auf dem Boden. Es konnte nur Minuten gedauert haben, bis sie verblutet war, aber in der Zeit hatte sie sich durch den Raum zum Couchtisch mit den gerahmten Fotos gequält, man sah es an den blutigen Schlieren mit Pfützen auf dem Boden.

Sie hatte sich den ganzen Weg dorthin geschleppt und hielt ein gerahmtes Foto von Violetta fest. Darauf war sie ungefähr sieben und stand in Ballettpose da, ein Tutu um ihren runden kleinen Bauch.

Dann bemerkte ich, dass Julias Augen offen waren.

Der Drang, die Augen der Toten zu schließen, ist universell, glaube ich. Als meine Mutter starb, musste ich ihr die Augen schließen, um sie zu beschützen, auch wenn sie tot war. Niemand hatte Julia die Augen geschlossen.

Das Schlafzimmer war durchwühlt worden, das Bett umgeworfen, der Inhalt der Kartons auf den Boden verstreut. Ein leerer Karton lag auf der Seite, über der Blutspur.

Hatte sich Julia durch das Zimmer geschleppt, während sie das taten? Oder hatten sie gewartet, bis sie starb, dabei zugesehen und dann ihre kärglichen Habseligkeiten durchsucht? Julia besaß nichts. Wer diese Wohnung durchsucht hatte, war hinter etwas anderem her als Geld.

»Jetzt sollten wir aber wirklich die Polizei rufen«, flüsterte Fin hinter mir.

»Himmel, nein, nicht die italienische Polizei. Sie würden uns hier jahrelang festhalten. Wir müssen sofort hier raus.«

Wir gingen und zogen die Tür zu. Wir liefen eilig Richtung Bahnhof, keuchend und benommen.

»Unsere DNA ist überall in dem Zimmer«, flüsterte Fin, als wir an Maliks Laden vorbeikamen.

»Geh weiter, Fin. Einfach weitergehen.«

Wir gingen sehr schnell. Das war ein Fehler. Prompt hatten wir uns verlaufen. Ich konnte mich nicht konzentrieren und auch nicht mehr richtig sehen, weil meine Augen schwammen, mein Herz raste, und alles sah gleich aus. Wir würden den Zug verpassen.

»Halt«, sagte ich. Er blieb stehen, und ich auch. Wir lehnten uns an eine Mauer. Wir atmeten.

»Unsere DNA …«, winselte Fin.

»Hör zu: Wir haben dem Taxifahrer ihre Adresse gegeben, wir haben sie ihn dreimal lesen lassen, dann haben wir ein Interview mit ihr online gestellt. DNA-Spuren sind unser geringstes Problem.«

»Was läuft hier? Wer würde sie denn gleich umbringen?«

Ich wollte glauben, dass der Mord an Julia nichts mit uns zu tun hatte, aber ich wusste es besser. Wir waren die Ersten, nach denen die Polizei suchen würde, wenn man ihre Leiche fand. Man würde uns nicht außer Landes lassen. Wir mussten auf der Stelle weg.

Da wir uns nicht trauten, nach dem Weg zu fragen, folgten wir dem Licht zum Ufer des Canal Grande und strömten mit dem Pendlerpulk zum Bahnhof.

Innen mussten wir durch ein gläsernes Ladenlabyrinth, ein Durchgang führte zu den Außenbahnsteigen. Eine dichte Menge hatte sich um den Orient-Express versammelt, der Passagiere nach Wien an Bord nahm. Unser Zug fuhr vom benachbarten Gleis ab, und wir mussten uns durch die Massen der Eisenbahnfans kämpfen.

Unsere Plätze befanden sich im vordersten Abteil, wir saßen uns gegenüber an einem Tisch. Es war ruhig, zu weit vorne, als dass eilige Nachzügler uns Gesellschaft leisten würden. Ein einzelner Geschäftsmann schlich herein und setzte sich ans andere Ende des Abteils, diagonal von uns, so weit weg wie möglich, was uns gerade recht war.

Als ich den Blick hob, sah ich, wie Fin in seine Hände weinte.

»Hey, Fin, hey. Hör auf.«

Aber er konnte nicht aufhören. »Ich will das nicht mehr«, wimmerte er. »Ich will nach Hause.«

Mir ging es genauso. Wir wussten nicht, was wir taten. Was, wenn den Mädchen oder Estelle oder Hamish so etwas zustieß?

Also saßen wir da, wichen gegenseitig unseren Blicken aus, trauerten um Julias verlorene Pracht, fühlten uns schuldig und verängstigt und elend.

Der Zug fuhr mit einem Ruck an und langsam aus Venedig hinaus, über die Lagune und hinein in eine dichte Nebelbank.

42

Diejenigen unter Ihnen, die damals dem Podcast gefolgt sind oder ihn sich später angehört haben, werden schon auf dieses Kapitel gewartet haben. Es tut mir leid, wenn es Ihnen alles verdirbt.

Die Podcast-Episode »Wir betranken uns mit einem Auftragskiller« gewann zahlreiche Preise und brach Downloadrekorde. Die Leute fanden sie lustig und schräg und anrührend, und es war mit Abstand die erfolgreichste Episode, aber das ist so nicht passiert. Wir betranken uns nicht mit einem lustigen Kerl, der wilde Geschichten erzählte – jedenfalls war das nicht alles. Ich habe den Text aus der Episode in Kursivschrift gesetzt. Sie können das überspringen, wenn Sie sich die Erinnerung nicht verderben wollen.

Die eigentliche Bedeutung von Geschichten hängt davon ab, wo sie erzählt werden, wann und wem. Die Podcast-Episode handelte von einem Betrunkenen mit tiefer Stimme und seltsamem Akzent, der irre Geschichten erzählte. Aber Kontext verändert die Bedeutung. Dies ist der Kontext.

Wir standen unter Schock und fragten uns, was zur Hölle wir tun sollten. Bislang hatte es Spaß, aber auch Angst gemacht, wir waren leichtfertig mit unserer eigenen Sicherheit umgegangen, aber jetzt führte der Podcast zum Tod von Menschen, die wir interviewten. Damit kamen wir nicht klar.

Zu diesem Zeitpunkt sah ich nur zwei Möglichkeiten: Entweder hatte Gretchen Teigler Julias Tod angeordnet, um uns abzuschrecken, oder Julia wusste noch etwas, und man hatte sie getötet, damit sie es uns nicht sagen konnte. Aber niemand hätte wissen können, dass wir zurückgehen und sie finden würden, also konnte es keine Warnung sein. Was mich nicht losließ, war das Ausmaß an Gewalt. Auf Julia war mehrfach eingestochen worden. Das war barbarisch. Das war emotional. In True-Crime-Podcasts hört man: Das ist etwas Persönliches. Ihre Augen wurden offen gelassen. Ein Karton war achtlos auf die Blutspur geworfen worden, die sie hinterlassen hatte, als sie sich zu Violettas Foto schleppte. Aber weil ich mir vorstellte, dass Julias letzte Momente mir selbst zustießen, machte mir Folgendes am meisten zu schaffen: Das Gesicht war nicht an ihr Herz gedrückt. Sie umarmte das Bild von Violetta nicht. Es zeigte nach außen, zur Welt, wie ein letztes Statement, die Summe ihres Lebens: Das war alles, was sie geliebt hatte.

Ich sah aus dem Zugfenster. Wir überquerten langsam die Lagune und fuhren durch dichten, wirbelnden Nebel. Laster und Autos auf der Straße wirkten verschwommen und geisterhaft.

Wir starrten einander in die nassen erschrockenen Gesichter. Fin weinte noch immer. Ich musste an die Vertrauensübung bei der Paartherapie denken, bei der die Paartherapeutin Hamish und mich anwies, Knie an Knie dazusitzen und für gefühlte sieben Stunden Augenkontakt zu halten, während ich immer nur denken konnte: »Ich hasse dich«.

Fin und ich nahmen unsere Handys raus und versuchten, zum Trost mit ihnen zu spielen, aber wir hatten keinen Empfang, und das WLAN war »vorübergehend nicht verfügbar«. Ich scrollte durch die Fotos von den Mädchen, um mich zu beruhigen, stolperte aber über ein Selfie von Estelle und mir, wie wir uns bei einem Frühjahrskonzert im Park umarmten. Unsere Wangen berührten sich, und wir lachten. Im Hintergrund war die hübsche viktorianische Bühne zu sehen. Ich legte das Handy weg.

Schilder zeigten den Weg zum Speisewagen. Ich trocknete

mein Gesicht und machte mich auf den Weg, um etwas zu trinken zu kaufen.

Hinter der Automatiktür und vorbei an einer großen behindertengerechten Toilette fand ich mich in einem recht neuen Speisewagen aus rotem und weißem Plastik wieder. Hohe Stehtische verteilten sich im Wagon. Man konnte sich an eine Theke setzen und aus einem breiten Fenster hinaussehen. Fin tauchte hinter mir auf und stellte sich neben mich.

Ein kleiner Italiener hinter der Theke sprach mich an: *»Buona sera, signora. Cosa vorresti?«*

Mein Italienisch ist schlecht. Ich schämte mich dafür, als ich versuchte, zwei kleine Flaschen Weißwein zu bestellen, eine für mich und eine für Fin, aber der Mann, der uns bediente, sagte nein. Zwei kleine Flaschen seien teurer als eine normale Flasche Wein. Ich glaube nicht, dass ich einverstanden war, aber alles war ein wenig verschwommen, ich war aufgewühlt und versuchte mein schlechtes Italienisch zu vertuschen.

Der Mann öffnete eine volle Weinflasche, stellte sie mit einem einzelnen Plastikbecher obendrauf auf die Theke und fragte Fin, was er wollte.

Fin wollte einen Wodka, aber wieder belehrte ihn der Mann in sehr schnellem, affektiertem Italienisch, dass das nicht kostengünstig sei. Fin verstand nicht, was er sagte, also nickte er, gestikulierte mit den Händen, und der Mann fasste das als Bestellung einer halben Flasche Wodka auf.

Es war sehr teuer.

Beide konnten wir nicht klar denken. Irgendwie kam Fin auch noch zu einem Eiersandwich und einer riesigen Packung Chips namens »Paprika Xtreme«. Die würde später noch auf recht unerwartete Weise eine wichtige Rolle in unserem Abenteuer spielen.

Wir gingen zurück zu unseren Plätzen, machten es uns am Tisch gemütlich und fingen an zu trinken. Erst beruhigte und wärmte und dämpfte uns der Alkohol. Er wirkte wie Medizin. Wären wir woanders gewesen, hätten wir es dabei belassen und gehen können, aber wir steckten in einem Bummelzug. Es würde zehn Stunden dauern, mit Umsteigen in Mailand, bis wir in Lyon waren, und wir schienen an jedem Bahnhof zu halten, der auf dem Weg lag. Deshalb tranken wir weiter, nachdem der Alkohol uns so gut getan hatte, wie es ihm möglich war.

Es wird Ihnen bereits aufgefallen sein, dass in dieser Geschichte bisher nicht sehr viel geschlafen wurde. Wir hatten nur hier und da ein paar Stunden Schlaf in Flugzeugen und Flughafenhallen ergattert, Adrenalin trieb uns an. Fin war furchtbar untergewichtig, und ich trank sonst nie viel. Dann wurde die Heizung in dem Wagon aufgedreht. Ich schloss die Augen für, wie ich glaubte, eine Sekunde und schlief ein.

Ich hörte Stimmen ganz in meiner Nähe und dann Fins Lachen. Ich fragte mich vage, was los war, ich wollte es unbedingt wissen, aber ich konnte nicht wach werden. Ich war fast eine Stunde lang weggetreten. Wir fuhren gerade aus dem Bahnhof von Vicenza, als ich mit pappigem Mund und geschwollenen Augen aufwachte.

Was ich sah, überraschte mich sehr.

Mir gegenüber, neben Fin, saß der Mann aus Saint-Martin, der Mann, den wir zusammen mit Dauphine Loire gesehen hatten. Er und Fin lächelten, reckten die Hälse vor, lauschten verzückt einer Gestalt, die direkt neben mir saß.

Fins halbe Wodkaflasche lag leer auf dem Tisch. Sie hatten noch eine weitere halbe Flasche fast geleert. Vom Wein war nichts mehr übrig, vom Eiersandwich auch nicht, aber sein Geruch hing noch in der Luft. Ich richtete mich schnell auf, versuchte mich wach zu rütteln, und alle wandten sich mir zu und johlten.

Ich rieb mir die Augen. Sie waren alle ziemlich betrunken, aber Fin war ganz und gar rattenblau.

»Guten Morgen, Prinzessin!«, sagte der große Mann neben mir. »Einen Toast! Auf die Prinzessin!«

Es gefiel mir nicht, wie er »Prinzessin« zischte.

Ich sah ihn an. Sein Gesicht war gerötet, und er trug einen altmodischen brauen Anzug mit großen Schulterpolstern und speckigen Aufschlägen. Er roch nach Zigaretten und Wodka und Rosenwasser und altem Schweiß. Gehörten die beiden Männer zusammen? Sie sahen sich ähnlich. Aber ich war betrunken und schlief noch halb und konnte mir keinen Reim darauf machen, was vor sich ging.

Fin stellte mir den Mann vor, der neben mir saß. Das ist Demy. Demy, das ist …

Ich sagte, mein Name sei Anna. Ich legte keinen gesteigerten Wert auf meine Identität. Ich war so schläfrig und betrunken, dass ich vergaß, wer ich in dem Moment zu sein hatte.

Demy wandte sich mir zu und schüttelte mir die Hand. Er hielt sie ein wenig zu fest. Seine Hände waren wie Schaufeln, und seine vielen Ringe schnitten mir in die Finger. Seine Knöchel waren vernarbt. Seine Hände erinnerten mich an die schwielige Hand an meinem Hals in der Küche, als ich noch Sophie war. War dies der Mann, der versucht hatte, mich zu töten? Ich musterte sein Gesicht, aber er war es nicht. Er betrachtete mich mit wässrigen Augen, deren Weiß ins Gelbe überging. Sein Mund lächelte.

Er hob das Glas und prostete mir zu. »Ein Toast!«

Fin erklärte mir, dass Demy ihm Gesellschaft leistete, seit ich eingeschlafen war. Er hatte dahinten gesessen, als wir reinkamen, ob ich mich noch erinnerte? Fin deutete auf den Platz, auf dem der schüchterne Geschäftsmann gesessen hatte. Ich schüttelte den Kopf, aber Fin bemerkte es nicht. Was ich meinte, war, dass dort niemand gesessen hatte, als wir reinkamen. Jemand war *nach* uns gekommen und hatte sich so gesetzt, dass wir ihn nicht sehen konnten. Aber Fin war betrunken. Er hatte das vollkommen vergessen.

Fin fuhr fort: Nachdem ich eingeschlafen war, war Demy auf einen Plausch und einen Drink rübergekommen, und dann, als der Zug in Padua hielt, stieg dieser Typ ein! Er deutete auf den Mann neben sich. Ich glaubte nicht, dass Fin ihn erkannt hatte.

»Hey!«, sagte der Mann. »Ich bin Zviad!« Sein Englisch war gut. »Es tut mir so leid. Wir haben Ihr Sandwich gegessen, aber keine Sorge. Ich hole noch mehr Wodka!«

Das entlockte Demy ein Jauchzen.

»Weißt du, wer er ist?«, fragte ich Fin und zeigte auf Zviad.

Sie sahen einander an und lachten.

»Er ist der Mann, der uns gefolgt ist!«

»Hey«, sagte Zviad, der sehr rotgesichtig und breitschultrig war und mit unerwartet sanfter Stimme sprach, »Mrs. Bukaran, wenn ich das so sagen darf: Es ist mir eine Ehre. Sie sind eine berühmte Dame.« Er legte eine flache Hand auf die Brust und verbeugte sich so tief, wie es der Tisch erlaubte.

»Woher kommen Sie?«

»Albanien.«

Ich sah zu dem Mann neben mir. »Sie beide?«

»Nein!«, sagte Demy mit gespielter Empörung. »*Ich* bin Georgier!«

Damit erntete er großes Gelächter. Während des weiteren Verlaufs der Reise wurde diese Pointe wiederholt, wann immer eine Gesprächspause entstand oder die Laune sank, und dann lachten alle wieder. So ging es weiter bis zur Erdrosselung in der Toilette.

Fin erklärte, dass Zviad zugestiegen war, und na ja, du weißt schon …

»Nein«, sagte ich, »ich weiß nicht.«

»Na ja«, sagte Fin, »offensichtlich waren seine Absichten in Bezug auf dich nicht gerade ehrbar.«

»Anweisungen.« Zviad hob entschuldigend die Schultern.

»Aber ich saß schon hier mit meinem Freund Demy und war am Trinken.«

Fin und Zviad sahen mich an. Ihre Augenbrauen hoben sich. War Demy Zviads Boss? Es sah nicht so aus. Er hatte Narben. Er war vierzig. Er sah aus wie die russischen Gangster, die vor den russischen Cafés in Swiss Cottage in London saßen, ganze Tische voller Männer in billigen Anzügen, die rauchten und Kaffee tranken. Er war Georgier, gehörte also zur Vory, einer kriminellen Supermafia, die Generationen zurückreichte und ihre eigene brutale Kultur und Tracht hatte. Ich sah Zviad an, dass er genau wusste, was Demy war. Er würde keinen Ärger machen, solange Demy bei uns saß. Sogar die Gosse hatte ihre Hackordnung.

Fin war nicht aufgefallen, dass Demy ein Gangster war. Fin glaubte, Demy sei ein charismatischer Passant, ein schützender Zeuge, der uns Sicherheit vor Zviad gab.

»Du nimmst Anweisungen entgegen?«, fragte Demy Zviad. »Von wem?«

Zviad wirkte beschämt. »Arbeitgeber.«

Demy grinste und verengte die Augen. »Schön, wenn man einen Job hat.«

Zviad lief bis zum Haaransatz rot an. Ich wusste nicht, was gerade vor sich ging. Irgendeine Gangsterscheiße, wie es aussah.

»Noch eine Geschichte!«, rief Demy und schlug auf den Tisch. »Mehr zu trinken!«

Als alle Gläser voll waren, holte Demy tief Luft und sagte: »Es war einmal …«

»Kann ich das aufnehmen?« Fin hielt ihm betrunken mit beiden Händen sein Telefon und das Mikro hin.

Demy betrachtete die Sachen. Sein Blick verdunkelte sich. Er blinzelte. Er trank mehr als die anderen, war aber immer noch bei weitem der Klarste. Er zuckte die Schultern und verzog die Lippen. »Sicher.«

Fin startete die Aufnahme und legte das Handy auf den Tisch. Hier beginnt die Podcast-Episode:

»Es war einmal dieser Mann, nennen wir ihn Demy. Hahahaha!«

Fin und Zviad lachten aufs Stichwort.

»Dieser Mann, Demy, wuchs in einem kleinen Ort auf. Dort gab es nichts. Alle waren arm, ABER weil alle arm waren, wusste niemand, dass sie nichts hatten. Hey, ich hab einen Stock, du hast zwei Stöcke, jetzt kommst du dir reich vor, was? Es ist relativ. Nichts außer dreckigen Böden, dürren kleinen Kindern, die die Hälfte der Zeit hungrig rumlaufen und um die sich niemand kümmert.«

Die Beschreibung war trostlos, aber Demy erzählte liebevoll und mit besonders tiefer Stimme, weil sein Kinn auf der Brust ruhte.

»Die Kinder in dem Ort waren immer alle zusammen.« Er zeichnete einen großen Kreis auf den Tisch. *»Ja? Sie passten aufeinander auf. Aber zwei der Jungs waren besonders enge Freunde. Demy und Yergey. Im selben Alter. Beide hatten keine Väter. Einer war tot, einer im Gefängnis. Yergey ist ein verrückter Mann. Er ist zu allem bereit, sehr impulsiv. Aber Demy, der ist überlegter, ein ernsthafter Mensch. Sie waren sich gar nicht ähnlich.*

Diese Jungs wuchsen also gemeinsam auf, ganz, ganz eng. Sie wuchsen auf und gingen in die Stadt, um ihr Schicksal zu suchen. Sie schliefen gemeinsam auf der Straße, betranken sich gemeinsam, machten ... Sachen. Wie auch immer. Sie bekamen Jobs. Wie du, Zviad. Irgendwann arbeitete Demy für einen Boss, Yergey für denselben, aber in einer anderen Stadt. Sie sehen sich sehr lange nicht. Wirklich sehr lange.«

Demys Stimme war samtig weich, sein Blick verklärt. Er durchlebte es erneut.

»Dann erhält Demy eines Tages einen Auftrag. Jemand beklaut uns, jemand, der uns nahesteht, und wir wissen, dass es einer von zwei Männern ist. Man muss sich darum kümmern. Also geht Demy zu der Adresse und wartet, beobachtet, sieht die beiden Männer, die er töten muss, aus einer Bar kommen. Demy lässt die Autoscheibe runter und ruft sie zu sich. Einer von ihnen ist Yergey.«

Fin war davon sehr berührt, und Zviad legte die Hand vor den Mund. Demy hielt inne, von seinen Gefühlen so überwältigt, dass es ihm schwerfiel, die Wörter herauszubringen, aber es war die Traurigkeit eines Betrunkenen, flüchtig und seicht. Ich merkte, er hatte diese Geschichte schon oft erzählt und wusste, dass sie funktionierte.

»Die beiden Männer steigen also in Demys Wagen. Yergey setzt sich nach vorn. Er freut sich so sehr, Demy wiederzusehen. Die alten Freunde bringen sich auf den neuesten Stand – hey, was hast du so getrieben, wo warst du? Sie holen eine Flasche raus. Sie rauchen und trinken im Wagen und haben Spaß. Schließlich fragt Yergey: ›Warum bist du hier, Demy?‹

Demy sagt: ›Du weißt, warum ich hier bin.‹«

Er goss sich etwas zu trinken nach und kippte es runter.

»›Du weißt, warum ich hier bin, Yergey.‹

Und jetzt weiß Yergey, warum. Sie wissen es beide.

Also dreht sich Demy um und schießt dem anderen Kerl in den Kopf, BANG. Toter Mann im Auto. Wisst ihr, was Yergey sagt?

Yergey sagt: ›Demy, ich bin froh, dass du es bist.‹

Diese Sorte Mann ist er. Er weiß, es muss getan werden, und er findet etwas daran, worüber er froh ist.

Demy ist davon gerührt. Sie rollen also den toten Kerl aus dem Auto, direkt in den Graben neben der Straße.«

Mit einem Lächeln im Gesicht machte Demy eine wälzende Bewegung mit den Händen. Da wusste ich, dass es keine Geschichte war, sondern eine Erinnerung, und ich fragte mich, warum er uns davon erzählte.

»Sie sitzen also zusammen und reden. Sie erzählen sich Geschichten aus ihrer Zeit in dem Dorf, als sie gemeinsam angelten und spielten und Wände hinaufkletterten und hungrig zur Schule gingen. Und wie sie in die Stadt kamen und zu wichtigen Männern wurden, nachdem sie zusammen fortgegangen waren.

Sie gehen zusammen auf einen letzten Drink. Eigentlich ein paar Drinks. WIRKLICH nur ein paar«, kicherte er. *»Sie trinken, und Yergey erzählt die wahre Geschichte hinter all seinen verrückten Raubzügen und all seinen wilden Tagen, wie er die Bosse beklaute und sogar mit der Frau des Oberbosses schlief. Verrücktes Zeug – es ist ein Geständnis, eine letzte Beichte.*

Demy erzählt Yergey von all seinen Morden, von traurigen Dingen, von schlimmen Dingen, von allem, was er getan hat.

Als die Nacht vorüber ist und sie wieder im Auto sitzen, sagt Yergey: ›Okay. Jetzt ist es so weit. Jetzt tötest du mich.‹

Aber Demy sagt: ›Yergey, ich kann das nicht.‹

Yergey sagt: ›Du musst aber. So läuft es nun mal. Du musst mich töten, oder sie töten dich.‹

Aber Demy kann seinen Freund nicht töten. Er versucht es, aber er kann es nicht. Er weint. Er sagt: ›Wenn ich dich töte, was bin ich dann? Dann bin ich ein Tier.‹

Er sagt Yergey, dass er ihn nicht töten kann, aber er muss vollkommen von der Bildfläche verschwinden. Demy überredet ihn dazu.

Yergey verschwindet. Demy sagt seinem Boss, dass er ihn getötet und die Leiche in den Fluss geworfen hat. Aber es wird keine Leiche gefunden. Die Zeit vergeht, und immer noch keine Leiche. Sie werden misstrauisch. Bald glaubt niemand mehr, dass er Yergey umgebracht hat. Aber Demy hat seinen Freund aus Kindheitstagen gerettet. Er hatte sich dazu entschieden. Yergey verschwindet. Für eine Weile.

Aber Yergey ist verrückt, und es sind verrückte Zeiten. Bürgerkrieg, neues Regime, Razzien, Handelsrestriktionen, all das, und der Oberboss weiß, dass etwas nicht stimmt. Er hat die Polizei in der Tasche. Er sagt ihnen – findet Yergey.

Wisst ihr, wie die Polizei ihn gefunden hat? Sie schrieben seiner Mutter, er hätte bei einer Tombola gewonnen. Erster Preis: ein beschissenes iPad. Er kommt nach Hause, um sein neues iPad zu holen, und pfffft!

Fin und Zviad lachten. Man kann ihr Lachen über Yergeys Dummheit auf der Aufnahme hören. Sie beide lachten, als würden sie sich niemals mit einem billigen Trick reinlegen lassen. Aber sie *wurden* gerade mit einem billigen Trick reingelegt.

Ich lachte auch. Es war schwer, sich dem zu entziehen, aber ich sah dabei zu, war überrascht, dass ich lachte, und ich sah, dass zwar Demys Gesicht lachte, aber nicht seine Augen. Sie schätzten die relative Bedrohung durch die Männer ein, die ihm gegenübersaßen. Zviad gluckste vor sich hin, seine Muskeln bebten. Er lehnte sich über den Tisch, und Demy rückte ein Stück vor, um in Zviads Jacke sehen zu können. Ich sah, dass Demy das Messer bemerkte. Ich sah, wie Demy blinzelte und weiterlachte und weiter seine Geschichte erzählte.

»Also, die Polizei nimmt Yergey fest, als er sein iPad abholen will. Yergey ist ein Idiot. Er sagt, okay, nehmt mich mit, aber Mama soll dann das iPad bekommen!

Die Polizisten sagen ihm, wir lassen dich laufen, Yergey, okay? Wir wollen dich nicht, wir wollen jemanden, der wichtiger ist. Sie sagen ihm, sein Freund Demy ist von dem Oberboss ermordet worden, weil er Yergey nicht getötet hat. Der Boss hat Demy die Eier abgeschnitten. Der Boss hat Demy bei lebendigem Leib gekocht.

Yergey ist am Ende. Er wusste nicht, dass Demy tot ist. Es ist ihm egal, was jetzt mit ihm geschieht, Yergey will einfach nur, dass sie den Boss drankriegen. Also erzählt er der Polizei alles, was Demy im Auftrag des Bosses machen musste. Wen er töten sollte, wen er getötet hatte, wen nicht. Er sagt der Polizei alles, weil er ein guter Freund ist und sich am Boss rächen will, weil der Demy umgebracht hat.

Aber Demy ist nicht tot.

Die Polizisten arbeiteten für den Boss. Sie brachten Yergey dazu, gegen ihn auszusagen, und jetzt wird Demy festgenommen. Alles nur, weil er seinen Freund so liebte. Die Polizei ließ Yergey gehen. Sie verurteilten ihn dazu, damit zu leben, was er getan hatte.«

Er goss sich nach.

Fin fragte: »*Was geschah mit Demy?*«

Demy sah auf. »*Er wurde für alle diese Morde verhaftet. Alle Fälle abgeschlossen! Gut für die Bullen, gut für den Boss. Demy kam ins Gefängnis und wurde am zweiten Tag umgebracht.*«

Die Männer am Tisch sahen bestürzt aus.

Demy rief: »*Oh! Ihr habt gedacht, ich wäre Demy? Das ist ein ganz häufiger Name! Ihr habt gedacht, ich wäre dieser Typ?*«

Fin und Zviad lachten, heiser vor Erleichterung, und sagten, es wäre großartig. Sie hätten wirklich geglaubt, es ginge um ihn! Ha! Was für eine Finte! Ha!

Hier endet die Episode.

In seiner Geschichte ging es darum, Menschen zu töten und der Polizei nicht zu vertrauen, um die Unausweichlichkeit von Tod und Strafe. Niemand außer mir hörte das heraus.

Als sich das Gelächter legte, beugte sich Demy vor und flüsterte Fin zu: »Ich erzähl dir noch eine Geschichte, eine historische Geschichte, wenn du die Aufnahme ausschaltest.«

Fin schaltete also aus, während sich Zviad Wodka nachschenkte und ihn runterkippte.

»Wer hier«, fragte Demy die Anwesenden, »hat mal von den Hurenkriegen gehört?«

»Ich!«, sagte Zviad. »Ich habe von den Hurenkriegen gehört.«

»Ja, *du*, natürlich!«, sagte Demy und winkte ihn weg wie ein Geschäftsmann einen verlässlichen Käufer. »Aber Findlay Co-Hen. Kennst *du* die Geschichte?«

Fin schüttelte den Kopf.

»Okay!«, sagte Demy. »Alle Gläser gefüllt? Alle Gläser gefüllt!«

Er füllte unsere Gläser auf. Alle hoben sie zum Mund. Aber Demy und ich schluckten nichts runter. Wir neigten die Gläser und schmatzten mit den Lippen, aber wir tranken nichts. Er bereitete sich auf etwas vor, aber er behielt mich nicht im Blick, weil ich eine Frau bin.

Demy fing wieder an, breitete die Arme weit aus, lud uns ein.

»Es war einmal weit weg von hier im Osten, dass ein paar Männer einen Club gründeten! Dieser Club hatte Regeln. Diese Männer also, es waren clevere Männer, mutige Männer, schöne Männer.« Er tätschelte seine Wange und blinzelte kokett, und wir lachten, weil Demy nicht schön war. »Diese cleveren, schönen Männer gründeten einen Club, um sich gegenseitig zu helfen. Es gab nicht viele Regeln. Die wichtigste Regel: Keine Zusammenarbeit mit den Behörden. Nicht mal dem Polizisten seine Zigaretten reichen, nicht mal einen Fetzen Papier im Gefängnishof aufheben oder ein Licht anschalten. Niemals den Behörden helfen. Diebeskodex. Vory.«

Ich sah Zviad und Fin an. Sie waren ganz und gar gepackt von Demys Geschichte. Sie ängstigte die Zuhörer und schmeichelte ihnen, ließ sie glauben, sie hätten einen Platz unter solchen Männern, hätten abenteuerliche Leben, und dass Leben und Tod in ihren Händen lägen. Aber sie hörten nicht, was Demy uns sagte. Er war eine verbotene Geschichte. Er durfte Zivilisten wie uns gegenüber Vory niemals auch nur erwähnen. Er durfte Wörter wie »Diebeskodex« nicht aussprechen oder zugeben, dass es so etwas überhaupt gab. Er würde uns alle töten.

Fin wusste das nicht, aber Zviad hätte es merken müssen.

»Vory kontrollierte alles. Züge, Landwirtschaft, Zigaretten – ABER: Die Nazis kommen! Deutsche! Also sagen die Behörden: Ihr! Schöne Männer! Ihr könnt aus dem Knast raus, wenn ihr mit gegen die Nazis kämpft! Kommt raus und tretet in die Armee ein. Manche machten das. Manche hassen Nazis. Manche haben ihre Familie im Krieg verloren und sind wütend. Und manche sind Juden. Nazis sind ziemlich böse zu Juden, ich weiß nicht, ob ihr das wisst ...«

Wir alle nickten, um zu zeigen, doch, das wussten wir tatsächlich. Demy fuhr fort.

»Nun denn, sie kommen aus dem Gulag. Sie kämpfen für die Regierung. Das verletzt die Regeln des Clubs.

Nach dem Krieg nimmt die Regierung sie aus der Armee, und als sie wieder ihr normales Leben führen – bumm –, werden sie alle zurück in den Gulag geschickt, für neue Verbrechen, sie schickten sie einfach zurück. Kriegshelden, Nazikiller. Egal. Direkt wieder rein.

Also: Kaum kommen sie wieder in den Gulag, nennen die reinen Vory, die, die nicht gekämpft haben, diese Männer *suki* – das bedeutet Huren –, weil sie mit den Behörden kooperiert haben. Diese *suki*-Männer, das sind echt harte Hunde. Sie kämpfen bis Berlin. Wisst ihr, viertausend Nazis begingen am Ende Selbstmord in Berlin, weil sie hören, dass diese Männer kommen. So hart waren sie. Aber sie brachen den Kodex, deshalb …

Also, die reinen Vory gehen auf die *suki* los, und sie weigern sich, mit ihnen zusammenzuarbeiten, sie drängen sie aus allem raus, schlagen sie zusammen. Sie behandeln sie wie Dreck, wie Polizeispitzel.

Stellt euch das vor. Da kämpft man gegen die Nazis, vielleicht ist man ein Jude.« Er hob die Schultern und deutete auf Fin. »Manche Leute sind das. Man muss kämpfen, um die eigenen Leute zu beschützen. Was sonst? Aber hinterher … Diese Männer werden im Gulag verfolgt.« Er sah Zviad an und wandte sich speziell an ihn. »Männer vergewaltigen dich in den Arsch, andere Männer ficken dich in den Mund.«

Zviad bekam Angst, aber Demy ließ nicht zu, dass er seinem Blick auswich. Zviad versuchte, den Kopf zu senken, aber wenn er den Blick wieder hob, wartete Demy schon auf ihn.

Demy flüsterte ihm zu: »Wusstest du das?«

»Nein«, sagte Zviad leise. »Das wusste ich nicht.«

Demy starrte ihn fest an. Die Stimmung war angespannt. Zviad versuchte, ungezwungen zu wirken. Er nahm sich die Packung Paprika Xtreme und riss sie auf, wollte entspannt rüberkommen, zitterte aber sichtlich. Wir hatten jetzt alle Angst und waren zu betrunken, um es zu überspielen. Zviad aß einen Chip, aber sein Mund war sehr trocken, und er konnte nicht schlucken. Er gab es auf und legte die Packung wieder auf den Tisch.

»Aber!«, fuhr Demy fort und grinste Zviad bissig an. »Also denken sich die *suki*, okay, scheiß drauf. Wir bringen einfach alle reinen Vory um und übernehmen. Tötet sie alle. Also brachten sie sie um, wo sie auf sie trafen. Im Knast, in den Lagern, auf der Straße, im Lokal. Das sind die Hurenkriege. *Suki*-Kriege. Die Hurenkriege dauern zwanzig, dreißig Jahre an. *Suki* töten Vory, Vory töten *suki*, immer weiter. Die nächste Generation übernimmt von ihren Vätern, sie sind gespalten. Es gibt nun extra Gefängnisse für uns, um uns getrennt zu halten.«

Er lehnte sich zurück und trank einen großen Schluck Wodka.

Zviad warf mir einen Blick zu. Er schien jetzt die Bedrohung zu verstehen, die Demy darstellte. Fin hatte immer noch keinen Schimmer. Er war so betrunken, dass er nicht mehr richtig zuhörte.

Demy öffnete den Mund, um mehr Wodka reinzukippen. Er musste die Zunge auf eine bestimmte Weise gehoben haben, ein perfekter Speichelbogen sprühte aus seinem Mund, und die Spucke landete auf dem Tisch. Als er sie sah, lachte er überrascht auf und deutete auf die Tröpfchen auf dem Tisch.

Zviad lachte, aber es klang falsch und schwach.

»Ja«, Demy grinste ihn an, »das sind die Hurenkriege.«

Zviad schrumpfte in sich zusammen und stierte finster auf den Tisch. Die Bedrohung, die er ausgestrahlt hatte, verpuffte. Wir konnten es alle spüren.

Fin sah mich an und riss mit kindlicher Überraschung die Augen auf. Er war entsetzlich betrunken.

»Also, wohin fahrt ihr zwei mit diesem Zug, Prinzessin?«, fragte Demy.

»Paris«, log ich. »Wir steigen in Mailand um. Und Sie?«

Fin schüttelte ein wenig den Kopf, widersprach mir aber nicht.

»Paris, so wie ihr, Prinzessin. Noch eine Stunde bis Mailand.« Er prostete mir zu, sein Blick war dunkel und böse. »Wir brauchen *mehr* Wodka!«

Es war noch ein Drittel von der Flasche übrig, aber Zviad sprang auf. »Ich hole ihn.« Er salutierte fast. Steif vor Angst drehte er sich um und ging aus dem Wagon in Richtung Speisewagen.

Demy stand auf und sagte: »Und ich geh pissen.«

Zviad würde nicht zurückkommen.

43

»Das war gruselig«, sagte Fin. »Die Sache mit dem Gefängnis? Ist das wahr?«

»Fin, er erzählt diese Geschichte, um Zviad fertigzumachen«, sagte ich. »Demy ist ein Auftragskiller.«

Fin war sehr interessiert und hielt wieder sein Handy hoch. »Können wir ihn dazu befragen?«

»Wir müssen hier raus. Demy ist wegen uns hier.«

»Nein. Er war schon im Zug. Er fährt nach Paris.«

»Fin, er ist *nach* uns eingestiegen. Erinnerst du dich?«

Aber Fin war nicht nüchtern genug, um eins und eins zusammenzuzählen. Er blinzelte langsam und wurde noch verwirrter.

Ich erklärte ihm: »Er ist ein Profigangster. Entweder ist er uns gefolgt, oder er hat uns zufällig erkannt und wusste, dass es Geld gibt, wenn man mich findet. Auf mich ist ein Kopfgeld ausgesetzt. Es ist bestimmt ein Haufen Kohle.«

Das war Fin neu. »Er ist doch bloß ein Geschäftsmann.«

Es gibt eine nette Art, mit Selbstbetrug aufzuräumen, was schön ist, wenn man es schafft, aber dies ist sie nicht: »Du bist ein verdammter Idiot, Fin.«

»Aber er ist lustig«, sagte er, als wäre das ein Schutz. »Bist du dir sicher?«

Genau in diesem peinlichen Moment kam Demy zurück, schlenderte den Gang entlang, zog den Reißverschluss zu und seufzte mit theatralischer Erleichterung. Er setzte sich und goss uns dreien noch einen Drink ein. Er füllte Zviads Glas nicht auf.

»Einen Toast!«, sagte er.

Und so begann eine weitere Runde des Trinkens, oder des Scheintrinkens.

Zviad kam nicht aus dem Speisewagen zurück. Demy erwähnte, dass die Toilette überschwemmt war und man sie meiden sollen, wenn man pinkeln müsste.

Während der nächsten dreißig Minuten huschte Fins Blick über den Platz neben ihm, er fragte sich, wo Zviad blieb. Ein paarmal stellte er die Frage sogar laut, aber Demy sagte dann etwas Beruhigendes oder lenkte ihn ab, sagte, dass es im Speisewagen sehr voll war, oder stürzte sich in eine weitere Gangstergeschichte, diesmal weniger furchteinflößend, weil er in Fin keinerlei Bedrohung sah.

An einem Punkt sah Demy Fin aber doch als Bedrohung an. Der sehr betrunkene Fin lehnte sich zu weit vor und flüsterte: »Haben Sie unsere Freundin Julia getötet?«

Demy dachte über die Frage nach. »Wen?«

»Unsere Freundin Julia Parker in Venedig, sie wurde mit vielen, vielen Stichen getötet.«

Ich bemerkte ein Geräusch, ein schwaches, entferntes Hämmern von der Behindertentoilette.

Demy gluckste: »Erstochen? Mit einem Messer? Wie bei einer Panik?«

Jetzt tat er so, als wollte er mit dem Finger auf Fin einstechen, und stieß dabei kleine Angstschreie aus. Es war lustig, wie er es machte, aber er merkte schnell, dass es unangemessen war. Fin lachte unbehaglich – das darf man ihm nicht übelnehmen. Wenn furchteinflößende Männer einen Witz machen, lacht man.

Das Hämmern wurde lauter. Ein kehliges Geräusch wie ein tiefes Knurren oder Stöhnen erregte Demys Aufmerksamkeit, und sein Blick schoss zur Wagontür.

»Männer erstechen nicht«, sagte er. »Warum fragst du mich das? Wo wurde eure Freundin umgebracht?«

Aber seine Aufmerksamkeit war bei der Toilettentür.

»In Venedig«, sagte Fin.

»Wie traurig!« Demy nickte. »Einen Toast!«

Ein plötzlicher dumpfer Schlag aus Richtung des Gangs ließ Demy zusammenzucken. Es klang, als wäre jemand gegen eine Wand gefallen. Fin hörte es nicht. Er legte seinen Kopf auf den Tisch und schlief ein.

Demy stand umständlich auf und warf dabei den Rest Wodka um, der auf den Tisch lief. Er sagte: Oh! Keine Sorge! Er würde neuen kaufen, keine Sorge. Ich sagte okay und schloss die Augen und achtete darauf, dass Demy mitbekam, wie ich einschlief. Er ging weg, und ich beobachtete ihn durch meine Wimpern, sah ihn den Wagon verlassen und sah dann, wie sich die Toilettentür öffnete. Demy glitt hinein und schloss sie hinter sich.

Wir fuhren an einem verlassenen Bahnsteig ein. Der Zug wurde langsamer. Auf den Bahnhofsschildern, die am Fenster vorbeiglitten, stand Brescia. Fin war auf dem Tisch fest eingeschlafen.

»Steh auf, Fin!« Ich schüttelte ihn, aber er war hinüber. Ich versuchte ihn hochzuheben, schließlich war er so dünn, aber ich schaffte es nicht. Er war eine Totlast. Er rutschte mir aus den Armen und auf den Boden unter dem Tisch. Der Zug hielt an dem leeren Bahnhof. Ich schob seine Arme unter den Tisch und stopfte auch alle unsere Sachen darunter, damit es so aussah, als wären wir aus dem Zug ausgestiegen. Ich eilte durch den Wagon zur Toilette.

Die Tür war verriegelt. Ich konnte gedämpfte Schläge gegen die Innenwand hören, als ob ein Kopf heftig dagegengerammt wurde. Ich legte mein Ohr an die Tür und hörte ein Stöhnen.

Ich öffnete die Tür zum Bahnsteig und wartete, hörte, wie die Schläge langsamer wurden und immer leiser, und dann war es still.

Ich warf die Packung Paprika Xtreme auf den Bahnsteig, zielte in Richtung Ausgang, und sie leerte sich im Flug, verteilte Chips im hohen Bogen, so dass es aussah, als hätten wir sie fallen gelassen, als wir aus dem Zug flüchteten.

Ich lehnte mich aus der Wagontür und rief zum Außenfenster der Toilette: »FIN, BEEIL DICH!«

Ich schoss zurück durch den Wagon und kroch unter den Tisch, wo ich mich dicht an Fin drückte.

Ich konnte über den dreckigen Teppichboden bis zum unteren Teil der Toilettentür sehen. Sie öffnete sich. Zviads Beine lagen reglos auf dem Boden. Demy stieg über sie hinweg, trat die Füße hinter die Tür und verschloss sie von außen mit einer Münze. Dann verschwanden seine Füße in Richtung Ausgang. Er schaute wohl raus auf den Bahnsteig.

Die Türen piepten ein Warnsignal, aber Demy war noch immer im Zug. Das Piepen hörte auf.

Ich schloss die Augen. Die Wagontüren schlossen sich sanft, und der Zug fuhr los.

44

Als der Zug ruckend in Fahrt kam, sah ich hoch und begegnete Demys Blick. Es dauerte nur einen Moment. Ich faltete mich auseinander und kroch unter dem Tisch hervor, und er beobachtete mich durch die Fensterscheibe, wobei sich sein Haar vom Wind aufrichtete, als der Zug losfuhr.

Ich stand mit zitternden Händen im Gang, mein Herz galoppierte in der Brust. Ich glaubte mich übergeben zu müssen, dann nicht mehr, und dann doch wieder. So ging es noch eine Weile weiter, während Fin friedlich auf dem Boden schnarchte.

Ich setzte mich hin.

Zwanzig Minuten später lief der Zug träge in Mailand ein. Ich wusste nicht, wie oft Züge von Brescia fuhren. Demy konnte bereits hier sein.

Ich zerrte Fin unter dem Tisch hervor, stellte ihn hin und trug ihn halb aus dem Zug. Wir stolperten den Bahnsteig entlang und in die Haupthalle. Ich schwöre, er schlief im Stehen ein, während ich die Tafel mit den Abfahrtszeiten durchlas. Ich fand den Bahnsteig für einen Schnellzug nach Lyon und brachte Fin zum Rennen.

Wir erwischten den Zug um Haaresbreite, sprangen hinein, als sich die Türen bereits schlossen, kämpften uns durch die Wagons und setzten uns diesmal in die Mitte. Ich glaube, ich werde mich nie wieder ans Ende eines Zugs setzen oder in einen Wagon, der nur einen Ausgang hat.

Die Fahrt dauerte sechs Stunden ohne Unterbrechung. Die Sitze waren unbequem. Der Wagon stank nach Chemieklo. Ich habe mich noch nie mehr darüber gefreut, irgendwo zu sein.

Wir sackten zusammen, und ich war sofort weg, schreckte zwanzig Minuten später wieder hoch, schweißgebadet und zitternd. Fin war hellwach, immer noch ziemlich betrunken, spielte aber vergnügt mit seinem Handy. Die französische SNCF hatte tatsächlich WLAN. Ich sollte wohl erwähnen, dass Fin die Podcast-Episode mit Demys Geschichte twitterte, während ich schlief. Ich erzählte ihm erst hinterher, was mit Zviad geschehen war.

»Warum dachtest du, er würde uns umbringen?«

»Weil er es uns gesagt hat.«

»Nein, das stimmt nicht.«

»Er hat's uns gesagt, Fin. Die Geschichte über Yergey? Die Hurenkriege.«

Fin blinzelte heftig. »Das waren doch einfach nur Geschichten.«

»Wer's glaubt.«

Ich erzählte ihm von Zviad in der Toilette. Fin bestand darauf, dass wir die italienische Polizei informierten, Zviad sei vielleicht noch am Leben, das wüssten wir nicht, aber wenn man ein Jahrzehnt lang die Behörden gemieden hat, wird man scheu. Also rief Fin an, redete ein Weilchen, wurde dabei immer lauter, sah zunehmend verzweifelter aus und reichte mir dann das Handy.

Der Telefonist sprach kein Englisch und gab sich auch keine Mühe, seinen krassen italienischen Dialekt zu mäßigen. Ich versuchte es nicht einmal mit meinem gebrochenen Italienisch. Ich wusste, dass der Anruf aufgezeichnet wurde, und das würde zeigen, dass wir versucht hatten, die Polizei über die Morde an Julia und Zviad zu informieren, damit aber gescheitert waren. Das war gut. Wir könnten das später gebrauchen, um zu beweisen, dass wir unschuldig waren. Ich zog den Anruf so gut es ging in die Länge und legte dann auf. Ich wusste nicht, dass es in allen Zugwagons Überwachungskameras und deshalb Aufnahmen davon gab, wie Demy Zviad in die Toilette zerrte.

Ich glaube, ich war in meinem ganzen Leben noch nie so müde gewesen. Jede einzelne Zelle fühlte sich erschöpft an, aber ich war zu aufgekratzt, um zu schlafen. Ich lehnte den Kopf ans Fenster und sah zu, wie die Berge in der grauen Dämmerung an uns vorbeizogen, und ich vermisste meine Mädchen, während Fin an seinem Handy spielte.

»Oh«, sagte er. »Anna …«

Er zeigte mir den Twitter-Feed. Die Demy-Episode rangierte bereits ganz oben bei den Retweets, aber ein Kommentar kam alle dreißig Sekunden rein. Er stammte von einem Bot. Nicht zurückverfolgbar. Es war ein Foto meiner Mädchen.

Ich hatte dieses Foto noch nie gesehen. Es zeigte die Mädchen in Halloweenverkleidung, die sie in der Schule getragen hatten. Es musste von der Facebookseite von jemand anderem stammen. Sie grinsten vor den Schultoren und hatten die Arme umeinandergelegt. Lizzie fehlten die Vorderzähne. Dasselbe Foto immer wieder.

Unter dem Foto stand: »Rufen Sie mich an, DL x«.

45

In Lyon nahmen wir uns in einem faden Kettenhotel etwa anderthalb Kilometer vom Bahnhof entfernt ein Zimmer. Nur eins. Wir fühlten uns nicht sicher genug, um allein zu sein. Oder zu schlafen. Oder uns einfach nur hinzulegen. Wir hatten beide, um es im Jargon der Straße auszudrücken, eine Scheißangst.

Ich aß alle Willkommenskekse auf, starrte aus dem dreckigen Fenster und trank wässrigen Kakao. Als ich es nicht mehr aushielt und mich bewegen musste, gingen wir raus. Wir suchten Sabines Bäckerei.

Eine Stunde lang liefen wir in zügigem Tempo herum. Es fühlte sich gut an. Wir waren gerade in einer Straße mit schicken Bekleidungsgeschäften abseits der Place des Jacobins, als sich Fin umdrehte und in ein Schaufenster sah, und die Haut an seinem Hals warf fünf gerade Linien. Er war dünner geworden, seit wir uns auf den Weg gemacht hatten. Verdammt, ich vermisste Hamish. Ich vermisste seine schönen Hände und seine Fehler und seinen schnörkellosen Egoismus. Ich vermisste es, mich mit ihm wegen Candy Crush zu streiten. Ich vermisste es, mein Gesicht auf seine treulose Brust zu legen und meine Nase in seinem Haar zu vergraben.

»Hier.«

Fin starrte in ein Schaufenster voller wunderschöner Kuchen.

»Ernsthaft?«, fragte ich und dachte blödsinnigerweise, er hätte Hunger.

»Das ist Sabines Bäckerei.«

»Oh.«

Er nahm sein Handy, steckte das Mikrofon auf und startete die Aufnahme. Dann lächelte er mich an, ließ das Handy in der oberen Tasche seines Tweedjacketts verschwinden und betrat kühn den Laden.

Es war ein dunkler Raum, schmucklos rosa verputzt, mit leuchtend bunten winzigen Gebäckstücken, rosa und grün, braun und blau, und winzigen Eclairs und Millefeuilles, alle Klassiker in Miniaturform. Es waren kleine Kunstwerke. Hinter dem Tresen standen zwei Frauen, beide in weißen Kochjacken. Sabine war blond und sah Amila bemerkenswert ähnlich. Obwohl wir nie ein Foto von ihr gesehen hatten, wussten wir sofort, dass sie es war, weil sie uns erkannte.

Sie verschränkte die Arme und sprach uns auf Englisch an. »Raus hier.«

»Oh«, sagte Fin, von der Stärke ihrer Aggression überrascht. Unbeholfen hob er die Hand, als wollte er ihr über eine Brücke aus einem Kilometer Entfernung zuwinken. »Ähm. Hi!«

»Raus!«

Sie öffnete die Tresenklappe und kam mit ausgebreiteten Armen heraus, um uns in Richtung Straße zu scheuchen. Es war etwas wild. Sie bewegte sich sehr schnell und kam gerade aus einer heißen Küche, und wir schlafften herum wie zwei Hipsterpenner, die nicht geschlafen hatten, verkatert waren und sich leidtaten. Irgendwie bestand Konsens, dass wir nie wieder eine Chance bekämen, mit ihr zu sprechen, wenn sie es schaffte, uns auf die Straße zu setzen. Wir leisteten Widerstand.

Ich stellte mich auf ihren Fuß. Sie presste die Lippen zusammen und sah mich mit großen Augen an. Sabine war sehr klein, muss ich dazusagen, weshalb sie aus einem recht spitzen Winkel zu mir aufsehen musste. Sie hätte mir ein Stück aus der Schulter beißen können, wäre ihr danach gewesen.

»Amila ist unschuldig«, sagte ich. »Wollen Sie nicht, dass sie rauskommt?«

Sie bebte vor Wut. »Amila ist krank. Amila ist sehr krank und wurde im Gefängnis fehldiagnostiziert. Jetzt ist es zu spät. Die können sie nicht behandeln, ohne sie umzubringen, aber Ihnen ist das doch egal, weil es nicht in Ihre Geschichte passt.«

Sie versuchte, ihren Fuß unter meinem herauszuschlängeln, aber ich erhöhte den Druck. »Was, wenn wir sie da rausholen?«

Sie hielt inne. »Durch einen Ausbruch?«

»Durch den Beweis, dass es jemand anderes war.«

Sie schnaubte nicht nur einmal, sondern gleich zweimal, und flüsterte: »Sie kennen diese Leute nicht.«

»Gretchen Teigler?«

Sie sah uns an, von einem zur anderen, und grinste böse. »Sie wird Sie umbringen.«

»Das hat sie schon versucht.«

Jetzt hatten wir ihre Aufmerksamkeit. Ich lockerte den Druck auf ihren Fuß ein bisschen.

»Wann?«

»Gerade eben im Zug. Zwei Attentäter. Und vorher schon.« Ich schob meinen Pony hoch, um ihr die Narbe zu zeigen, und sie wirkte verwirrt.

»Elle est Sophie Bukaran«, sagte die Frau hinter dem Tresen.

Sabine kannte den Namen. Sie nickte mir beeindruckt zu. »Dann kennen Sie sie wirklich?«

»Ja.«

Fin platzte heraus: »Wie konnten Sie es sich leisten, eine Bäckerei zu eröffnen?«

Sabine blinzelte.

»Ich weiß, dass Sie vor Amilas Verurteilung nicht das Geld dafür hatten, aber dann hatten Sie es. Wie ist das passiert?«

»Wollen Sie mir irgendwas unterstellen?«

Fin war zu müde, um sich diplomatisch auszudrücken. »Will ich, ja. Ich frage mich, wie es kommt, dass Sie auf einmal Geld hatten und Amila nicht in Berufung gehen wollte.«

Sabine lachte bitter auf, starrte auf die Straße hinter uns, stand ganz still da. Dann gab sie sich einen Ruck und sah uns an. »Kommen Sie rein«, befahl sie. »Kommen Sie hier rein.«

Sie drehte sich um, sah auf meinen Fuß, und ich gab sie frei. Sie marschierte durch die Lücke im Tresen und wartete darauf, dass wir ihr in die Küche folgten.

Die war makellos und voller neuer Edelstahlgeräte und -oberflächen. Die Tonqualität würde blechern und schrecklich sein. Zu viel Stahl. Sabine wartete, bis wir bei ihr standen, und sagte dann: »Gretchen Teigler hat mich bezahlt, in bar, über ihre Sekretärin. Die kam her und hatte das Geld in einer Tasche dabei, sie sagte mir, Amila sollte die Strafe verbüßen und nicht in Berufung gehen, und ich könnte das ganze Geld haben. Sie öffnete die Tasche und zeigte es mir. Es war viel. Sie wusste nicht, dass es schon zu spät war. Wir hatten größere Sorgen als ihre Berufung.«

»Sie haben das Geld genommen?«

»Ja. Es war egal. Es war bereits zu spät für Amila. Sie stirbt, aber jetzt kann ich mir wenigstens eine gute Palliativversorgung leisten, wenn das Gericht befindet, dass sie so gut wie tot ist und man sie freilassen soll. Also nahm ich das Geld, unterschrieb eine Geheimhaltungserklärung und eröffnete diese Bäckerei. Sie wollte es. Wir beide wollten es. Und jetzt besuche ich Amila einmal im Monat und schicke ihr jeden Tag Fotos von dem Brot, damit sie die morgendliche Arbeit sehen kann. Wenn ich sie besuche und es ein Tag ist, an dem sie sprechen kann, reden wir über das Brot, über die Bäckerei und über die Kuchen.«

»Wenn sie sprechen kann?«

Sabine ließ den Kopf hängen. Sie nahm all ihre Kraft zusammen, und ihre Stimme wurde ein Flüstern. »Amilas Kopfschmerzen, der Grund, warum sie in Saint-Martin von der *Dana* ging, werden von einem Gehirntumor verursacht. Sie stirbt. Man hat sie zweimal operiert, aber er wächst immer wieder nach. Eine Berufung würde Jahre dauern. Sie wird nicht lange genug leben, um vor Gericht zu gehen. Wäre sie in Freiheit, hätte sie sich besser behandeln lassen können, sie hätte sich woanders operieren lassen können, es wäre vielleicht besser geworden. Aber so ist es nicht. Sie ist im Gefängnis, und das«, Sabine deutete auf die Küche, »das ist es, was sie von mir will. Und Sie«, sie stieß mir mit dem Finger auf die Brust, »Sie erzählen es den Leuten. Sagen Sie ihnen, dass ich Blutgeld von diesem Miststück genommen habe und sie denken ließ, ich hätte Amila hintergangen und ihr Geld hätte mir gereicht, um das zu tun. Ich habe das alle glauben lassen. Es ist mir egal, was Sie von mir halten, weil es nur eines gibt, was ich für meine Amila tun kann. Ich stehe jeden Morgen um halb vier auf und backe schönes Brot, und ich mache es mit Liebe, für Amila. Ich fotografiere das Brot jeden Tag und drucke es aus, und bevor ich für unsere Kundschaft öffne, stecke ich das Bild in einen Umschlag und schicke es Amila, weil sie nicht mehr lesen kann. Aber sie kann sich Bilder ansehen. Und jeden Morgen stehe ich am Briefkasten. Und jeden Morgen küsse ich den Umschlag und flüstere ihren Namen. Meine Amila ist zehnmal so viel wert wie Gretchen Teigler, und meine Amila stirbt, und ich sterbe auch. Und jetzt verlassen Sie unser Geschäft und kommen Sie verdammt noch mal nie wieder hierher.«

Das taten wir.

Draußen nahm Fin das Handy aus seiner Jackentasche, entfernte das Mikro, steckte es in seinen kleinen Beutel und zog ihn zu. Er schob es in seine Tasche.

»Ich weiß nicht, ob wir diese Aufnahme verwenden sollten«, sagte er.

Ich glaube, wir kamen uns beide gerade sehr klein vor. »Ja. Am besten einstampfen. Wir können es selbst erzählen.«

Wir gingen ein Stück. Ich dachte über Sabine nach, wie sie es in Kauf nahm, dass die Leute auf sie herabsahen, die Beständigkeit ihrer Liebe. Möglich, dass sie uns angelogen hatte, aber das glaubte ich nicht.

Teigler übte ihre Macht so skrupellos aus. Sie hatte all unsere Leben zerrüttet. Vielleicht hatte sie auch hier Spione, vielleicht wusste sie schon, dass wir bei Sabine waren. Womöglich hatten wir sie in schreckliche Gefahr gebracht, nur indem wir mit ihr sprachen. Wie Julia.

Aus dem Nichts sagte ich: »Ich ertrage diese Scheiße nicht mehr länger. Ich fahre nach Paris und nehme mir Gretchen Teigler persönlich vor.«

»Aber Demy ist in Paris«, sagte Fin.

»Davon gehe ich fest aus.«

Wir gingen weiter. Ich rechnete damit, dass Fin hierbleiben oder zu seinem Freund nach Clermont-Ferrand fahren würde. Er blieb stehen und nickte und sagte: »Okay. Ich komme mit.«

Im Zug nach Paris schickte ich Dauphine Loire eine SMS.

»Ich komme morgen zur Villa in Neuilly. Sagen Sie Gretchen, dass ich nur mit ihr rede.«

Sie antwortete nicht.

46

Wir betranken uns wieder, und wieder in einem Zug, aber diesmal verlief es deutlich melancholischer, weil Demy nicht da war, um Geschichten zu erzählen. Wir hatten Angst, und betrunken zu sein half dagegen.

Als wir in Paris ankamen, waren wir immer noch ziemlich betrunken.

Ich weiß wirklich nicht, wie wir in einem so teuren Hotel landeten. Ich weiß nicht, ob wir ein Taxi nahmen oder was sonst geschah. Es liegt eigentlich zu weit vom Bahnhof entfernt, um zu Fuß dorthin zu geraten. Aber vielleicht sind wir das. Ich weiß es einfach nicht. Ich habe Lücken.

Aber wir kamen dort an, und wir sahen, dass es ein Hotel war, weil draußen ein großes Schild hing, auf dem »HOTEL« stand, also gingen wir hinein.

Wir waren betrunken, wir waren erschöpft und zerzaust. Wir stolperten zur Rezeption. Niemand bat uns zu gehen. Ich habe eine dunkle Erinnerung an eine grinsende schöne Frau, die Fin die Frühstückszeiten nannte, während er neben mir sachte auf seinen Fersen wippte.

Sie sagte uns, sie hätte nur noch eine Suite. Ich glaubte, vielleicht hätte sie uns mit irgendwelchen wichtigen zerzausten Betrunkenen verwechselt, aber sie nahm unsere Pässe, fotokopierte sie und gab sie uns zurück. Sie sprach Fin mit seinem richtigen Namen an, hieß ihn willkommen, und ein Mann eskortierte uns mit dem Aufzug nach oben. Ich glaube, es war ein Mann.

Die Suite hatte ein Wohnzimmer mit einem riesigen Fernseher und Sofas mit sehr vielen Kissen. Die dominierende Farbe war Beige. Neben dem Wohnzimmer war ein Esszimmer, und dann führte eine Tür in ein Schlafzimmer mit einem gigantischen und einladenden Bett, einem Kopfteil aus grauer Seide, frischen weißen Leinenbezügen und zu vielen Kissen.

Fin versuchte, dem Mann, der uns begleitet hatte, Trinkgeld zu geben, aber er weigerte sich, das Geld zu nehmen.

»Ich liebe ihn«, sagte er ganz nebenbei.

»Was?« Fin versuchte wieder, ihm Trinkgeld zu geben.

»Den Zugpodcast. Demy. Herrlich. Vielen Dank.« Und er ging raus und schloss die Tür.

Wir schliefen zehn Stunden lang. Ich kann darüber nichts Interessantes sagen. Anzumerken ist die Tatsache, dass wir getrennt schliefen, ich auf der Couch, Fin im Bett. Ich nahm irgendwann ein Bad. Später nahm er ein Bad. Das hört sich ziemlich langweilig an, aber es war eine herrliche Erfahrung. Es war wundervoll, sauber zu sein.

Während der Nacht geschahen ein paar Dinge ohne uns.

Der Podcast ging durch die Decke. Der größte Teil bestand daraus, dass Demy die Geschichte von Yergey erzählte und Fin und Zviad häufig kicherten. Ich habe mir die Episode mittlerweile angehört und muss zugeben, dass sie ausgesprochen fesselt.

Außerdem: Zviads Leiche wurde in der Toilette gefunden. Tod durch Erdrosseln. Zviad war einunddreißig und hatte eine Frau und einen siebenjährigen Sohn in Durrës. Die Videoüberwachung aus dem Zug wurde ausgewertet, und ein paar Stunden später griff man Demy in Pigalle auf. Er wurde verhaftet und wegen Mordes an Zviad angeklagt. Der Mord an Julia wurde ihm nicht zur Last gelegt. Sein richtiger Name war Yergey.

Das alles wussten wir nicht, als wir am nächsten Morgen spät gegen zehn Uhr aufwachten und uns Frühstück aufs Zimmer bringen ließen. Ein Serviertisch mit Kaffee und frischen Croissants und Marmelade, Müsli und Mandelmilch kam. Wir öffneten die Fenster im Esszimmer, legten die Füße beim Frühstücken auf den Tisch und blickten über die Pariser Dächer. Wenn wir uns auf einen Stuhl stellten und um die Ecke beugten, konnten wir den Eiffelturm sehen. Beide fühlten wir uns verkatert, aber gelassen, bis uns bewusst wurde, in welchem Dilemma wir steckten.

Ich wurde nervös. Fin merkte es. »Was wirst du sagen?«

»Ich werde Gretchen erzählen, was Leon zugestoßen ist.«

»Glaubst du nicht, dass sie das längst weiß?«

»Ich muss daran glauben, dass sie es nicht weiß.«

Ich sah ihn an. Er aß Müsli mit Mandelmilch. Das Schälchen war klein, aber es war seine zweite Portion. Ich merkte, dass es ihm schmeckte. Ich lächelte.

»Lächelst du, weil ich esse?«

»Nein, ich lächle, weil ich Anteil nehme. Das ist dieser Strudel, der Süchtige umgibt, oder? Der alle um sie herum mit in die Tiefe zieht. In zwei Wochen werde ich weinen und an die Badezimmertür ballern und dich anflehen, einen Keks zu essen.«

Darüber lachte er und hielt sich den Mund zu, damit nicht überall Müsli herumflog.

Er aß auf, nahm sein Handy und fing an zu scrollen. »Verdammte Scheiße. Das ist komplett ausgeartet.«

Er zeigte mir die Zahlen. Sie waren haarsträubend: mehrere hunderttausend. Das musste der Gipfel sein, und es würde nie einen besseren Zeitpunkt geben, um Teigler zu entlarven.

»Ich komme mit«, sagte Fin.

»Nein, tust du nicht.«

»Doch, und ob. Ich komme mit.«

Ich fand, Fin sollte nicht mitkommen. Es konnte gewaltig schiefgehen. Mein Plan war anfällig, er konnte an drei Faktoren leicht scheitern. Wir stritten ein wenig, aber er war nicht einmal bereit, darüber zu diskutieren. Er sagte nur stur: »Ich komme mit.« Dabei musste er das nicht. Ich dachte an Julia, wie sie auf dem Boden lag, den Blick starr an die Decke gerichtet.

»Es geht vielleicht schief, Fin. Ich begebe mich in eine sehr gefährliche Situation. Es gibt keinen vernünftigen Grund für dich, mitzukommen. Wenn ich allein hingehe und sie mich umbringen, dann ist es vorbei, du bist aus dem Schneider.«

»Ich komme mit«, sagte er. »Ich lasse nicht zu, dass sie dir etwas tun.«

»Was willst du denn machen? Es ihr mal so richtig zeigen, indem du vor ihr in Ohnmacht fällst?«

»Ich hab dich in Skibo gerettet. Ich komme mit dir.« Und er stand auf und schloss sich im Badezimmer ein.

Da war etwas dran. Er hatte mich gerettet. Alles, was mir noch zu tun blieb, war, mit meinen Mädchen zu reden. Ich rief Hamish an, und wir hatten eine knappe, kinderohrentaugliche Unterhaltung.

»Wie geht es dir?«

»Sehr gut, Anna, und dir?«

»Hat der Umzug geklappt?«

»Sogar besser als erwartet. Wir haben ein Upgrade bekommen, es hat sich also gelohnt.«

»Ach, ich bin in Lebensgefahr, aber du sparst was ein. Glückwunsch.«

»Ja, und gleich zig Euro, das ist doch die Mühe wirklich wert.« Wie gesagt, er kann ziemlich trocken sein.

Wir wussten beide instinktiv, dass wir nicht sagen durften, wo sie waren, für alle Fälle. Aber Hamish erwähnte die Reise und einen Flug, also ging ich davon aus, dass sie weit weg von Porto waren.

Ich konnte im Hintergrund hören, dass die Kinder fernsahen. Er holte sie ans Telefon.

Es war der übliche Kram. Sie müssen das nicht hören. Wir taten, als wäre alles in Ordnung, also war es eher banal, obwohl es mir die Welt bedeutete. Ich sagte immer wieder, dass ich sie liebte und wie sehr ich mich freute, dass sie Spaß hatten. Jess war gesprächig. Ich glaube, sie versuchte mir zu versichern, dass ich immer noch die Nummer eins war. Sie wollte Estelle nicht erwähnen oder etwas Positives über sie sagen. Aber ich wollte nicht, dass es bei ihnen in Zukunft immer um mich gegen Estelle ging. Das wollte ich ihnen nicht antun.

Ich bat Jess, Estelle ans Telefon zu holen. Sie fragte, ob ich mir sicher sei. Ich sagte, ja, natürlich, wir sind doch Freundinnen. Ich war schon mit Estelle befreundet, bevor Daddy sie überhaupt kennenlernte, weißt du noch?

Sie gab Estelle das Telefon.

»Estelle?«

»Ja?«

»Du kennst die Situation?«

»Ja.«

»Wenn mir etwas zustößt, sollen sich die Mädchen daran erinnern, dass wir Freundinnen waren. Kannst du dich etwas munterer anhören?«

»Oh, ja, natürlich! Natürlich, Anna, mach dir überhaupt keine Sorgen.«

Estelle hat die gleichen Schwächen wie ich. Vielleicht mochten wir uns deshalb. Sie sagte: »Die Mädchen haben Urlaubstagebücher für dich gemacht, damit du weißt, was jeden Tag los war. Sie zeigen sie dir, wenn sie zurückkommen.« Es gibt kein Wort für die Erkenntnis, dass sich ein Stiefelternteil fast genauso sehr um die Kinder sorgt wie man selbst, es ist ein sehr intensives Gefühl, wie eine schöne heiße Suppe aus Dankbarkeit, Erleichterung und Liebe.

»Ich habe ihn nicht geschlagen, Estelle. Ich will, dass du das weißt. Und es war zwischen uns vorbei. Was das angeht, hat er nicht gelogen. Wir hatten Probleme.«

»Na dann!« Sie sagte das für ihr Publikum und nicht zu mir. »Und, wo steckt Fin?«

Fin war immer noch im Bad. Er ließ bereits verdächtig lange Wasser ins Becken laufen.

»Fin tut so, als würde er sich die Hände waschen, aber ich glaube, er kotzt gerade sein Müsli aus.«

Sie prustete los, und ich lachte mit ihr. Die Badezimmertür ging auf, und Fin kam heraus.

»Kann ich mit ihm sprechen?«

Ich sah Fin an. »Ich weiß ehrlich gesagt nicht, ob er mit dir reden will, Estelle …«

Aber er wollte. Er griff nach dem Handy und ging in ein anderes Zimmer. Er flüsterte mit ihr. Ich weiß nicht, worüber sie sprachen. Als er zurückkam, hatte er aufgelegt, und seine Augen waren rot.

»Was hast du ihr gesagt?«

»Lebewohl.« Er sah mich an. »Manchmal ist es schwer, am Leben zu sein. Findest du es nicht auch schwer?«

Ich befürchtete, er meinte damit, es sei ihm egal, ob wir heute ermordet wurde. »Das tu ich, bis jemand mein Leben bedroht, und dann würde ich die ganze Welt bekämpfen.«

Er lächelte. »Scheiß drauf, wir gehen zu Gretchen.«

»Fin, du hast schon vor, da wieder rauszukommen, oder?«

»Ja.« Aber er klang nicht überzeugt. Mich beschlich das Gefühl, dass er etwas Heroisches vorhatte.

»Halte dich an den Plan.«

»Mach ich.«

Ich wusste, dass er deprimiert und draufgängerisch war, ich wusste, dass er Gewicht verlor und ich ihn eigentlich im Hotel lassen sollte. Ich nahm ihn mit, weil ich Angst hatte, allein zu gehen. Ich bin ein Feigling und eine schlechte Freundin.

Wir fuhren nach unten.

Wir gehörten nicht in dieses Hotel. Die anderen Gäste trugen legere Kaschmirpullis und maßgeschneiderte Kleidung. Als wir durch die Lobby zum Ausgang gingen, sah ich auf einer winzigen Tafel an der Wand hinter der Rezeption den Zimmerpreis. Unsere Suite kostete sechstausend pro Nacht. Da wünschte ich mir fast, wir würden nicht mehr zurückkehren. Wir würden hundert Jahre lang Teller waschen.

47

Die Teigler-Villa stand ein Stück von der Straße zurückgesetzt, verborgen hinter einer Baumreihe und einer zweieinhalb Meter hohen Mauer, auf deren Oberseite Scherben funkelten. An beiden Enden waren auf hohen Masten Kameras installiert. Das große, fest verriegelte Tor war aus grauen Metallstäben, dahinter eine dazu passende Blechschicht, um den Blick auf das Haus zu versperren.

Fin nahm sein Handy raus, steckte das Mikrofon auf und startete die Aufnahme. »Wir stehen vor dem Tor der Villa«, sagte er feierlich. »Wir gehen rein, um Gretchen Teigler zu treffen. Es ist ein mächtig massives Tor mit drei großen Schlössern, und überall sind Kameras.«

Er nickte mir zu. Ich atmete tief ein, hob die Hand und klingelte. Wir hörten nichts.

Die Gegensprechanlage war eine graue Metallbox mit einem Lautsprecher und einem kleinen Glasauge. Wir mussten davon ausgehen, beobachtet zu werden. Fin nickte mir zu, und ich hob die Hand, um noch einmal zu klingeln, gerade als das schwere Schloss am Tor aufsprang. Fin drückte mit der Schulter dagegen, und wir schlüpften auf das Grundstück.

Von einer grauen Pariser Straße traten wir in eine andere Welt. Geharkte weiße Flachkiesel umrahmten zwei identische quadratische Rasenstücke zu beiden Seiten eines Fußwegs, der auf die geschwungene Treppe vor der Tür zuführte. Das Gebäude war eine Villa aus dem 19. Jahrhundert, zweistöckig und von maßvoller Größe, blassgelb mit grün gestrichenem Blätterstuck, der sich diagonal über die Fassade zog.

Am Boden waren die Blätter üppig und buschig und wurden nach oben hin karger und filigraner. Es sah richtig hübsch aus.

Das Schloss am Tor hinter uns schnappte zu. Wir waren gefangen.

Wir sahen uns an. Ich hoffte, dass ich nicht so verängstigt aussah wie er. Fin trat einen Schritt vor auf den Kies, und wir stellten fest, dass es sich nicht nur um Dekoration handelte. Jede Bewegung unserer Füße hallte durch den Hof, das Blechtor verstärkte die Geräusche noch.

Wir warteten.

Ich weiß nicht, was wir erwarteten, Hunde oder Scharfschützen, aber nichts geschah.

Fins Stimme war sehr leise, als er in sein Mikrofon murmelte: »Wir sind hier drin eingesperrt. Hinter uns ist das Tor verschlossen, und wir nähern uns jetzt dem Haus.«

Wir knirschten auf die Treppe zu, unsere Schritte lächerlich laut in dem Klangvakuum. Am Fuß der Treppe blieben wir stehen. Nichts geschah. Wir gingen die Stufen hinauf zur Haustür.

»Wir sind an der Tür«, flüsterte Fin.

Ich klopfte. Wir hörten, wie sich drinnen Schritte näherten, und die Haustür wurde geöffnet. Eine philippinische Hausangestellte, etwa Mitte sechzig, in einer schwarzen Uniform unter einer weißen gestärkten Schürze bat uns einzutreten, ohne uns anzusehen.

Wir betraten den Flur.

Was von außen wie eine prachtvolle Villa aus dem 19. Jahrhundert aussah, war innen reines San Diego, als hätte man sie komplett entkernt und zu einem hässlichen kalifornischen Hotel von 1987 umgestaltet.

Der Flur war niedrig und breit, drei kleine Räume zu einem zusammengelegt, schwarzweiß gefliester Boden und sehr wenige Möbel. Eine weiße Marmorstatue von einer kopflosen nackten Frau stand zwischen zwei Doppeltüren. Es gab keine Sitzmöglichkeit.

Die philippinische Frau schloss die Haustür hinter uns, verriegelte sie oben und unten. Sie drehte sich um und deutete auf das Telefon in Fins Hand.

»*Non.*«

Sie beobachtete, wie er das Mikrofon herausnahm und in den Beutel steckte. Sie beobachtete, wie er die Aufnahme ausschaltete und feierlich das Handy in die obere Tasche seines Jacketts steckte.

»Nimmt es auf?«, fragte sie in unerwartetem Englisch.

»Nein«, sagte Fin und tätschelte die Jackentasche.

Sie sah auf den Zentimeter, der aus der Tasche herausragte, und war unsicher, ob sie ihm glauben sollte.

Fin sagte ihr, der Mikrofonzugang sei an der Unterseite, dort, wo man hineinsprach. »Solange es in meiner Tasche ist, kann es nichts aufnehmen. Deshalb habe ich das hier.« Er zeigte ihr das abnehmbare Mikrofon und ließ das Handy wieder in seine Brusttasche fallen.

Sie sah zu, versicherte sich, dass es in die falsche Richtung zeigte, drehte sich dann um und verschwand durch eine Seitentür.

Wir warteten. Bei der Renovierung musste auch eine Schalldämmung eingebaut worden sein, wir hörten nämlich nichts, keine gedämpften Schritte oder Radiogeplapper, keinerlei Geräusche von Autos auf der Straße oder Flugzeugen in der Luft. Es war ziemlich beklemmend.

Fin lehnte sich einen Moment an die Wand. Er war sehr bleich.

Auf einmal öffnete sich eine der Doppeltüren vor uns.

Dauphine Loire stand dort und lächelte kalt. Sie trug ein weißes Wickelkleid, nudefarbene Lackschuhe, eine Brille mit Metallrahmen und einen silbernen Gürtel.

»Hallo«, sagte Dauphine. »Danke, dass Sie uns besuchen. Wenn Sie bitte mitkommen wollen?«

Sie drehte sich um und ging eine Treppe hinunter, lud uns mit gebieterischer Geste ein, ihr zu folgen.

Ihr Akzent war nicht mehr venezianisch. Jetzt klang ihr Tonfall fließend südkalifornisch. Sie hatte ein gutes Ohr für Akzente, ein sehr gutes, das musste ich ihr lassen.

Wir folgten ihr hinab in einen großen luftigen Raum mit cremefarbenem Teppichboden. Darin war niemand, nur ein großer Fernseher an der Wand und ein riesiges cremefarbenes Sofa. Die hintere Wand war eine Glasscheibe, die Ausblick auf einen langgezogenen Rasen gewährte. Am Ende des Rasens sah ich das gläserne Dach eines Touristenschiffs auf der Seine dahingleiten.

Dauphine ging zur rechten Wand, drückte mit drei Fingern auf ein Quadrat, und in der Wand öffnete sich eine Tür. Wir folgten ihr hindurch in einen steinernen Flur. Er führte abwärts und an der Rückseite des Hauses entlang. Er hätte unter der Erde liegen müssen, die Geografie des Hauses war recht verwirrend, aber dann traten wir durch eine Tür in einen seitlich ans Haus gebauten viktorianischen Wintergarten. Man hatte alle Regale und Pflanzentöpfe daraus entfernt, jetzt war er ein steriler Raum. Es war so hell, dass die Augen davon tränten.

Und dort im grellen Licht, mitten auf einem gelb-weiß gestreiften Sofa, saß eine kleine Frau in einem blauen Kleid, mit Metallrahmenbrille, das Haar in einem blonden Chignon.

Sie erhob sich, als wir hereinkamen. Die Hände hielt sie fest vor sich verschränkt zum Zeichen, dass sie sie uns nicht reichen würde.

»Hallo«, sagte sie. »Ich bin Gretchen Teigler.«

48

Wir bekamen sowohl von Dauphine als auch von Gretchen Tee und Gebäck angeboten. Fin sagte nein, wir würden lieber gleich zum Thema kommen, vielen Dank. Sie stimmten zu, ja, Tee und Gebäck wäre schön, ja, ich rufe das Mädchen. Es war, als könnten sie ihn gar nicht hören. Daran merkte ich, dass sie fast genauso nervös waren wie wir.

Dauphine drückte den Knopf einer Gegensprechanlage an der Wand und wies jemanden an, Tee und Macarons zu bringen.

Eine Stimme krächzte zurück: »*Oui, madame.*«

Sie waren ähnlich angezogen, aber es gab keine physische Übereinstimmung zwischen ihnen. Dauphine war schlank und groß, ihre Beine lang, Gretchen war klein und untersetzt mit breiten Hüften. Dauphine setzte sich neben sie, und ihre Haltung spiegelte exakt die von Gretchen. Sie schlug die Beine übereinander, umklammerte die Knie mit den Händen, es war ein höchst ungewöhnlicher Anblick, wie sie lächelte und auf jede von Gretchens Gesten einging, sie nachahmte und spiegelte. Als Gretchen mich ansah, folgte Dauphine ihrem Blick zu meinem Gesicht, und all die Gretchen-inspirierte Wärme wich aus ihr. Ich hätte ebenso gut ein Baum oder ein Tisch sein können.

»Ich habe gehört«, Gretchens Akzent klang nach Kalifornien, ihre Stimme war leise, »dass Sie den Tod meines Mannes Leon untersuchen?«

Ich nickte.

»In einem ›Podcast‹?«

»Ja.«

»Und dass Sie ihn tatsächlich vor ein paar Jahren kennengelernt haben?« Sie schien ausschließlich in Fragen zu sprechen.

Ich nickte. Mein Mund war so trocken, ich traute mir nicht zu, laut zu reden.

»Nun –«, sie lächelte mir kalt zu, »wie nett.«

Wir musterten einander, Gretchen Teigler und ich. Sie hatte mir so schreckliche Dinge angetan, brutale Dinge, als ich jung und verletzlich war, aber sie sah mich ungerührt an. Wie konnte sie nur so dreist sein? Und sie sah mich weiter an, streng, als wäre ich in dem Stück die Übeltäterin. Was für Denkprozesse setzte sie ein, um zu rechtfertigen, was sie getan hatte? Ich konnte es mir nicht vorstellen.

Sie schien ähnliche Gedanken über mich zu hegen, weil wir uns mittlerweile grimmig anstarrten. Dauphine griff ein, und ich wusste, ihr ging es nicht darum, mich zu schonen. »Unsere Wege haben sich zuvor schon gekreuzt, Ihre und meine«, sagte sie. »Ich glaube, Sie nannten sich damals ›Sophie Bukaran‹?«

»Ich nannte mich nicht so. Das ist mein Name. Menschen ändern allerdings ihre Namen, oder nicht, Dauphine?«

Es war, als sähe mich Dauphine zum ersten Mal. Sie neigte den Kopf, blickte mir ins Gesicht, in ihrer Wange zuckte ein neugieriges Lächeln. »Huch!«, sagte sie, mit einem Mal interessiert.

Gretchen war nicht interessiert. Mein Aufmacher reizte ihre Neugier kein bisschen. Sie wollte nur, dass dies hier vorüberging. Ihre Mundwinkel verzogen sich nach unten. »Ich habe jemanden hier, der Sie kennt.«

Sie warf Dauphine einen Blick zu, nickte eine Anweisung. Dauphine stand auf und drückte erneut den Knopf an der Wand, dann setzte sie sich wieder hin. Sie sahen erwartungsvoll auf eine Tür an der Rückseite des Raums. Ich glaube, ich wusste, wer da draußen war. Warum auch nicht? Er war der einzige Mensch, vor dem ich mich noch fürchtete.

Die Tür öffnete sich, und der Mann betrat den Raum, zeigte sich den Anwesenden. Er war groß, trug Kampfkleidung, hatte schreckliche Narben an Hals und Kinn. Ich hätte ihn auch ohne die weißen Quadrate verpflanzter Haut auf Wange und Kiefer erkannt. Dunkles Haar, lange Wimpern, schmales Kinn. Einen Moment lang war ich wieder in der Küche meiner Mutter, Öl zischte in der Pfanne hinter mir, und ich erschrak beim Anblick von Patricias Namen auf meinem klingelnden Handy.

Ich glaube, er erwartete von mir, dass ich schrie oder so etwas. Er hatte auf diesen Moment hingelebt. Er hatte wahrscheinlich mehr an mich gedacht als ich an ihn. Jedes Mal, wenn er eine Operation hatte, wenn seine Narben schmerzten, wenn jemand vor seinen Narben zurückschreckte. Er hatte darauf gewartet, mich wiederzusehen, und ich verdarb es ihm, indem ich überhaupt keine Reaktion zeigte.

»Erkennst du mich?«, fragte er.

»Sie sind der Ölknabe«, sagte ich und zuckte mit den Schultern. »Und jetzt? Neues Spiel, neues Glück?«

Er versuchte es mit einem drohend-finsteren Blick, aber auch der verfing nicht. Was er nicht wusste, war, dass ich mich nicht schrecken lassen würde. Ich war bereits voller Schrecken, und das seit langer Zeit. Meine gleichgültige Reaktion ärgerte ihn. Er sah sich im Raum nach jemand anderem zum Angsteinjagen um, und sein Blick fiel auf Fin, mager und entkräftet. Er wandte sich ihm direkt zu und erwartete, dass er wenigstens den Kopf einzog.

Aber Fin schlenderte zu ihm rüber, stellte sich schützend vor mich, streckte ihm die Hand entgegen. »Guten Tag«, sagte er leutselig. »Ich freue mich sehr, Sie kennenzulernen. Ich bin Fin Cohen.«

Verdutzt lächelte Scarface und ergriff Fins Hand, drückte fest zu. Ich bemerkte, dass er seine Füße sorgfältig platziert hatte, als rechnete er damit, dass Fin versuchen würde, ihn umzuwerfen oder einen Schlag anzubringen. Aber Fin tat nichts dergleichen. Er schüttelte dem Mann einfach die Hand und starrte ihm ins Gesicht.

Alle Frauen sahen zu, wie sie viel zu lange Hände schüttelten. Es war ein eigentümlicher Moment, aber Fin wusste, was er tat: Er bekam einen guten, gründlichen Blick auf sein Gesicht. Als Scarface endlich klar wurde, dass es keine Wrestlingrunde oder Judonummer geben würde, sondern nur ein übertriebenes Händeschütteln, ließ er ihn los und schlurfte zurück zur Wand, legte seine Hände vor sich ineinander, wartete.

Ich sagte zu ihm: »Sie und Ms. Teigler kennen sich schon sehr lange. Wo haben Sie sich getroffen?«

Er sah zu Gretchen, die unverbindlich eine Schulter hochzog. Es war ihr egal, was jetzt gesagt wurde. Wir näherten uns dem Ende.

»In London?«, fragte ich. »Bei dem Vergewaltigungsfall?«

Sie sahen sich an. Gretchen schüttelte kaum merklich den Kopf.

»Der Vergewaltigungsfall«, sagte ich. »Die Gerichtsverhandlung gegen die Männer, die mich vergewaltigt hatten.«

Niemand sagte etwas. Ich merkte, dass Gretchen die Geduld verlor und sich wand. Das gefiel mir.

Ich fragte Scarface: »Haben Sie die andere junge Frau getötet und ihre Wohnung angezündet?«

Er blinzelte langsam.

»Egal«, sagte ich. »Gehen wir einfach davon aus, dass Sie sie getötet haben, nachdem Sie versucht hatten, mich zu töten. Ihr Blut war überall in meiner Küche, oder? Ich wette, die Polizei hat etwas davon aufgehoben.« Ich wandte mich an Gretchen. »Ich habe gehört, dass Sie mit dem Stadion in Fulham Spekulation treiben.«

Sie verzog den Mund. »Ich weiß nicht, wovon Sie reden.« Sie drehte sich zu Scarface, öffnete den Mund, holte tief Luft und war kurz davor, ihm zu sagen, er möge mich hier wegschaffen, da wurde sie vom Klirren des Porzellans vor der Tür unterbrochen.

»Ah!« Dauphine klatschte in die Hände. »Tee!«

Das Mädchen, stellte sich heraus, war die philippinische Frau, die uns die Haustür geöffnet hatte. Sie kam mit einem Teewagen, auf dem sich ein reich verziertes Teeservice aus Porzellan und ein Teller mit mehrfarbigen Macarons befand, angeordnet in roten, grünen und gelben Kreisen. Ich glaube, Gretchen und Dauphine waren auf Diät, weil sie beim Anblick des Gebäcks wie hypnotisiert wirkten.

Das Mädchen rollte den Teewagen in die Mitte des Raums und griff nach der Teekanne, um einzuschenken, wurde aber angewiesen zu gehen, was sie auch tat.

Dauphine stand auf und goss ein. Fin und ich bemerkten beide zur gleichen Zeit, dass es nur zwei Tassen gab. Man ging nicht davon aus, dass wir noch sehr viel länger hier sein würden.

Fin kam zur Sache. »Wir sind eigentlich hier, um Sie nach dem Untergang der *Dana* zu fragen, wenn das möglich ist, Ms. Teigler. Es sollte nur ein paar Minuten dauern.«

Gretchen sah von dem Gebäck zu Fins Handy in dessen Tasche. »Sie nehmen das doch nicht auf?«

Fin sagte: »Das hätte gar keinen Sinn, oder? Ich denke, wir wissen alle, wie das hier endet.«

Gretchen zuckte leidenschaftslos, ja fast schon gelangweilt die Schultern.

Fin ließ nicht locker. »Wir wissen alle, dass Amila Fabricase unschuldig ist«, sagte er. »Dass jemand anderes in jener Nacht an Bord der *Dana* war und sich davonmachte. Sie haben das Collier, das mit dem Schiff hätte untergehen sollen. Dieses Märchen, dass es Ihnen zugeschickt wurde, ist wirklich arg durchsichtig. Man sieht Reste einer Zodiac-Reißleine in dem Tauchfilm vom Wrack. Wir wissen, dass jemand Violetta nach

Saint-Martin geflogen, ihr die Hotelsuite bezahlt und zwei Kleider in unterschiedlichen Größen gekauft hat. Es war noch jemand dort, und diese Person stach mit der *Dana* in See. Sie betäubte die Parkers und verschwand dann mit dem Zodiac-Rettungsboot, bevor das Schiff sank. Sie hatte das Collier bei sich. Sie konnte es einfach nicht zurücklassen. Aber sie behielt es nicht. Sie gab es Ihnen.«

Gretchen lächelte schwach. »Dann glauben Sie also nicht an Geister?«

Fin lächelte zurück. »Nichts davon scheint Sie sehr zu überraschen. Ich meine«, er trat vor und tat etwas sehr Seltsames: Er nahm ein hellgrünes Pistazienmacaron und biss ein großes Stück davon ab. »Warum sind Sie nicht überrascht?« Er spuckte beim Sprechen grüne Krümel auf den Boden. »Sie wissen das alles schon, oder?«

Sie gab ein ungläubiges Damenlachen tief aus der Kehle von sich. »Was meinen Sie nur damit?«

In diesem Augenblick hasste ich sie. Ich verabscheute ihre gespielte Unschuld, ihren Einrichtungsgeschmack, dass sie Scarface zurückgeholt hatte, um mir Angst einzujagen. Leon war bestimmt kein Held, aber wie hatte er sie nur heiraten können? Wie hatte er sie ertragen? Mag sein, dass er Geld brauchte, um seine Familien zu unterstützen, aber es musste doch in seinen gesellschaftlichen Kreisen eine weniger widerwärtige Milliardärin gegeben haben, eine mit ein bisschen Charakter oder Stil oder wenigstens irgendetwas. Gretchen war zum Kotzen.

»Leon war pleite, oder?«, fragte ich lautstark. »Wussten Sie das, als Sie ihn heirateten?«

Gretchen schniefte und schürzte die Lippen. »Er hat es gut getarnt.«

»Sie waren wütend, als Sie dahinterkamen.«

»Na ja, da hatte ich ihn bereits geheiratet.«

An diesem Punkt dachte ich, scheiß drauf, und stand auf, um mir ein Himbeermacaron zu nehmen, ohne dass man es mir angeboten hätte. »Aber Sie waren wütend genug, um Julia alle finanzielle Unterstützung zu entziehen?«

Ich biss hinein. Himmel, war das großartig. So süß und säuerlich, Zitrone und Himbeere, weich und knusprig, dass ich fast nicht hörte, wie Gretchen murmelte: »Ich habe Julia die finanzielle Unterstützung nicht entzogen.«

Sie sah Dauphine an, die sich zu ihr beugte und leise erklärte: »Die Anwälte hatten ein Problem mit Julias Unterlagen. Sie wollte den Vertrag nicht unterschreiben. Man kümmert sich gerade darum. Es ist nur vorübergehend.«

Gretchen murrte: »Davon habe ich nichts gehört.«

»Man kümmert sich gerade darum.«

Fin sagte: »Sie hätten ihr einen Koffer voller Bargeld schicken können«, und winkte mit seinem halb gegessenen Macaron durch den schicken Raum.

Gretchen lächelte bitter. »Ja, nun, anderer Leute Geldfluss ist immer unendlich, nicht wahr?«

»Dauphine lügt«, sagte ich. »Es ist nicht vorübergehend. Julia hat seit zwei Jahren keine Unterstützung mehr bekommen.«

Gretchen runzelte die Stirn, soweit sie dazu in der Lage war. »Wovon lebt sie?«

»Es geht ihr gut«, sagte Dauphine wegwerfend. »Sie hat ein Haus, in dem ein früherer Liebhaber sie wohnen lässt.«

»Das sind zwei feuchte Zimmer«, sagte ich.

Dauphine hob eine Schulter und sagte zu Gretchen: »Sie ist dort glücklich.«

»Nein, Julia ist dort nicht glücklich. Julia ist tot. Sie wurde ermordet. Vor zwei Tagen hat jemand ihr mehrfach in die Brust gestochen. Sie hat sich noch drei Meter durch das Zimmer geschleppt, ist dabei ausgeblutet, in ihrem eigenen Blut ertrunken, um an ein Foto von Violetta zu kommen. Das hielt sie mit dem Gesicht nach außen an ihre Brust gedrückt, als wir sie fanden.«

Gretchen war aufrichtig schockiert. Ihre Hand fing an zu zittern. Dauphine legte einen schützenden Arm um ihre Schultern. »Reg dich nicht auf, Liebste.«

»Macht Ihnen das zu schaffen?«, fragte ich Dauphine.

Sie war auf der Hut. »Natürlich. Das ist furchtbar.«

»Nein, ich meine, Ihre Mutter einfach so da liegen zu lassen? Sie haben Julia getötet, nicht wahr, Violetta?«

Violetta stand ruckartig auf, und ihr Teller fiel zu Boden. Ihr Zitronenmacaron zersprang wie eine gelbe Staubbombe. Sie betrachtete es, wollte etwas sagen, hielt aber inne. Sie sah Gretchen an. Ein warmes, liebevolles Lächeln breitete sich über ihr Gesicht. Aber diesmal erwiderte Gretchen die Wärme nicht. Sie schreckte vor ihr zurück und flüsterte: »Was hast du getan?«

Violetta ignorierte sie und nickte Scarface zu mir, aber Gretchen hob die Hand, um ihn aufzuhalten.

»Violetta«, flüsterte sie, »was hast du getan?«

Violetta wandte sich ihr wieder zu und versuchte es noch einmal mit dem liebevollen Lächeln. »Ich schütze *dich*, Gretchen, das ist alles, was ich will.« Ihr Akzent war jetzt italienisch. Sie klang wie ein schales Echo von Julias wundervoller Art zu sprechen.

Sie sahen einander an, Gretchen mit eingezogenem Kopf und entsetzt über das, was sie gehört hatte, Violetta fröhlich und liebevoll, wie eine Mutter auf einer Weihnachtskarte. Ihre Reaktion auf Gretchens Schock war falsch, so falsch, dass klar wurde, wie geübt Violetta darin war, Emotionen auszudrücken, die sie nicht empfand. Ich erinnerte mich an das Restaurant in Venedig, an das unheimliche Gefühl, dass sie Suppe essen oder mir ins Gesicht stechen könnte, beides ohne etwas dabei zu empfinden.

Ich machte weiter und gab mir Mühe, nicht direkt zu Fin

zu sehen. »Julia hat sich quer durchs Zimmer geschleppt, um an ein Foto von Ihnen zu gelangen. Haben Sie dabei zugesehen? Haben Sie ihr beim Sterben zugesehen? Oder waren Sie bereits damit beschäftigt, ihre Habseligkeiten zu durchwühlen und nach dem Gepäck aus dem Hotel Toraque zu suchen? Sie konnten nicht glauben, dass sie immer noch das Gepäck aufhob, dass das Hotel ihr geschickt hatte, oder? Sie hat es die ganze Zeit aufbewahrt. Aber Sie brauchten es zurück, weil es bewies, dass Dauphine dort war. Ihre DNA ist überall dran. Die Sachen waren nicht einmal in Ihrer Größe. In Wirklichkeit verrottet Dauphines Leiche im Speiseraum der *Dana*. Sie haben sie dazu gebracht, Sie mit Gretchens Flugzeug nach Saint-Martin zu bringen, Ihnen die Hotelsuite zu mieten …«

»Sie waren enge Freundinnen!«, sagte Gretchen.

Ich konnte nicht an mich halten. »Sie sind so verflucht dämlich, Lady! Violetta hat Sie die ganze Zeit ausgenutzt. War Dauphine ein wenig bedürftig? Hatte keine Freunde? War isoliert, weil sie für Sie arbeitete?«

Gretchen zuckte zusammen.

»Natürlich war sie das. Und es hat sie vollkommen umgehauen, als die schöne Violetta mit ihr befreundet sein wollte. Sie konnte es nicht fassen. Violetta machte ihr Avancen, oder? *Wir haben so viele Gemeinsamkeiten!* Denken Sie mal drüber nach.«

Ich konnte sehen, wie sie die Vergangenheit durchblätterte, wie ihr klar wurde, dass Violetta ihre mollige Handlangerin Dauphine manipuliert hatte, bevor sie ihren geballten Charme auf Gretchen richtete.

»Violetta, haben Sie die Kleider ausgesucht und sie bezahlen lassen? Sie hielt es vermutlich für eine freundschaftliche Geste. Familiär. Aber sie hatte Größe 42, und Sie nicht.«

»Hören Sie, Dauphine wollte ihnen nie etwas Böses tun.« Gretchen war aufgestanden. »Sie war ein guter Mensch. Sie war ein *guter* Mensch.«

»*Dauphine* wollte ihnen nie etwas Böses tun?« Ich konnte nicht glauben, dass wir wieder an diesem Punkt waren. »Was stimmt nicht mit Ihnen?«

Gretchen log nicht nur sich selbst etwas vor, sie heulte vor Anstrengung, um all das zu leugnen. »Dauphine wollte mich unbedingt beschützen. Ja, sie liebte Violetta, aber sie wollte nicht, dass ich sie *alle* unterstütze. Sie sorgte sich um mich. Sie ist verrückt geworden, das alles sah ihr so gar nicht ähnlich: Sie hat den Champagner vergiftet. Sie hat alle umgebracht. Vio wollte mich nur beschützen.«

»Warum wollen nur alle Sie beschützen? Sie sind eine zum Kotzen verwöhnte Milliardärin.«

Das gefiel ihr gar nicht. »Ja, Violetta ist mit der *Dana* rausgefahren und hat sie versenkt. Sie tat es für mich, und ich bin ihr dankbar. Sie wusste, dass ich keinen weiteren öffentlichen Skandal durchmachen könnte. Ich kann das nicht …« Damit sank Gretchen aufs Sofa, verbarg ihr Gesicht in den Händen und schluchzte. Violetta setzte sich neben sie, den Kopf geneigt, und streichelte mitfühlend Gretchens Rücken.

»Liebste, nicht«, murmelte Violetta. »Nicht weinen, bitte. Wenn du weinst, muss ich auch weinen, *bitte.*«

Ich sah den beiden zu, und mir war klar, dass Gretchen weinte, weil sie tief im Innersten alles wusste. Die echte Dauphine hatte niemanden vergiftet. Sie wusste, dass Violetta hinter allem steckte, und sie hatte mitgeholfen, es zu vertuschen, weil ihr das besser in den Kram passte, als Violetta damit zu konfrontieren, die Polizei zu rufen, eine taktlose, kompromittierende Ermittlung durchzustehen und eine Gerichtsverhandlung, in der demütigende Fragen über ihre Beziehung mit Leon und über sein Geld aufkamen.

Ich ergriff das Wort. »Dauphine hat nichts davon getan. Violetta war es. Sie wissen das.«

Gretchen schluchzte lauter und versuchte mich zu übertönen.

Sie hatte die Hände vom Gesicht genommen, sie lagen schlaff auf ihren Knien. Violetta lehnte sich zu ihr, hielt ihre Hände, nickte aufmunternd. Ich verstand jetzt: Gretchen fand, dass ich sie schikanierte, indem ich eine Wahrheit aussprach, die sie nicht hören wollte. Das erklärte ihr Verhalten bei dem Vergewaltigungsfall und warum sie es richtig fand, zu versuchen, mich zum Schweigen zu bringen. Selbst jetzt noch, selbst nach der anderen jungen Frau und den Versuchen, mich zu ermorden, hatte Gretchen das Gefühl, dass ich sie attackierte. Selbstmitleid erschafft Tyrannen, das ist ein Charakteristikum gewalttätiger Regime, aber bei Gretchen steckte noch mehr dahinter. Es war auch Faulheit. Violetta passte zu ihr, schmeichelte ihr, verwöhnte sie, und Gretchen würde Violetta so lange Unterschlupf gewähren, bis ihr das keine Vorteile mehr brachte.

»Armes Gretchen«, sagte ich. »Sie werden es sich nicht aussuchen können.«

Sie sah zu mir auf, ihr Gesicht rot und feucht. »Aussuchen?«

»Aussuchen, wann es vorbei ist. Mit Violetta. Sie wird es bestimmen.«

Gretchen sah auf Violettas Hände, die ihre umschlossen. »Ich finde, Sie sollten jetzt den Mund halten.«

Ich tat es nicht. »Steht in Ihrem Testament, dass Sie alles Dauphine hinterlassen?«

Gretchen zuckte zusammen und schloss die Augen. Violetta streckte ihren Rücken und sah zu Scarface, versuchte seinen Blick einzufangen, aber er schaute Gretchen an und bekam es nicht mit. Ich machte weiter.

»Violetta ist jetzt Dauphine. Sie haben für sie gebürgt, sie hat Dauphines Pass, ihre Identität, ihr Leben. Sie wissen doch, was sie plant, oder?«

Gretchen stand auf und fauchte mich an: »Sie widern mich an, wissen Sie das? Betrunken in einem Hotelzimmer mit vier Männern? Was haben Sie denn *erwartet*?«

Sie versuchte mich zu schockieren, um zu verhindern, dass ich es laut aussprach, aber ich hatte schon sehr viel Schlimmeres gehört. »Sie wird Sie umbringen, Sie dummes, hemmungsloses Miststück.«

Ich sah einen Funken Schrecken in Gretchens Blick. Sie wusste, dass ich recht hatte.

Sie hob eine Hand, und Scarface stürzte sich auf mich. Ich war so fassungslos über die Schnelligkeit, mit der er sich bewegte, dass ich ihm ins Gesicht spuckte. Pinkfarbener Speichel und Himbeerkerne tropften von seinem vernarbten Kinn.

Dann sah ich die Waffe in seiner Hand. Er hielt sie am Lauf, und er hob sie über meinen Kopf.

Ein Wort, immer und immer wieder. Das war alles, was ich hörte, bevor es schwarz wurde. Es war Fins Stimme, und er schrie:

»JETZT! JETZT! JETZT!«

49

Ich erwachte. Mein Kopf tat so weh, dass ich die Augen nicht öffnen konnte. Ich bewegte zuerst meine Finger. Dann meine nackten Füße. Weich. Eine kühle Brise strich mir Haare über die Wange. Ich öffnete meine brennenden Augen eins nach dem anderen.

Das Kopfteil über mir war aus grauer Seide. Ich lag in einem riesigen Bett in frischen Laken aus Leinen. Ich war allein. Die Fenster waren zu den Dächern von Paris hin geöffnet. Ich war wieder in unserer Hotelsuite.

Ich versuchte mich aufzusetzen, aber ein Schmerz wie ein Stromschlag durchfuhr meinen Kopf, von hinten nach vorn, ließ mich aufschreien und still daliegen. Meine Augen pochten vor Schmerz.

»Hallo.« Fin stand in der Tür.

»Himmel – wie lange bin ich schon hier?«

»Einen Tag.« Er setzte sich auf die Bettkante. »Manchmal auch wach.«

»Einen ganzen Tag?« Ich befühlte meinen Kopf. Eine hühnereigroße Beule befand sich über meiner rechten Augenbraue, sie fühlte sich heiß an.

»Man hat dich schon auf Blutgerinsel untersucht, aber das muss wiederholt werden. Er hat dir Schmerztabletten dagelassen. Es besteht Sorge wegen Verdacht auf ein Schädel-Hirn-Trauma.«

»Ist er abgerissen?«

Fin nahm sein Handy aus der Brusttasche seines Jacketts und sah in die Linse. »Nein. Der Livestream blieb die ganze Zeit bestehen. Wir haben alles. Scarface in anschaulicher Nahaufnahme, Violettas Eingeständnis, alles. Aber«, sagte er ernst, »es gibt nicht nur gute Nachrichten: Wir haben viele Zuschauer verloren, als wir im Flur gewartet haben. Sie kamen später wieder, als du Violetta zur Rede gestellt hast. Danach ging es durch die Decke. Die Polizei hat zugesehen, und als Scarface reinkam, haben sie sofort mobilgemacht. Er wird bereits in mehreren Ländern polizeilich gesucht. Die Polizei wartete draußen.«

»Draußen?«

»Na ja, das Mädchen hat das Tor nicht geöffnet, weil sie keinen Termin hatten. Sie mussten über die Mauer klettern.«

»Was ist dann passiert?«

»Gretchen und Violetta wurden von der französischen Polizei wegen Verabredung zum Mord an uns verhaftet, aber die Italiener wollen Violetta wegen Julia vernehmen. Sie haben Überwachungskamera-Aufnahmen von ihr, wie sie an Maliks Laden vorbeigeht. Der Vorstand des Fußballclubs hat ein Statement herausgegeben, in dem es heißt, die Behauptungen über den Stadionverkauf entbehrten jeder Grundlage, aber die Presse hat sich auf sie gestürzt. Die *Dana*-Ermittlungen werden wieder aufgenommen. Ich habe der Polizei gesagt, was Albert in Skibo getan hat, aber wir müssten mehr Beweise für ein Verbrechen liefern. Man kann niemanden festnehmen, nur weil er ein Arsch ist.«

»Das erscheint mir nicht fair. Wie sind die Zugriffszahlen?«

»*Millionen.* Trina Keany ist auf Platz 2. Sie will jetzt einen Crossover-Podcast mit uns.«

»Lass uns das machen. Ich mag sie.«

Langsam drangen Geräusche aus dem Wohnzimmer in mein Bewusstsein, ein Zischen und Flüstern und das halblaute Dröhnen eines Fernsehers.

Fin sah mich in die Richtung schauen und lächelte. »Na, jedenfalls …«

Dann stand er auf und ging raus. Er schloss nicht einmal die Tür.

Aber ich war froh, dass er sie nicht schloss, weil ich hörte, wie er etwas sagte, und ich hörte Gequieke. Ich wusste, wer das war. Jessica und Lizzie kamen ins Zimmer gerannt und krabbelten zu mir ins Bett.

Sie berührten meine Beule und sagten, sie fühle sich heiß an. Ich drückte die beiden fest an mich. Ich weinte so, dass ihre kleinen knubbeligen Hände ganz nass wurden. Lizzie dachte, ich würde weinen, weil mir der Kopf wehtat, und sie pusteten abwechselnd meine Beule heile, bedeckten sie mit liebevollen Küssen, wechselten sich ab. Es tat unglaublich weh, und ich wollte, dass es nie aufhört. Ich dachte an Sabines Liebe zu Amila und wie nah ich dem Selbstmord gewesen war. Trina hatte recht. Es ist ein Impuls, der vorübergeht, ein Signal, dass eine Veränderung vonnöten ist. Hätte ich es getan, läge ich nicht hier in diesem riesigen Bett in Paris, mit schmerzendem Kopf, von winzigen Lippen geküsst. Ich war im Danach, es war herrlich, und viele Menschen schafften es gar nicht bis hierher.

Das ist alles, was ich dazu sage. In dieser Geschichte hat es schon mehr als genug emotionales Zeug gegeben, Weinen und Verzweiflung und so weiter.

Hamish war auch da, mit Estelle. Ich war immer noch sauer, das schon, aber es gibt Zeiten im Leben für Hass, und dies war keine. Ich war dankbar, so wunderbare Menschen zu haben, auf die ich böse sein konnte. Vielleicht lag es am Schlag auf den Kopf.

Der Arzt wurde wieder aufs Hotelzimmer gerufen, und seine Techniker benutzten einen tragbaren CT-Scanner, um mich auf Gehirnblutungen oder Blutgerinnsel zu untersuchen. Es gab keine Anzeichen für Langzeitschäden, aber wir sollten anrufen, falls sich etwas veränderte.

Es war ein großartiger Tag. Ein Tag der Amnestie.

Fin aß, meine Mädchen waren da, Hamish und ich sprachen über all meine Lügen und meine Trauer, über meine Mutter. Sie war liebevoll und groß, und ihr Gesicht bestand hauptsächlich aus einer wundervollen persischen Nase, und sie war darauf furchtbar stolz. Sie liebte Gartenarbeit und Omeletts und lehrte am Institut für orientalische und afrikanische Studien in London, und sie schrieb Bücher über Genre und über die Lyrik des Nahen Osten. Sie war unglaublich gewesen. Ich glaube, ein Grund, warum ich weglief und nie mehr zurückkehrte, war, dass ich mit ihrem Tod nicht klarkam. Und der Mordversuch, sagte Hamish, und die Gerichtsverhandlung. Ich sagte, ja, auch das. Wir saßen gemeinsam auf dem Bett und sprachen über die Gerichtsverhandlung, was da gesagt wurde, was man mich gefragt hatte. Hamish weinte. Er ist Anwalt, und er weinte darüber, wie man mich vor Gericht behandelt hatte. Das fand ich sehr rührend.

Es war ihm egal, dass ich ihn belogen hatte. Ich entschuldigte mich, weil ich so oft darüber nachgedacht hatte, ihn umzubringen. Er entschuldigte sich, dass er Estelle erzählt hatte, ich würde ihn schlagen. Er hatte eine Ausrede für sich gebraucht und mich schlechtmachen wollen. Er würde es Estelle gegenüber klarstellen. Ich weiß allerdings bis heute nicht, ob er das getan hat.

Wissen Sie, Hamish kommt in diesem Buch wie ein Arschloch rüber, aber das ist er nicht. Er ist der Vater meiner Kinder. Er ist ein guter Vater, und er war mir ein geliebter Freund. Wir haben beide unsere Fehler. Wenn er der Erzähler dieser Geschichte wäre, würde ich wie ein Arschloch rüberkommen, oder vielleicht wie ein noch größeres Arschloch als ohnehin schon.

Fin ging mit Estelle spazieren, und danach legte er sich eine Weile zu mir aufs Bett, und wir redeten. Sie liebte ihn immer noch, konnte aber mit seiner Erkrankung nicht leben. Sie wollte mehr vom Leben, und er glaubte, dass sie ehrlich zu ihm war. Ich hielt seine Hand und log ihn liebevoll an: Es würde alles gut werden. Diese Gefühle gingen vorüber. Er war »immer noch eine attraktive Frau«.

Wir sprachen über Dauphine Loire und den armen Mark Parker, beide tot, und Leon. Ich glaubte nicht mehr, dass Leon mein Freund war, ich wusste, er war unredlich und habgierig, aber er war auch charismatisch und charmant, oberflächlich bezaubernd, und ich mag glänzende Dinge. Aber am meisten sprachen wir über die andere junge Frau, wer sie gewesen sein mochte, welch erstaunlichen Mut sie aufgebracht hatte, aufzustehen und zu bezeugen, was man mir angetan hatte. Was für eine Heldin sie war.

»Ich denke, wir sollten herausfinden, wer sie war«, sagte Fin. »Wir sollten sie ehren.«

Ich war mir nicht sicher. Mir gefiel der Gedanke, dass sie so etwas wie eine unbekannte Soldatin war, ein Symbol für alle Mädchen, die aufstanden, all die tapferen, unerschrockenen Frauen, die miterlebt hatten, wie ihre Vorgängerinnen gekreuzigt wurden, und die trotzdem ihre Stimmen erhoben. Viele von ihnen blieben auf der Strecke, und sie stand für sie alle.

Wir schauten Cartoons im Fernsehen, ignorierten Anrufe. Wir mussten mit sonst niemandem reden. Jede Person, die wichtig war, befand sich in dieser Hotelsuite, und wir waren füreinander dankbar. Die meisten Menschen bekommen nie auch nur eine solche Stunde.

Gegen zehn Uhr ließ die Wirkung der Medikamente nach, der Nebel hob sich, und mit einem Mal wurde mir meine Situation bewusst: oh Gott.

Ich war nicht ermordet worden. Ich lebte noch. Ein Arzt mit einem tragbaren CT-Scanner und zwei Medizintechnikern hatte mich in einer Suite im teuersten Hotel von Paris behandelt. Wir wohnten alle hier. Ich hatte Hamishs Wagen am Flughafen fünf Tage lang auf dem Kurzzeitparkplatz stehen lassen, und ich hatte mein ganzes Bargeld dafür ausgegeben, quer durch Europa zu gurken und einen Podcast zu machen, der keinen wie auch immer gearteten erkennbaren Marktwert hatte.

Das konnte nur eins bedeuten: Ich würde dieses verdammte Buch schreiben müssen.

Denise Mina

Fester Glaube

Deutsch von Karen Gerwig · Ariadne 1268

Anna McDonald & Fin Cohen podcasten über eine plötzlich verschwundene YouTuberin. Die hat beim Einbruch in ein altes Château ein religiöses Artefakt gefunden, das andere unbedingt haben wollen. Die dafür lügen, betrügen und womöglich über Leichen gehen.

»Mina schert sich längst nicht mehr um Genre-Zuweisungen oder Erzählkonventionen. Ihr wunderbarer neuer Roman ist kein düsterer Tartan Noir, sondern eine ungewöhnlich realistisch anmutende Abenteuergeschichte. Mit eleganten Kniffen und klugem Witz wirft sie das Sakralthriller-Genre verwegen in den Mixer. Ihr Gespür für Rhythmus, Sprache und Timing garantiert großes Lesevergnügen.« *Kulturnews*

Blut Salz Wasser

Deutsch von Zoë Beck · Ariadne 1230

Helensburgh, Refugium für Reiche und Touristen: Verloren irrt ein Killer durch malerische Gässchen. Alex Morrow sucht eine Wirtschaftsganovin.

»Brillant, wie Denise Mina die Erzählfäden immer enger miteinander verzwirbelt und spannt, bis sie am Ende mit einem Übrraschungscoup reißen. Deshalb: Unbedingt lesen!« Jochen Vogt, *WAZ*

Götter und Tiere

Deutsch von Karen Gerwig · Ariadne 1246

Überfall auf Postfiliale endet im Blutbad: Martin Pavel, noch unter Schock, muss Fragen beantworten. Er gibt Kriminalermittlerin Alex Morrow Rätsel auf, der junge Mann scheint ein undurchsichtiger Typ zu sein. Was bedeuten seine Tattoos? Und warum steht auf seinem Hals ›Beasts‹ – Tiere? Ein philosophischer Noir.

Totstück

Deutsch von Karen Gerwig · Ariadne 1254

Endlich erfährt die Ärztin Margo Dunlop, wer ihre leibliche Mutter war. Aber dann kommt raus: Margo ist die Tochter einer Prostituierten. Und ihre Tante Nikki ist vulgär, abergläubisch und besessen von einer Idee: dass in Glasgow jemand seit Jahren ungestraft Huren ermordet. Spinnt sie oder gibt es den Killer wirklich? Hat er jetzt Margo im Visier?

Pieke Biermann

Das Berlin-Quartett

Pieke Biermann erwischt die Stadt mitten im Umbruch. Tolle Charaktere vom Strich bis zu den Bullen, bilderstark, realistisch, poetisch, berlinerisch: ein Großstadt-Jahrzehnt so hart und wild wie das Leben.

Potsdamer Ableben

Ariadne 1256

Westberlin '87, lässig und laut. Ein Manager will statt Mädchenbands deutsche Kerle zu Pophelden küren. Leider liegt unterm Buffet eine tote Radiomoderatorin. Kriminalhauptkommissar Karin Lietze findet den Fall chaotisch, weil in der Popszene jede ihr eigenes Süppchen kocht.

Violetta

Ariadne 1257

Hitzewelle im Sommer '89, Flimmern und grelle Farben: Lietze und Konsorten haben alle Hände voll zu tun. Am Winterfeldtplatz wird eine misshandelte tote Hure gefunden. Und jemand killt nette Männer nach dem Sex. Eine Serienmörderin? Hochgradig unwahrscheinlich, aber wer weiß das schon in dieser komplett durchdrehenden Stadt?

Herzrasen

Ariadne 1258

Großstadtmief bis zur Atemnot: Die Mauer ist weg, die Quote da. Nun soll man zusammenwachsen, aber es fremdelt gewaltig. Ob Wessibullen und Ossibullen oder Huren aus allen Himmelsrichtungen: die Gerüche, Reflexe, Bezugssysteme sind nicht kompatibel. Und während in Lietzes Team Verliebtheit grassiert, steigt der Gewaltpegel in der Stadt.

Vier, fünf, sechs

Ariadne 1259

Mai '94: Wahlkampf, dazu Bauboom in Berlin, da wird spekuliert und kassiert, dass es nur so raucht. Der Flughafen Tempelhof dünstet Geschichte von den Nazis bis zu den Amis, aber kaum wer kennt das mit Reichsmark gebaute Tunnelsystem. Bis oben am Gepäckband ein Polizeidirektor gesprengt wird, was Lietzes Truppe auf den Plan ruft.

Sara Paretsky

Kritische Masse

Deutsch von Laudan & Szelinski · Ariadne 1236

Die Suche nach einer Junkiebraut führt Privatdetektivin V. I. Warshawski zu einer Chicagoer IT-Firma und in die Geschichte der Frauen in der Physik: ein Rätsel, das zu knacken Gefahr für Leib und Leben bringt.

»Paretsky enthüllt ein dramatisches Panorama von ungeheurer emotionaler und politischer Wucht.« Marcus Müntefering, *Spiegel online*

Altlasten

Deutsch von Laudan & Szelinski · Ariadne 1244

In Kansas erinnert ein alter Raketensilo an den Kalten Krieg. Einst tobten da Proteste, heute längst vergessen. Nur warum gibt es plötzlich Tote? Warshawski prallt auf Rassismus und Klüngel und wird zur Zielscheibe …

»Pandemien, Impfstoffe, Verschwörungstheorien und eine toughe Detektivin: rundum gelungen.« Jutta Günther, *Radio Bremen Krimitipp*

Landnahme

Deutsch von Else Laudan · Ariadne 1249

Wilde Hunde, ein Spielzeugpiano, eine Traumatisierte, ein Amokläufer: Warshawski stößt auf Intrigen, die sich über Generationen und Kontinente erstrecken.

Schiebung

Deutsch von Else Laudan · Ariadne 1264

Warshawski bekommt es mit Artefaktenraub und Schuldenfallen zu tun: der Chauvinismus der Mächtigen und archäologische Schätze. Die Detektivin ohne Furcht und Tadel im Kampf gegen Korruption und Vorurteil.

Entsorgt

Deutsch von Else Laudan · Ariadne 1276

Warshawski schiebt Nachtschicht, bewacht eine kleine Synagoge. Dann stößt sie am Lake Michigan auf eine bewusstlose 15-Jährige. Keine Papiere, kein Hinweis, wer sie ist … *Entsorgt* zeigt ein von Pandemie und Trump'scher Politik gebeuteltes Chicago: Wer nicht die Ellbogen ausfährt, wird entsorgt, das gilt besonders für ältere Menschen. Kann Warshawski dagegen ein Zeichen setzen?

Liza Cody

»Wer nach Geschichten sucht, die das Genre transzendieren, wird von Liza Cody begeistert sein.« Marcus Müntefering, *Der Spiegel*

Die Schnellimbissdetektivin

Deutsch von Iris Konopik · Ariadne 1275

Ex-Cop Hannah kocht in Digbys ranziger Imbissbude und schlägt sich mit kleinen Privatschnüffeleien durch. Cody pur: rasant und rockig, mit scharfem Blick für Not und Krise und rabenschwarzem Galgenhumor.

Gimme more

Deutsch von Pieke Biermann · Ariadne 1243

Bühne frei für Birdie Walker, schnell, skrupellos, härter als das Leben, kampflustige Witwe eines Rockstars. Der Rock'n'Roll-Musikmafia-Krimi.

Milch oder Blut

Deutsch von Martin Grundmann · Ariadne 1253

Seema Dahami ist Stadtgärtnerin. Dann lernt sie Lazaro kennen – älter, gebildet, aristokratisch, aufmerksam. Und alles wird anders. Bis Blut fließt.

Ballade einer vergessenen Toten

Deutsch von Martin Grundmann · Ariadne 1238 · Radio-Bremen-Krimipreis

Amy will über die Musikerin Elly Astoria schreiben, die ermordet wurde. Ständig ändert sich das Bild, bis Ellys Biografie Amy selbst verändert.

Miss Terry

Deutsch von Grundmann & Laudan · Ariadne 1219 · Deutscher Krimipreis

Nita hat Arbeit und eine hübsche Wohnung. Aber sie ist nicht weiß. Als ein Verbrechen geschieht, zeigen prompt alle Finger auf sie …

Lady Bag

Deutsch von Laudan & Szelinski · Ariadne 1228 · Deutscher Krimipreis

Kann eine Pennerin den Teufel aufhalten? Die rotweingetränkte Odyssee der Baglady ist ein furioser London-Krimi, unvergesslich!

Die Eva-Wylie-Trilogie

Was sie nicht umbringt · Eva sieht rot · Eva langt zu · Deutsch v. Regina Rawlinson

»Eine der faszinierenden Heldinnen der Kriminalliteratur. Milieugenau, witzig, spannend, bravourös übersetzt.« *Tobias Gohlis*

Merle Kröger

»Teils Politthriller, teils Gesellschaftsstudie – gewürzt mit schonungslosem Realismus, großen Gefühlen und der richtigen Prise Bitterkeit.« Martin Schöne, *3sat Kulturzeit*

Havarie

Ariadne 1224 (Hardcover) · Ariadne 1232 (Taschenbuch)

Ein Meer, vier Schiffe, verschiedene Perspektiven: ein seetüchtiger Actionthriller und ein messerscharfes Porträt Europas.

»Kollision mit der Wirklichkeit, alle Maschinen stopp! *Havarie* ist der Roman der Stunde. So kunstvoll wie politisch – muss man gelesen haben!« *Freitag*

Grenzfall

Ariadne 1210

1992 gab es Tote im Grenzgebiet, dann 20 Jahre Alltag im geeinten Europa und Wohlstand für alle. Für alle? Nicht ganz …

»Merle Kröger erzählt in die Lücken hinein, bis die Wahrheit zutage tritt. Sie rast in hohem Tempo kreuz und quer durch Europa und hat ein geradezu unfassbares Geschick, Figuren, Situationen, Zusammenhänge leichthändig tiefenscharf zu schraffieren.« Elmar Krekeler, *Die Welt*

»Der europäische Kriminalroman *par excellence*. Grandios.« Th. Wörtche, *kaliber.38*

Kyai!

Ariadne 1166

Bundeswehr-Watergate im Rapsfeld, Bollywood in Berlin: furioser Politkrimi um indisches Kino, deutsche Politik und Kung-Fu.

»Turbulent, komisch, scharf beobachtet: ein Erzähl-Tsunami.« *arte*

Cut!

Ariadne 1146

Kinoträume: Mattie Junghans gräbt in der Vergangenheit und stolpert über ein dunkles Kapitel deutsch-indischer Geschichte.

»Frei von Klischees, ein offener Stil, der wie die vielschichtigen Charaktere vom Hamburger Altnazi über die Londoner Arzthelferin bis zum Bombayer DJ ganz besonders ist.« *taz*